KB273490

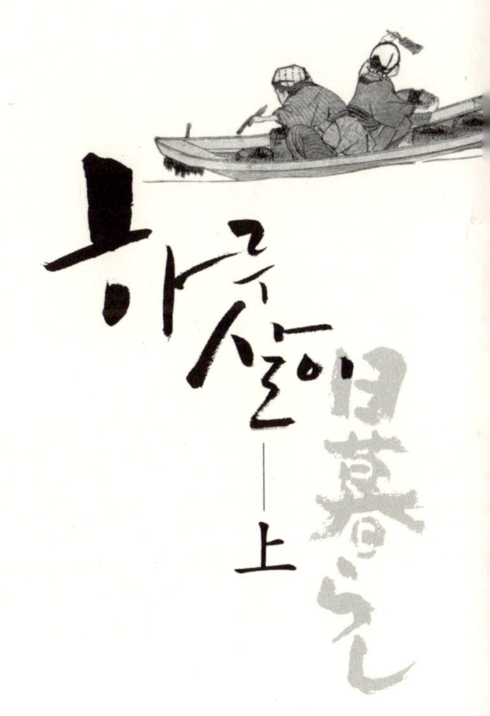

하루의 日暮らし ——上

옮긴이 **이규원**

한국외국어대학교에서 일본어를 전공했다. 문학, 인문, 역사, 과학 등 여러 분야의 책을 기획하고 번역했으며 현재 전문 번역가로 활동중이다. 옮긴 책으로 미야베 미유키의 『이유』, 『얼간이』, 다치바나 다카시의 『천황과 도쿄대』, 쓰네카와 고타로의 『야시』, 『천둥의 계절』, 사토 다카코의 『한순간 바람이 되어라』, 『슬로모션』, 슈카와 미나토의 『도시전설 세피아』, 『새빨간 사랑』, 마쓰모토 세이초의 『마쓰모토 세이초 걸작 단편 컬렉션』 등이 있다.

HIGURASHI
by MIYABE Miyuki
Copyright © 2005 MIYABE Miyuki
All right reserved.

Originally published in Japan by KODANSHA LTD., Tokyo.
Korean translation rights arranged with OSAWA OFFICE, Japan
through THE SAKAI AGENCY and SHINWON AGENCY.

이 책의 한국어판 저작권은 THE SAKAI AGENCY와 신원 에이전시를 통해
MIYABE Miyuki와의 독점계약으로 도서출판 북스피어에 있습니다.
저작권법에 의해 한국 내에서 보호를 받는 저작물이므로 무단전재와 무단복제를 금합니다.

* 이 도서의 국립중앙도서관 출판시도서목록(CIP)은 e-CIP 홈페이지(http://www.nl.go.kr/cip.php)에서 이용하실 수 있습니다. (제어번호: CIP2010004760)

미야베 월드 제2막
宮部みゆき
日暮
하루살이
上
미야베 미유키 지음 ― 이규원 옮김
북스피어

19세기 중반의 일본, 도쿄가 아닌 '에도'가 나라의 중심지였던 시절을
무대로 하는 한가로운 미스터리 작품입니다.
  어려운 사건 해결이나 놀랄 만한 반전은 없습니다만, 주인공 이즈쓰
헤이시로가 언제나 그렇듯, 빈둥빈둥 느긋하게 즐겨 주시기 바랍니다.

                                           — 미야베 미유키

上

밤

✝ 일러두기
　본문의 모든 주는 옮긴이 주입니다.

1

"상사병이라고 하기에는 너무 이른 듯하오만."

고안 선생이 말했다.

이즈쓰 헤이시로는 툇마루 턱에 앉아 팔랑팔랑 부채질을 하며 요란하게 하품을 했다. 되게 덥네. 해를 똑바로 올려다보면 머리가 어찔어찔할 정도다. 헤이시로는 본래 더운 여름을 좋아하고 지금까지 더위를 타 본 적이 없는데, 역시 나이 탓인지 올해는 몸이 축축 늘어진다.

벌써 열흘 전부터 내내 이런 땡볕이 쏟아지니 죽을 맛이다. 아내는, 이런 철에는 재첩 된장국이 최고예요, 하며 매일처럼 끓여서 내놓는다.

"재첩은 자양강장에 좋아 더위를 타지 않게 해 주고 된장을 풀어서 끓여 마시면 이마에 솟는 땀이 눈으로 들어가지 않아요."

무슨 이치로 그리되느냐 물으니, 이치는 모르지만 어쨌든 옛날부터 그렇게 알아 왔다고 우긴다. 그래서 헤이시로도 매일 얌전히 재첩 된장국을 마시고 콩알만 한 조갯살을 알뜰하게 파먹긴 하지만 더위에 축축 늘어지는 데는 전혀 변화가 없다. 재첩 귀신의 앙갚음으로 코끝에 조개껍질이 피어나기 전에 장어로 바꿔 주었으면 싶다.

그런 형편인데—.

"선생은 덥지도 않소?"

헤이시로가 말을 건넸다.

고안 의원은 헤이시로보다 못해도 이십 년은 연상이리라. 이런 더위라면 필시 흐느적흐느적 걸어올 줄 짐작하고 문밖까지 나가서 맞이했는데, 아까부터 땀을 훔치는 기색도 없이 자못 선선하다는 얼굴이다. 이 의원은 여느 의원들처럼 까까머리가 아니라 머리를 뒤로 모아 한데 묶고 의원들이 흔히 입는 연노랑 얇은 옷 위에 짓토쿠^{기장이 짧은 남성용 검정 상의로 주로 의사, 학자, 다인(茶人) 들이 입었다}를 걸쳤다. 방석 위에 단정히 앉아 조금 전 아내가 하녀를 시켜 사 온 걸쭉한 감주를 마시며 개운한 얼굴을 하고 있다. 홑겹 약식 기모노 앞섶을 훤히 풀어 헤치고 소매까지 걷어 올리고도 여전히 아이구 덥네 더워 하는 헤이시로와는 달력이 다른 땅에 사는 사람 같다.

"여름은 더운 법입니다" 하고 의원은 대답했다.

"그래야 맞춰 사는 맛이 있지요. 더울 때는 덥게 지내야 합니다. 그게 건강에 좋아요. 하지만 이렇게 가까이 뵈니 이즈쓰 나리가 더위를 심하게 타는군요."

내과 외과에 두루 용하고 헤이시로가 허리를 삐끗했을 때도 잘 고쳐 준 용한 의원이다. 치료할 때는 환자에게 호쾌한 목소리로 거침없이 말하기도 한다. 오늘 이렇게 말투가 정중한 까닭은 진료가 아니라 다른 일로 방문한 탓이리라.

고안 선생은 혼조 모토마치에 있는 오캇피키^{관리로 일하는 무사들의 수하. 범인을 수색하거나 체포할 때 앞잡이 노릇을 했다} 마사고로의 집에 왕진을 다녀오는 길이라고 한다. 그 말에 헤이시로는 대행수 모시치가 많이 편찮은가 하고 생각했다. '에코인 대행수'란 이름으로 불리며 오랫동안 친근함과 두려움의 대상으로서 혼조 후카가와 일대를 주름잡아 온 모시치도 벌써 미수를 맞은데다 날도 오뉴월이라 더위를 먹고 건강을 해쳤나 싶었던 것이다.

그런데 이야기를 듣고 보니 웬걸, 모시치 대행수는 건강히다고 한다. 드러누운 사람은 마사고로 밑에서 일하는 짱구인데, 베개에서 머리도 들지 못하더라고 해서 헤이시로를 놀라게 했다.

나달 전부터 밥을 못 먹는다고 한다. 더위를 먹어서 입맛을 잃은 것이 아니라 정말로 밥을 한 알갱이도 넘기지 못한다는 것이다. 마사고로 부인이 걱정이 돼 이것저것 맛난 것을 만들어 주어도, 죄송해요, 밥 생각이 없어요, 하고 미안해할 뿐 밥에는 일체 손대지 않고 물만 마시고 있다. 그래도 처음 이틀 정도는 평소와 다름없이 집 안을 바지런히 돌아다녔지만 사흘째 아침에 결국 눈을 뒤집고 쓰러지더니 지금까지 내내 누워만 있다는 것이다.

짱구는 열세 살 난 소년으로 부모가 준 이름은 산타로이다. 매끈하고 귀여운 얼굴이지만 이마가 이상하게 넓다. 앞짱구다. 짱구 소년은 기억력이 무서울 정도로 뛰어나다. 그래서 모시치 대행수한테 전해 들은 온갖 사건들을 세세하게 기억해 두는 것을 중요한 소임으로 하며 마사고로 밑에서 일하고 있다.

한 일 년쯤 지났을까. 그전까지 헤이시로는 오캇피키를 멀리하던 부친을 따라 오캇피키를 한 번도 부려 본 적이 없었지만, 어느 사건을 계기로 마사고로와 인연을 맺었다. 그때 짱구도 알게 되었다. 자기가 태어나기도 전에 일어난 사건이나 인물에 대하여 마치 글이라도 낭독하는 양 술술 암송하는 모습에 헤이시로는 크게 감탄했다.

그 유별난 특기를 제외하면 얌전하고 행실 바른 소년이다. 타고난 성품인지 사내아이치고는 조금 유약하다 싶을 만큼 얌전하다. 밉살맞은 말은 한 번도 해 본 적이 없고 공연한 수다도 전혀 없다. 그래서 헤이시로도 짱구의 부모가 어디서 무엇을 하며 사는지, 몇 살 때 어쩌다 마사고로에게 맡겨지게 되었는지 하는 속사정을 들어 본 적이 없다.

역시 의지할 데 없는 처지인가 보다 하고 막연히 짐작할 뿐이다.

하지만 마사고로는 상전이자 아버지나 다름없고 마사고로 부인도 짱구를 친자식처럼 귀여워한다. 남들이 보기에는 혼조 모토마치에서 생활하는 짱구에게 밥알도 넘기지 못하고 누워 있을 정도로 괴롭거나 슬픈 일이 있을 수 없다.

실제로 마사고로 내외도 영문을 몰라 당황했다. 그래서 고안 선생을 불렀다.

이건 병이 아니다, 하고 의원은 대번에 짐작했다. 원래 호리호리하던 짱구는 며칠을 굶은 탓에 더 작아져 있었다. 하지만 특별히 아픈 곳은 찾을 수 없었다. 복수가 찬 것도 아니고 심장이 술 취한 토끼마냥 날뛰는 것도 아니다. 피부가 누렇게 뜨지도 않았고 눈동자도 멀쩡하고 소변에도 문제가 없다. 열도 없고 맥도 정상적으로 뛰고 있다.

"사람은 곡기를 끊으면 죽는다. 너도 그 정도는 알겠지. 혹시 죽고 싶어서 굶는 거냐?"

고안 선생이 묻자 짱구는 더 뾰족해진 턱을 얇은 이불 옷처럼 소매까지 달린 이불 속에 감추고 당장이라도 울 듯한 얼굴이 되었다고 한다.

"죽고 싶다면 곡기를 끊는 것보다 더 빠르고 확실한 방법을 많이 알고 있는데, 원한다면 공짜로 가르쳐 줄 수도 있어. 어떠냐, 죽고 싶으냐, 살고 싶으냐."

의원이 할 말은 아니다.

그러자 짱구가 물었다.

"선생님, 사람이 죽으면 어떻게 되나요?"

"나도 죽어 본 적이 없어서 잘 모르겠다."

고안 선생이 대답했다.

정직하다면 정직한 대답이다.

"하지만 죽을 사람이 너라면, 네가 죽은 뒤에 어떻게 될지는 잘 알지."

"어떻게 되는데요?"

"남은 사람들이 고초를 겪지."

짱구가 이렇게 영문도 모르게 죽는다면 마사고로 내외는 비탄에 빠질 것이다. 우리가 무엇을 잘못했을까 하고 괴로워하겠지. 어떻게든 살릴 수는 없었을까 하고 회한에 빠지겠지. 그것이 고초라고 고안 선생은 말하는 것이다.

짱구는 훌쩍훌쩍 울기 시작했다. 환자가 훌쩍거린다고 금세 기가 죽으면 의원 노릇을 못한다.

"네가 죽고 싶은지 살고 싶은지는 모르겠다만 우는 것을 보니 마사고로 내외한테 폐를 끼치고 싶지는 않은 게로구나. 그렇다면 죽물이라도 마셔 둬. 그거라도 마셔 두면 나중에 정말로 죽기로 작정할 때 금세 죽을 수 있을 만큼 몸을 허약하게 만들 수 있을 거다. 확실하게 결단하기 전에 굶어 죽는 일은 없을 거야."

이렇게 난폭한 처방이 있을까.

그래도 짱구한테는 효과가 있었는지 소년은 마사고로 부인이 쒀 준 죽물을 몇 모금 마시고 깜빡깜빡 잠이 들었다. 고안 선생은 그걸 확인하고 혼조 모토마치를 물러나 헤이시로를 만나러 핫초보리로 건너왔다.

하지만 헤이시로라고 뾰족한 수가 있을 리 없다. 지금까지는 그냥 빈둥거리며 더위에 헉헉대고 있었지만 이제부터는 그냥 빈둥거리며 더위에 헉헉대며 곤혹스러워하게 되었을 뿐이다.

"마사고로한테는 뭐라고 하셨수?"

헤이시로가 묻자 고안 선생은 감주 잔을 탁 내려놓고 대답했다.

"마음병이라고 했지요."

"무슨 고민이 있다는 거요?"

"그렇겠지요. 그러자 행수는 '누굴 외사랑 하나?' 하고, 부인은 '엄마를 그리워하나?' 하더이다. 나이가 들수록 남자와 여자의 생각이 얼마나 달라지는지를 보여 주는 알맞은 본보기였다오."

헤이시로는 턱을 긁적였다. 얼굴에 땀이 밴 탓에 벅벅 긁히는 것이 아니라 미끄덩거린다.

"그래서 상사병이라고 하기에는 너무 이르다고 한 거군요."

고안 선생은 고개를 끄덕였다.

"논이 없는 에도에도 조생종早生種이 드물지 않다는 말도 있지만 산타로는 아니겠지요."

"그렇다면 다른 쪽은 어떻소? 어미를 그리는 병."

"그건 내가 나설 병이 아니지요. 그래서 이즈쓰 나리에게 부탁해 볼까 하는 겁니다."

"내가 뭘 할 줄 안다고?"

"조사 하면 나리 아닙니까."

"조사나마나 마사고로네한테 물어보면 될 일 아니오?"

고안 선생은 고개를 무겁게 저었다.

"그 아이가 마사고로 집에 맡겨지게 된 경위라면 그 내외한테 물어봐야겠지요. 그건 나라도 할 수 있어요."

아무렴. 그럼 그렇게 물어볼 일이지.

"하지만 그래서는 그 내외가 감추고 싶어 하는 속사정은 알아낼 수 없지요" 하고 고안 선생은 계속 말했다.

"게다가 예전 일을 알아내기만 해서는 지금 산타로가 드러누운 원인을 알아낼 수 없을 겁니다. 이거야말로 조사가 필요한 일 아닙니까. 이즈쓰 나리가 나서 주실 일이지요."

헤이시로는 앞섶을 아무렇게나 벌려 놓았다.

"하지만 나도 소관이 있는 몸이라."

"나리가 혼조 후카가와를 하루 이틀 순시하지 않는다고 무슨 일이 일어나겠습니까.”

헤이시로는 잠자코 부채질만 했다. 하기야 지난 며칠도 순시를 걸렀다. 어차피 나는 임시 순시관이라 특별한 사건이 없는 한 순시를 걸러도 괜찮다는 억지 핑계를 대며.

“게다가 이즈쓰 나리에게는 쓸 만한 조수가 있잖습니까.”

고안 선생의 말에 헤이시로는 “응?” 하고 말했다.

“조수라니, 누구 말이우? 고헤이지라면 나보다 더 더위를 타는 놈이라 별 보탬도 안 되는구먼.”

고헤이지는 헤이시로를 시중드는 주겐무가에 고용되어 잡무에 종사하는 사람이다. 연일 쏟아지는 땡볕을 너무 오래 겪은 탓에 머리가 살짝 이상해져서 뒤뜰 땅바닥에 드리운 제 그림자 속으로 들어가 더위를 피하려고 애쓰는 모습을 헤이시로 부인이 발견하고 오늘은 집에 돌려보내서 푹 쉬게 한 참이다.

“나리 자리를 물려받을 사람이 있지 않습니까.”

고안 선생이 천연덕스럽게 말했다.

“대를 물리려고 양자를 들였다지요? 듣기로는 사가초에 있는 큰 상회의 다섯째 아들이라고—.”

헤이시로의 처조카 유미노스케를 말하는 것이다. 나이는 짱구와 동갑이다. 다만 이 아이는 어디 하나 너무 넓거나 좁거나 한 데가 없는, 그야말로 흠잡을 데가 하나도 없는 대단한 미소년이다.

“유미노스케 말이우? 허, 선생이 그걸 어떻게 아시나?”

“아주머니한테도 들었고 핫초보리에 소문이 짜합니다.”

아내는 유미노스케를 양자로 들이고 싶어 안달이다. 처음에는 내키지 않던 헤이시로도, 마사고로네를 알게 된 계기가 되었던 한 사건에 관여할 때 유미노스케를 데리고 다녀 보고 나서야 마음이 동했다. 재미있는 꼬마다.

하지만 지금 결정해 버리기에는 너무 이르다고 생각했다. 헤이시로가 아니라 유미노스케에게.

"그 유미노스케한테 맡기면 어떻겠습니까. 아이들끼리는 잘 통하니까 산타로도 속내를 다 털어놓을지 모릅니다. 듣기로는 처조카가 아주 총명하다고 하던데요."

물론 유미노스케는 총명하다. 게다가 짱구랑 사이도 좋다. 하지만 헤이시로는 고개를 저었다.

"유미노스케한테 맡기는 건 곤란해요, 선생."

"왜요?"

"가와이 상회에도 집안에 이런저런 일들이 있는 모양이지만 그래도 그 아이한테는 양친이 다 살아 있어요. 만약 짱구의 병이 친부모를 그리워해서 생겼다면 아마 유미노스케한테는 털어놓지 않을 겁니다. 아이라지만 아주 어린 아이도 아니고 벌써 열세 살이나 된 사내아이입니다. 나름대로 자존심도 있을 테고."

고안 선생은 그리 나올 줄 알았다는 듯이 웃었다. 염소 수염 끄트머리에 감주 건더기가 살짝 묻어 있다.

"그렇다면 역시 이즈쓰 나리가 직접 나서는 게 낫겠군요."

그럼 한번 알아볼까, 하고 집을 나서기는 했지만 마사고로 집에 가서 짱구를 들여다보는 것이 고작이다. 응달을 골라 걸으며 혼조 모토마치까지 땀을 뻘뻘 흘리며 갔다.

오캇피키는 관에서 시키는 일을 하는 한편 따로 장사를 하는 자가 많다. 마사고로도 메밀국숫집을 한다. 양념 국물이 근방에서도 손꼽힐 정도로 맛있다고 소문이 났는데, 헤이시로도 이 가게의 메밀국수를 아주 좋아한다.

웅덩이 같은 작은 수로에 걸린 나무다리를 건너자 마사고로네 판자 지붕이 땡볕에 바짝 말라 허옇게 떠 보이고 구수한 가다랑어 육수 냄새가 풍겨 왔다. 짱구란 놈, 이렇게 구수한 냄새가 솔솔 나는 곳에 살면서 어찌 밥을 안 먹고 버틸 수 있을꼬, 하고 새삼 의아하게 생각하며 쪽빛으로 염색한 포렴을 바라보는데 그것이 갑자기 확 쳐들리더니 마사고로의 부인이 밖으로 나왔다. 고개를 깊이 숙인 것이 치통이라도 앓는 듯한 얼굴이다.

"흠."

헤이시로가 기척을 내자 부인이 흠칫하며 멈췄다.

"어머, 이즈쓰 나리, 더우시죠."

우리 그이가— 하려는 것을 손을 쳐들어 막으며 헤이시로는 슬며시 웃었다.

"수심이 가득하네. 짱구 때문이겠지?"

부인은 놀랐는지 쪽 찢어진 눈을 휘둥그레 떴다가 이내 고개를 끄덕였다.

"예······. 고안 선생님에게 들으셨군요."

"음. 이녁이 고생이 많겠군."

"심려를 끼쳐서 죄송해요. 몸에 난 병은 아니라고 하셔서 그쪽으로는 안심을 했지만요."

헤이시로는 주변을 힐끗 살폈다. 저쪽에 시원스레 흔들리는 버드나무 아래 있는 장의자 옆에서 물장수가 항아리를 내려놓고 물을 팔고 있다.혼조 후카가와는 해안 저지대를 매립한 지역이라 양질의 우물물을 얻을 수 없고 상수도 시설도 없어서 다른 지역에서 우물물이나 강물을 길어다 파는 물장수가 많았다.

"잠깐 얘기 좀 들어 볼까."

남편의 귀가 없어야 부인이 편하게 말할 수 있을 테지. 헤이시로는 물장수 쪽을 턱짓으로 가리켰다. 부인은 얌전히 따라왔다.

"군걱정인지는 모르겠지만 혹시 쨩구 때문에 내외가 다투지는 않았나?"

말로는 군걱정이라고 했지만 필시 그렇지 않을까 짐작하고 물어보니 역시 그런 모양이다. 부인은 입술을 ㅅ자로 꾹 다물고 얄팍한 코끝으로 한숨을 흘렸다.

"그이가 보기완 달리 성마른 데가 있어서 산타로한테 마구 뭐라고 하더라고요. 고민이 있으면 탁 털어놔라, 사내 녀석이 뭘 그렇게 끙끙거리느냐고."

헤이시로는 장의자에서 몸을 젖히며 웃었다.

"그럴 줄 알았지."

"하지만 누구한테 말도 못하고 고민하는 아이가 불쌍해서 못 보겠더라고요. 속을 털어놓지 못하니까 탈이 난 거잖아요. 그런 아이를 야단치다니 너무한 거 아녜요? 듣자니 너무 화가 나서.”

“그래서 이녁이 산타로를 감쌌을 테고 마사고로는 또 역정을 냈겠지. 친부모라면 이럴 때 야단을 쳤을 거다, 괜히 켕겨서 오냐오냐 하기만 하면 못쓴다고 했겠지.”

마사고로 부인은 감탄하는 눈초리로 헤이시로를 보았다.

“꼭 저희가 다투는 모습을 옆에서 지켜보신 것 같네요.”

“척 하면 삼천리지. 이녁도 이게 남 일이었다면 나처럼 빤히 짐작할 수 있었을 거야.”

물장수가 파는 물은 이미 미지근해져 있었다. 헤이시로는 손에 든 잔을 들여다보며 짐짓 태연하게 물었다.

“산타로 친부모는 뭐 하는 자들이야? 범죄자인가?”

부인은 헤이시로가 예상한 대로 자기 집 쪽을 살폈다. 그러고는 작은 소리로 말했다.

“아이를 맡게 된 전말을 그이한테 듣지 못하셨나요?”

“전혀. 그럴 일이 없었으니까. 애초에 마사고로는 그런 얘기를 먼저 나서서 할 사람도 아니고.”

“그건 그렇지요…….”

산타로를 맡은 것은 아이가 다섯 살 때였다고 부인은 말했다.

“말씀하신 대로예요. 그 아이의 아비는 사람을 죽이고 덴마초_{에도 시대에 대형 감옥이 있던 곳}에 갇혔다가 거기서 죽었어요. 솜씨 좋은 창호 목수였다고 하는데, 아마 술에 취해서 그랬다나 봐요. 그것도 뒤끝이 아주 고약한 싸구려 술이었대요. 술이 들어가자 완전히 딴사람으로 변해서 소동을 피웠답니다. 제압하다가 그이도 다쳤을 정도였어요."

"술주정이라. 딱하지만 흔한 얘기로군."

"예. 아비가 감옥에서 죽자 처와 자식 다섯 명이 남았는데, 위로 두 아이는 머슴살이를 떠나도 될 만큼 컸지만 아래로 세 아이는 너무 어렸대요."

여자 혼자 자식 다섯을 키우기란 힘든 노릇이지만 마음을 단단히 먹으면 못할 일도 아니다. 실제로 어미는 산타로를 제외한 네 아이는 남에게 맡기지 않고 제 손으로 키우겠다고 고집했다.

다만 산타로만은 아무래도 감당하기 힘들어했다. 왜냐하면 그 아이는 조금—.

"아둔하다고."

부인은 말하기 곤란한 듯 입술을 깨물었다.

"자식들끼리 서로 돕고 살지 않으면 버틸 수가 없는데 이 아이가 형제들 발목을 잡는다고."

"짱구는 전혀 아둔하지 않은데."

"아무렴요!"

부인은 힘주어 말했다.

"하지만 어미 눈에는 그렇게 보였나 봐요."

"기억력이 비상하게 좋다는 장기도 다섯 살 때는 드러나지 않았나 보군."

"그렇죠. 그이와 제가 재주를 알아낸 것도 아이를 맡고 몇 년이 지나서였으니까요."

마사고로 부인은 흙먼지 쌓인 땅바닥에서 눈을 들어 헤이시로의 얼굴을 보았다.

"이즈쓰 나리. 저는요, 어미가 산타로 하나만 버린 데는 다른 이유가 있었다고 봐요."

아마 그 아이만 씨앗이 달랐겠지요, 하고 말한다.

"역시 드문 얘기도 아니지."

헤이시로는 스스럼없이 받아넘겼다.

"그래도 결과적으로 산타로는 이 집에 오길 잘했지. 어미와 형제들은 어떻게 사나? 소식은 듣고 있나?"

"모릅니다. 어릴 적에 헤어지고 그만이었으니까요."

"에도를 떴는지 어쨌는지도 모르겠군."

"예."

"그럼 산타로가 어디 심부름이라도 가다가 길에서 우연히 생모를 만났다 해도 전혀 있을 수 없는 얘기는 아니겠군. 다섯 살 때 헤어졌으면 어미 얼굴을 기억하고 있을 테니까."

부인의 눈이 간절한 빛을 띤다.

"이즈쓰 나리도 그렇게 짐작하세요?"

헤이시로는 웃었다.

"누구나 짐작할 만한 것을 생각했을 뿐이야. 실제로 무슨 일이 있었는지 짱구한테 듣기 전에는 알 수 없지."

"그 아이는 아무 얘기도 하지 않아요."

"그래도 지금까지 건강하던 아이가 괜한 충동이나 어리광으로 눈이 뒤집히도록 밥을 굶겠다고 작정할 리는 없지. 필시 그럴 만한 일이 있었던 거야. 요즘 짱구가 어땠나? 특별한 점은 없었나?"

"글쎄요, 특별한 점이라면—."

"해 본 적이 없는 일을 시켰다든지 낯선 손님이 왔다든지 가 본 적 없는 곳에 심부름을 보냈다든지. 하여간 사소한 거라도 괜찮아. 뭐 없었나?"

부인은 물이 담긴 잔을 의자에 내려놓고는 기도하듯이 양손을 코앞에 모으고 골똘히 생각했다. 헤이시로는 부채를 꺼내 얼굴에 부치려고 펼쳤는데, 부채에 헤이시로의 얼굴이 큼지막하게 그려져 있었다. 저번에 유미노스케가 놀러 왔을 때 요즘 유행한다는 초상화 부채를 흉내 내서 그려 본 것이다.

"이모부는 얼굴이 길어서 부채를 세우지 않으면 제대로 그릴 수가 없네요."

이런 괘씸한 말을 하며 유미노스케가 그려 준 그림은 콧구멍이 커다란 맥 빠진 늙은 말이 여물 먹은 것이 얹혀서 축 늘어진 인상이라고 해도 좋았다.

초상화 부채는 센소지浅草寺 문전 마을^{참배객이 많은 대형 신사나 사찰 앞에 참배객을 상대하는 가게들이 생기면서 그곳을 중심으로 형성되는 마을}에 있는 쇼분도라는 잡화점이 제일 먼저 팔기 시작했다. 가게 한쪽에 화공을 앉혀 두고 부채를 구입하는 손님에게 즉석에서 부채에 초상화를 그려 주는데, 이것이 꽤 호응이 좋았다. 멋진 그림이 그려진 부채는 얼마든지 있지만 자기 얼굴이 그려진 부채는 세상에 두 개가 있을 수 없기 때문이다.

잘 팔리는 물건을 개발하기는 힘들어도 그런 물건을 흉내 내기는 쉽다. 곧 여러 가게들이 이에 질세라 초상화 부채를 팔게 되었다. 사실 착상 자체는 공짜이므로 그림에 재주가 있는 사람이라면 그림 없는 부채를 사다가 제 손으로 그려도 된다. 다만 원조인 쇼분도에서 그려 주는 초상화는 손님의 실제 얼굴보다 '아주 쪼끔' 잘나게 나온 다는 것이 인기의 요인이다. 그 '아주 쪼끔' 잘나게 그려 주기가 참 으로 어려운 일인데, 쇼분도가 고용한 슈메이라는 화공은 서른 살 이 채 안 되어 경력도 그리 오래지 않아 보이는데도 손님 얼굴을 살 짝 잘나게 그려 주는 절묘한 재주를 가지고 있는 모양이다. 그렇다 면 역시 손님들은 기왕에 살 거면 쇼분도에서 사자고 생각하게 마련 이므로 그 잡화점은 밀려드는 손님들로 매일 북적거린다고 한다. 정 말이지 장사란 언제 어떻게 성공할지 예측할 수가 없다.

"어머, 초상화 부채네요?"

당황해서 다시 접어서 치우려고 하는데 마사고로 부인이 어느새 알아보았다. 입가에 웃음을 달고 있다.

"쇼분도 부채는 아니야. 유미노스케가 그린 거지."

"유미노스케 님은 잘 계시죠?"

"그 녀석이야 변함없이 건방진 소리나 하고 있지. 그런데 뭐 짚이 는 게 없나?"

부인의 미소가 이내 사라졌다. 고개를 가로젓는다.

"특별한 것은……."

"그래? 뭐, 하는 수 없지. 어른들은 느끼지 못해도 또래 아이들은 느낄 수 있는 것도 있을 테고."

그렇게 쉽게 알 수 있었다면 마사고로 내외도 이렇게 마음고생을 하지는 않았겠지.

"고안 선생님 덕분에 죽물은 마시고 있지만 그래도 죽물만으로는 버텨 낼 수 없을 거예요."

"그러게. 젖먹이도 아니고."

"내일이라도 안요지安養寺에 가서 치성을 드려 볼까 생각중이에요. 절의 은행나무로 만든 호부護符를 받아다가 산타로 몸에 지니게 해 볼까 해서요."

헤이시로는 고개를 갸웃했다.

"안요지의 약사여래님은 젖이 말랐을 때 비는 신 아닌가?"

"웬걸요, 그것만이 아녜요. 워낙 오지랖 넓으신 신이라 병이라면 뭐든지 효험이 있답니다. 게다가 시나가와 근처에 가면 재미난 특산물이나 먹을거리를 만날지도 모르고요. 눈에 비치는 풍경이 바뀌면 산타로 마음도 달라질지 모르잖아요."

어미 노릇도 쉬운 게 아니구나, 하고 헤이시로는 생각했다. 뒤집어 생각하면 그만큼 고마운 존재라는 말이기도 하다.

헤이시로는, 나도 짱구 얼굴을 잠깐 볼 수 있을까— 하고 말하려다가 입을 다물고 말았다. 그럴 수 없겠구나 싶었기 때문이다. 바짝 마른 길에 흙먼지를 날리며 그를 향해 떼구르르 구르듯이 달려오는 자가 있었다.

고헤이지다. 정신은 조금 맑아졌나?

"나리, 나리!"

흙먼지 덩어리가 멀리서부터 급하게 불러 댄다. 헤이시로는 의자에서 일어섰다.

"그렇게 불러 대지 않아도 안 도망간다. 뭔 일이냐?"

고헤이지는 달려오면서 마사고로 부인에게 인사까지 하는 재주를 보이고는 헉헉거리며 발을 멈췄다.

"아, 아사쿠사, 의 쇼분도—."

마사고로 부인이, 어머? 하는 소리를 냈다.

"그, 화공이, 슈메이라는 화공이, 사, 살해되었다, 고 합니다요!"

3

아사쿠사에서 일어난 사건이라면 그의 소관이 아니지만, 날카로운 칼에 옆구리를 찔려 죽은 슈메이의 시체는 후카가와 하마구리초의 후나야도_{물가에서 낚싯배나 놀잇배를 대여하고 객실과 부대 서비스를 제공하는 업소} '이후네' 이층 객실에 쓰러져 있었다. 그러니 아무리 더워도 당장 가 보지 않을 수 없다.

급보를 들은 마사고로도 헤이시로를 따랐다. 마침 잘됐다고 헤이시로는 생각했다. 자신은 임시 순시관, 말하자면 예비 인력이다. 살인 사건을 수사해 본 적이 없다. 시키는 일만 하면 그만이므로 일단은 이후네에 얼굴을 비치기만 하면 소임을 마치는 셈이다. 그다음은 빈둥거려도 상관없다. 이번에는 부인이 없는 자리에서 마사고로에게 짱구 얘기를 들어 보자—.

그렇게 생각했는데, 마사고로가 슈메이 살해 사건으로 매우 심란해하는 눈치라 짱구 이야기를 꺼낼 계제가 아니었다. 그는 수하를 풀어 근방을 탐문하기 시작하고 자기도 여기저기 돌아다니며 조사하고 있다.

생각해 보면 오캇피키 마사고로는 혼조 후카가와 쪽 도신_{무사 계급 중 가장 낮은 지위. 그러나 지위가 낮다 해도 무사이니만큼 평민들은 '나리'라는 존칭으로 불렀다} 밑에서 일하는 사람이므로 헤이시로와 공적인 관계를 맺을 일이 없다. 그냥 아는 사이라고 해야 한다. 아니, 그보다는 헤이시로가 어려움에 처할 때만 기대는 일방적인 관계다. 그러므로 마사고로는 헤이시로가 있든 없든 혼조 후카가와에서 중대한 사건이 일어나면 수사를 위해 뛰어다니는 것이 소임이고 헤이시로는 관계가 없다.

그래서 헤이시로는 혼자 이후네 앞 시원한 물가에 쪼그리고 앉아 코털을 뽑고 있었다. 이렇게 빈둥거리고 있어도 구경꾼이 모여들고 업소 일꾼들도 열심히 수다를 떨기 때문에 사정은 대강 파악할 수 있다.

슈메이는 대략 일 각_{낮과 밤을 각각 6등분 하여 한 단위를 각이라 했다. 부정시법을 취했으므로 낮이 긴 한여름에는 일 각이 두 시간 반 전후쯤 되었다} 전에 혼자서 이후네에 왔다고 한다. 요즘 같은 철이면 이후네에서 하치만구 신사에 참배하는 사람들을 위한 배편 외에 저녁에 강바람을 쐬러 나가는 손님을 위해서도 배를 띄우지만, 점심때인 그 시각에는 배를 타러 오는 손님이 거의 없고 대체로 이층 방을 빌리려는 손님뿐이다. 슈메이도 그런 쪽이었는지, 이후네 안주인에게 나중에 사람이 더 올 테니까 술상은 그때 봐 달라고 일러두었다.

해가 중천일 때 여자를 만나려면 후나야도가 아니라 마치아이_{밀회하는 남녀, 혹은 유녀를 만나 즐기려는 남자에게 자리와 음료, 간단한 음식, 침구 따위를 제공하는 업소}를 이용하는 것이 보통이다. 그러므로 곧 만나려는 여자는 필시 일과 관련된 사람이겠구나 하고 안주인은 생각했다고 한다.

슈메이는 무대 배우로 나서도 출세하겠다 싶은 미남이라, 요즘은 얼굴을 보려고 쇼분도에 오는 여자 손님도 많다고 할 정도다. 요미우리_{천재지변, 대화재, 강력 사건, 정사 같은 흥미로운 사건을 평민들에게 알리던 정보지. 한 매 혹은 서너 매로 구성되는 목판 인쇄물로, 거리에서 큰 소리로 내용을 소개하며 팔았다}에 '에도의 소문난 미남'이라고 해서 그의 얼굴 그림이 실린 적도 있는데, 꽤 흡사하게 그린 그림이었다고 한다. 하지만 이후네 안주인은 그를 알지 못했고, 그가 이후네에 온 것도 처음이라고 한다.

어쩌면 슈메이는 일부러 제 얼굴이 알려지지 않은 지역을 골랐을 수도 있다. 잠시 기다리다가 만난 상대와 나누었을 이야기도 그런 성질의 것이었는지 모른다.

현장으로 달려온 쇼분도 주인은 최근 초상화를 잘 그리기로 소문난 슈메이를 빼 가려고 여러 가게에서 앞다투어 달콤한 제안을 하고 있었다고 했다. 백 냥이라도 줄 수 있으니 우리 가게로 와 달라, 쥘부채뿐만 아니라 기모노에도 그려 달라, 병풍에도 그려 달라 하는 제안이 끊이지 않았다는 것이다.

슈메이도 그런 제안들이 기분 나쁘지는 않았던 모양이다. 한창 유행하는 중이니 조만간 수그러들 때도 올 것이다. 안 그래도 부채는 계절을 타는 물건이니 여름이 가면 호시절도 끝난다. 그걸 생각하면 기모노니 병풍이니 하는 이야기에 귀가 솔깃했다고 해도 이상할 게 없다.

쇼분도에서도 그의 앞날을 충분히 배려해서 절대로 섭섭하지 않게 하겠다고 약속해 두었으므로 슈메이와 얼굴 붉힐 일은 없었다고 주인은 강력히 주장했다. 흠, 곧이곧대로 믿을 수는 없는 이야기로군— 하고 헤이시로는 코털을 뽑으며 생각했다.

지금 이후네에는 많은 사람들이 드나들고 있다. 사건이 있기 전에는 조용한 곳이었을 텐데.

슈메이가 이층 객실에 혼자 앉아 있었겠지만 업소 일꾼들은 바쁘게 돌아다니거나 잠깐 졸거나 하느라 그를 죽 지켜보고 있지는 않았다. 즉 사람들의 시야에서 벗어나 있었다는 말이다. 사실 후나야도나 마치아이의 일꾼이라면 당연히 그래야 한다. 손님이 손뼉 쳐서 부르기 전에는 손님이 든 방을 들여다보거나 하며 번거롭게 해서는 안 된다. 그러므로 누군가 이목을 교묘하게 피해 슈메이의 객실로 들어가 칼로 찌르고 다시 이목을 피해 도망치기도 어렵지만은 않았으리라.

다만 그랬다면 일반인이 해낼 만한 소행은 아니다.

가슴을 찌르거나 목을 친 것이 아니라 단칼에 옆구리를 찔러 살해했다는 점도 일반인의 소행으로 볼 수 없는 까닭이다. 무엇보다 슈메이는 공격을 당할 때 비명도 못 질렀고 버둥거리지도 않았다. 안주인이 객실 바닥을 피로 적시며 쓰러져 있는 그를 발견한 것도, 곧 온다는 다른 손님이 일 각이 지나도록 오지 않고 방 안에 손님 혼자 꼼짝 않고 있는 것이 의아해서 슬쩍 들여다보았기 때문이다. 그러지 않았다면 여전히 모르고 있었을 수도 있다.

애초에 슈메이는 어떤 사람일까? 쇼분도에 앉아 쥘부채에 손님 얼굴을 그려 주기 전에는 어디서 무엇을 하고 살아왔을까? 화공이란 목수나 어부처럼 수가 많지도 않고 생계를 잇기 쉬운 직업도 아니다.

뭐, 그런 점들도 마사고로가 조사하겠지.

헤이시로는 코털을 뽑았다. 에이취! 하고 재채기가 터졌다. 그와 동시에 뭔가가 번쩍 뇌리를 스쳤다. 이럴 때도 헤이시로는 답이 아니라 의문이 번뜩이는 경우가 많다.

그림 없는 하얀 쥘부채에 손님 얼굴을 그려 주자는 것은 누구의 착상이었을까?

슈메이가 생각해 냈을까? 아니면 쇼분도의 누군가가 떠올리고 그 다음에 슈메이라는 화공을 찾아냈을까? 그렇다면 사정이 딱딱 맞아떨어졌다는 말인데. 역시 슈메이의 착상이었고 자기 재주에 자신이 있었기 때문에 부채에 손님 얼굴을 그려서 팔아 보자는 이야기를 쇼분도에 제안했다고 생각하는 편이 자연스러우리라.

헤이시로는 허리띠에 꽂아 둔 쥘부채를 꺼내 가만히 펼쳐 보았다. 유미노스케가 그린 말상 얼굴이 있다. 이걸 그리면서 유미노스케는 이런 말을 했다.

"이런 유행은 아마 수십 년 전에도 있었을 거예요, 이모부. 사람 마음을 사로잡는 것들이 그리 많지는 않거든요. 뭐 하나가 유행하다가 시간이 지나서 완전히 잊히고 나면 나중에 또 누가 똑같은 것을 떠올리거나 예전에 유행한 것을 누구한테 전해 듣고서 다시 살려내는 거죠. 하늘 아래 완전히 새로운 것은 없어요. 세상 이치가 원래 그렇거든요."

그건 네 머리로 생각한 거냐? 하고 헤이시로가 물었다. 그러자 유미노스케는, 예, 하지만 사사키 선생님도 그러셨어요, 하고 대답했다. 사사키 선생은 소년을 가르치는 사람으로, 막부가 엄금한 지도 제작을 은밀히 하고 있다.

별종은 별종끼리 만나게 마련이다. 그것도 세상 이치다.

짱구는 작은 방에 깐 담요 위에 납작하게 누워 있었다. 베개맡에 주전자가 놓여 있다.

"그냥 누워 있어도 괜찮다. 너, 얘기는 할 수 있겠니?"

헤이시로가 베개맡으로 다가가자 짱구는 흠칫 놀라 버둥거리며 일어나려고 했다. 헤이시로는 털썩 주저앉아 아이의 넓은 이마를 손바닥으로 가만히 눌렀다.

"누워 있으라니까. 근데 너무 말랐구나. 이래도 머리는 제대로 돌아가니?"

"죄송합니다" 하는 목소리도 모깃소리보다 가늘다.

"내가 지금 당장 모시치를 찾아가 도움을 받아야 할 처지인데, 모시치가 정정하기는 하지만 발음이 분명하질 않아서 벌써 몇 년 전부터 모시치가 하는 말을 제대로 알아듣는 사람은 너밖에 없다고 하더라. 그러니 네가 이런 꼴이긴 하다만 그래도 역시 네 힘을 빌리는 수밖에 없겠다."

짱구는 눈을 몇 번 깜빡였다.

"무슨 일이신데요?"

"아사쿠사 쇼분도에서 파는 초상화 부채, 알지? 옛날에도 그런 게 유행한 적이 있었다는 이야기를 혹시 모시치한테 들은 적 있니?"

짱구가 또 일어나려고 했다.

헤이시로가 다시 말리려고 하자 "반듯하게 앉지 않으면 잘 안 돼서요” 하므로 일어나게 거들어 주었다.

“으음……. ”

짱구는 두 눈동자를 모으고 이마에 주름을 잡았다. 눈동자가 콧등 쪽으로 몰린다. 작은 주먹을 쥐어 가슴 앞에 모은다. 뜀박질이라도 시작하려는 듯한 자세다.

짱구의 넓은 이마 속에는 그동안 들어 온 온갖 이야기들이 보관된 넓은 서고가 있나 보다. 그 가운데 뭔가를 떠올려 끄집어내려고 할 때 짱구 내부의 혼은 이렇게 자세만 취하는 것이 아니라 정말로 서고 안을 뛰어다니며 찾는 내용을 뽑아내서는 다시 뜀박질로 뛰어나오는 것이다.

잠시 후 짱구의 주먹이 펴지고 가운데로 쏠렸던 눈동자가 제자리로 돌아왔다.

“삼십오 년 전 여름이었습니다.”

“호. 그래, 어땠지?”

“가뭄이 심하던 여름입니다. 부채가 불티나게 팔렸어요. 초상화 부채는 후카가와 하치만구 신사의 문전 마을에 있는 호라이야라는 가게에서 팔기 시작해서 금세 유행했다고 합니다.”

“뭐? 그때는 후카가와에서 시작되었어?”

“예. 처음에는 그 지역 유곽 아가씨들이 손님에게 선물한 것이 시작이었습니다. 그것이 세상에 퍼져서 크게 유행했습니다.”

계기는 지금 아사쿠사와는 조금 다르지만 내용은 비슷하다.

“역시 그랬군. 그렇다고 뭐가 해결되지는 않았다만 내 짐작이 맞았다니 기분은 좋네.”

헤이시로가 웃었다.

"그런데 모시치는 이렇게 사건 기록과 별 관계가 없는 유행까지 용케 기억하고 있구나."

"아뇨, 사건 기록과 관계가 있습니다."

헤이시로는 흠칫 놀랐다.

"무슨 관계가?"

"그해 초봄부터 시중에 강도 사건이 잦았습니다. 피해자는 어김없이 규모 있는 가게였는데, 가게 점원을 몰살하고 깨끗하게 털어 가는 잔인무도한 행태 때문에 세상이 벌벌 떨었다고 합니다."

"중범죄 조사대는 뭘 했기에?"

"팔짱만 낀 채 이만 갈고 있었다고 합니다."

짱구의 눈이 다시 한가운데로 쏠렸다가 제자리로 돌아왔다.

"아무래도 강도짓을 하는 자들은 다른 도적단과는 조금 달라서, 두목과 부하들로 조직되는 것이 아니라 그냥 두목 하나와 모사꾼 하나만 있고 그밖의 놈들은 강도짓을 결행하기 직전에 그때그때 모집했던 모양입니다. 그래서 추적할 단서를 잡지 못했다고 합니다."

헤이시로는 미간을 찡그렸다. 이번에는 그의 얼굴이 조금 전의 짱구 얼굴처럼 되었다.

"그렇게 막가는 수법을 쓰면서도 잡히지 않았다고? 일당을 그때그때 임시로 모았단 말이지? 물론 하룻밤에 크게 한몫 잡을 수만 있다면 썩은 다리라도 건너겠다고 나서는 놈들이 있게 마련이지. 그런 자들을 모으기야 그리 어렵지 않다고 해도, 그런 놈들은 언제 두목을 배신할지 알 수 없을 텐데. 도적도 도적 나름대로 내부 결속을 중시하는 줄 알았는데.”

“바로 그 점이 교활했습니다” 하고 짱구는 계속 말했다.

“두목은 임시로 고용한 수하들에게 배반당하거나 밀고당할 염려가 없었습니다. 왜냐하면 고용된 수하들이 두목 얼굴을 몰랐으니까요. 뿐만 아니라 당일 밤 실제로 강도짓을 결행할 때도 서로 얼굴을 모르고 이름도 몰랐습니다. 사건 전에 한 번도 만난 적이 없고 강도짓을 할 때도 복면을 했으니까요.”

턱을 괴고 헤이시로는 생각했다. 그런 수법이 통한단 말인가—?

“그래도 두목과 수하들을 연결하는 자가 필요했을 텐데?”

“예, 중요한 역할이지요. 아마 그자가 두목의 모사꾼이었을 겁니다. 그자는 일을 벌일 때마다 모습을 바꾸어 제 본색을 감췄다고 합니다.”

이런 사실이 알려진 것은 그해 가을바람이 불기 시작할 무렵 마침내 강도단 가운데 한 명이 점원의 반격에 부상을 당해 현장에 쓰러져 있다가 붙들렸기 때문이다. 인생의 절반을 부랑자 수용소_{18세기 말 막부가 에도 몇 군데에 설치한 수용소로, 부랑자와 전과자에게 일을 시켜서 기술을 익히게 했다}와 감옥을 오락가락하며 살아왔다는 그자는 즉시 엄중한 조사를 받고 이런 사실들을 자백했다. 하지만 이튿날 아침 지신반_{구역 자치를 담당하는 사람들이 모이는 곳으로, 현재의 파출소, 동사무소, 마을 회관을 합친 역할을 했다} 기둥에 묶인 채 옆구리에 칼을 맞고 죽어 있었다고 한다. 누가 언제 숨어 들어와 그자의 입을 막았는지 알 수 없다.

그래도 자신의 수법이 관에 어느 정도는 알려졌을 것을 우려했는지 특이한 강도단은 그 사건을 계기로 종적을 감췄다고 한다. 적어도 에도 안에서는.

헤이시로는 입을 멍하니 벌렸다. 옆구리에 칼을 맞아? 이번에 일어난 사건과 똑같지 않은가.

크게 놀랐다. 소가 뒷걸음질치다 쥐 잡는다는 말이란 바로 이런 경우를 두고 하는 말이렷다. 먹다 남은 정어리 뼈를 미끼 삼아 낚싯줄을 던졌더니 도미가 나온 격이다.

"이야기는 아직 끝난 게 아닙니다."

짱구는 숨을 조금 헐떡이며 계속했다. 오랫동안 굶은 탓에 금방 숨이 찬다.

"체포된 자가 죽기 전에 자백한 바에 따르면 고용된 수하들은 두목 얼굴을 몰라서 설령 거리에서 만나도 알아볼 수 없었지만, 두목은 자기가 고용한 자들의 얼굴을 전부 알고 있었다고 합니다."

"멀리서 감시라도 하고 있었나?"

"아뇨, 몰래 초상화를 그려서 가지고 있었다는 겁니다. 그래서 만약 누가 딴마음을 먹고 관에 밀고하면 설령 그자가 이름과 출신을 감추거나 바꾸어도 틀림없이 찾아내서 반드시 죽이겠다고 협박했다고 합니다. 그러면서 자기 얼굴을 꼭 닮은 초상화를 건네주며 이것을 경고장으로 알라고 했답니다. 두목도 이것과 똑같은 그림을 따로 가지고 있다고 말입니다."

헤이시로는 턱이 빠진 듯 입을 멍하니 벌렸다. 낚인 것은 도미가 아니다. 고래다.

"혹시 그 초상화가—."

"예, 쥘부채에 그려져 있었습니다."

쥘부채라면 남에게 건네주기 알맞고 다루기 쉬우며 접어 두면 그림을 감출 수도 있다.

"그 이야기를 듣자마자 큰형님은 수하를 이끌고 득달같이 호라이야로 달려가셨다고 합니다. 하지만 한발 늦어서 초상화 부채를 그리던 화공은 야음을 틈타 사라진 뒤였습니다. 수사는 거기서 끊기고 결국 강도단 두목을 잡지 못했습니다."

아마 강도 현장에서 한 명이 다쳐서 쓰러진 직후에 그 화공에게 전갈이 갔으리라. 그래서 즉시 종적을 감춘 것이다.

두목과 모사꾼 겸 연락책, 그리고 화공. 아니, 화공과 모사꾼 겸 연락책은 한 인물인지도 모른다.

삼십오 년 전이라—.

"모시치가 화공 이름을 기억하고 있더냐?"

헤이시로가 물었다.

"하쿠슈라고 했답니다."

짱구는 대답했다.

"호라이야 사람들은 하쿠슈의 본색을 전혀 몰랐다고 합니다. 떠돌이 화공인데 노자가 떨어져서 그러니 가게에서 쥘부채에 초상화를 그려서 팔 수 있게 해 달라고 해서—."

제 짐작을 확인하려고 헤이시로가 물었다.

"하쿠슈라는 화공이 미남이었다고 하디?"

"무대 배우 뺨쳤다고 합니다."

짱구가 대답했다.

4

삼십오 년 전과 지금은 순서가 조금 다르다.

하쿠슈는 강도짓에 가담하는 한편으로 초상화 부채를 유행시켜 돈을 벌었다. 그림은 부업이었을 테고, 강도짓으로 금세 부풀어 오르는 주머니에 의심의 눈초리가 쏠리지 않게 하려는 연막이기도 했으리라.

삼십오 년 후의 슈메이는 초상화 부채로 평판을 얻고 돈을 벌고 있다는 대목까지는 똑같지만 강도짓에는 가담하지 않았다. 아니, 정확히 말하면 아직 떼강도 범죄는 일어나지 않았다.

슈메이가 어디에서 왔는지 조사해 보기 전에는 아무것도 알 수 없다. 하지만 아마 그는 어디에선가 도망쳐 왔으리라. 하쿠슈와는 달리 그는 강도짓에 몸서리를 쳤을지도 모른다.

그래서 두목에게 죽임을 당했다.

그러나 두목에게 슈메이의 죽음은 손해다. 이제 곧 에도에서 벌이려고 하던 강도짓을 고스란히 미뤄야 한다. 고용한 수하들에게 족쇄를 채우려면 초상화가 있어야 하니까.

그래도 두목은 슈메이를 죽였다. 그렇다면 슈메이를 대신할 화공을 점찍었다는 이야기가 아닌가.

"쇼분도의 초상화 부채를 흉내 내서 돈을 벌려고 하는 가게를 찾아내서 거기 고용된 화공들을 샅샅이 조사해 봐야겠다. 뭔가 나올 것 같구나."

해가 저물기 전에 마사고로네 메밀국숫집은 잠시 문을 닫는다. 헤이시로는 주인이 특별히 삶아 낸 국수를 후룩후룩 먹고 나서 메밀차를 마시고 있었다.

마사고로의 굳은 표정 위로 종종 경련처럼 당혹감이 스친다. 동그란 눈은 허공을 쳐다보고 있다.

"하지만 이런 일도 있을 수 있는 겁니까."

"암. 하늘 아래 완전히 새로운 것은 없거든."

들은 대로 해 본 말인데, 하고 보니 기분이 괜찮다.

"하쿠슈와 슈메이는 부자지간일까요?"

"무대 배우 뺨치는 미남이라는 사실만으로는 아무것도 증명할 수 없지만, 그림 재주까지 똑같다고 한다면 필시 핏줄이 닿는다고 봐야겠지."

"두목은—."

"역시 예전 두목의 아들일지 모르지."

헤이시로는 메밀차를 다 마시고 웃었다. 마사고로는 커다란 손바닥으로 얼굴을 썩썩 문지르고 무슨 흥미로운 거라도 묻은 양 제 손바닥을 찬찬히 들여다보았다. 들여다보면서 말했다.

"슈메이가 두목을 피해 도망친 처지라면 왜 초상화를 그리고 있었을까요. 화공이라는 사실을 감추고 다른 일로 밥벌이를 하면 좋았을 텐데요. 그러면 발각되지도 않았을 테고."

"자기도 초상화 부채가 이렇게 잘 팔릴 줄 몰랐던 게지."

헤이시로는 그렇게 말하더니 킁, 하고 콧김을 뿜어냈다.

"결국 사람이 밥을 먹는 수단이란 뻔한 거 아닌가. 누구라도 자기가 잘하는 것으로 밥벌이를 하고 싶지 않겠나?"

살인 강도짓이 아니면 밥벌이가 힘든 자도 있고 그림 그리는 일이 아니면 밥벌이가 힘든 자도 있다.

"나만 해도 이젠 말단 관리 아니면 먹고살 길이 없어. 너도 할 짓이 오캇피키밖에 없을 거다. 이 메밀차는 보기 드물게 맛있다만 이걸 만든 사람은 네가 아니지 않느냐."

마사고로는 쓴웃음을 지었다.

"예."

"설령 슈메이가 붓을 버리고 가게 점원이 되었다고 해도 조만간 그림을 그리고 싶어 좀이 쑤셨을 테고, 그래서 그린 그림이 너무 근사해서 소문이 났을 테고 결국 두목한테 발각되었을 게다. 다 그런 거야."

타고난 재주는 그 사람을 살리기도 하지만 목숨을 앗아갈 수도 있다. 그래도 뭐든 밥벌이가 될 만한 재주를 타고난 자는 그것을 쉽게 포기하지 못한다.

조사해 보니 역시 삼십오 년 전하고는 사정이 달랐다. 헤이시로가 짱구한테 하쿠슈와 강도단에 대한 이야기를 듣고 정확히 닷새 뒤, 소토칸다에 있는 잡화점에서 쥘부채에 초상화를 그리던 화공이 체포되었는데, 이번에는 어렵지 않게 그자의 입을 열어서 두목까지 알아낼 수 있었다.

헤이시로의 짐작은 거의 다 맞았다. 하쿠슈와 슈메이는 역시 부자 지간이고 두목은 예전 두목의 자식이었다. 다만 이쪽은 놀랍게도 딸이었고, 슈메이가 두목을 피해 도망친 것은 단순히 강도짓에 몸서리를 쳐서만이 아니라 남녀 간의 갈등도 얽혀 있던 모양이다. 슈메이를 죽인 것도 여두목이었는데, 체포된 그녀는 자백하면서 눈물을 흘렸다고 한다.

어쨌든 요미우리가 환호작약할 만한 사건이다. 소토칸다는 제 소관 지역이 아니므로, 헤이시로는 "요미우리요, 요미우리가 나왔어요!" 하는 외침이 거리를 어지러이 날아다니는 소리를 흘려들으며 끔찍한 더위 속에서 졸고 있었다. 잠시 후 눈을 뜨고 고헤이시를 시켜 요미우리를 한 부 사 오게 하고, 아내에게 일러 하녀를 니혼바시에 있는 과자점에 보내서 맛있기로 소문난 후만주후로 만든 피로 팥소를 싸서 만드는 떡. 후는 밀가루에서 얻는 식물성 단백질 글루텐을 가공하여 만든 식재다를 사 오게 했다. 찬물에 식혀 먹으면 달콤하니 맛있어 혀에 매끄럽게 감긴다.

그것을 들고 혼조 모토마치로 갔다.

마사고로 부인에게 인사하고 방 안으로 들어가자 짱구가 자리에 앉아 있었다. 작은 방에서 글쓰기를 연습하는 중이다. 안요지에서 받아 온 호부가 목에 걸려 있다. 그것이 효험이 있었는지 마사고로 부인의 정성이 통했는지는 몰라도 지난 며칠은 죽물만이 아니라 죽도 떠먹게 되었다고 한다. 그래도 오랜 절식 탓에 속이 약해지고 기력도 떨어져서 당장 예전처럼 회복되지는 못할 것이다.

"옛다, 상 받아라."

헤이시로는 후만주 꾸러미를 흔들어 보였다.

"네 공이 컸다."

짱구는 송구스러워 어쩔 줄 몰라 했다. 넓은 이마가 제 빛을 잃었고 눈동자도 아직 멍하다. 헤이시로는 짱구 옆에 앉아 소년이 쓴 글씨를 들여다보려고 했지만 짱구가 얼른 손으로 가려 버렸다.

헤이시로는 웃었다.

"뭘 가리누. 아무튼 기운을 차릴 때까지는 읽기, 쓰기, 셈법을 열심히 공부해 둬라. 다시 일하기 시작하면 이렇게 한가한 시간도 없어질 테니까."

짱구는 뭐라고 말하려는 듯 입을 오물거리다 결국 아무 말도 하지 않았다.

"아주머니가 그러는데 너 울었다며?"

짱구의 눈시울이 빨개졌다.

"낳아 준 어머니든 키워 준 어머니든 어머니 마음을 아프게 하는 것은 좋지 않아."

대체 무슨 일이 있었던 거냐, 하고 헤이시로가 대놓고 물었다.

"이번에 큰 공도 세웠으니 설사 무슨 잘못이 있었다고 해도 지금이라면 털어놓기도 쉽지 않니."

헤이시로가 속으로 열을 헤아리는 동안 짱구는 아래만 쳐다보고 입을 다물고 있었다. 매미가 맴맴 시끄럽게 울어 댄다.

"정원사가 왔었어요."

짱구는 작은 목소리로 말했다.

"이 집에?"

"예. 저희가 손질하면 아무래도 나무 모양이 이상해져서 해마다 한 번은 정원사를 불러요."

"흐음. 그래서?"

"날이 더워서 땀을 뻘뻘 흘리며 일하더군요."

"그렇겠지. 정원사 일이 힘쓰는 일이니까."

짱구는 턱 끝이 보이지 않을 정도로 고개를 푹 숙였다.

"보리차를 가져다 주었는데, 저를 보더니 재수가 좋은 놈이라고 했어요."

이마에 땀을 쏟으며 일할 필요도 없고 편안한 얼굴로 빈둥거릴 수 있으니까― 라며.

짱구는 슬쩍 손등으로 눈을 비볐다.

"저처럼 빈둥거리는 아이는" 하고 속삭이듯이 말한다.

"주인한테 공밥을 얻어먹으면서도 은혜를 모른다면 천벌을 받을 거라고 했어요."

헤이시로는 팔짱을 끼고 생각했다. 저렇게 말하긴 했지만, 짱구는 아마 들은 그대로 말을 옮기진 않았으리라. 정원사는 필시 더 아프게 말했을 테지. '재수 좋은 놈'이 아니라 '팔자가 늘어진 놈'이라거나. '빈둥거리는 아이'가 아니라 '밥버러지'라거나.

"어른이란 것들은 가끔 그렇게 심통을 부리고 싶을 때가 있단다. 특히 요즘처럼 지겹게 무더운 날에는."

짱구는 고개를 까딱 하고 끄덕였다.

정원사한테 들은 말이 이 아이가 받은 상처의 전부는 아닐 텐데. 그자의 생각 없는 말은 그저 하나의 계기였을 것이다. 그전부터 짱구 마음에 어떤 응어리가 있었겠지.

내가 이 집에 있어도 괜찮은 걸까? 나는 이 집에 보탬이 되고 있을까?

물론 세상에는 땀을 쏟으며 뼈가 부서져라 고생을 하고 나서야 겨우 안정된 생활을 누리는 사람이 많다. 그런 사람과 견줘 보면서, 나는 지금 뭐 하고 있나— 짱구는 이렇게 생각했을까?

여기서 밥을 얻어먹고 있어도 정말 괜찮은 걸까? 밥값을 하고 있다고 말할 수나 있을까?

그런 자신감이 짱구에게는 없었다. 그래서 고개를 떨어뜨리고 미안해하면서도 밥을 넘기지 못했다.

"너도 이제 그런 생각을 할 나이가 되었구나."

헤이시로는 웃었다.

"안심해라. 너는 마사고로의 수하로서 제 몫을 충분히 해내고 있으니까. 이번에 해결된 사건만 봐도 분명하지 않느냐."

예— 하고 짱구는 소리를 내지 않고 입술로만 대답했다.

엄마가 보고 싶어서도 아니고 외사랑을 해서도 아니다. 오히려 더 '어른스러운' 고민을 하고 있었다.

밥벌이하는 모습은 사람마다 다르다. 다를 수밖에 없다. 자기가 잘할 수 있는 일을 하는 수밖에 없고, 그 일이 아니면 하고 싶지 않은 것이 사람 마음이다. 그래도 헤이시로는 문득 생각했다. 하쿠슈도 초상화 부채를 그리며 내가 여기서 이런 일을 하고 있어도 괜찮을까, 하고 자문한 적은 없었을까.

"이제 일하고 싶어서 몸이 근질근질하지?"

"예."

이번에는 소리 내어 대답한다. 그때 매미 우는 소리가 뚝 그쳤다. 마사고로가 부르는 소리가 들렸다.

"어이, 짱구야, 짱구야! 큰형님이 부르신다!"

"예—."

짱구는 벌떡 일어났다.

"지금 나가요!"

휘청거리는 걸음으로 방을 나간다. 그 바람에 쓰기 연습을 하던 종이가 활랑 날아오르다 다다미 위에 내려앉았다. 헤이시로는 그것을 주웠다.

'하루살이'라고 적혀 있었다.

미 움 의
벌 레

1

뀌뀌뀌뀌뀌뀍―.

쓰르라미가 울기 시작했다. 오케이는 그 소리에 문득 정신을 차리고 눈길을 들어 밖을 내다보았다. 담 너머 사카키바라 나리 저택을 폭 감싸듯 서 있는 나무들 가운데 어디에선가 울고 있는 모양이다.

서쪽 하늘에 붉은빛이 희미하게 끼었다.

뀌뀌뀌뀍. 아직은 별로 기운이 없는 단 한 마리의 울음소리. 그래도 올 들어 처음 듣는 쓰르라미 소리다. 어느덧 여름이 지나고 가을이 다가왔다.

바느질을 하겠다고 앉아 있었는데, 문득 정신을 차리고 보니 전혀 진척이 없다. 얼마 동안이나 맥없이 주저앉은 채 넋을 놓고 있었을까. 오케이는 손가락 끝으로 이마를 톡톡 쳐서 스스로에게 핀잔을 주었다.

'우에한植半'이란 글자가 발염염색약이 스며들지 못하게 하여 흰색을 표현하는 기법으로 하얗게 씌어 있는 짙은 남색 한텐. 주인 한지로가 집안 대대로 입는 한텐이다. 소매 둘레에 그려진 덩굴나무도 이 정원사 집안의 표식이다. 사키치는 덩굴나무 무늬 부분이 나뭇가지에 걸려서 찢어질 때가 잦다. 커다란 전정가위를 들고 나무에 올라가 가지치기 작업을 할 때 가위를 놀리는 팔 동작에 이상한 버릇이 있기 때문이라고 본인은 말한다.

"주인님한테 종종 잔소리를 듣는데도 영 고쳐지질 않네."

오른쪽 소매의 찢어진 자리를 절반쯤 꿰매다가 어느새 손길을 멈추고 말았던 모양이다. 오케이는 자리를 고쳐 앉아 바늘 끝을 머리카락에 문질러 머릿기름을 바르고는 서둘러 바늘을 놀리기 시작했다. 이런 바느질거리는 해 있을 때 해치우는 편이 낫다.

사키치는, 오늘 저녁은 사사키 나리의 번저에도에 두는 영주들의 저택을 번저라 한다. 혼조 후카가와 지역에 있는 번저는 주로 영주의 가족이 이용하거나 별장처럼 사용하곤 했다에서 완공 축하연이 있는데 주인님을 수행해야 해서 늦은 밤에나 돌아올 거라고 하며 집을 나섰다. 다녀오세요, 하고 배웅한 오케이도, 다녀올게, 하고 대답한 사키치도 다 웃는 낯이었고 밝은 목소리였다.

하지만 두 사람 모두 속을 감추고 있었다. 두 사람 모두 상대방의 거짓을 느끼고 있다. 서로가 자신의 느낌을 상대에게 감추려고 한다는 것을 오케이는 뚜렷이 느꼈다.

언제부터 이렇게 되었을까. 어디가 시작일까. 답답한 맴돌기. 벚꽃이 활짝 필 무렵 가까운 사람들만 불러서 혼인식을 올렸고, 참석한 사람들은 모두들 기뻐하며 행복을 빌어 주었다. 무엇보다 주인공 두 사람이 눈앞에 열릴 새로운 생활에 벅찬 희망을 품고 부부가 되었다.

　이제 반년도 지나지 않았는데 무엇이 잘못되었기에 우리 사이가 이렇게 되고 말았을까. 바늘을 땀땀이 움직이던 오케이는 눈앞이 문득 어두워지는 것을 느꼈다. 쓰르라미의 구슬픈 소리가 쓸쓸함을 더욱 깊게 만든다.

　사키치를 처음 본 것이 벌써 십 년 전이다. 에도 북쪽 아라 강변에 오지라는 지역이 있는데, 오케이의 집은 오지에 있는 유명한 후도 **폭포**아라 강으로 흘러드는 지류 샤쿠지이 강에는 일곱 개 폭포가 있어 흔히 '오지의 칠폭'이라 했는데 후도 폭포는 그 중 하나이다. 현재는 나누시 폭포만 현존하고 나머지는 모두 물이 말랐다. 후도 폭포두 1950년대에 자취를 감췄다 **옆**에서 찻집을 하고 있었다. 그녀의 집으로 사키치가 오케이의 종자매 오미쓰를 찾아왔다.

　사키치는 정원사 집에 기숙하며 도제로 일하다가 처음으로 귀휴를 허락받았지만 돌아갈 집이 없었다. 그래서 예전에 미나토 상회 주인한테 오미쓰 이야기를 들었을 때 한번 만나고 싶었던 만큼 이 집을 찾아온 것이다. 곤란하시면 폭포 구경 온 사람처럼 들러서 얼굴만 보고 바로 갈 터이니 결례를 용서해 주십시오―, 그런 말을 띄엄띄엄 하고 나서 고개를 꾸뻑 숙이던 깡마르고 키만 껑충한 젊은이를 오케이는 똑똑히 기억하고 있다.

　사키치는 오케이보다 여덟 살이 많으니 그때 열여덟이었고 오케이는 열 살, 오미쓰는 세 살이었다. 오미쓰는 아직 철없는 꼬마여서 미나토 상회 주인의 친척이라는 사람이 왔다고 해도 아무 생각이 없었을 것이다. 숫기 없고 되바라진 데 없는 사키치는 오로지 오케이

의 부모하고만 이야기했다. 오케이는 그 모습을 장지 뒤에 숨어서
바라보았다.

오미쓰는 에도 쓰키지에 있는 건어물상 미나토 상회의 주인 소에
몬이라는 사람이 아사쿠사에서 찻집을 하는 오케이의 숙모를 통해
서 낳은 딸이다. 오미쓰 외에도 첩실 자식이 여럿 있다고 한다. 오케
이의 숙모가 오미쓰를 낳은 뒤에 곧 세상을 뜨는 바람에, 핏덩이 오
미쓰는 오케이네가 맡아 키워서 두 계집아이는 내내 친자매처럼 자
랐다.

미나토 상회에서는 오케이의 부모에게 매달 오미쓰의 양육비로
상당액을 보내 주었다. 매월 초하루면 미나토 상회 점원이 양육비를
전하러 온다. 다만 그렇게 심부름 오는 자는 오케이의 집에 오래 머
물지 않는다. 돈 꾸러미를 건네주고는 정중하지만 상투적인 인사만
나눌 뿐 방으로 드는 일이 없다. 그래서 오케이와 그 부모는 오미쓰
머리 위에 미나토 상회 주인의 그림자가 어른거리는 것을 평소에는
거의 느끼지 못하고 지낼 수 있었다.

그러던 차에 불쑥 찾아온 사키치가 아주 조심스러워하면서도 공
공연하게 미나토 상회라는 이름을 내세운 것이다. 그는 미나토야 소
에몬 야(屋)는 가게, 또는 그 가게의 주인을 가리키는 말이다. 즉 미나토야란 미나토 상회, 또는 상회의 주인을 가리
키는 호칭. 상인들은 이 호칭을 성처럼 사용했기 때문에 상인의 집안 자체를 가리키는 호칭이 되기도 했다 의 조카
딸이 낳은 아들이라고 했다. 그는 소에몬을 주인 나리라 불렀고, 그
주인 나리에게, 오미쓰는 너하고 핏줄이 닿는 아이니 터울 많이 지
는 누이동생이라 생각하고 잘 보살펴 주라는 말을 들었다면서 쑥스
러운 표정으로 이야기했다.

오케이의 부모는 내외가 다 반색하며 대번에 사키치를 마음에 들어 하는 눈치였지만 오케이는 영 탐탁지 않았다. 열 살배기 계집애다운 치기로, 뭐야, 이 뻔뻔한 사람은, 하고 발끈했다.

사실은 열 살배기 계집애답게 오미쓰를 시샘하는 마음도 있었다. 지금 생각하면 분명한 사실이었다. 사키치가 꼬마 오미쓰를 쳐다보는 따뜻한 눈빛, 그가 오미쓰에게 선물로 내민 빛깔 고운 장난감, 예쁘장하게 포장한 먹음직스러운 떡. 모든 것이 아니꼬웠다. 그런 까닭에 그가 자기 엄마 아버지가 이끄는 대로, 뒤뜰에서 닭에게 모이를 뿌려 주고 있던 오미쓰에게 다가가 말을 걸고 금세 하하 웃으며 함께 닭을 쫓아다니기 시작하자 더 이상 참지 못하고 발끈해서 신을 꿰신고 나섰다.

"이봐요, 이봐욧!"

사키치에게 그렇게 소리치는 자신이 턱을 쭉 내밀고 두 손을 허리춤에 받친, 심술이 뚝뚝 묻어나는 모습이었음을 오케이는 기억하고 있다.

"누구 맘대로 남의 닭한테 모이를 줘요? 너무 많이 주면 탈난단 말예요!"

사키치가 오미쓰와 함께 웃고 있던 표정 그대로 오케이를 휙 돌아보고는 진한 눈썹을 번쩍 쳐들며 놀랐다.

"어, 미안, 미안."

오미쓰가 그의 손을 잡아당겼다.

"우리 언니예요."

"그래? 그럼 오케이겠구나."

오케이는 잔뜩 토라져서 오미쓰의 손에서 닭 모이가 담긴 주머니를 홱 낚아챘다. 그 바람에 모이로 쓰는 잡곡이 쏟아져 발치에 흩어졌다.

"어, 왜 이래, 언니!"

오미쓰가 큰 소리로 말하고 발을 동동 굴렀다.

"닭들이 마구 쪼아 먹고 있잖아."

"오미쓰, 빗자루 가져와!"

오케이가 사키치를 노려본 채 쌀쌀맞은 목소리로 시켰다.

"언니가 쏟았잖아, 언니가 가져와!"

"니가 가져와!"

오케이의 시퍼런 서슬에 오미쓰가 움찔했다. 그때 사키치가 가만히 말했다.

"내가 치울게. 빗자루 빌려 올게."

뒤뜰을 가로질러 가려고 하는 사키치를 오케이가 콱 밀면서 가로막았다.

"오미쓰, 빗자루 가져와!"

오미쓰는 거반 울상이었다. 툭하면 질질 짠다니까, 저 계집애. 오케이는 더욱 발끈했고, 왜 이렇게 마구 화가 치미는지 자기도 알 수 없어서 문득 불안해졌고, 그래서 더 분통을 터뜨렸다.

"빨리 못 가져오니!"

오케이가 발을 꽝꽝 구르며 고함치자 오미쓰는 와앙 하고 울면서 집으로 뛰기 시작했다.

키다리 사키치는 메마른 턱을 한 손으로 만지며 흠칫거리는 눈빛으로 오케이를 쳐다보았다. 오케이는 여전히 악에 받친 낯을 하고 있었다.

"거기, 미나토 상회에서 온 사람이죠?"

"어? 으, 응. 그래."

"미나토 상회 주인의 친척이라죠? 점원이 아니라. 그래서 대단한 거군요, 친척이라고."

"뭐 대단할 것까지야—."

"그래, 우리 집엔 뭐 하러 왔어요? 유세 떨려고 왔어요? 엄마 아버지가 미나토 상회 주인님, 감사합니다, 감사합니다, 하고 굽실대는 거 보러 왔어요?"

떠밀린 채 우두커니 서 있던 사키치가 이때 뜻밖의 모습을 보였다. 웃은 것이다.

"오케이가 화가 단단히 났구나."

상대가 면전에서 사실대로 꼭 집어 말하자 이제 겨우 열 살 소녀인 오케이는 할 말이 궁했다.

"미안해. 하지만 나는 너희 가족을 언짢게 하려고 온 게 아니야. 정말로 오미쓰 얼굴을 보고 싶었을 뿐이야."

부드러운 말투에 오케이는 이내 기가 죽어 무슨 까닭인지 울음이 터질 것 같았지만, 애써 표독스레 입을 삐죽였다.

"뭐야, 미나토 상회 사람이라고 유세나 떨고."

어른이 다 된 사키치는 아직 꼬마인 오케이의 말에 상처를 받았는지 눈빛이 문득 어두워졌다. 그 순간 오케이는, 단단한 것을 겨냥해 주먹을 힘껏 휘둘렀는데 막상 주먹에 맞은 상대가 뜻밖에 무르고 부서지기 쉬운 것이었음을 깨달았다. 어린애답게 오해한 것이다. 그리고 자기가 오해했음을 깨닫자마자 표정에 즉시 드러나는 면 역시 어른보다 순진했다.

오케이는 낯이 창백해졌다. 사키치는 소녀의 그런 표정 변화를 보고, 자신이 아직 설익은 어른이지만 눈앞의 소녀보다 훨씬 연장자라는 사실을 떠올렸는지 이내 표정을 되찾았다.

"미안해."

사키치는 허리를 숙여 오케이와 눈높이를 맞추고는 다시 한번 그렇게 말했다.

"주인 나리한테 덜렁댄다, 생각이 없다 하고 종종 야단을 맞는데 사실 그렇거든. 오케이가 못마땅해하는 것도 당연해. 게다가 오미쓰는 오케이의 귀한 동생이잖아. 나 같은 것이 불쑥 끼어들었으니 당연히 화가 나겠지."

오케이는 입을 열었다가는 정말로 눈물이 나올까 봐 어금니를 꽉 물고 땅바닥만 쳐다보고 있었다. 흘린 모이에 닭들이 꼬꼬꼬꼬 하고 모여들어 야단을 떤다.

"앞으로는 함부로 끼어들지 않겠다고 약속할게. 그리고 나는 오미쓰를 데려가거나 너희 집에서 떼어놓으려고 온 게 아니야. 미나토 상회 주인 나리의 부탁을 받고 온 것도 아니고. 무슨 볼일이 있어서 온 게 아니고 정말로 그냥 온 거야. 나는 부모도 없고 형제도 없어서 조금이라도 핏줄이 닿는 오미쓰가 보고 싶었어. 한 번이라도 좋으니 얼굴을 보고 싶었을 뿐이야."

사키치가 오미쓰를 데려간다고는 오케이도 전혀 생각하지 않았다. 아니, 애초부터 그런 걱정일랑 털끝만치도 없었다. 그보다는 이 속 터지는 이야기를 견뎌내고 있는 동안 오케이는 머릿속 한구석에서 '오미쓰 같은 아이는 없어져 버렸으면 좋겠다'는 생각까지 하고 있었다. 이 역시 시샘 때문이었음을 지금은 안다.

결국 엉망진창이었다. 입안에 몹시 쓴 맛만 남았다. 사키치는 오케이에게 사과하고는 집 쪽으로 물러가더니 곧 돌아가 버렸다.

오미쓰는 언니가 심술을 부렸다며 앙앙 울고 있었다.

오케이는 부모의 부름을 받고 방으로 들어가 호된 꾸중을 들었다. 고집스레 입을 다물고 고개를 숙이고 있었지만 어머니가,

"사키치 씨는 미나토 상회 주인의 친척이야. 그런데 그렇게 방정맞은 소리를 해? 왜 그렇게 철이 없니?"

하고 엄한 목소리로 꾸중하자 발끈해서 대꾸를 하고 말았다.

"사키치란 사람은 미나토 상회 주인이 보내서 온 게 아니라고 했단 말예요. 무슨 볼일이 있어서 온 게 아니라고 했다고요!"

어머니가 오케이의 따귀를 쳤다.

"그 사람이 제 입으로 그렇게 유세를 떨겠니! 그렇게 음전하고 행실 반듯하고 착한 사람이! 선물까지 넙죽 받아 놨는데 어린 것이 왜 그렇게 몹쓸 말을 하니!"

그날 밤 늦게 밥도 굶은 채 이불을 뒤집어쓰고 있던 오케이 곁으로 아버지가 다가앉았다. 이불 위로 오케이의 머리를 톡톡 다독이며 부드럽게 입을 연다.

"너는 이제 오미쓰처럼 어린애도 아니고 거반 철이 들었잖니. 이런저런 생각이 들었겠지. 네가 그렇게 못마땅해한 까닭을 아버지는

다 알겠다. 그러니 이제는 그렇게 심통 부리지 마라. 너답지 않아.”

오케이는 말없이 몸을 움츠렸다. 그러면서 아버지 말을 들었다.

“하지만 네 마음의 절반은 여전히 어리니 내가 자세한 사정을 얘기해 줘도 이해하기가 힘들 거다. 다만 미나토 상회라는 가게는—아니, 미나토야라는 집안은 사정이 복잡해. 사키치라는 젊은이도 그런 복잡한 사정 속에서 살고 있지. 이제 겨우 수염이 날 나이인데 언행이 제법 어른스러운 것도 그 때문일 게다.”

사키치는 기댈 곳 없는 외로운 처지야, 하고 아버지는 오케이에게 타이르듯이 말했다.

“부모도 없고 집도 없어. 형제도 없고. 미나토 상회 주인이 그 아이의 뒷배를 봐주기는 하는 모양이지만 그 가게도 그 아이가 편하게 의지할 곳은 아니지.”

아버지가 사키치를 ‘그 아이’라고 부르자 오케이의 머릿속에 성숙한 사키치의 얼굴과 모습이 갑자기 가련한 고아처럼 떠올랐다.

“그러니 그 아이가 오미쓰를 만나 보고 싶어 하는 마음도 아버지는 이해가 간다. 게다가 미나토 상회 주인도 오미쓰를 걱정하고 있으니까, 사키치에게 오지에 한번 가서 오미쓰를 살펴봐 주라고 부탁했다는 말도 아마 사실일 게야. 미나토 상회 주인에게는 밖에서 낳은 자식이 여러 명인데, 태어나자마자 어미를 여읜 아이는 오미쓰밖에 없다고 하니, 미나토 상회 주인도 오미쓰만은 각별히 불쌍하게 여기고 있을 거다.”

오케이는 이불에서 얼굴을 조금 내밀고 아버지의 온화한 얼굴과 언제나 웃는 듯 보이는 가는 눈을 쳐다보았다.

금세 마음이 가벼워지고 얼굴의 긴장이 풀렸다. 문득 응석을 부리고 싶어졌다.

"근데 아버지."

"왜."

"그럼 미나토 상회 주인은 왜 오미쓰를 맡아 키우지 않아요?"

"너는 오미쓰가 미나토 상회로 가 버리면 좋겠니?"

"그건 아니지만……."

"그럼 잘된 일 아니냐."

아버지는 그렇게 말하고 다시 이불 위로 오케이의 배 근처를 톡톡 다독였다.

"미나토 상회 주인이 오미쓰를 맡아 키우지 않는 것도 아까 말한 복잡한 사정 때문이다. 사키치가 외로운 처지가 된 것도 그 복잡한 사정 때문이고. 두 아이는 처지가 비슷한 셈이지. 사키치는 오미쓰에게 오라버니 같은 사람 아니냐. 그래서 내가 그 아이에게 오미쓰를 만나고 싶으면 언제든지 오라고 일러두었다."

오케이는 살짝 반성하는 마음이 들어서 그 심정을 에둘러 표했다.

"하지만 내가 그렇게 심한 말을 해 버렸으니 아마 다시는 오지 않을걸요."

"뭐라고 했게?"

"미나토 상회 주인의 친척이라고 유세 떠냐고."

"어찌 그리 말을 잘하누."

"……죄송해요."

됐다, 하고 아버지는 온화하게 웃었다.

“어차피 사키치도 내년 귀휴 때까지는 시간이 나지 않을 게다. 주인집에 기숙해서 도제로 일하며 기술을 배우는 아이들은 가게 점원 못지않게 꽁꽁 매여 살아야 하니까. 제 몫을 해내는 기술자가 되려면 몇 년은 더 일해야 할 테고.”

“그동안 내가 한 말을 다 잊어 줄까요?”

“네가 바라는 대로 그렇게 쉽게 잊어 주기야 하겠냐. 그래도 아버지가 근처에 갈 일이 종종 있으니까 일 년쯤 지나서 미나토 상회에 들러 그 아이에게 또 놀러 오라고 이르마.”

아버지는 오케이의 얼굴을 들여다보았다.

“그 참에 네가 심한 말을 해서 미안하다고 사죄하더라고 하면 괜찮을 게다.”

그해 봄이 가고 여름이 오고 가을 낙엽을 쓸고 겨울 서릿발을 밟으며 오케이는 때때로 사키치를 떠올렸다. 오미쓰에게 오라버니와 같은 사람이면 자기에게도 오라버니다. 다음에 만나면 잘못했다고 말하자. 좀 조신한 모습을 보여 주자—.

그런데 이듬해 귀휴 때가 되어도 사키치는 찾아오지 않았다.

무슨 사정으로 못 오는지는 달이 바뀌고서야 알 수 있었다. 매달 양육비를 전하러 오는 미나토 상회 점원이 가르쳐 주었다. 사키치가 하필 귀휴 직전에 나무에 올라가 작업을 하다가 떨어져서 다쳤다고 한다.

“많이 다쳤나요?”

“아뇨, 목숨에는 지장이 없다고 합니다. 다만 다리가 부러져 걷지를 못합니다.”

오미쓰는 크게 낙담했다. 오케이의 눈에는 그것이 사키치에 대한 걱정보다 그가 들고 왔을 선물을 아쉬워하는 듯 비쳤다. 오케이는 그가 찾아오지 않은 것 자체를 진심으로 슬퍼했다. 미안하다는 생각뿐이었다.

“걸을 수 있게 되면 얼른 완쾌되도록 여기 후도 폭포수에 찜질하러 오라고 전해 주시오. 온갖 병을 잘 다스리기로 유명한 폭포 아닙니까. 꼭 오라고, 오면 우리 집을 숙소로 내줄 테니 어려워 말고 오라고 말해 주시오.”

아버지는 그렇게 전언을 부탁하고 점원을 돌려보냈다.

이쪽에서 아무리 열심히 오라고 해도 사키치가 냉큼 달려올 위인이 아닌 듯하다는 것 정도는 오케이도 알고 있었다. 이제 이 집에 오지 않을지 모른다. 그렇다면 내가 대신 부동명왕님께 기도를 올리자, 하고 결심했다전설에 따르면 후도 폭포 밑에서 부동명왕상이 발견되어 폭포 옆 쇼주인이란 절에 모셨다고 한다. 사키치 오라버니의 부상이 얼른 낫게 해 주세요. 나중에 후유증이 남지 않게 해 주세요.

오케이는 문전 마을 찻집에서 부동존을 모신 본당까지 자주 참배를 다녔다. 아직 어린아이여서 마음먹은 대로 매일 다니지는 못하고 사흘에 한 번, 닷새에 한 번이 고작이었다. 부모에게 사키치를 위해 기도하러 간다고 말하기가 쑥스러워 부모 눈을 피해서 다니느라 더욱 그랬다.

매화꽃이 피었다 지고 벚꽃 봉오리가 부풀어 오를 즈음 사키치가 오지에 왔다.

나중에 들은 이야기지만, 오케이가 후도 폭포에 다니는 이유를 아버지는 빤히 알고 있었다. 그리고 매달 미나토 상회에서 오는 점원을 통해 사키치에게 그 사실을 전했다고 한다. 어린 것이 사키치 씨에게 못된 말을 한 것이 못내 죄스러운지 죄 갚음을 위해 열심히 기도하고 있습디다, 오지에 누이동생이 두 명 있다 생각하고 또 놀러 오시오—. 아버지는 사키치에게 그렇게 전했다.

사키치는 오케이네 집에 보름쯤 머물며 폭포수에 찜질을 했다. 그가 다시 주인집으로 돌아갈 즈음에는 서먹함도 가셔서 두 계집아이와 사이가 아주 좋아져 있었다.

"내년 귀휴 때 또 와야 해요."

아직 다리를 살짝 절며 돌아가는 사키치에게 오케이와 오미쓰는 나란히 서서 손을 흔들었다.

조금 별나긴 하지만 우리는 분명히 형제자매야, 하고 오케이도 생각하게 되었다. 해마다 한 번 귀휴 때만 만날 수 있지만 이렇게 우애가 좋은걸.

마침내 사키치가 스무 살이 되자 주인도 이제는 한몫하는 기술자로 인정해 주어서 기숙을 그만두고 통근을 하게 되었다. 그리되자 오지는 젊은 다리로 넉넉히 당일로 다녀올 수 있는 곳이므로 해마다 한 번이 아니라 세 달에 한 번 정도는 찾을 수 있게 되었다. 덕분에 세 사람 사이는 점점 도타워졌다. 어린 오미쓰도 다섯 살, 여섯 살을 지나 일곱 살, 여덟 살 소녀로 자라는 동안 사키치를 오라버니, 오라버니 하며 따르게 되었다.

한편 마찬가지로 한 살 한 살 나이를 먹어 소녀에서 아가씨로 자라던 오케이에게는 살림을 가르칠 겸 하녀살이를 시켜 보라는 이야기가 들어오기 시작했다. 어머니도 찻집 일밖에 모르는 딸로 키우기보다 어디 뼈대 있는 집안에서 하녀살이라도 한번 시켰으면 하고 바라던 차였으므로 이야기는 금방 진행되고 말았다.

열다섯 살 나던 해의 교체기_{하녀살이나 머슴살이는 대체로 기한부 계약 아래 일손이 교체되었는데, 일 년 계약일 경우에는 봄, 반년 계약일 경우 봄과 가을이 교체기였다}부터 오케이는 오지의 집을 떠나 기오이자카에 있는 어느 영주의 번저에 삼 년 기한으로 하녀살이를 하게 되었다. 에도 변두리에서 자란 아가씨로서는 좀처럼 잡기 힘든 좋은 자리다. 마을의 나누시_{에도 평민들의 자치 조직 계층 중 하나. 지주나 관리인들을 통솔했다}가 알선해 준 덕분에 잡을 수 있었다.

좋아라 하는 어머니의 얼굴을 곁눈으로 보면서 오케이는 속이 탔다. 열다섯 살 처녀에게 삼 년은 긴 세월이다. 그동안 부모나 오미쓰와 떨어져 지내는 섭섭함도 크지만 무엇보다 사키치를 전혀 만날 수 없게 된다.

이즈음 사키치에 대한 오케이의 마음은 희미한 연정 같은 것으로 자라 있었다.

하녀살이를 가기로 결정되었다고 알리자 사키치는 오케이가 집을 떠나기 전에 만나기 위해 바로 와 주었다.

"오케이도 한동안 집이 그리울 테고 혼자 남을 오미쓰도 언니가 없어서 외롭겠구나."

오케이는 잠자코 있었다. 바느질 연습을 위해 툇마루 밝은 자리에 나와 앉아 헝겊 인형을 짓는 중이었다.

"오미쓰는 아무렇지도 않을걸요."

잠시 후 작은 목소리로 말했다.

"사키치 오라버니가 종종 와 줄 테니까 아마 괜찮을 거예요."

사키치는 씽긋 웃었다.

"고마운 말이군. 하지만 나도 그리 자주 들르기는 힘들 거야."

"바빠서요?"

"아직 신참내기잖아. 밥벌이하기도 힘든 처지거든."

흠, 오케이는 대답했다. 오케이로서는 본래의 맛이 어떤지 알 수 없을 정도로 여러 가지를 복잡하게 뒤섞은 '흠'이었지만 사키치는 특별히 신경 쓰는 눈치가 아니었다.

"그럼 편지를 보내 볼까" 하고 즐거운 낯으로 말한다.

"글쓰기 연습도 할 겸."

"오미쓰한테요? 그러네요. 그럼 편지를 읽느라 오미쓰도 글공부를 열심히 하겠지요. 당장은 힘들지만요. 그 아이, 도통 서당을 싫어해서."

"그래? 하지만 오케이는 글을 잘 알잖아? 아버지한테 들었어."

사키치는 벌써부터 오케이의 아버지를 '아버지'라고 부르고 있었다.

"나는 서당을 좋아했으니까요. 엄마는 번저에 들어가면 한문도 배울 수 있다고 하시던데."

"번저에서 오케이가 집에 편지 정도는 부치게 허락해 줄까? 집에서 부친 편지도 받을 수 있을까?"

오케이는 눈을 크게 떴다. 그런 생각은 해 보지도 못했다.

"모르죠."

"그럴 수 있으면 좋을 텐데. 그러면 오미쓰를 중간에 두고 모두들 편지를 주고받을 수 있겠지? 얼마나 반가울까."

그 말은 곧 사키치가 편지를 보낼 때 오미쓰만이 아니라 오케이 앞으로도 쓰겠다는 말이렷다.

"그러게요, 그럴 수 있으면 좋겠어요."

오케이도 말했다.

"허락해 준다면 나도 더 열심히 일할 수 있을 텐데."

"음, 그렇겠지."

"하지만 오라버니, 편지를 어떻게 전하죠? 미나토 상회 점원한테 부탁하나요?"

사키치는 고개를 갸웃하더니 무슨 생각을 하는지 빙글빙글 웃기 시작했다.

"그것도 좋겠지만 다른 방법이 있을지도 모르지."

그저께 새끼 까마귀를 주웠다고 한다.

"다리를 다쳤더라고. 하지만 잘 치료하면 금세 나을 것 같아. 까마귀는 모이 주기가 어려워 사람한테 길이 들지 어떨지 알 수 없지만, 잘하면 까마귀 편에 편지를 주고받을 수 있을지도 몰라."

어떻게 그런 일이, 하고 오케이는 웃음을 터뜨렸다. 하지만 사키치는 제법 진지하게, 옛날 전쟁터에서 비둘기나 까마귀를 날려서 중요한 기밀을 알렸다는 일화를 들어 본 적이 있다고 한다. 그러니까 아마 가능할 거라고 했다.

"아버지 말씀으로는 전쟁 소설에는 허풍이 많다고 하던데요?"

"그래? 하지만 전부 허풍은 아니겠지."

오케이는 손으로 입을 가리며 소리 내어 웃었다.

"새끼 까마귀한테 이름을 붙여 주었나요?"

"음, 붙여 주었지" 하고 사키치는 씽긋 웃었다.

"쿠로, 쿠로, 하고 울기에 간쿠로라고 붙였어."

2

간쿠로는 정말로 톡톡히 보탬이 되는 전서오가 되어 사키치와 오지의 집을 오가며 편지를 날랐다―. 오케이는 그 사실을 하녀살이를 시작하고 열 달쯤 지나서 알았다. 그 정도가 지나서야 비로소 고향 집에 편지를 부치거나 답장을 받아도 된다고 허락을 받았던 것이다.

번저의 엄격한 생활 속에서 고향 집에서 오는 편지, 사키치의 소식을 알려 주는 편지는 오케이에게 정신적 버팀목이 되었다. 타고난 일꾼인 부모를 닮아 땀을 아끼지 않는 태도와 바른 행실을 인정받은 오케이는 번저에서 뜻밖이다 싶을 정도로 빠르게 중용되었다. 하녀로 인정받게 되면서 밤에 몰래 이불을 뒤집어쓰고 눈물짓는 일도 줄어들었지만, 그래도 집이 그립고 사람들 얼굴이 못 견디게 보고 싶을 때는 집에서 온 편지가 무엇보다 커다란 위안이었다.

성실한 태도를 인정받은 결과 오케이의 하녀살이는 애초의 삼 년 기한에서 오 년으로 연장되었다. 처음 그 말을 들었을 때는 눈앞이 캄캄해지는 심정이었지만, 부모도 좋다고 하므로 애써 붙잡은 자리를 내치고 집으로 돌아가면 좋은 소리를 듣기 힘들 판이었다. 게다

가 글쓰기가 꽤 능숙해진 오미쓰의 편지에서,

'그렇게 인정받다니 언니가 참 대단하다고 사키치 오라버니도 말했어.'

하는 글을 읽고 힘을 얻기도 했다.

그리하여 오 년이 지나 오케이도 스무 살이 되었다. 이제 몇 달만 더 일하면 마침내 부모 곁으로 돌아갈 수 있다고 기대하고 있을 무렵, 집에서는 언니와 사키치 오라버니를 혼인시키는 이야기가 진행 중이라고 오미쓰가 알려 주었다.

미나토야 소에몬도 이 혼담에 찬성해서, 혼담을 결정지으려고 손수 오지까지 왔다고 한다.

오케이는 어지럼증을 느꼈다.

새해 교체기를 맞아 집에 돌아가 보니 집에서는 벌써 모두들 축하하는 얼굴들이었다. 상대가 사키치라면 나무랄 데가 없고, 오 년 하녀살이로 살림 솜씨와 일손이 영글고 돈도 조금 모아 놓았으니 떳떳하게 보낼 수 있다고 어머니는 드러내 놓고 좋아했다.

"미나토 상회하고는 견줄 수도 없는 처지지만 그래도 너한테는 남부끄럽지 않을 만큼 갖춰 줄 수 있어."

아버지도 좋아하기는 했지만 어머니처럼 드러내 놓고 좋아하지는 않았다. 부동존께 참배하러 가자, 하고 오케이 하나만 데리고 나서는 오가는 길에 요즘 사키치의 상황에 대해 일러 주었다.

오케이는 사키치가 한때 조경 일을 그만두고 후카가와 뎃핀 나가야에도 시대에 평민들이 모여 살던 공동 주택 형식의 건물. 이웃들끼리 교류가 잦은 구조인지라 하나의 공동체와도 같아, 고유 이름을 가진 곳도 많았다라는 곳에서 관리인나가야 건물 및 주민들의 생활을 관리하는 사람. 마을의 촌장과도 같은 위치라 대개 연륜 많은 노인이 맡았다으로 일했다는 사실을 알고 크게 놀랐다.

"관리인이라면 노인들이 하는 일 아녜요? 사키치 오라버니가 왜 그랬대요? 조경 기술도 나쁘지 않았을 텐데."

아버지는 언젠가 '미나토야라는 집안은 사정이 복잡한 곳이야'라고 말할 때와 똑같은 얼굴이 되어—오 년이 지난 지금은 오케이도 아버지의 그런 표정을 더 깊이 이해할 수 있었다—대답했다.

"미나토 상회 주인이 단단히 부탁했다는구나. 다만 네 말처럼 관리인이란 자리는 어느 정도 연륜이 있고 산전수전 겪어 본 사람이 아니면 감당할 수 없지. 사키치는 어디까지나 임시였어. 그래서 벌써 그만두었어."

아버지는 계속 말했다.

"뎃핀 나가야라는 곳은 어찌된 일인지 머리빗 살이 빠지듯 세입자가 하나하나 빠져나가 묘지처럼 적막해졌다는구나. 그래서 사키치도 다시 조경 일로 돌아온 거다. 작년중에 뎃핀 나가야 쪽을 깨끗이 정리하고 정월부터는 후카가와 너머 오오지마라는 곳에서 조경 일을 하는 주인 밑에서 일하고 있다. 네가 시집가는 사키치는 예전과 마찬가지로 정원사 사키치니까 안심해라."

아버지의 온화한 얼굴에 오케이는 고개를 끄덕였다.

"뎃핀 나가야라는 곳에서…… 많은 일을 겪은 모양이더구나."

"그것도 미나토 상회 주인 탓인가요?"

"글쎄, 그건 모르겠다. 다만 사키치가 고생이 많았던 것 같고, 그만큼 세상 물정도 많이 배운 모양이다. 네가 알던 사키치보다 많이 어른이 되었고 생각도 깊어졌지."

"하긴 관리인은 나이 든 어른들이 하는 일이니까요."

오케이의 재치에 아버지는 하하하 하고 거침없이 웃었다.

"정말 그렇구나. 너도 한결 어른스러워졌다. 그러니까 오케이, 내 단단히 부탁하는데, 사키치가 제 입으로 말하지 않는 한 이것저것 캐물으면 못쓴다. 미나토 상회와 관련된 일은 사키치도 말하기 곤란한 일들이 많은 모양이다. 아내라고 해서 캐물으면 안 돼."

아버지의 훈계에 등장한 '아내'라는 말의 감미로운 울림에 넋이 나가 오케이는 그만 볼이 발그레해졌다. 아버지는 그런 모습을 보고도 웃지 않고 타이르듯이 담담하게 말했다.

"안 그래도 사내라는 것들은 여자가 꼬치꼬치 캐묻는 걸 질색한단다. 알겠니? 사키치는 성실한 청년이야. 너한테 정말 좋은 배필이지. 그러니까 더 단단히 일러두는 거야."

알았어요, 하고 오케이는 걸음을 멈추고 아버지의 눈을 쳐다보며 순순히 대답했다.

하지만 속으로는 아무래도 납득이 가지 않았다. 세입자가 빠져나가 무덤처럼 적막해진 나가야에서 관리인으로 있었다? 더군다나 임시 관리인? 임시라니, 그게 무슨 뜻일까? 그것도 미나토 상회 주인이 강권해서?

사키치는 지금도 미나토야 소에몬 앞에서는 고개조차 들지 못하지— 하고 생각했다. 그는 미나토야를 내비치며 유세를 부린 적이 없다. 하지만 미나토야의 그늘 밑을 벗어나지도 못한다.

— 우리 혼담도 미나토 상회 주인이 결정했고.

하지만 늘 그리던 사람과 함께한다는 기쁨 앞에서 그런 의문은 문제도 아니었다. 빗자루로 싹싹 쓸어 버리거나 쪼그맣게 꽁꽁 싸매서 마음의 서랍 속에 넣어 두면 정리되어 버릴 문제였다.

그때는 그렇게 생각했다. 그렇게 생각하고 말았다.

지금은 후회하는 일 중 하나다. 앞으로는 어떻게 한다?

그걸 알 수 없어서 오케이는 혼자 한 땀 한 땀 바늘을 움직이고 있을 뿐이다.

3

혼자 먹는 저녁일랑 더운 물에 찬밥을 말아 후루룩 치워 버렸다. 아삭아삭 소리 내며 채소 절임을 씹고 있자니 괜히 우울해져서 오케이는 식사를 얼른 끝내 버렸다.

사방등에 불을 밝히고 서랍에서 부업거리를 꺼낸다. 팔랑개비를 만드는 일이다. 일정 개수가 되면 오오지마 다리 건너 사루에초에 있는 엿 가게물엿을 비롯해 각종 엿과 과자류를 파는 가게로, 에도 시대에는 유명한 엿 가게가 여럿 있었다. 엿 장수 행상들은 요란한 옷차림에 징이나 북을 울리고 재미난 노래로 손님을 모아서 엿을 팔았다에 가져간다. 행상 하는 사람들이 그 가게에 모여 엿과 팔랑개비를 받아 등에 지고 큰북을 둥둥 울리며 후카가와에서 스미다 강 하류 쪽까지 죽 훑으며 팔러 다닌다.

한낮에는 이것저것 움직이며 할 일이 많아서 아무래도 부업거리의 절반은 밤 시간으로 넘어가고 마는데, 그렇게 만들어도 하룻밤에 스무 개를 만들지 못하면 사방등 기름 값도 못 뺀다. 오늘은 하는 일마다 자꾸 막혀서 더욱 그렇다. 가능하면 사키치가 돌아오기 전에 끝내 버리자. 오케이는 부지런히 손을 놀리기 시작했다.

손끝에 정신을 모으니 시간이 쏜살같이 지나간다. 뒤쪽 장지를 툭툭 조심스레 두드리는 소리가 아까부터 들려오고 있었는데도 알아채지 못하고 있었다.

"오케이 씨, 오케이 씨."

그 소리에 오케이는 흠칫했다. 풀로 끈적거리는 손끝을 뻗어 얼른 장지를 조금 열어 보았다.

"이거, 늦은 시간에 미안해요. 정말 미안해요."

허리를 살짝 구부린 도쿠마쓰가 부어 보이는 창백한 얼굴을 자못 미안하다는 듯이 일그러뜨리며 이쪽을 들여다보고 있다.

"어머, 안녕하세요. 무슨 일이세요?"

오케이는 무릎걸음으로 다가가 장지를 크게 열고 밖으로 몸을 내밀었다.

"실은 다이치가 열이 펄펄 끓어서요. 아침부터 자꾸 재채기를 하기에 고뿔이 들었나 했는데 이상하게 얼굴이 빨갛게 달아오르더니 이마는 뜨겁고 몸을 덜덜 떨면서 추워하네요."

도쿠마쓰는 울상을 짓고 떨리는 목소리로 말했다. 실은 평소 목소리도 항상 이래서, 늘 무엇엔가 겁을 먹은 사람처럼 비친다. 하지만 지금은 정말로 두려워하고 있다.

우에한의 한지로 주인집에는 일꾼이 다섯인데, 그중에 셋은 주인의 아들이다. 고용된 사람은 도쿠마쓰와 사키치뿐이다. 사키치는 올해 들어온 신참이지만 도쿠마쓰는 오 년쯤 전부터 일해 왔다. 나이도 사키치보다 훨씬 많아서 사십 대 중반은 넘었으리라. 어쩌면 한지로 주인보다 두어 살 많은지도 모른다. 다른 곳이었다면 주인 밑에서 일꾼으로 버티기가 힘든 나이다.

— 도쿠마쓰 씨는 일손이 차분하고 솜씨가 좋아. 하지만 그렇게 늘 흠칫거리는 얼굴 때문에 독립하지를 못하니 삯일꾼에도 시대의 직인은 대부분 주인에게 고용되어 일했다. 그러나 개중에는 독립하여 여기저기에서 일감을 받아 일하는 삯일꾼들이 있었다. 삯일꾼은 기술이 좋아 급료는 높지만 자기 사업으로 출세할 길은 막혀 있었다은 바라기 힘들지.

사키치는 좀처럼 남을 박하게 평하지 않는 사람이어서 그때도 사뭇 조심스레 말했지만 도쿠마쓰에 대하여 이렇게 말한 적이 있다.

— 한지로 주인님도 아마 조금 거북하게 생각하고 계실걸.

오늘 저녁만 해도 사사키 나리는 우에한의 귀한 단골이므로 기공 축하연에는 도쿠마쓰를 대동해야 마땅하다. 하지만 주인은 그를 제쳐 두고 자기 장남과 사키치를 데리고 갔다. 도쿠마쓰에 대한 주인의 평가가 잘 드러난다.

"어머, 다이치가요? 큰일이네요. 제가 도와드릴 건 없나요?"

"음, 미안하지만 해열약 있으면 좀 얻을 수 있을까요. 저번에 오케이 씨가 준 것이 아주 잘 듣더구먼."

친정집에서 받아 온 약이다. 지역이 그래서 그런지 친정집 동네에는 가게 면적은 작아도 잘 듣는 약을 파는 가게가 있다.

"드리고말고요. 잠깐만요."

오케이는 얼른 봉당으로 내려가 부엌 선반에서 약 상자를 꺼냈다. 빨간 종이에 싼 해열약이 아직 다섯 개 정도 남아 있다.

"여기 있어요."

건네주자 도쿠마쓰는 조심스레 받았다. 그러고는 곤혹스러운 낯으로 물었다.

"머리를 식혀 줘야 할까요?"

"예, 물수건으로……."

오케이는 대답하다가 문득 의아한 생각이 들었다.

"근데 오토미 아주머니는요?"

오토미는 도쿠마쓰의 부인이다. 다이치는 그 내외의 외아들로 이제 겨우 다섯 살. 늦둥이여서 도쿠마쓰가 금이야 옥이야 예뻐한다. 오토미도 서른을 넘긴 부인이라 상당히 늦은 출산이었다.

"잠깐 나갔어요" 하고 도쿠마쓰가 우물거리며 대답했다.

"이삼일은 지나야 돌아올 겁니다."

"그럼 더욱 큰일이네요. 다이치가 힘들겠어요. 말씀만 하세요, 저라도 뭐든 도와드릴게요."

도쿠마쓰는 살았다는 얼굴로 웃음을 보이고는 허리를 꺾듯이 꾸뻑 인사를 한다.

"고마워요. 정말 미안해요, 오케이 씨."

사방등을 끄고 심지 상태를 확인한 오케이는 다스키_{일할 때 옷소매를 걷어올려 고정시키기 위해 어깨에 묶는 끈}를 묶고 얼른 뒤뜰로 내려갔다. 사카키바라 나리 저택 담장을 따라서, 한지로 주인이 지주한테 빌린 이층집을 뒤로 지나가면 바로 도쿠마쓰네 집이다. 사키치네 집이나 그의 집이나 모두 초석도 없이 기둥을 세운 오두막 비슷한 단층집이다. 후카가와도 주만쓰보를 넘어 오오지마나 스사키의 이 근방까지 오면 나가야보다 이런 집들이 많아진다. 띄엄띄엄 오두막 같은 집이 모여 있는 곳 외에는 개간된 지 얼마 안 된 밭들이 널찍하니 펼쳐지고 지주의 집이나 무가 저택이 띄엄띄엄 있는 풍경이 펼쳐진다.

도쿠마쓰의 집은 평소에도 어질러져 있다. 사내아이가 있으니 그럴 수밖에 없겠다 생각하면서도 어질러진 쓰레기나 쌓인 먼지를 볼 때마다 오케이는 넌더리가 났다. 집 안 꼴이 이러니 아이가 열이 나는 것일 텐데 오토미 씨는 어디 갔단 말인가.

다이치의 열은 아주 심했다. 아이는 눈을 게슴츠레 뜨고 하악하악 숨소리를 내고 있었다. 오케이는 얼른 치료를 시작했다. 따뜻한 물로 해열약을 먹이고 이불을 덮어 주고 가슴과 이마에 젖은 수건을 댔다. 실은 겨드랑이를 식혀 줘야 마땅하지만 다이치가 찬 것이 닿으면 진저리를 치므로 그만두었다.

도쿠마쓰에게 물으니 아이가 저녁을 먹지 않았으며 해가 지기 전부터 상태가 아주 좋지 않았다고 한다.

"오늘 밤은 제가 곁을 지키고 있는 게 좋겠어요. 해열약이 듣기 시작하면 땀을 흘릴 테니까 옷을 갈아입혀야 하거든요."

"하지만 오케이 씨를 여기 붙잡아 두면 사키치한테 미안한데."

"걱정하실 거 없어요."

사키치가 돌아오면 기척으로 알 수 있을 테고, 상황이 이러하니 다이치 곁에서 간병해 주라고 말할 게 틀림없다. 도쿠마쓰는 내일도 일을 나가야 하므로 그녀는, 어서 주무세요, 하고 권했다.

"이런 일로 힘들게 해서 정말 미안해요."

도쿠마쓰는 연신 같은 말을 반복하며 사죄했다. 간절히 사죄한다기보다는 의례적인 앵무새 같은 말투다.

"전에는 이럴 때 주인아주머니한테 부탁했지만 이제는 그럴 수도 없으니."

한지로 주인의 부인 오쓰타는 작년 여름 각기비타민 B1이 부족해서 일어나는 병. 다리가 붓고 마비되며 온몸이 늘어지는 증상이 나타난다로 쓰러지더니 그 뒤로 영 상태가 좋아지지 않았다. 오케이가 시집올 때는 이미 반 병자였는데, 자리보전하기 전에는 일손이 매운 아주머니였다고 한다.

"오토미 아주머니만 계셨으면 다이치 간호도 걱정이 없을 텐데, 오늘은 영 운이 나빴네요."

오케이는 밝은 목소리로 말했다. 그러게요, 에미라는 여자가 꼭 필요할 때 보탬노 안 되네요, 하고 도쿠마쓰가 불평 한마디 뱉으며 아하하 웃어넘기면 그만이라고 생각했던 것이다.

하지만 예상과는 달리 도쿠마쓰의 부어오른 듯한 얼굴에는 더 짙은 그늘이 드리웠다.

"그러고 보니…… 오케이 씨는 모르겠군요. 사키치도 모를 거예요. 거기 내외가 여기 온 뒤로는 이런 일이 처음이니까."

수수께끼 같은 말을 작은 목소리로 흘린다.

오케이가 고개를 갸웃했다.

"이런 일이라뇨? 오토미 아주머니가 종종 멀리 출타하시나요?"

대체 어디에 갔을까.

솔직히 말하자면 오케이는 오토미라는 여자를 그다지 좋아할 수가 없다. 주인아주머니는 병자이고 한지로 주인의 아들들은 한창 놀고 싶어 하는 총각들이라 오케이에게는 오토미가 제일 가까운 이웃이 되는데도 평소 그다지 친하게 지내지 못하는 이유도 그 탓이다.

오토미는 어딘지 흐리멍덩한 여자다. 굼뜨다는 말이 아니다. 키는 오케이와 비슷하고 등이 곧은 신체 건강한 부인이다. 머리카락은 까 맣고 얼굴 생김도 가지런한 편이다. 하지만 말과 행동이 트릿하다. 바지런하게 일하는 사람도 아니다. 평소 오가다 잠깐 들여다봐도 특 별히 하는 일도 없이 그냥 해바라기를 하고 앉았거나 멍하니 머리카 락을 매만지고 있다. 그러니 집 안이 그 꼴이다.

이쪽의 생각이 어느새 전해졌는지 오토미도 오케이에게 살갑게 다가오지 않았다. 그렇다고 드러나게 싫어하거나 심통을 부리거나 하는 것은 아니고 다만 흥미가 없다는 모습이다. 지금 와 생각해 보 니 평소 인사 말고는 따로 대화를 나눈 기억도 없다.

"집사람은" 하는 도쿠마쓰의 말투가 문득 차갑게 변했다.

"내가 좋아서 각시가 된 것이 아니라서 종종 병이 나요."

"병?"

"벌레가 쑤석거리는 거예요. 미움의 벌레가. 말없이 집을 나가서 는 한동안 돌아오질 않아요. 살림 차린 지가 팔 년인데 그동안 이런 일이 한두 번이 아니었어요."

오케이는 뭐라고 대답해야 할지 몰라 그저 도쿠마쓰의 얼굴만 빤 히 쳐다보았다. 하지만 우울하게 아래만 내려다보던 도쿠마쓰가 문 득 고개를 들고 눈길이 마주치자 오케이는 거북해 얼른 일어섰다.

"물을 끓여 놔야겠어요."

아이가 땀을 내면 목이 마를 테니까요— 하고 얼른 말했다. 도쿠 마쓰는 같은 자세로 가만히 웅크리고 있었다. 그러고는 그 자세 그대로 말했다.

"그 집 내외는 좋겠어요. 서로가 좋아서 가시버시가 되었잖아요. 역시 부부는 그래야 하는 거예요."

불쏘시개를 찾으며 오케이가 애써 명랑한 목소리로 대꾸했다.

"어머, 무슨 말씀이세요. 괜히 놀리시는 거죠."

"괜히 하는 말이 아니에요, 정말이라고요."

"부부마다 다 다르지 않겠어요? 이래 봬도 제가 무가 저택에서 하녀로 일한 적이 있는데, 뼈대 있는 집안에서는 결혼할 때도 양가가 서로 저울질을 해 보고 결정하더라고요. 신랑 각시는 혼례상 앞에서 처음 얼굴을 보고요. 그래도 금실 좋은 부부로 살던걸요."

"있는 집안은 그렇겠지요. 먹고사는 데 아쉬운 게 없으니까."

도쿠마쓰의 말투가 더욱 침울해진다.

"하지만 우리 같은 가난한 것들은 그저 부부 사이나 부모 자식 간에 화목한 것 말고는 따로 세상 사는 낙이 없잖아요. 우리 집사람은 그걸 통 몰라요."

하기야 나부터도 가난한 건 싫으니까요— 하고 자조적인 말투로 중얼거린다.

다이치가 걱정스럽긴 하지만 이 집에 있는 것은 역시 싫다. 오케이의 발놀림이 바빠졌다.

마침 그때 문 쪽에서 사키치의 목소리가 들렸다.

"계세요, 도쿠마쓰 씨."

오케이는 튀어 오르듯 달려가 미닫이문을 열었다. 그녀의 얼굴이 나타나자 사키치는 뒤로 물러설 만큼 놀랐다.

"오케이, 어쩐 일이야?"

술기운 탓인지 눈 주위가 벌겋다. 사키치는 술이 그리 잘 받는 사람이 아니다.

"지금 오세요?"

다이치가 고열이 난 모양인데 오토미 씨가 집을 비워서요, 하고 오케이는 빠르게 설명했다. 도쿠마쓰도 천천히 일어나 이쪽을 쳐다보고 있다.

"그래? 그거 큰일이네."

사키치는 들고 있던 나무 도시락을 쳐들어 보였다.

"사사키 나리 댁에서 가져온 잔치 음식이야. 도쿠마쓰 씨한테 드리려고 들렀지."

"주인님은요?"

"많이 취하셨으니 벌써 잠드셨을걸."

오케이는 남편 옆으로 바짝 다가서서 자기보다 머리 하나는 큰 그의 목덜미에다 대고 속삭였다.

"아무래도 오토미 씨가 말도 없이 집을 나가 버렸나 봐요. 그래서 도쿠마쓰 씨가 경황이 없어요."

사키치는 말없이 눈을 휘둥그레 떴다. 싸웠대? 하고 역시 작은 소리로 묻는다. 오케이는 도리질을 했다.

"모르겠어요. 아무튼 다이치가 염려돼서 나는 오늘 밤 여기서 간병을 해야겠어요. 당신이 도쿠마쓰 씨랑 우리 집에서 같이 잘래요?"

그게 좋겠군, 하고 사키치는 고개를 끄덕였다. 이렇게 척척 이해해 주는 모습이 믿음직스럽다.

"도쿠마쓰 씨, 다이치는 집사람한테 맡기고 오늘 밤은 저희 집에서 주무세요."

사키치가 부드럽게 말하며 도쿠마쓰를 부추겨 주려고 다가섰다. 처음에는 주뼛거리던 도쿠마쓰도 그편이 편하다는 것을 잘 알고 있으므로 군말 없이 따랐다.

오케이가 차분히 앉아서 다이치의 상태를 살펴보니 이마와 볼에 조르륵 조르륵 흘러내릴 정도로 땀이 많다. 수건으로 땀을 찍어내고 이불 속으로 손을 넣어 보니 옷도 푹 젖어 있다. 해열약이 듣는 것 같아 마음이 놓였다.

그런데 오토미 씨는 이럴 때 어디서 무엇을 하고 있을까. 한창 말썽 많은 개구쟁이를 놔두고 나 몰라라 나가 버리다니.

— 미움의 벌레가 쑤석거려서.

그게 무슨 말일까?

참 언짢은 말이다. 벌레가 붙은 탓에 사람이 확 변해 버렸다는 말일까?

틈새기 바람이라도 들어오는 듯 문득 추워졌다.

— 꼭 우리 부부 같구나.

꼭 사키치를 두고 하는 말 같다. 그는 어느 날 문득 사람이 변했다. 마음속에서 오케이가 자취를 감춘 것 같다.

이런 생각을 해 봐야 아무 소용도 없다. 해 떨어진 연후에는 잡념일랑 집어치워야 한다고 아버지가 가르쳐 주지 않았던가.

사위가 쥐 죽은 듯 조용해지자 가을벌레들이 가늘게 우는 소리가 들린다. 어미 없는 방에서 고열을 내고 있는 나약한 아이를 지켜보면서 벌레 소리에 귀를 세우고 있자니 어느새 서글퍼졌다.

문득 생각이 났다. 그러고 보니 저녁때 간쿠로가 우는 소리를 듣지 못했다. 오늘은 나도 참 넋 놓고 지냈나 보다.

낮에 아주 멀리 날아가 버렸나? 똑똑한 새니까 사키치가 늦게 귀가할 것을 알고 자기도 외박을 하고 들어올 셈일까?

하지만 여기에 온 뒤로 간쿠로가 저녁때 바지랑대 꼭대기에 앉아 까악 하고 우는 소리를 듣지 않은 날이 없었는데.

— 어찌된 일이지?

아, 다 귀찮다. 오케이는 손으로 제 이마를 짚었다. 빨리 동이 트면 좋으련만.

4

오토미가 돌아온 것은 이튿날 점심때가 지나서였다.

사키치와 도쿠마쓰에게 조반을 차려 주고 두 사람이 일터로 나가는 것까지 배웅하고 난 오케이는 곧장 도쿠마쓰네 집으로 돌아가 다이치를 곁에서 보살폈다.

다이치의 열은 동틀 녘에 다 잡혀서, 오케이에게 배고프다고 응석까지 부릴 만큼 회복되었다. 아침에 칡죽을 달달하게 쑤어서 주니 단맛이 좋은지 게 눈 감추듯 비우고는 더 달라고 한다. 오케이는 웃으며, 약 먹고 다시 한잠 자고 나면 점심때도 맛있는 죽을 줄게— 하고 잠을 재우고는 다스키로 소맷자락을 단속하고 집 안 청소를 시작했다.

오토미가 아무 기척도 없이 문을 드르륵 열었을 때 오케이는 마침 서랍 속에 산더미처럼 쌓인 지저분한 것들을 닦아내고 하나하나 말리던 참이었다. 도쿠마쓰네 집에는 바지랑대가 하나밖에 없어서 자기 집에서 가져왔지만 그래도 모자랐다. 다행히 오늘은 날이 좋으니 두 번에 나눠서 말릴 수 있을 것이다—.

그러던 차에 목소리가 날아왔다.

"누구야, 거기?"

오케이는 놀라서 모처럼 깨끗이 씻은 물건들을 바닥에 떨어뜨릴 뻔했다.

"오토미 씨?"

뒤뜰에서 보면 입구가 어두컴컴하다. 오토미가 신을 벗고 나른해 보이는 걸음으로 다가와서야 겨우 얼굴을 알아볼 수 있었다. 부은 듯한 눈꺼풀에 해진 옷깃. 머리카락도 헝클어져 있다.

"어머, 오케이 씨구나."

오토미가 입을 열자 들큼한 술 냄새가 훅 풍겨 왔다.

"말도 없이 이렇게 들어와 있어서 미안해요. 어젯밤 다이치가 고열이 나서—."

갑자기 변명투가 되는 자신이 스스로 생각해도 이상했지만 오케이는 얼른 설명했다.

"어머, 그래?"

오토미는 눈을 잠깐 깜빡거리고는 나른하다는 듯이 닫힌 창호지 쪽을 힐끔 쳐다보았다. 다이치는 그 너머 다다미 세 첩짜리 작은 방에 누워 있다.

"오늘 새벽에야 잡혔어요. 기운을 차렸으니까 괜찮을 거예요."

"흐응. 저 아이는 툭하면 열이 난다니까."

오토미는 오케이가 쓰레기를 치우고 쓸고 닦은 방 안을 계집아이처럼 소매를 휘두르며 둘러보았다.

"풍로에 질냄비가 올라 있던데?"

"아, 죽이에요."

거의 다 되어서 약불로 뜸을 들이고 있었다.

"아이 먹일 죽?" 하고 오토미는 장지문을 가리켰다.

"아, 네."

"이런, 너무 신세를 졌네. 저러다 금방 나으니까 그렇게 야단 떨지 않아도 되는데."

못마땅해하는 말투는 아니다. 아무 감정도 없는 듯한 얼굴로 그렇게 말하고는 찢어지게 하품을 한다.

"저 이불, 이젠 필요 없지? 나 졸려 죽겠어."

아이가 누워 있는 세 첩짜리 방에 자기가 좀 눕겠다는 말이다. 자식 얼굴은 들여다보지도 않고 오케이에게 고맙다는 말도 없다. 오케이도 그런 공치사 듣자고 간병한 것은 아니라서, 장지를 열고 다이치에게 말했다. 다이치, 엄마 오셨다.

"뭐야, 역시 벌써 눈이 말똥말똥하네."

눈을 비비며 나오는 다이치에게 오토미가 말했다.

"어, 엄마."

"그래. 얼굴을 보니 너, 더 안 자도 되겠구나. 밖에서 놀다 와."

“응.”

오케이는 기가 막혔다. 다이치도 엄마의 이런 태도에 익숙해진 걸까? 화도 안 내고 투정도 부리지 않는다.

“오케이 씨, 기왕 신세진 김에 나한테도 차 한 잔 주지 않을래?”

다이치의 잠자리에 벌렁 누운 오토미가 하품을 깨물며 말했다.

“목이 너무 말라. 너무 마셨나 봐.”

아, 예, 하고 오지 주전자를 준비했지만 차통이 보이지 않는다. 오토미가, 우리 집에 잎차가 없는 거 아닌가 몰라, 하고 말했다. 그럼 저희 집에서 가져올까요? 아이, 미안해라—.

오케이는 어안이 벙벙한 채 오토미와 다이치의 시중을 들었다. 다이치는 죽을 맛나게 먹었다. 오토미는 엎드린 채 그 모습을 바라보다가 “맛있겠다. 나한테도 한 입 다우” 하고 다이치의 젓가락을 뺏어들기까지 한다. 다이치도 반가운 눈빛으로 엄마를 올려다본다.

“맛있지?”

“그래.”

“오케이 아줌마가 맛있게 해 줬어.”

“정말 잘 썼네. 다이치, 너 오케이 아줌마네 아들 할래?”

“응. 엄마는 오케이 아줌마네 딸이 되고.”

“좋지.”

서로 웃기까지 한다. 사이가 돈독해 보인다. 오케이는 옆으로 제쳐 두고 있다.

“저어…….”

모자지간의 즐거운 수다에 어렵게 끼어들려고 하자 오토미가 거침없이 말했다.

"아, 이제 됐어. 고생했어."

"아뇨…… 고생은요, 뭘."

쫓겨나듯 집으로 돌아와 개운치 않은 기분으로 잠시 넋을 놓고 있었다. 결국 오토미가 어디에서 무엇을 하다 왔는지는 물어보지도 못했다.

— 도쿠마쓰 씨한테 자세히 물어볼까.

하지만 왠지 맥이 빠지고 다 쓸데없는 일이다 싶은 기분이 든다.

그래도 그날 밤 또 한텐을 찢어서 돌아온 사키치에게 전말을 들려주었다. 남편에게 들려주다 보니 뒤늦게 울화가 치밀었다.

"제멋대로라고 해야 할지 뻔뻔하다고 해야 할지. 나만 바보 되고 말았어요."

사키치는 오케이가 만든 감자조림을 맛나게 우물우물 씹어 먹으며 웃었다.

"뭐, 그리 화낼 거 없어. 당신도 다이치가 걱정되고 그냥 내버려 둘 수 없으니까 보살펴 준 거잖아. 그러면 됐지, 뭐. 오토미 씨가 돌아온 뒤에는 아무 일 없지? 도쿠마쓰 씨도 불평 한 마디 없더군."

따지고 보면 그 말이 맞다. 이웃집은 아무 일도 없었던 것처럼 조용하다. 저녁때 힐끔 보니 오토미는 멀쩡한 낯으로 풍로에 마른 생선을 굽고 있었다.

하지만 조금쯤은 내 역성을 들어 줘도 좋을 텐데, 하고 오케이는 잠깐 생각했다.

미움의 벌레. 그 말이 되살아나 마음속을 슬금슬금 기어 다닌다.

역시 사키치의 마음에도 그 벌레가 생겨서 아내에 대한 배려를 야금야금 갉아먹고 있는 걸까?

어쩌면 벌써 다 먹어 치워 버렸을까?

"도쿠마쓰 씨가 이상한 말을 했어요."

밥공기에 밥을 더 퍼 담으며 오케이가 작은 소리로 말했다.

"오토미 씨가 그렇게 훌쩍 집을 나간 것은 미움의 벌레가 쑤석거리기 때문이라고."

사키치는 받아 든 밥공기를 허공에 딱 멈추고 미간을 찡그렸다.

"무슨 벌레?"

"미움. 미움의 벌레."

"처음 들어 보는 말이군. 무슨 벌레지? 꽃나무에 꾀는 벌렌가?"

아니에요, 하고 말하려다가 오케이는 입을 다물었다.

"나도 몰라요. 뭐, 아무럼 어때요."

나중에 설거지를 하는데 울분을 밀어내며 눈물이 흘러나올 것 같아서, 요란스럽게 이런 일로 울 거냐고 스스로를 꾸짖었다. 만약 울어 버린다면 이 일은 울 만한 일이라고, 그만큼 심각한 일이라고 스스로 인정해 버리는 꼴이 된다.

잠자리에 들 즈음 사키치가 불쑥 말했다.

"오케이, 간쿠로 봤어?"

그러고 보니 오늘도 하루 종일 보지 못했다. 기척도 느끼지 못했고 우는 소리도 듣지 못했다.

"어디 먼 데 갔나 보죠?"

사키치는 턱을 문지르고 장지문 너머로 눈길을 던졌다. 이미 새가 날 수 없을 만큼 캄캄하다.

"그렇더라도 깜깜해지기 전에는 돌아왔어야지. 그 녀석, 한 번도 이런 적이 없었는데."

눈가에 그늘이 졌다. 오케이를 걱정할 때보다 더 심각하게 걱정하고 있다.

"이제 나뭇잎도 많이 떨어지고 있으니 그 녀석이 나뭇가지에 앉아 있었다면 바로 밑에서도 쉽게 볼 수 있었을 텐데. 정말 본 적 없어? 찾아는 봤어?"

"일삼아 찾아보지는 않았어요. 그리고 높은 곳에 앉아 있으면 안 보이잖아요."

"간쿠로를 하루 이틀 보나?"

엄한 말투다. 오케이는 발끈했다.

"날개 달린 짐승이에요. 어디든 제 마음대로 갈 수 있다고요. 어디가 마음에 들면 돌아오지 않을 수도 있고요. 까마귀 머릿속을 인간이 무슨 수로 알아요!"

이쯤 되자 사키치도 말 속에 도사린 가시에 찔려 눈을 휘둥그레 뜨고 오케이의 얼굴을 쳐다보았다. 어서 주무세요, 하고 오케이는 이불 옷을 뒤집어쓰며 등을 돌리고 누웠다.

"―잘 자."

잠시 뒤 가만히 고개를 내밀고 보니 사키치도 오케이에게 등을 돌리고 모로 누워 있었다.

동트기 전 잠자리를 빠져나온 오케이는 정신없이 바쁘게 일했다.

청소를 해도 마치 세밑에 대청소하듯 다다미까지 들어내 먼지를 털었다. 일손을 멈추면 기다렸다는 듯이 온갖 잡념이 머릿속으로 밀려든다. 일하고 또 일해서 공연한 생각들이 다가오지 못하게 하는 것이 상책이다. 이것도 아버지한테 배웠다.

할 일을 다 마쳐도 해는 여전히 중천이다. 마음이 무거운 탓에 그렇게 일을 해도 배고픈 줄 모르겠다. 물 단지에서 국자로 물을 떠 마시고, 그럼 이제 부업 일이나 해 볼까, 하고 방으로 들어서는데 바깥에서 아줌마, 아줌마, 하고 아이들이 부르는 소리가 들렸다. 오케이가 문을 드르륵 열었다.

"왜? 아, 다이치로구나."

다이치를 선두로 진흙과 먼지로 얼굴이 새카매진 사내아이 세 명이 동그란 머리를 나란히 하고 서 있다. 이런 변두리에 살아도 아이들은 용케 또래를 찾아내게 마련이다. 다른 두 사내아이는 이 지역 농민의 자식이겠지. 종종 다이치와 어울려 이 근방을 뛰어다니는 모습을 보았다. 세 아이 모두 맨발이고 한 아이는 긴 실 끝에 고추잠자리를 매어서 들고 있다.

"오케이 아줌마."

다이치는 무슨 일인지 제법 작정한 듯한 눈길을 하고 침을 꿀꺽 소리 나게 삼켰다.

"저어, 간쿠로 있어요?"

"간쿠로? 우리 집 까마귀?"

"예."

실 끝에 묶인 고추잠자리가 허공을 빙빙 돌다가 얼굴 앞을 휙 가로지른다. 사내아이가 실을 휙 잡아당기고 입을 삐죽거리듯이 하며 말했다.

"저기 뒤쪽 숲 속에 까마귀가 죽어 있어요."

다이치가 당황해서 아이 팔을 잡아당겼다.

"간쿠로인지 아닌지는 아직 몰라요."

"야, 네가 말했잖아, 오른쪽 날개에 빨간 깃털이 섞여 있으니까 간쿠로가 맞다고."

간쿠로의 특징이다. 제법 멋을 아는 까마귀라고 늘 말했었다.

"까마귀가 어디 떨어져 있던?"

아이들은 오케이의 손을 끌고 신이 나서 길 안내를 해 주었다. 길을 건너고 밭두렁을 지나 이세 나리 저택 뒤편으로 크게 돌아가면 잡목림이 나오는데, 과연 까마귀 한 마리가 숲 속에 쌓인 낙엽에 절반쯤 묻힌 채 누워 있다. 다이치 친구의 누이동생인지, 계집아이 하나가 그 앞에 무릎을 안고 쪼그리고 있었다.

"얘가 지키고 있었어요. 개가 물어갈까 봐" 하고 다이치가 작은 소리로 말했다.

오케이는 계집아이의 머리를 쓰다듬으며 고맙다고 말하고 옆에 나란히 쪼그리고 앉아 까마귀를 내려다보았다. 오른쪽 날개에 빨간 깃털이 섞여 있다. 이미 뻣뻣하게 굳고 지저분해져서 보기에도 안쓰러운 모습이었지만 틀림없이 간쿠로였다.

"그렇구나……. 정말 우리 집 간쿠로야."

언제 죽었을까. 두 밤 동안 짖는 소리를 듣지 못했다. 간쿠로는 내내 여기에서 외롭게 죽어 있었던 것이다.

"불쌍해서 어떡하니."

오케이의 말에 더는 참을 수 없는지 다이치가 울상을 지었다. 작은 계집아이가 울기 시작했다.

"울지 마. 산 것들은 언젠가 죽게 되어 있으니까."

자기도 가슴이 메었지만 오케이는 애써 미소를 지으며 아이들을 달랬다.

"얘는 솔개한테 당한 거야."

고추잠자리를 붕붕 날게 하며 사내아이가 어른스러운 말투로 혼잣말을 했다.

"까마귀는 영리하니까 솔개 같은 거한테 당하지 않아" 하고 다른 아이가 대꾸했다.

"어서 무덤을 만들어 줘야 해."

훌쩍거리며 계집아이가 말했다.

"그래. 우리 집 뒤뜰에 묻어 주자."

"아줌마, 우리가 얘를 싸 줄 걸 가져올게요. 거적이면 돼요?"

"그래. 고마워, 다이치. 너희도 고마워. 이렇게 찾아서 알려 주지 않았으면 우리는 계속 모르고 지냈을 거야."

아이들은 앙증맞은 손으로 오케이를 거들어 무덤을 파고 간쿠로를 묻고 묘비 대신 매화 가지를 꺾어 꽂아 주기까지 했다.

"이 매화가 뿌리를 내려서 꽃을 피우면 좋을 텐데."

"그럼 간쿠로도 좋아할 거야."

아이들이 저마다 손을 모아 합장하고 집으로 돌아가자 오케이는 한없이 쓸쓸해졌다.

간쿠로는 오케이와 사키치에게 중신아비 같은 존재였다. 그 영리한 까마귀가 없었으면 두 사람의 인연은 이렇게 가시버시가 되기 전에 끊겼을 것이다.

그 중신아비가 죽어 버렸다. 허망하게 사라져 버렸다.

오케이와 사키치 사이에 있던, 눈에 보이지 않지만 소중한 무엇이 더 이상 존재하지 않게 되었기 때문에 간쿠로가 죽어 버렸는지도 모른다. 아니면 간쿠로의 수명이 다할 때가 오케이와 사키치의 인연이 끊어질 때라고 애초부터 정해져 있었을까?

일을 마치고 돌아온 사키치에게 작은 무덤을 보여 주자 그는 어깨를 툭 떨어뜨린 채 잠시 아무 말 없이 쪼그리고 앉아 있었다. 오케이는 남편 뒤에 있었지만 사키치가 너무 오랫동안 침묵을 지키자 마음을 먹고 가만히 말을 건넸다.

"이 무덤을 만들다 보니…… 예전에…… 많은 일들이 떠올랐어요. 간쿠로 덕분에 즐거운 일이 참 많았잖아요."

사키치는 여전히 침묵이다. 그런 사키치를 뒤에서 보니 어쩐지 수척해진 느낌이 들었다. 턱도 뾰족해지고 어깨도 얄팍해졌다.

무슨 고민을 하고 있을까. 지금도 이렇게 간쿠로의 무덤을 쳐다보는 그의 머릿속에 오케이가 아닌 전혀 엉뚱한 무엇이 떠올라 있지는 않을까?

어쩌면 똑같은 간쿠로에 얽힌 추억이라도 오케이로서는 헤아릴 수 없는, 오케이하고는 관계없는 추억이 아닐까? 그러니까 말을 걸어도 대답이 없겠지. 간쿠로를 잃은 슬픔을 두 사람이 나눌 수도 없게 되었다는 말인가?

“……그동안 정말 수고했어” 하고 사키치가 혼잣말처럼 말했다.

그 순간 오케이는 자기한테 하는 말인가 해서 흠칫 놀랐다. 지금까지 정말 수고해 주었지만 이젠 다 끝났다, 그런 뜻인 줄 알았다.

하지만 사키치는 눈을 살짝 감더니 한 손을 이마에 대고 말을 이었다.

“이 아이는 많은 사람들한테 사랑을 받았어. 이즈쓰 나리나 가와이 상회 도련님한테도 알려 드려야 해.”

간쿠로 얘기였구나. 오케이는 한 손으로 심장 부분을 누른 채 속삭이는 목소리로 물었다.

“이즈쓰 나리라면 혼례 때 와 주신 무사님이요? 마치 순시관에도 시내에 평민들이 살던 동네를 '마치'라고 했다. 출입구를 설치하고 내부 자치 조직이 있는 등 폐쇄적인 공동체로, 소수의 관리가 자치 조직과 함께 마치를 관리했다으로 계신.”

“응. 뎃핀 나가야에 있을 때 나도 신세를 많이 졌거든.”

뎃핀 나가야는 두 사람이 혼인하기 전에 사키치가 잠시 관리인으로 일한, 후카가와에 있던 나가야다. 지금은 철거되어 흔적도 없다. 그 터에 미나토 상회가 저택을 지었다. 본래 미나토 상회 땅이었다. 사키치 말로는 그 저택에 안주인 오후지가 칩거하다시피 살고 있다고 한다. 병치레가 잦다고 하는데, 정양을 하려면 더 조용한 곳—이를테면 여기 오오지마 근방이 훨씬 좋을 텐데, 갑부한테는 갑부 나름의 생각이 있나 보다.

오케이는 미나토야 내외를 만나 본 적이 없다. 사키치와의 혼담을 정해 준 사람은 주인 소에몬이므로 결국은 그가 중신아비인 셈이지만 혼례 때는 참석하지 않았다. 물론 큰 상회의 주인 내외라면 오케이에게는 구름 위 신선이나 다름없는 사람이므로 고깝게 여긴 적도 없지만, 사키치에게 소에몬은 핏줄이 닿는 사람이고 부모나 다름없는 존재였다. 실제로 사키치가 관리인이라는 어려운 일을 떠맡은 이유도 미나토야의 강력한 권유가 있었기 때문인 듯하다.

뎃핀 나가야에 얽힌 추억을 이야기할 때면 사키치는 늘 흐뭇해하는 눈치다— 아니, 흐뭇해하는 눈치였다. 오케이는 어떤 생각이 머리를 스쳐 흠칫 놀랐다. 그러고 보니 요즘 사키치는 뎃핀 나가야 이야기를 통 하지 않는다.

두 사람 사이가 삐걱거리기 시작할 즈음부터 그 이야기가 뚝 끊겼다. 그전에는 간이 식당 주인 오토쿠 씨가 어쨌다는 둥 콩알을 닮은 두부 가게네 꼬마들이 이랬다는 둥 잠시 함께 살며 보살피던 조스케라는 아이가 참 귀여웠다는 둥 종종 추억을 들려주었고, 오케이도 웃고 감탄하며 마치 자기가 겪은 일처럼 친근하게 느꼈는데.

사키치의 마음을 황량하게 만든 원인은 뎃핀 나가야에 있는 게 아닐까? 거기 잠들어 있는 추억 가운데 무언가가 최근 새삼 되살아나서 그의 마음을 마구 헝클어뜨리고 있을까.

"이러고 있는다고 간쿠로가 살아나지도 않을 테고."

사키치는 무릎을 탁 치며 일어섰다.

"오케이, 밥이나 먹자고. 당신도 너무 상심하지 말고."

그래요, 하고 오케이는 얌전히 일어섰다. 허탈한 기분에 빠져서, 사키치가 자기 얼굴을 의아한 눈빛으로 쳐다보는 것도 알아채지 못했다.

오지의 오미쓰한테도 편지로 알려 주는 게 좋겠지. 그러면 울 텐

데, 잠시 알리지 말까? 그나저나 다이치란 녀석이 참 착하네, 당신
도 이젠 오토미 씨 때문에 속상해하지 말아—.

사키치는 이런저런 이야기를 하고 있지만 오케이는 거의 듣고 있
지 않았다. 오미쓰. 그래, 동생 이름을 듣고 보니 더 분명하게 기억
이 났다. 그 아이가 몹시 화를 낸 적이 있었지.

오미쓰는 미나토 상회 주인의 숨겨 둔 딸인데, 소에몬에게는 본처
오후지와의 사이에도 딸이 있다. 이름이 뭐라고 했지?

그 딸이 오지에 구경을 왔다가 마침 오케이의 집에 들른 적이 있
다. 찻집이므로 거기 들른 것은 정말로 우연이었는지도 모른다.

그래도 오미쓰는 반가웠다. 마음이 시키는 대로 나서서 저도 모르
게 "인니!" 하고 불렀다.

그러자 미나토 상회 주인의 딸이 뺨을 쳤다. 첩실 자식 주제에 함
부로 자매 노릇을 하다니 뻔뻔하다는 것이다.

미나토 상회 주인의 딸은 아주 예쁘게 생겼다고 한다. 에조시_{시중의}
_{흥미로운 읽을거리를 그림을 중심으로 소개한 얄팍한 책}에도 등장한 적이 있다고 들었다. 그
래서 더욱 얄밉다고 오미쓰는 발을 동동 구르며 분통을 터뜨렸다.

— 인형처럼 예쁜 얼굴에 좋은 기모노를 입고 시중드는 하녀와 머
슴들이 굽실거리고. 정말 아니꼽고 치사해.

그래, 그랬다. 그래서 오미쓰는 올봄에 오케이와 사키치의 혼담이
정해졌을 때 이렇게 말하지 않았던가.

— 정말 잘됐다. 사키치 오라버니가 형부가 된다니 기쁘지만 그것
만이 아니야. 있잖아, 미나토 상회 주인의 오만방자한 딸이 사키치
오라버니한테 마음이 있었다는 거야. 너무 좋아해서 색시로 맞아 달

라고 나가야까지 찾아온 적도 있대. 미나토 상회에서 온 점원이 웃으면서 엄마 아버지한테 말하는 걸 내가 들었거든.

— 언니한테 사키치 오라버니를 **빼앗겼으니** 고것이 얼마나 분하겠어. 나는 가슴에 얹힌 게 다 내려간 기분이야. 자기는 뭐, 여름에 서부 지방의 어느 영주 가문으로 시집을 가기로 정해졌대. 얼굴도 본 적이 없는 중늙은이한테. 나는 그런 자리 죽어도 싫어. 아아, 고소하다, 꼴좋게 됐다.

그때는 어린아이다운 심술궂은 말이라고 흘려들었다. 사람들이 보는 앞에서 **뺨을** 맞았으니 얼마나 분했을까. 그러니 그렇게 야유한다고 타박할 필요는 없다. 게다가 그때 오케이는 행복에 취해 머릿속이 온통 분홍빛으로 물들어 오미쓰의 어린애다운 험담 따위에 제대로 응해 줄 상황도 아니었다.

하지만—.

미나토 상회 주인의 딸이, 인형처럼 얼굴이 예쁘고 사키치를 연모한다던 딸이 올 여름 서부 지방으로 시집을 갔다.

사키치와 관계가 이상해진 것도 마침 그즈음부터가 아닌가.

젊은 아가씨가 흠모한다는데 싫다는 사내는 없다. 하물며 에조시에 등장할 만큼 뛰어나게 예쁜 아가씨인데.

먼저 달려든 것은 그 아가씨라는데, 그렇다면 그런 아가씨를 맞이한 사키치의 마음은 어땠을까?

사키치의 마음은 어디에 있었을까?

역시 미나토 상회 주인 딸에게 기울지는 않았을까? 아무리 응석받이로 자라 세상 물정 모르는 아가씨라도 그 나이에 어울리는 부끄러움은 있었으리라. 전혀 상대해 주지 않는 남자를 만나겠다고 불쑥 들이닥칠 수는 없었겠지. 미나토 상회 주인 딸이 사키치에 대한 감정을 솔직하게 표할 수 있었던 것은 사키치 쪽에서도 그 감정을 이끌어내고 싶은 마음이 있었기 때문 아닐까? 은근하게, 희미하게, 조심스럽게.

그가 음전한 남자임을 오케이는 너무나 잘 알고 있다. 그 아가씨를 아무리 좋아해도 애초에 신분이 다를 뿐 아니라 큰 은혜를 베푼 미나토야 소에몬이 추진하는 외동딸의 혼담을 결코 깨뜨릴 수 없다며 자기 감정을 꾹 눌러 버렸을지도 모른다.

그러고는 오케이와 혼인했다. 미나토야 곁에서 떨어졌다. 미나토야 소에몬이 직접 나서서 사키치와 오케이의 혼담을 정한 이유도 자기 딸과 사키치를 확실하게 떼어 놓기 위해서가 아니었을까?

그래도—미나토 상회 주인 딸이 마침내 시집을 가 버렸음을 알고—사키치는 새삼 가슴이 아파서—.

가슴에 구멍이 뻥 뚫려 버렸다?

아아, 어쩌나.

꿈틀대기 시작한 것은 미움의 벌레가 아니라 애정의 벌레인지도 모른다.

5

며칠 뒤.

가을비가 내렸다. 이튿날은 날이 개고 갑자기 추워진다 싶더니 곧 햇볕이 쨍쨍 내리쬈다. 넋을 놓고 있던 탓인지 오케이는 드물게도 고뿔에 걸렸고, 그래서 또 넋 놓고 앉아 있는 시간이 길어졌다. 아침에도 사키치가 흔들어 깨워 주는 한심한 모습까지 보이고 말았다. 깊은 잠을 못 이루고 이상한 꿈만 꾸느라 오히려 늦잠을 자고 만 것이다.

지금까지 애써 감춰 온 어긋남도 더는 숨길 수 없게 되어서 사키치하고는 특별한 일이 없는 한 말 한 마디 나누지 않았다. 사키치가 집을 나서면서 뭐라고 말하려다가 입을 다물고, 다녀와서도 또 무슨 말을 꺼내려다가 입을 다물어 버리는 일이 몇 번이나 있었다. 그러나 오케이는 그럴 때 "네?" 하고 호응해서 입을 열도록 거들어 주지 않았다. 그렇게 했다가는 끝장날지도 모른다는 절박한 감정만 뱅뱅 맴돌아 사키치의 얼굴을 똑바로 쳐다보지도 못했다.

자기 고민으로 여념이 없는지라 도쿠마쓰 내외에 대해서는 까맣게 잊고 있었다. 그래서 그날 해 질 녘 도쿠마쓰의 깨지는 듯한 커다란 목소리가 날아들었을 때는 흠칫 놀라 얼른 움직일 수도 없었다. 한창 만들던 팔랑개비가 무릎 위에서 바닥으로 툭 떨어졌다.

"엉? 말해! 말해 보라니까! 이젠 나 같은 놈이랑 사는 게 진절머리 난다고, 가난뱅이는 딱 질색이라고 말해 보란 말이야!"

고함을 치고는 있지만 거반 우는 목소리다. 오미쓰가 어머니랑 말다툼을 할 때면 금세 저런 목소리를 내곤 했다.

오케이는 장지를 가만히 열고 뒤뜰 쪽으로 고개를 내밀어 보았다. 도쿠마쓰네 장지문이 닫혀 있다. 다이치는 집 안에 있을까? 놀러 나갔으면 좋으련만.

오토미가 뭐라고 대꾸하는 듯한데 도쿠마쓰보다 훨씬 낮은 목소리여서 알아들을 수가 없다.

"어차피 나는 별 볼 일 없는 놈이야. 네가 나를 어떻게 생각하는지 정도는 빤히 알아!"

오토미가 또 뭐라고 대꾸한다. 시끄러! 하고 도쿠마쓰가 고함을 지르고 무엇이 깨지는 소리가 요란하게 들렸다. 오토미가 악 하고 비명을 질렀다.

더는 가만있을 수 없어 오케이는 장지문을 닫고 거기에 등을 기댄 채 양손으로 제 가슴을 안았다. 부부 싸움 소리는 계속 들려온다. 이번에는 손바닥으로 귀를 막았다. 싫어, 싫어, 이 악다구니, 듣고 싶지 않아.

몸을 한껏 움츠리고 있다가 잠시 후 조심스레 손을 내려 보았다. 부부 싸움은 끝난 모양이다. 그제야 안도의 한숨이 새어 나왔다.

그때 뒤뜰 쪽에서 이번에는 다이치가 훌쩍거리는 소리가 들렸다. 필시 울고 있는 모양이다. 오케이는 당황해서 장지문을 열었다.

다이치가 간쿠로의 무덤 앞에 쪼그리고 앉아 울고 있다. 오케이가 다가가 말을 건네자 주먹을 쥔 손등으로 얼굴을 썩썩 문지르고는 "암것도 아녜요" 하고 뜀박질로 가 버렸다.

"다이치, 어디 가니? 금방 어두워지는데. 다이치!"

친구를 찾아갔을까? 그렇다면 다행이지만……. 걱정을 하며 오케이는 도쿠마쓰네 집을 돌아다보았다. 장지문은 닫혀 있다. 다이치가 저러는 것을 보니 어지간히 그악스런 싸움이었나 보다. 역시 걱정스럽다.

"오토미 씨?"

갈라진 목소리밖에 나오지 않았다.

"오토미 씨? 오케이예요. 아까 다이치가 울고 있던데…… 괜찮으
세요?"

대답이 없다. 오케이는 장지문에 손끝을 대고 가만히 당겼다.

일전에 오케이가 깨끗하게 청소해 두었는데 어느새 다시 형편없
이 어질러져 있는 방 안에 오토미가 이쪽에 등을 보이고 맥없이 앉
아 있었다. 기모노를 벗고 속옷 차림이다. 그것도 한쪽 어깨 쪽을 내
려 벗은 상태다.

가을해는 거의 다 떨어졌지만 그래도 붉은 빛이 방 안으로 곧장
비껴들고 있었다.

빛을 받고 있는 오토미의 등판에 멋진 문신이 떠올라 있다. 두억
시니일까? 관음상일까? 힐끔 보기만 했는데도 오케이는 숨이 턱 멎
었고, 기미를 느꼈는지 오토미가 가볍게 뒤를 돌아보았다.

오케이는 양손으로 빰을 감싼 채 꼿꼿이 굳어 버렸다. 석양을 등
진 오케이의 얼굴을 금방 알아볼 수는 없었는지 오토미는 눈이 부신
듯 눈을 가늘게 뜨고 쳐다보다가 천천히, 아주 느리게 속옷을 걷어
올려 등을 감추었다.

"—오케이 씨야?"

"죄송해요."

그 말을 남기고 오케이는 냅다 도망쳐 나왔다.

“문신?”

“예…….”

뜻밖에 사키치는 별로 놀라지도 않았다.

“도쿠마쓰 씨한테 뭐 들은 얘기 없어요?”

“아니.”

고개를 젓고 잠깐 먼 산을 보는 눈길이 되었다.

“다만 소문은 조금 들었지.”

“소문?”

“뭐 그냥…… 오토미 씨가 왕년에 산전수전 다 겪은 것 같다는.”

그 문신. 제대로 살아왔다면 등에 그런 걸 할 리가 없다.

“그래도 도쿠마쓰 씨는 오토미 씨한테 푹 빠져서 살잖아. 평소엔 금실 좋은 부부야.”

“하지만 오늘 싸움은 정말 대단했어요.”

사키치는 웃었다.

“그러니까 칼로 물 베기라고 하잖아.”

뎃핀 나가야에서도 그런 부부 싸움을 종종 보았다고 한다.

“그런 집에 일일이 마음 써 주다가는 내 몸이 남아나질 않을 테니까 그냥 내버려두라고들 하더군.”

“하지만 오토미 씨네는 심상치 않아요. 요전번 일도 그렇고요. 오토미 씨는 열이 펄펄 끓는 아이를 두고 밤에 훌쩍 집을 나가 버렸단 말예요. 도쿠마쓰 씨가 화내는 것도 당연하죠.”

“화를 냈으니 이젠 속이 풀렸겠지. 오토미 씨를 쫓아낸 것은 아니잖아. 지금도 도쿠마쓰 씨는 집 안에 있을걸?”

그건 잘 모르겠지만 다이치의 목소리가 들리고 아까는 뭔가 음식 끓이는 냄새가 났다.

"싸움이 끝나고 사이좋게 밥을 먹는 거야. 괜찮아."

오늘 도쿠마쓰는 사키치보다 먼저 일이 끝났다고 한다. 그래서 귀가도 일렀다.

"한지로 주인님도 도쿠마쓰란 놈, 저렇게 부리나케 집으로 돌아가는 것 좀 봐, 하면서 웃으시더군. 저 나이 되도록 마누라가 그렇게 좋은가, 하고 말이야."

"좋아하는 게 아니라 믿질 않는 거예요."

툭 뱉어 버리는 듯한 말투가 되고 말았다.

"오토미 씨를 감시하지 않으면 안심이 안 되는 거예요. 바람피우는 것은 아닐까 의심하는 거라고요. 오토미 씨는 정말 바깥에 남자가 있는 모양이에요. 도쿠마쓰 씨도 말했어요. 오토미란 여자는 미움의 벌레가 쑤석거리면 도저히 어쩔 수가 없다고."

빠른 말투로 말을 하고 나니 숨이 찼다. 볼이 뜨거워진다. 사키치는 입을 다물고 오케이의 얼굴을 찬찬히 쳐다보더니 목소리를 낮추고 훈계라도 하듯이 말했다.

"어차피 우리가 이러쿵저러쿵 할 일이 아니야. 당신답지도 않고. 그렇게…… 뒤에서 입방아 찧으며 재미있어하는 거."

오케이의 볼은 여전히 뜨거운데 가슴은 싹 식어 버렸다. 부르르 몸서리가 쳐지고 오싹 한기가 들어 몸이 대번에 차가워졌다. 핏기가 싹 가신다는 것은 아마 이런 느낌이리라.

"네, 그래요."

마음은 얼어붙은 듯 움직이지 않는데도 입술만 발랑발랑 움직이기 시작한다.

"내가 변변치 못한 집안에서 자라서 그래요. 누구네 귀한 딸처럼 예쁘게 크질 못해서 남의 집안일을 두고 입방아 찧고 수군거리는 걸 너무 좋아해요. 미안하네요."

사키치가 흠칫 놀라는 기색을 느낄 수 있었다. 저녁밥을 준비하는 중이라 풍로에는 냄비가 올려져 있다. 아까부터 끓고 있다. 금방이라도 넘칠 것 같다. 얼른 일어나 봉당으로 내려가 뚜껑을 열어 줘야 한다. 그러면 이 이야기는 여기서 끝낼 수 있다.

그렇게 생각하면서도 오케이는 움직일 수 없었다. 애써 외면한 채 사나운 기색으로 다다미를 노려보기만 한다.

"내가 뭐― 그런 말을 하려는 건 아니야."

사키치의 말투에 힘이 없다. 화를 내 주면 좋으련만 이 사람은 그러지 않는다. 물러서고 만다. 그래서 오케이는 그치지 못한다. 다시 입술만 발랑발랑 움직인다.

"아, 그래요? 그럼 무슨 말을 하려고 했는데요?"

"오케이."

"난 뒷소문 쑥덕이는 거 아주 좋아해요. 그렇게 생겨 먹은 여자라고요."

못난 여자죠? 딱 질색이죠? 하고 내뱉고는 그제야 사키치를 쳐다보았다. 제 딴엔 째려볼 생각이었지만 입가는 바르르 떨리고 눈에는 눈물이 글썽이고. 아아, 이러면 엉망이 되는데, 하는 마음이 스친다. 나는 화가 난 거예요. 화가 났다고요!

"당신은 나에 대해서 아무것도 모르잖아요. 애초에 나 같은 건 어찌 되든 관심도 없었으니까."

사키치의 두 눈이 커졌다. 입술이 '어' 모양이 되었다. '어찌 되든 관심도 없다니, 무슨 소리야' 하고 물으려 했으리라. 하지만 오케이는 말이 시작되기도 전에 가로막았다.

"당신이 몸도 마음도 딴 데 줘 버리고 나 같은 건 집 안에 딸린 식모 정도로 본다는 것은 알아요. 하지만 우린 부부잖아요. 난 다만 조금이라도―, 하긴 애초에 부부가 된 것이 잘못이었을지도 모르죠."

여전히 '어' 모양 그대로 굳어 있던 사키치의 입술이 풀어지고 고개가 떨어졌다.

"오케이?" 하고 그가 말했다.

"살림 차린 지 아직 반년밖에 안 됐는데."

그 말을 꺼내는 순간 오케이의 눈에서 갑자기 눈물이 뚝뚝 떨어졌다. 아아, 이게 무슨 꼴이람. 더 보기 좋게 울 수는 없을까. 이게 뭐야, 닭똥 같은 눈물이라니.

"요즘 당신은 완전히 남 같아요. 이야기도 못 나누고 무슨 생각을 하고 사는지도 모르겠어요. 내 말에 귀 기울여 주지도 않잖아요."

"나는―" 하고 사키치가 무언가 말하려다가 스스로 입을 다물었다. 한 손이 올라가 턱을 꾹 누른다.

"내가, 그렇게 행동했나?"

오케이한테 묻는다기보다 자문자답하는 것처럼 들린다.

"통 몰랐다는 거예요? 일부러 그런 게 아니었다는 말예요? 순 거짓말. 어떻게 그럴 수가 있어요?"

"아니, 하지만—."

"됐어요. 변명 같은 거 듣고 싶지 않아요."

오케이는 소매로 거칠게 얼굴을 훔쳤다.

"나, 친정에 갈래요."

"친정?"

사키치는 얼빠진 사람처럼 따라 말했다.

"오지로 돌아가겠다는 거야?"

"내가 갈 데가 거기 말고 또 어디 있어요. 좋아요, 친정에서 못 받아 주겠다면 어디로든 갈 거예요. 여기 있는 것보다는 나아요. 여기엔 내가 있을 자리가 없으니까."

닌데없이 그게 무슨 소리야, 하고 사키치는 혼잣말처럼 말했다.

"난데없이가 아녜요!"

오케이가 큰 소리로 대꾸하자 그는 움찔하며 뒤로 물러섰다. 그 모습이 한심해 보여서, 그리고 자기가 한심하게 느껴져서, 잡으려야 잡히지 않는 마음속 거친 파도에 휘청 떠밀린 채 오케이는 와앙 하고 울음을 터뜨렸다.

"당신 같은 사람, 끔찍하게 싫어!"

주위에 있는 물건을 아무거나 손에 걸리는 대로 집어 들고 사키치한테 마구 집어 던졌다. 구석에 정돈해 둔 부업거리. 새것이나 다름없는 둥근 방석. 작은 선반과 서랍이 달린 옷장은 시집올 때 부모가 해 준 것이다. 난동을 부리는 와중에 그것을 콱 밀어서 넘어뜨리고 맨발로 봉당으로 뛰어 내려가 풍로를 냅다 걷어차서 자빠뜨렸다.

"위험해!"

냄비가 뒤집혀 내용물이 요란하게 쏟아졌다. 펄펄 끓던 국물은 아슬아슬하게 피했지만 몇 방울이 발등에 튀자 바늘에 찔린 듯한 통증이 치달았다.

"오케이!"

뒤에서 쫓아오는 사키치의 목소리를 나 몰라라 하며 오케이는 캄캄한 밖으로 뛰어나갔다. 아아, 이젠 다 틀렸다―, 그렇게 생각하면서도 자기를 부르는 사키치의 목소리가 완전히 혼란에 빠진 것이 못내 통쾌하다고 느끼는 제 모습을 의식했다.

아버지는 소녀 시절의 오케이를 종종 이렇게 평했다.

"오케이는 보기엔 얌전해도 사실은 의외로 기가 세서 호락호락 물러서질 않아. 그 애랑 싸우면 어지간한 사내라도 당해낼 수 없을걸."

아버지는 언제나 부아가 날 정도로 예리해. 밤길을 눈물로 달리며 오케이는 생각했다.

6

아이는 족히 열을 헤아리는 동안 새하얀 무명천을 감은 오케이의 발등을 빤히 쳐다보았다. 꼭 홀딱 반한 듯한 모습이다.

그런데 그 홀딱 반한 듯한 얼굴이 또한 홀딱 반할 법한 미소년이다. 오케이는 생전 이렇게 예쁜 얼굴을 본 적이 없다. 미모가 영 심상치가 않다.

이 세상에 존재하는 '아름다움'의 총량이 정해져 있다면 이 아이는

'아름다움'을 과점했음이 분명하다. 지나칠 정도로 독차지한 나머지 다 써먹지도 못하고 그냥 줄줄 흘려 버리고 있다. 이렇게까지 예쁠 필요가 있을까. 그것도 사내아이가.

그래, 어리지만은 않다. 다만 아직 여물지도 않았다. 인생에서 '사내아이'라는 말이 가장 잘 어울릴 만한 연령대다.

상인 집안의 아들답게 입성이 깔끔하다. 소매가 짧은 줄무늬 기모노를 잘 다려 입고 띠는 조금 높다 싶게 맸다. 그 모습도 어쩐지 인형 같은 인상을 풍긴다. 어머니의 취향일까? 흡사 연지를 바른 듯한 입술은 여자라면 누구나 부러워할 만한 꼴이다. 볼에는 솜털이 햇살을 받아 하얗게 빛난다.

"사가초에 있는 가와이 상회의 도련님이라고 하셨죠?"

조금 넋이 빠져 혼잣말처럼 묻는 오케이에게 사내아이는 싱긋 웃으며 말했다.

"예. 유미노스케라고 해요. 마치 순시관 이즈쓰 헤이시로 나리가 제 이모부세요. 기별도 없이 불쑥 찾아와 죄송해요."

그 웃음이 또 속절없이 밝기만 하다.

"대낮에 이 시간이면 사키치 씨는 집에 안 계시겠다고 생각하기는 했지만, 그래도 간쿠로 무덤에 빨리 합장하고 싶어서 이렇게 찾아왔어요."

유미노스케는 다다미에 양손을 짚고 꾸뻑 고개를 숙였다. 아까부터 벌써 몇 번째인가. 참 예절도 바르지.

"아뇨, 저희 그이도 이즈쓰 나리와 가와이 상회 도련님께는 간쿠로 소식을 꼭 알려야 한다고 했어요."

“예. 소식을 듣고 이모부도 저에게 당신 몫까지 합장해 달라고 하셨어요.”

사키치가 뎃핀 나가야 시절의 기억들을 종종 들려줄 때 이야기에 자주 등장한 사람이 이즈쓰 헤이시로와 유미노스케란 이름이다. 그 다음이 간이 식당의 오토쿠라는 다부진 아주머니다. 그래도 사키치는 유미노스케가 이렇게 예쁘게 생긴 소년이라는 것까지는 일리 주지 않았다.

이런 아이가 정말 이즈쓰 나리를 이어서 마치 순시관 노릇을 할 수 있을까? 사루와카마치에도 곳곳에 흩어져 있던 가부키 극장은 풍기문란과 사치 문화를 조장한다는 이유로 막부의 골칫거리였다. 19세기 중반 막부는 아사쿠사 근처에 가부키 극장들을 강제로 모아 놓고 저명한 배우의 이름을 따서 그 지역을 사루와카마치라 명명했다에 가서 무대 배우를 하는 편이 세상에 더 보탬이 되겠다 싶다.

그럼 먼저 합장부터, 하더니 유미노스케는 뒤뜰로 내려가 간쿠로의 무덤 앞에서 꽤 오랫동안 엄숙히 합장했다. 오케이는 그동안 얼른 다과를 준비했다. 다과 준비라 해도 없는 살림이라 사다 둔 과자도 없어서 유미노스케가 들고 온 과자 꾸러미를 개봉했다. 시중드는 머슴 하나 없이 혼자 터벅터벅 걸어오면서도 인사치레까지 잘하는 소년이다. 혹시 이즈쓰 나리의 부인이 들려 보냈을까? 어쨌거나 그 자상한 마음씀씀이에 오케이는 감동받았다.

방으로 돌아온 유미노스케에게 차를 권하자 예의 바른 아이는 또 정중하게 꾸뻑 인사를 하고 나서 두 손으로 잔을 들었다. 그러고는 다시 오케이의 발에 감긴 무명천으로 눈길을 던진다.

“화상……인가요?”

“예? 아, 예, 덜렁대다가……. 부끄러워라.”

유미노스케는 싱긋 웃었다.

“풍로 걷어차는 일이야 흔하지요.”

오케이는 화들짝 놀랐다. 어찌 알았을까. 오늘 아침 사키치가 일하러 나가는 것을 확인하고는 얼른 집으로 돌아와 제일 먼저 방과 봉당을 깨끗하게 청소했다. 싸운 흔적은 어디에서도 남아 있지 않을 텐데.

지난밤은 결국 한지로 주인집에서 신세를 졌다. 주인집 앞을 지나가는데 안주인 오쓰타가 불러 세웠다. 잠옷 위에 두툼한 솜옷을 입고도 추운지 부인은 목을 잔뜩 움츠리고 있었다. 아무래도 오케이의 사나운 목소리와 쿵꽝거리는 소리를 들은 모양이다.

얼굴에 불이라도 붙을 것 같은 심정이었다. 몸도 성치 않은 부인에게 근심을 끼친 것도 면목이 없었다. 하지만 오쓰타는 수척하고 안색도 좋지 않은데도 의외로 힘 있는 목소리로 웃더니, 어려워하지 말고 오늘 밤은 우리 집에서 자라며 불러들여 주었다.

“내외간에 다툰 걸 가지고 뭘 그렇게 부끄러워해. 나도 빗장을 뽑아 들고 그이를 냅다 후려친 적이 있는걸.”

그러고는 많은 것을 묻지 않았다. 오늘 아침에도, 혹시 친정으로 돌아갈 거면 나한테 말이나 하고 가, 알았지? 하고 따뜻하게 말해 주었다.

“뭐, 무심한 남편은 가끔 간을 콩알만 하게 만들어 놔도 괜찮아.”

그러자 오케이는 외려 집을 나가기 힘들어졌다. 사키치는 결코 무심한 남편이 아니다. 그런 이유로 오케이가 집을 나갈 수는 없다—.

"오케이 씨는 오지의 칠폭 근처가 고향인가요?"

유미노스케가 물었다. 목소리도 고와라. 낭랑하게 울리는구나.

"아, 예. 친정이 찻집을 해요."

"유명한 후도 폭포라면 우리 어머니도 병을 고치려고 다니신 적이 있어요. 속이 자꾸 얹히는 병이었는데 영험 있다는 폭포수로 찜질을 해서 지금은 다 나으셨어요."

"아, 그러셨군요."

하는 말을 들어 보면 세상 물정에 훤한 연상의 남자 같지만.

"오지의 이나리 신사라면 저도 참배하러 간 적이 있어요. 이월 첫 오일午日의 다코이치사람 모양의 연을 화재 퇴치 신으로 받드는 축제로, 구경꾼들은 대개 그 연을 구입해 간다를 구경하러요. 다다미만 한 커다란 연을 사 달라고 떼쓰다가 아버지한테 야단을 맞았죠."

이런 이야기를 들어 보면 역시 어린애가 맞다.

"그 이나리 신사에는 예로부터 관동 팔주의 여우가 모두들 참배하러 온다더군요여우는 이나리 신의 전령이라 해서, 여우 상은 이나리 신사의 상징과도 같다. 이나리 신사는 일본 전역에 수없이 많은데, 오지의 이나리 신은 그 두령 격에 해당한다고 한다. 또한 오지의 이나리 신사는 여우불이 많이 나타나기로 유명했으며, 이는 하얀 여우들이 오지의 이나리 신사에 모여 있는 그림으로 묘사되곤 했다. 오케이 씨는 여우불을 본 적이 있으세요?"

물음을 던지고는 오케이의 대답을 기다리지도 않고 내처 말한다.

"여우들이 모이는 장소가 정해져 있다면 이 넓은 세상 어디에는 까마귀들이 모이는 곳도 있을지 몰라요. 간쿠로도 그리로 갔을 거예요. 그런데 까마귀가 어느 신의 전령이더라? 하치만 신이었나? 아니, 그건 비둘기인데."

다음에 사사키 선생을 뵈면 여쭤봐야겠네, 하고 중얼거리는 것이 꽤 즐거운 모습이다.

"그럼 오케이 씨는 화상을 치료하러 친정으로 돌아가시겠네요. 조심해서 다녀오세요."

이 말에 오케이는 또 크게 당황했다. 이 아이는 내가 친정으로 돌아가려는 것을 어떻게 알았을까?

"사키치 씨도 걱정이 많겠어요."

"아, 예."

"간쿠로가 죽어서 쓸쓸할 테니 차라리 이참에 참배를 겸해서 내외가 함께 오지에 다녀오면 좋을 텐데―, 이모부가 그렇게 말씀하셨어요. 당신도 훌쩍 떠나고 싶다고 하시더군요. 매일 혼조 후카가와만 오락가락하니까 가끔은 다른 곳을 어슬렁거리지 않으면 진저리가 난다시는 거예요."

이즈쓰 헤이시로는 무사답지 않게 이해심이 많은 사람이며 공무니 명령이니 하며 눈에 쌍심지를 돋우는 팍팍한 사람이 아니라고 한다. 사키치도 그렇게 이야기한 적이 있다.

"아, 그렇지. 지금 두 분이 집을 비우면 간쿠로가 외톨이가 되어버리겠군요."

유미노스케는 뒤뜰의 작은 무덤을 쳐다보고 말투를 바꾸었다.

"그래서 오케이 씨가 혼자 친정에―."

더는 견디지 못하고 오케이가 끼어들었다.

"저, 도련님."

유미노스케가 웃었다.

"유미노스케라고 하셔도 괜찮아요."

"그럼 유미노스케 님. 어떻게 제가—,"

오케이의 말을 회피라도 하듯이 유미노스케는 자리에서 쓱 일어나 뒤뜰로 내려갔다. 오케이가 그를 쫓아가려고 무릎을 세웠다.

"산 것들은 언젠가는 죽게 마련이죠."

유미노스케는 오케이에게 등을 돌린 채 혼잣말처럼 말했다.

그렇다. 오케이도 그런 말로 다이치와 아이들을 위로했다.

"하지만 저는 마음이 약해서, 언젠가 죽을 것을 생각하니 너무 두려워서 동물을 키울 수가 없었어요."

조금 떨어져 있어도 유미노스케의 목소리는 낭랑하게 들려왔다. 오케이는 무릎을 세운 채 그의 매끈한 등을 쳐다보았다.

"그래서 간쿠로의 죽음은 제가 처음 겪는 죽음이에요. 제가 기른 것은 아니지만 역시 슬프네요."

사키치 씨도 낙담이 크겠어요—. 유미노스케는 계속했다.

"오케이 씨와 혼인하기 전까지는 간쿠로가 유일한 가족이었으니까요."

오케이는 잠자코 자리에 다시 앉았다.

"사람 욕심은 끝이 없다고 이모부는 종종 말씀하세요."

유미노스케는 말했다.

"동물과 이별하기 싫어서 아예 기르지 않겠다는 것도 결국 네 욕심이라고요."

"욕심……?"

"예. 한때 친밀하게 지내던 존재가 어떤 이유로든 떠나가는 일,

그걸 못 견뎌 하는 것도 결국은 욕심이라고요. 그래도 그런 욕심 없이는 사람이 살아갈 수 없다, 그런 욕심은 있어도 괜찮은 거다, 그러므로 헤어지는 일이 싫다고 동물을 가까이하지 않는 것은 현명한 짓이 아니다—."

유미노스케는 머리를 움직여 하늘을 올려다보았다.

"그리고 언젠가는 이별하게 되지 않을까 하고 이별하기 전부터 지레 겁을 내며 사는 것도 어리석은 일이라고 하셨어요. 그건 이별을 무서워하는 게 아니라 자기가 차지한 것을 놓고 싶지 않다는 욕심에 속절없이 휘둘리고 있다는 얘기죠."

오케이는 목덜미가 서늘해졌다. 이 역시 지금 오케이의 심정을 두고 하는 말이 아닌가?

사키치의 마음은 이미 오케이 곁에 없다— 없는지도 모른다— 없는 것 같다. 오케이는 언제부턴가 그것이 늘 두려워—.

하지만 이 아이는 왜 하필 지금 찾아와서 이런 말을 하지? 어떻게 이런 말을 할 수 있지? 꼭 오케이의 마음을 들여다보고 있는 것 같지 않은가.

혹시 모든 일을 이즈쓰 헤이시로가 뒤에서 조종하는 것은 아닐까? 사키치가 그에게 상담을 하러 갔고, 자기가 나서자니 요란스럽다고 여겨 조카를 보냈을까?

"이즈쓰 나리는, 참 훌륭한 무사시군요."

오케이의 말에 유미노스케는 몸을 휙 돌려 다시 꽃이 피는 듯한 웃음을 보였다.

"에이, 뭘요, 이모부는 매일 빈둥빈둥 코털이나 뽑는 분인걸요."

자, 너무 오래 폐를 끼쳤군요, 하며 유미노스케가 인사를 차렸다.

"저는 이만 가 보겠습니다. 사키치 씨에게 안부 전해 주세요."

"예, 물론 그래야죠."

가부키 배우 같은 몸놀림으로 유미노스케가 가볍게 방으로 돌아가 얼른 신을 신고 문을 나섰다.

"또 놀러 오세요."

"예! 다음에는 이모부랑 같이 올게요."

"예, 예, 같이 오세요."

"그때는 강아지라도 한 마리 데려올게요. 간쿠로처럼 사람들에게 보탬이 될 수 있도록 영리하게 키워 볼래요."

그러고는 막 떠나려다가 깜짝 놀란 듯 펄쩍 뛰더니 동그란 눈을 휘둥그레 뜨며 뒤를 돌아보았다.

"아, 중요한 걸 깜빡했네요. 이모부가 오케이 씨에게 전하라고 하신 말씀이 있었는데."

"저한테요?"

"예."

유미노스케는 자못 즐겁다는 표정으로 입가에 웃음을 매달고는 노래하듯이 암송했다.

"'사키치가 뎃핀 나가야 시절에 오토쿠니 오쿠메니 하는 중늙은이 부인들한테 호되게 단련되었다지만 제 처한테 단련되는 일은 또 다를 것이다. 부디 잘 야단쳐 주어라.'"

오케이는 저도 모르게 두 손으로 입을 막았다.

"─라는 말씀이었습니다. 저야 무슨 말인지 알 수 없지만, 분명히 전했습니다."

유미노스케의 모습이 보이지 않을 때까지 오케이는 그렇게 꼼짝 않고 우두커니 서 있었다. 얼마 뒤 문득 한숨을 터뜨리면서 웃고 말았다.

그날 사키치는 해가 채 지기도 전에 집으로 돌아왔다. 얼굴이 붉은 것은 석양이 비치는 탓이 아니라 급하게 뛰어왔기 때문이다. 숨이 가쁘다.

"아, 오케이. 집에 있어 주었구나."

문을 열고 맞아 주는 오케이의 얼굴을 보자 갑자기 맥이 빠지는지 두 손으로 제 무릎을 짚고 헉헉 숨을 골랐다.

"한지로 주인님한테, 얘기 들었어."

"어젯밤에 그 댁에서 신세졌어요. 아주머니가 웃으시더라고요."

오케이는 부드럽게 말했다.

마음을 졸이며 허겁지겁 돌아온 사키치에게, 그 뛰어오는 모습에, 그 다급한 표정에 따뜻한 마음이 솟아났다.

"그래, 나도, 아주머니한테, 꾸중, 들었어."

"뭐라고 하셔요?"

"오늘 집에 돌아갔다가, 당신이 안 보이더라도, 화내지 말라고. 가슴에 손을 얹고, 곰곰이 반성하는 게, 먼저라고."

오케이는 웃음을 터뜨렸다. 그러면서 여전히 헐떡이는 그의 등을 쓸어 주었다.

"반성이라면 나도 같이 해야죠. 미안해요."

그래서 친정에 가지 않은 거예요.

사키치는 오케이의 얼굴을 처음 보는 양 찬찬히 쳐다보다가 고개를 저었다.

"요새 내 하는 양이 내내 심상치 않았다고 주인님도 말씀하시더군. 오케이 씨도 걱정하고 있을 거라고 주인님 내외분도 말씀하신 적이 있었대. 그러던 차에 어젯밤에— 싸움이 벌어지더라고."

오케이는 고개를 끄덕이고 그를 봉당으로 들이고 문을 닫았다. 사키치에게 물을 떠 주고 그와 나란히 귀틀에 앉았다.

"미안해."

정말 면목이 없다는 듯 고개를 푹 숙인 채 사키치가 사과했다.

"내 생각에만 빠져서 그렇게 지내느라 당신이 얼마나 근심이 클까 하는 생각은 전혀 못했어."

오케이는 고개를 갸웃하고 그의 얼굴을 들여다보았다.

"당신, 무슨 고민이 있죠?"

사키치는 오케이를 힐끔 쳐다보고 다시 무릎으로 눈길을 떨어뜨렸다.

"이제 와서 고민해 봐야 아무 소용도 없는 일이야. 하지만 당신한테는 차마 말할 수가 없었어. 말하는 게— 무서워서."

"무서워요?"

"응."

미나토 상회에 관한 일이야— 하고 사키치는 내처 말했다. 순간 오케이의 머리에 미나토 상회의 주인 딸이 스쳤다. 역시 그거였나? 미나토 상회 주인의 고명딸?

"내 어머니가 미나토 상회 주인 나리의 조카라는 건 알지? 아버지가 돌아가시자 어린 나를 데리고 미나토 상회로 찾아갔지."

"예. 그래서 당신이 어릴 적에 미나토 상회에서 자랐잖아요."

하지만 사키치의 어머니 아오이라는 여자는 어린 사키치를 남겨 둔 채 미나토 상회에서 자취를 감췄다. 밖에 남자가 있다는 소문이 돌았고, 그래서 사키치는 미나토야 소에몬의 은혜를 배신한 어머니를 늘 떳떳치 못하게 여기며 자랐다. 지금도 소에몬이 하는 말은 전혀 거스르지 못한다. 소에몬이 부탁하면 뭐든지 따른다. 그것이 사키치의 삶이다.

"어머니는 나쁜 여자다, 은혜를 손톱만큼도 모르는 여자다, 사람이 할 짓이 아니지 않은가. 나는 그런 분노 속에서 자라고 어른이 되었어. 지금도 어디서 건강하게 살고 있겠지만 아무리 떵떵거리며 살아도, 아니 아무리 구렁텅이에 떨어져 살아도 절대 용서할 수 없다고, 내내 그렇게 생각하며 살아왔어."

자기를 낳아 준 어머니인데.

"그런데 말이야,"

사키치는 긴장한 손짓으로 입가를 훔치고 발치를 내려다본 채 말을 이었다.

"사월 초쯤이었나, 미나토 상회에 부름을 받고 갔어. 새로 지은 저택 쪽으로. 전에 뎃핀 나가야가 있던 곳. 후카가와 말이야."

"예, 알아요."

"지금은 오후지 마님이 하녀만 여럿 데리고 혼자 살고 계셔. 그곳에 부름을 받고 갔어. 그 집 정원을 가꿔 달라시더군. 물론 반가운 마음으로 달려갔지. 조경 작업도 정성을 다했고. 오후지 마님이 많이 칭찬해 주셨어. 사키치가 훌륭한 정원사가 되었다면서."

칭찬 끝에 이렇게 중얼거렸다고 한다.

— 저승에 있는 아오이도 어엿하게 자란 너를 보고 기뻐하고 있겠구나.

사키치는 그 대목에서 입을 다물고 몸을 부르르 떨었다. 오케이는 다시 그의 등에 손을 댔다.

"저승에 있는 아오이라고 하셨어. 어머니가 이미 죽었다는 말이잖아. 깜짝 놀라서 급히 여쭤봤지. 어머니가 죽었나요? 언제입니까? 마님은 알고 계셨나요? 어머니 소식을 언제부터 알고 계셨습니까? 하고."

그렇게 후안무치한 여자이므로 나 모르게 미나토 상회에 은밀히 기별을 보내서, 이를테면 돈을 달라고 종용하기라도 했을까? 미나토 상회에서는 내게 알리지 않고 내내 감춰 온 것이 아닐까? 얼른 떠오른 생각은 그런 것이었다고 사키치는 말했다.

"얼굴에서 핏기가 싹 가시는 기분이었어. 만약 정말 그랬다면 나는 도저히 얼굴을 들 수 없으니까."

하지만 사키치의 안타까운 질문에 오후지는 슬며시 웃기만 했다고 한다. 그러고는 아무 말 없이 안으로 들어가 버렸다—.

"나는 속이 울렁거려서 도저히 일이 손에 잡히지 않았어. 그렇다고 안으로 쫓아 들어갈 수도 없고. 그 뒤로는 시간을 내서 후카가와 저택에 가 봐도 오후지 마님은 만나 주시지 않더군."

"나리한테 이야기해 봤어요?"

사키치는 그제야 얼굴을 들고 계속 고개를 끄덕였다.

"그냥 덮어 둘 수는 없을 것 같아서. 내가 견딜 수가 없어서."

이해할 수 있는 이야기다. 오케이는 사키치의 손을 잡았다.

"그래서요?"

"그러자⋯⋯."

사키치는 주눅 든 것처럼 말끝을 흐렸다.

"주인 나리는 내 얼굴을 한동안 뚫어져라 쳐다보시다가."

— 그 얘기, 누구한테 들었느냐?

— 마님입니다.

미나토야 소에몬은 다시 입을 다물고 있다가 이윽고—.

"그래, 아오이는 죽었다, 그렇게 말씀하셨어."

사키치의 손은 차게 식어 있었다.

"아주 오래된 이야기다, 너한테 말하지 않아서 미안하다만 사실대로 말해 줄 계기가 없었다, 아오이는 미나토 상회를 떠난 지 얼마 지나지 않아 죽었다, 다만 사정이 좀 있어서 어디에 묻혔는지는 가르쳐 줄 수 없다, 너는 조석으로 서방 정토를 향해 어머니의 극락왕생이나 빌어라, 라고 하셨어."

그것으로 설명은 끝이었다.

떠다미는 듯한 냉혹한 대접이다. 오케이는 화가 났다. 아무리 나쁜 여자라도 사키치에게는 하나밖에 없는 어머니다. 용서할 수 없다고, 형편없는 어미라고 아들도 말하고 있다. 하지만 마음 한쪽에는 그리움이 숨어 있으리라. 부모나 다름없는 미나토 상회 주인이 왜 그런 점을 헤아려 주지 못할까?

혹시 일부러 사키치를 괴롭히려는 걸까? 오후지가 슬며시 웃었다
는 것은 사키치가 고통스러워하리라 예측하고서 부렸던 심술일까?

오케이는 작은 주먹을 꼭 쥐었다.

"어쩜 그럴 수가! 무슨 말을 그렇게 한대요?"

사키치는 길게 한숨을 내쉬고 두 손으로 얼굴을 씩씩 문질렀다.

"하지만 그건 괜찮아."

"괜찮지 않아요!"

"아니, 괜찮아. 만약 사실이 그렇다면 나는 그것으로 됐어. 어머
니는 그렇게 산 사람이니까 죽을 때도 세상 이목을 피해야 할 만한
사정이 있었다 한들 이상할 게 없어. 그걸 나리가 나에게 감추셨다
고 해도 충분히 이해할 수 있어. 오히려 고마워해야겠지."

참 사람이 좋기만 하다니까. 이이는 역시 이런 사람이다. 어쩐지
애처롭다.

"하지만 그게 다가 아니야."

사키치는 문득 목소리를 낮췄다.

"그 뒤로 오후지 마님이 슬며시 웃으시던 얼굴이, 그 표정이 아무
래도 내 머리에서 지워지질 않아. 망상이다, 말도 안 되는 생각이라
고 아무리 스스로 타일러도 소용이 없어."

"그건 무슨 소리예요?"

미나토 상회 안주인과 사키치의 어머니 아오이는 소에몬의 사랑
을 놓고 기묘한 모습으로 다투어서 사이가 한없이 나빴다고 사키치
는 말했다. 이미 가게 밖에까지 널리 알려질 만큼 유명한 이야기였
다고 한다.

"어쩔 수 없이 나는 생각하고야 말았어……. 결코 해서는 안 되는 생각을."

아오이는 언제 죽었을까. 오래된 이야기라고 소에몬은 말했다.

"어머니는 나를 놔두고 미나토 상회를 떠났어. 남자가 있다고 했으니 나를 놔두고 떠난 것도 어쩔 수 없는 일이었다고 생각했어. 아니, 그렇게 생각할 수밖에 없는 상황이었어."

그러나 어릴 적에 들은 아오이에 관한 고약한 소문은 일단 제쳐 놓고 사실만 추려서 생각해 보면 아오이는 사키치에게 자상한 어머니였다고 한다. 섭섭하게 느낀 적이 한 번도 없었다.

"만약— 만약에 말이야. 어머니가 나를 버려 두고 미나토 상회를 떠난 게 아니라면? 애초에 가출 따위 하지도 않았다면?"

"여보."

오케이는 그렇게 말하고 사키치의 팔을 힘껏 잡았다.

"어림도 없는 생각이지. 하지만 머릿속에서 떨어지질 않았어. 왜냐하면 오후지 마님이 그렇게 웃으시고— 웃으시면서 내 눈을 보셨잖아."

어쩌면 일찍이 오후지가 아오이를 해치고 그것을 감추기 위해 아오이가 가출했다고 둘러댄 것은 아닐까?

그 뒤로 사키치는 그런 생각을 곱씹고 번민하고 가슴앓이를 하다가 가슴에 구멍이 뚫려 버린 것이다.

미움의 벌레 따위는 어디에도 없었다. 사랑의 벌레도 전혀 아니었다. 사키치를 옥죄던 것은 더욱 당혹스런 일이었다.

나도 한심하지, 이 사람이 그런 고민에 빠져 있는 줄도 모르고 내

기분만 가지고 끙끙대고 있었으니.

사키치의 마음이 내게서 멀어지는 것을 용서할 수 없다는 내 욕심에만 휘둘렸다.

"이렇게 좋지도 않은 얘기를 당신한테 할 수는 없었어."

사키치는 머리를 절레절레 흔들었다.

"미나토 상회의 은혜를 원수로 갚은 이야기잖아. 하늘에다 대고 침 뱉는 격이지."

"그래서 내내 혼자 고민하고 있었어요? 아무한테도 말 못하고?"

"아니…… 실은 이즈쓰 나리께 상의해 볼까 해서 찾아간 적이 있어. 간쿠로가 죽은 바로 뒤에. 그걸 구실로 말이야. 하지만 막상 나리 얼굴을 보니 입이 떨어지지 않더군. 간만에 문안차 찾아뵈었다고 둘러대고 말았지."

"그때 유미노스케 도련님도 이즈쓰 나리랑 같이 계셨어요?"

사키치는 놀라서 눈썹을 쳐들었다.

"응. 댁에 갔더니 마침 거기 계시더군. 왜?"

"아뇨." 오케이는 고개를 저었다.

"다만, 오늘 잠깐, 그래요, 무슨 요술 같은 걸 봐서요."

"요술?"

오케이는 유미노스케가 찾아온 일을 자세히 전했다. 이야기를 듣고 있던 사키치의 굳은 볼이 풀어지더니 마침내 얼굴에 겸연쩍은 웃음이 피어올랐다.

"어쩌면 눈치 채셨을지도 모르겠군."

"그렇다면 정말 현명한 분이시네요, 이즈쓰 나리란 분은."

만약 이즈쓰 헤이시로가 이 자리에 있었다면, 현명하긴 무슨, 유미노스케 머리가 각별한 거지, 하고 손을 내두르며 말했으리라.

어쨌거나 일조일석에 정리될 일이 아니고 사키치와 오케이 힘만으로 해결할 수 있는 문제도 아니다. 이번에는 정말 작심을 하고 나리께 상의해서 모든 것을 밝혀내 보자고 둘이서 이야기했다.

"꼭 악몽에서 깨어난 기분이에요. 이제야 살 것 같네요."

인간이란 자기 편한 것이 우선이라, 오케이는 개운한 모습이다.

"이제 살 것 같다니까 내친 김에 하나 더 얘기해 줄까."

도쿠마쓰와 오토미 부부에 관한 이야기다. 역시 오쓰타에게 들었다고 한다.

"오토미 씨는, 좀 미안한 말이지만 상당히 막 굴러먹던 여자 같아. 도쿠마쓰 씨하고는 궁장^{푼돈을 받고 화살 열 대를 쏘게 해서 성적에 따라 경품을 주는 업소. 시중드는 여자를 두면서 점차 매춘굴처럼 변질되었다}에서 일할 때 만났대."

도쿠마쓰가 오토미한테 홀딱 반해서 같이 살자고 애걸했다. 오토미도 진창 같은 생활에서 벗어나고 싶었는지, 못 이기는 척 살림을 차렸다.

"하지만 도쿠마쓰 씨는 지금도 걱정이래. 오토미는 좋은 여자다, 남자가 생기면 나 같은 놈은 미련 없이 차 버릴 거다, 어느 날 훌쩍 집을 나가 종적을 감출지 모른다, 그런 생각만 하고 있대. 주인님도 주인아주머니도 도쿠마쓰 씨의 하소연을 진저리가 날 만큼 들어서 이제는 거의 외울 지경이라나."

나갔다 안 돌아오면 어쩌나. 아주 가 버리지는 않을까. 진작 딴

남자한테 마음을 주진 않았을까. 마치 어제의 나처럼, 하고 오케이
는 생각했다. 내 생각에만 빠져서 자꾸만 구렁텅이로 빠져들고.

"오토미 씨는 남편의 심정을 너무나 잘 알아. 그래서 종종 그렇게
일부러 가출하는 거야. 그러고는 별 탈 없이 돌아오는 거지. 입으로
뭐라고 말해도 도쿠마쓰 씨의 의심을 지울 수 없다면 멋대로 집을
나갔다가 별 탈 없이 돌아오는 모습을 보여 주는 것이 제일 좋은 약
이라고 생각하는 거야. 실제로 오토미 씨가 가출했다 돌아오면 당장
은 싸움을 해도 도쿠마쓰 씨 역시 한동안은 안정을 찾는다더군."

참 이상한 약도 다 있지. 하지만 오토미가 나름대로 지혜를 짜내
서 열심히 지어낸 약이다. 오케이가 비웃을 수는 없다.

"그나저나 미움의 벌레라니 참 묘한 말이군."

사키치가 웃었다.

"당신 몸속에서도 그 벌레가 꿈틀거렸나 싶었어요."

왜 이래, 내가 나무에 벌레나 까는 얼간이 정원사로 보여? 하며
사키치는 슬쩍 으스대는 시늉을 했다. 오케이도 굳센 표정으로, 바
로 그런 자신감이 중요해요, 하고 호응했다.

"난 언제나 당신 편이에요."

갑자기 무슨 소리야, 하며 사키치가 쑥스러워했다. 오케이는 웃고
나서 저녁 준비를 시작했다. 오늘 저녁에는 간쿠로에게 공양을 올리
자. 술도 받아 오자. 그래, 유미노스케가 가져온 과자도 간쿠로 무덤
앞에 올려야겠다.

— 유미노스케 도련님.

그 소년의 머릿속은 어떻게 생겼을까. 그런 두뇌라면 사키치가 안

고 있는 힘겨운 문제도 시원하게 풀어 줄 수 있지 않을까?

너무나 예쁜 얼굴을 떠올리며 어느새 넋을 놓고 있는데 밖에서 다이치의 목소리가 들려왔다. 어머니, 아버지, 저 다녀왔어요, 하고 소리친다. 아마 심부름을 갔다 온 모양이다. 술이라도 받아 왔나? 저 집도 한잔할 생각일까?

사키치와 눈이 마주치자 오케이는 쌩긋 웃었다.

이 잡아먹는 귀신

1

엄마, 엄마—. 마당에서 어린 딸들의 요란한 목소리가 들려온다.

"엄마, 큰일 났어! 고마가 고구마를 먹었어!"

"하여간 고마는 아무거나 먹는다니까."

오로쿠는 부엌에 있었다. 조금 전 단골 채소 가게 아저씨가 잘 여문 참마를 가지고 와서 참마를 세상에서 제일 맛나게 갈아 먹는 요령을 가르쳐 주겠다며 시범을 보이기 시작한 참이다.

"고구마, 고구마 하면서 야단들인데, 내가 준 씨고구마는 심어 봤나?"

채소 가게 아저씨는 장사만 하는 게 아니라 손수 밭농사도 짓는다. 에도라 해도 이 근방은 아직 한참 촌스러운 곳이라 무가 저택과 상인 주택 사이에는 밭이 여기저기 자리 잡고 있다.

"네, 심어는 봤는데요."

오로쿠는 웃으며 대답했다.

"저 애들이 소란을 떠는 것은 어제 아저씨한테 산 고구마를 말하는 거예요. 마당에 널어 놓았거든요. 볕에 잘 말려서 구워야 달다고 일러 주셨잖아요."

그런 말을 하고 있는데 새된 목소리로 깔깔 웃으며 오미치와 오유키가 부엌으로 뛰어 들어왔다. 오미치는 고마를 품에 안고 오유키는 양손에 고구마를 들고 있다.

"이것 봐, 엄마!"

오유키가 손에 든 고구마를 오로쿠의 코앞으로 쑥 내밀었다.

"고마가 갉아먹었어. 여기야. 봐!"

아이들 소란에 겁을 먹었는지 고마는 귀를 쫑긋 세우고 있다. 몸을 버둥거려 도망치려는 것을 오미치가 더 꼭 껴안아서 붙든다.

"싫다잖니. 놔 줘."

"네? 그치만."

오미치가 마지못해 팔에 힘을 늦추자 얼룩고양이는 얼른 품을 빠져나와 봉당으로 뛰어내렸다. 그러고는 냉큼 부엌문을 빠져나가 멀리 달아났다.

"고마는 정말 버릇이 없다니까!"

고양이를 쫓듯이 큰 소리를 내는 오미치의 모습에 채소 가게 아저씨가 크게 웃었다.

"됐다, 됐어. 야단치지 마라. 고양이도 갉아먹고 싶을 만큼 이 아저씨네 고구마가 달아서 그런 거니까."

"그냥 이대로도 달아요? 굽지 않아도요?"

당장 덥석 깨물려고 하는 오유키의 손에서 아저씨가 고구마를 낚아챘다.

"어허, 아서. 나중에 내가 구워 줄게."

"그보다 늬들, 수예 강습은 어떻게 됐니? 오늘은 쥐날子日 옛날에는 십간십이지, 즉 육십 일을 주기로 날짜를 헤아렸다. 이 경우 쥐(子) 앞에 오는 십간십이지를 생략해서 일컬은 것이다이야. 점심도 벌써 먹었잖니. 호슌인 선생님께서 기다리실 텐데."

어머니의 핀잔에 딸들은 "예, 예", "다녀올게요" 하고 목을 움츠리고는 별채 쪽으로 후닥닥 발소리를 내며 뛰어갔다.

"애들이 건강하구면" 하며 채소 가게 아저씨가 눈을 가늘게 뜨고 웃었다.

"오미치의 눈도 거의 다 나았나 본데."

"예, 다행이지요."

오로쿠는 감개무량한 표정으로 고개를 끄덕였다.

"바느질 솜씨는 오유키보다 나아요."

"오유키가 언니지?"

"네. 연년생이라 별로 차이가 안 나요."

오유키는 아홉 살, 오미치는 여덟 살이다.

채소 가게 아저씨는 볕에 그을린 주름투성이 얼굴로 활짝 웃으며, "뭐니 뭐니 해도 애들은 그저 건강한 게 최고지" 하고 타령이라도 하듯이 말했다.

"오로쿠 씨가 여기 온 지 얼마나 됐지?"

"삼 년이에요."

"벌써 그렇게 됐나. 세월도 참 빠르지."

"아저씨한테 너무 신세만 져서."

“무슨. 내가 뭘 해 준 게 있다고. 전부 마님 덕이지.”

물론 오로쿠도 사무치게 느끼고 있다. 삼 년 전에는 돈 한 푼 없고 갈 데도 없어서 한없이 두려웠다. 그런데 지금은 이렇게 검소하나마 즐겁고 편안하게 살고 있다. 모든 것이 마님이 베풀어 주신 은혜다. 오로쿠 모녀 세 사람에게 마님은 그야말로 구세주다.

그러나 지난 한 달간 마님의 안색이 영 밝지 않고 조금씩 수척해지시는가 하면 하루하루 우울한 낯으로 보내셔서 한없이 걱정스럽다. 오늘 저녁상에 보리밥과 참마 생죽을 올리려는 이유도 여름철 몸 상한 데 잘 듣는 음식을 올리면 마님 기분이 조금은 나아지지 않을까— 하고 오로쿠 나름대로 지혜를 짜낸 것이다.

“마님이 오늘은 출타하셨나?”

“예. 오전에 누가 모시러 와서…….”

채소 가게 아저씨는 알겠다는 표정이다.

“아, 그럼 나리랑 같이 나가셨군.”

“국화꽃 구경은 아직 이른데, 하시면서도 서둘러 나가셨어요.”

“가마를 타시면 이모아라이 언덕도 힘들 게 없지. 걱정할 필요 없겠군.”

전에 뵀을 땐 마님 걸음이 불편해 보였거든, 하고 아저씨는 덧붙였다.

“예, 왼쪽 무릎이 쿡쿡 쑤신다고 하셔요. 벌써 초봄부터 그랬거든요. 한심해라, 이래서 나이 드는 게 서러운 게야, 하시던걸요.”

“흐음…….”

아저씨는 눈가의 주름살을 손등으로 비비며 고개를 갸웃했다.

"그런데 마님 연세가 어떻게 되지?"

오로쿠도 모른다. 물론 오로쿠보다야 틀림없이 많을 테지만 살결
만 봐서는 처녀 못지않게 곱고 턱 선도 전혀 무뎌지지 않았다. 삼 년
전에 이렇게 예쁜 여자는 생전 처음 보네, 하고 감탄했고, 삼 년이
지난 지금도 에도가 제아무리 넓고 사람이 많다지만 아오이 마님처
럼 기품과 아름다움을 겸비한 여자는 찾아보기 쉽지 않다고 믿는다.

"하기야 우리 같은 것들이 관음보살님 연세를 어찌 아누."

아저씨는 그렇게 말하고 웃더니, 어디 보자, 하며 손뼉을 한 번
쳤다.

"자, 참마 생죽 만드는 얘기로 돌아갈까—."

아, 네, 하며 오로쿠도 다스키를 고쳐 맸다.

오로쿠는 무코지마 변두리에서 태어났다. 여섯째로 태어나 이름
도 오로쿠お六다. 아버지는 소작인은 고사하고 가난한 날품팔이 농군
이라, 오늘은 저쪽 논에서 내일은 이쪽 밭에서 날품을 팔아 하루하
루 끼니를 이었다.

그런 아비를 두었으니 어려서부터 일을 할 수밖에 없었다. 부모를
거들어 논밭에 나가는 한편 심부름이며 애 보기까지 할 수 있는 일
이면 뭐든지 했다. 열두 살 때 그 지역에서는 이름난 요릿집 히라카
와에서 하녀살이를 시작하며 부모 곁을 떠났는데, 얼마 후 아버지가
죽자 애초에 뿌리 내릴 땅뙈기 한 뼘 없는 처지라 형제자매들도 뿔
뿔이 흩어지고 말았다. 두 살 터울 진 언니와 제일 친했지만, 언니는
하녀살이 하던 곳에서 무슨 허물이 있었는지 교토 쪽으로 도망을 놓

아야 하는데 노자가 없다, 뭐 전당포에 잡힐 만한 거 없니, 하고 몰래 히라카와를 찾아온 것이 마지막이었고, 그 뒤로는 한 번도 만나본 적이 없다. 그때는 영문을 몰랐지만, 이제 와 생각해 보면 아무래도 언니는 질 나쁜 남자한테 속은 모양이다.

오로쿠는 히라카와에서 하녀로 열심히 일하다가 이윽고 그럴 만한 나이가 되자 주방에서 일하던 신키치라는 청년과 마음을 주고받는 사이가 되었다. 그런데 그것이 주인에게 알려져 눈물이 쏙 빠지게 혼쭐이 나고는 나란히 쫓겨나고 말았다. 신키치가 열여덟, 오로쿠가 열일곱. 어디 기댈 데도 없는 두 사람이었지만 신키치는 일찌감치 철이 든 청년이라 유시마에서 도시락 가게를 하는 먼 친척을 찾아가 얼마간의 돈을 융통해서 나가야를 얻는 수완을 보여 주었다.

"자, 우리도 이제 살림을 차리는 거야. 여기가 우리 집이야."

벅찬 얼굴로 그렇게 말하고 무섭게 일하기 시작했다. 오로쿠는 그가 끄는 대로 따라갔는데, 문득 돌아보니 어느새 결혼 생활은 두 사람 몸에 완전히 익어 있었다.

요릿집에서 일했다지만 두 사람 모두 보조였기 때문에 이렇다 할 기술을 익힌 것도 아니다. 하루하루 잔일이나 품팔이 일을 전전하며 지냈다. 오로쿠도 무코지마에 살 때처럼 할 수 있는 일이면 뭐든지 했다.

지금 생각하면 외줄타기 같은 하루살이였지만 젊음이 있기에 즐거웠다. 좁고 지저분하고 볕도 안 들고 일 년 내내 뒷간 냄새 나는 나가야 한 칸이었지만 신키치와 오로쿠에게는 처음으로 누려 본 자기 집이었다.

이러저러는 사이에 오로쿠의 배가 불러 왔다. 신키치는 뛸 듯이 기뻐했지만 마냥 기뻐할 처지는 아니었다. 아이를 낳는다는 것은 입이 하나 는다는 뜻이다. 아기가 태어나면 오로쿠도 지금처럼 품팔이를 쫓아다닐 수도 없다.

신키치는 마음을 단단히 먹고 그동안 자기에게 짐 나르는 일거리를 주었던 기름 도매상에 부탁해서 기름 행상 조합에 들어갔다. 그러려면 상당한 권리금을 내야 하는데 물론 그만한 목돈이 있을 리 없으므로 빚을 냈다. 하루 매상에서 조금씩 떼어서 갚아 나가기로 했다. 어쨌든 이제 일정한 밥벌이를 마련했다, 좋은 기회다, 하고 그는 기뻐했다. 평소 얌전하고 말수 적은 신키치지만 중요한 순간에는 과감하게 움직일 줄 알고, 더구나 처신에 빈틈이 전혀 없었다. 오로쿠는, 되어 가는 대로 흘러 왔지만 그래도 내가 좋은 남자를 만났구나, 하고 생각했다.

그렇게 오유키가 태어나고 이듬해 오미치를 얻었다. 신키치의 기름 행상도 틀이 잡혔고, 오로쿠의 작은 얼굴에서는 낭랑한 풋기운이 가시고 어미다운 차분함이 풍겨나게 되었다. 행상으로 빚을 끄면 언젠가는 작은 가게를 낼 수 있도록 알뜰하게 돈을 모으자, 셋째는 아들이면 좋겠다―.

그러나 그런 말을 주고받을 무렵 신키치가 허망하게 세상을 뜨고 말았다.

무엇이 잘못되었는지는 지금도 알 수 없다. 우박이 쏟아지는 날이었다. 그는, 어이구 추워, 추워, 뼈까지 얼어붙겠네, 하고 투덜대며 돌아와서는 밥도 뜨는 둥 마는 둥 침울하게 앉아 있었다. 그러더니 아무래도 머리가 너무 아파 좀 누워야겠다고 하면서 드러눕고는 그 것으로 끝이었다.

아직 그럴 나이가 아니었다. 전날까지만 해도 팔팔했다. 그러던 사람이 어찌 그리 허망하게 죽는단 말인가. 사람이 그렇게 쉽게 세상을 뜰 수도 있나. 오로쿠는 믿기지 않았다. 혹시 지금까지의 생활이 다 꿈이었나? 여우나 너구리한테 홀려서 백일몽이라도 꾸었단 말인가?

그건 아니다. 슬하에 두 딸이 남아 있지 않은가. 정녕코 꿈은 아니다.

울고만 있을 수는 없다. 히라카와에서 쫓겨날 때는 신키치가 끌어 주었다. 이번에는 자기가 두 딸아이를 이끌고 길을 열지 않으면 아무런 희망이 없다.

세상에 태어나 세 번째로, 오로쿠는 할 수 있는 일이면 뭐든지 하면서 사는 하루살이 생활로 돌아갔다. 다행히 오유키와 오미치는 나가야 아주머니들이 돌봐 주었다. 다들 이렇게 도우며 살아왔으니까 미안해할 거 없수. 그런 밝은 목소리가 얼마나 힘이 되었는지 모른다. 행상을 시작할 때 진 빚도 거의 다 끈 상태였고, 얼마 안 남은 빚도 더 잘게 나눠서 갚아도 된다는 기름 도매상의 온정 어린 배려에 오로쿠는 방아깨비마냥 고개를 조아렸다.

딸 둘을 키우며 다부지게 살아 보자. 오로쿠 머리에는 그 생각뿐이었다. 가끔 신키치가 보고 싶어 눈물을 찍기도 했지만 눈가를 쓱 훔치고 나면 금세 미소를 지을 수 있었다. 훌쩍거리고 있으면 그이가 흉보지.

그러므로 다시 남자를 만나 새 가정을 꾸린다는 생각은 해 본 적도 없었다. 내 남편은 신키치뿐이다. 전에도 그랬고 앞으로도 그렇다. 그렇게 마음먹고 있었다. 따라서 재혼 이야기가 들어왔을 때는 아닌 밤에 홍두깨라는 듯이 놀랐다.

"저한테요?" 하고 제 코끝을 가리키며 웃음을 터뜨렸을 정도다.

"대체 그 별난 남자는 어디 사는 누구래요?"

마고하치라는 이름의 마흔쯤 된 남자였다. 역시 기름 행상으로 신키치와 같은 도매상에서 물건을 받고 있단다. 오로쿠는 그 남자 얼굴을 모르지만, 마고하치 쪽은 그녀를 몇 번 보았는지 오유키와 오미치의 나이까지 정확히 알고 있었다.

이야기를 가져온 사람은 신키치가 몇 번인가 신세졌던 고참 행상으로, 이 사람이라면 오로쿠도 잘 알고 있었다. 나이도 오로쿠의 아버지뻘이고 아주 온화한 사람이다. 웃음을 터뜨리는 오로쿠에게 그는 온화한 얼굴을 흐리며 말을 이었다.

"웃을 일이 아니야, 오로쿠 씨. 실은 신키치가 죽은 뒤 지금까지 마고하치의 마음을 돌리려고 나름대로 무진 애를 써 왔지만 더 이상은 나도 못 버티겠어. 그래서 이녁한테 사실대로 말하는 거야."

마고하치는 품성이 고약한 남자다, 그놈에게 찍히는 것은 여간 곤란한 일이 아니라고 한다.

"일도 전혀 안 하고 술 마시고 노름이나 하는 바보라면 누구라도 금방 판단할 테니 그래도 낫지. 놈은 그런 자들하고는 달라. 그만하면 일도 성실하게 하고 노름판에는 눈길도 안 줘. 술도 거의 마시지 않고. 다만—."

의처증이 대단하다고 한다.

"어허, 또 웃는다. 물론 사내가 마누라 의심하는 거야 입에 올릴 것도 없는 한심한 얘기지. 남 얘기라면 말이야. 하지만 그게 자기 얘기라도 그렇게 가볍게 넘길 수 있을까."

마고하치는 지금까지 아내를 셋이나 갈아 치웠다고 한다. 셋 중에 둘은 함께 산 지 일 년이 채 안 되어서 거의 죽기 직전의 몸으로 도망쳤다. 나머지 한 여자는 어느 날 문득 자취를 감춘 후부터 소식이 없다.

"보나마나 그놈한테 목이 졸려서 강바닥에 가라앉아 있겠지."

"대체 아내를 어떻게 의심한단 말씀이세요?"

오로쿠가 물었다. 조금 섬뜩하기는 했지만 여전히 웃음을 지우지는 못했다.

"모든 게 다 트집거리지. 이를테면 아내가 물장수를 불러다가 물단지에 물을 가득 채우는 동안, 오늘은 날씨가 좋네요, 하고 인사를 할 수도 있잖아. 그런데 놈은 그것만으로도 벌써 낯이 시뻘게져서 아내가 실신할 정도로 쥐어 패는 거야. 또 처가 집세를 내러 관리인 집에 갔다가, 늘 보살펴 주셔서 고맙습니다, 하고 웃는 낯으로 고개 숙여 인사를 하잖아. 그것만으로도 난리가 나. 네년이 내 눈을 피해서 관리인한테 살랑살랑 꼬리를 쳐? 네가 누구 덕분에 밥을 먹냐, 하면서 말이야."

그놈은 암만해도 정상이 아니야, 하고 진지한 얼굴로 말했다.

"더욱 고약한 것은, 오로쿠 씨, 마고하치는 신키치가 건강하게 일하며 이녁하고 금실 좋게 살 때부터 이녁한테 홀딱 반했다는 거야.

신키치만 없으면 오로쿠가 당장이라도 내 곁으로 달려올 텐데, 하는 말을 함부로 지껄이고 다녔어. 나는 본래 겁을 모르는 사람이지만 신키치가 그렇게 허망하게 죽었을 때는 이거 혹시 마고하치의 저주 탓이 아닐까 하는 생각이 들어서 등줄기가 서늘하더라고."

괜히 하는 말이 아니야, 마고하치가 아무리 달콤한 목소리로 접근 하더라도 함부로 상대해 주면 안 돼. 딱 자르듯이 물리치고 가능하 면 딸아이들 데리고 집을 옮겨 버리는 게 좋아, 그놈을 온전하게 상 대해 주면 큰일 나— 부탁이라도 하듯 간절하게 충고했다. 그런데 바로 그다음 날, 마고하치가 오로쿠의 나가야를 찾아왔다.

오로쿠는 충분히 마음의 준비를 하고 있었지만, 막상 대면하고 보 니 아닌 게 아니라 마고하치의 목소리는 부드럽고 어린 딸들에게 던 지는 웃음은 녹을 듯이 달콤했다. 하지만 눈 속에는 한없이 차갑고 단단하게 응어리진 빛이 번들거리고 있음을 분명히 느낄 수 있었다. 뽕나무밭, 뽕나무밭_{뽕밭에는 벼락이 떨어지지 않는다고 해서, 재앙을 피하고자 할 때 외는 주문.} 오 로쿠는 최대한 온화하게, 재혼할 생각이 없음을 고하고 고개 숙여 인사했다.

"그게 무슨 소리요, 그럼 오로쿠 씨는 아직도 신키치에게 정을 주 고 있다는 거요?"

마고하치의 음성이 살짝 달라졌다. 주걱턱을 쑥 쳐든다.

"죽은 남편한테 정조를 세워 봐야 무슨 소용이요."

"그래도 그이 몫까지 열심히 일해서 애들을 잘 키우는 것이 제 할 일이니까요."

"그게 여자 혼자서는 힘드니까 내가 거들겠다는 말 아닌가. 돌봐 주겠다니까 그러네.”

“말씀은 고맙지만 저 혼자서 해 나갈 수 있어요.”

웃으면서도 오로쿠는 단호하게 말했다.

“하루 벌어 하루 먹기도 바쁜 삯일로 어떻게 살아갈 수 있다는 소리요?”

“일자리를 얻었거든요.”

그런 말까지 할 필요는 없었지만 그만 입 밖에 내고 말았다.

다름 아니라 그 요릿집 히라카와였다. 바로 얼마 전 일이지만 예전에 주방에서 신키치와 함께 일하던 동료를 오로쿠가 우연히 만났다. 그래서 지금까지 있었던 일들을 죽 들려주자 그는 크게 감탄하고 며칠 뒤 일삼아 오로쿠를 찾아왔던 것이다.

“당신들 두 사람을 그렇게 쫓아내고 주인아주머니도 많이 후회했대. 그때는 머슴 주제에 가게 안에서 불장난한다고 괘씸하게 생각했겠지만, 당신들이 그렇게 기특하게 살림을 차리고 열심히 살았잖아. 신키치가 참 못할 짓을 했구먼. 오로쿠 씨가 얼마나 힘들었겠어. 그래서 말인데, 혹시 괜찮다면 다시 돌아와서 일하지 않겠나? 물론 입주해서 일하는 거니까 아이들을 데리고 들어와도 괜찮다고 하시는데, 어때?”

바라지도 않던 희소식이었다. 이 역시 신키치의 혼이 이끌어 준 덕인지도 모른다. 그래서 오로쿠도 마고하치에게 당당하게 말할 수 있었다.

이야기를 듣고 난 마고하치는 으음, 하는 신음 소리를 내더니 입술을 일그러뜨렸다. 그러고는 오로쿠의 얼굴이며 몸뚱이를 위아래로 빤히 훑어보며 아깝다는 듯이 물러갔다.

휴우…… 하고 오로쿠는 안도했지만, 얼마 후 마고하치가 히라카와에 쳐들어가 난동을 피웠다는 이야기를 듣고 소스라치게 놀랐다. 오로쿠는 내 여자다, 여기 주방에서 일하는 놈이 오로쿠한테 집적거렸다, 절대로 용서 못 한다, 하면서 한바탕 소동을 피워 주방을 엉망으로 만들고 말리러 들어온 지배인을 때려서 크게 다치게 했다는 것이다.

오로쿠는 얼굴이 새파래져서 히라카와로 달려갔다. 주인은 오로쿠의 절박한 이야기를 들어 주기는 했지만 하녀살이 이야기는 허망하게 사라졌다. 그 험악한 남자와 완전히 인연을 끊기 전에는 히라카와에 얼씬도 말라는 것이었다.

"마고하치란 놈은 나하고는 아무 관계가 없단 말예요! 그놈이 멋대로 그렇게 생각하는 것뿐이라고요!"

날카로운 목소리로 호소해도 소용없었다. 히라카와에서는 큰 피해를 보았으므로 그 지역 오캇피키에게 부탁해서 마고하치를 다스려 달라고 부탁할 수도 있었다. 하지만 마고하치가 오로쿠를 자기 여자라고 우기는 이상 이 일은 치정에 얽힌 다툼이 되므로 오캇피키도 떨떠름하게 생각해서, 상당한 돈을 내놓지 않으면 나설 수 없다고 말했다. 물론 히라카와에 그런 돈을 낼 여유는 없고 오로쿠 역시 마찬가지다.

고참 기름 행상의 충고를 가볍게 생각한 것이 잘못이다. 오로쿠는 뒤늦게 후회막급이었다.

한편 마고하치는 오로쿠의 퇴로를 집요하게 끊어 놓은 것이 꽤 흡족했는지 나가야에 뻔질나게 찾아오게 되었다. 마침 근처를 지날 일이 있었다면서 하루에도 몇 번이고 얼굴을 들이민다. 은근한 웃음을 짓고, 오유키와 오미치에게 과자 같은 주전부리를 쥐여 주는 것도 잊지 않는다. 철모르는 것들이 반갑게 받아먹으면 오로쿠가 단단히 혼을 낸다. 그러면 기다렸다는 듯이 아이들을 위로한다.

"쯧쯧, 애들이니까 단것을 좋아하지. 여자 혼자 살려니 애들이 뭘 먹고 싶다고 해도 꾹 참으라고 구박할 수밖에. 애들이 불쌍하지도 않아?"

그는 오로쿠가 일하러 나가 있는 새 멋대로 나가야를 들락거리고 아이들을 밖으로 데리고 나가는 등 갈수록 뻔뻔해졌다. 우리 오로쿠가 늘 신세를 지고 있습니다요, 하고 넉살 좋게 인사하고 다니는 통에 사정 모르는 나가야 주민들은 마고하치가 오로쿠의 남자구나 하고 믿어 버린다. 아니라고 아무리 해명해도 냉소만 돌아올 뿐이다.

그러던 어느 날 밖에서 돌아온 오로쿠는 마고하치가 방바닥에 턱 하니 주저앉아 오미치를 무릎에 앉히고 오유키의 머리를 쓰다듬으며 뭐라고 말하는 모습과 맞닥뜨렸다.

"어, 이제 오나."

히죽히죽 웃으며 오로쿠를 올려다보는 마고하치의 눈이 꼭 뱀 같았다. 오유키의 머리를 쓰다듬던 그자의 손이 슬쩍 미끄러져 내려와 아래턱 밑에서 멈춘다. 오랜 행상으로 단단하게 단련된 거센 손이다. 오유키의 가느다란 목쯤은 대번에 비틀어 버릴 수 있으리라.

오로쿠는 몸을 바르르 떨었다.

저런 자의 아내 자리는 죽어도 싫다. 하지만 이대로 있다가는 도망갈 수도 없겠다. 우물쭈물하다가는 아이들 신변도 위험해진다.

그즈음 오로쿠는 낮에는 이집 저집에서 식모로 일하고 저녁이면 밥집에서 배달을 하는 한편 틈틈이 바느질이나 청소 같은 잔일로 돈을 벌고 있었는데, 불안감이 몸에도 해를 미쳤는지 결국 어느 날 저녁 밥집에서 쓰러지고 말았다. 걱정해 주는 사람들의 따뜻한 마음씨에 그만 봇물 터뜨리듯 저간의 사정을 죽 털어놓자 그녀의 사연을 들은 손님 하나가, 니혼바시에서 장사하는 노인을 아는데 그 노인 하는 말이 하녀살이 할 사람을 찾는 집이 있다고 한다, 그런데 조건이 하도 까다로워 좀처럼 알맞은 일손을 찾지 못하고 있다, 저쪽에서 내거는 조건만 들어주면 자식을 데리고 들어와도 상관없다고 한다, 거기를 소개해 줄까? 하며 귀띔해 주었다. 오로쿠는 두말없이 응했다.

하녀를 구한다는 집은 롯폰기의 이모아라이 언덕을 다 올라선 곳에 있다. 커다란 집인데 사정이 있어 어느 상인의 안주인이 혼자 살고 있다고 했다.

그런데 그쪽에서 요구하는 조건이라는 것이 묘했다.

"하는 일은 안주인 시중드는 것이 거의 전부인데, 모든 일들을 혼자서 할 것. 부엌일도 청소도 빨래도 전부 혼자서 해낼 것. 집에 들어와 살면서 일하되 꼭 필요한 일이 아니면 밖에 나가지 말 것. 절이나 신사에 참배하러 가도 안 되며, 밖에 가족이 있어도 일체 편지 왕래를 하지 말 것."

또 하나, 조금 의아한 사항이 있었다.

"이 집에 관해서 예전부터 고약한 소문이 나돌았다. 근방 주민들은 지금도 그 소문을 수군거리는데, 그런 소문에 일체 신경 쓰지 말고 상대하지도 말 것.”

과연 색다른 조건이다. 하지만 오로쿠는 전혀 개의치 않았다. 바깥 출입을 말라는 조건이라면 몸을 숨기고 싶은 오로쿠에게는 그야말로 바라던 바다.

“애들도 잘 타일러서 특별히 말썽만 피우지 않는다면 같이 들어와 살아도 좋다고 하네. 어디, 일해 볼 텐가?”

거절할 까닭이 없다. 오로쿠는 이튿날 나가야 관리인에게도 일언반구 없이 입은 옷차림 그대로 신키치의 위패만 품에 안은 채 아이들 손을 잡고 집을 빠져나가 이모아라이 언덕을 올라갔다.

그렇게 아오이 마님을 만났다. 그 뒤로 삼 년이 지났다.

2

아오이 마님은 해지기 전에는 돌아오마 이르고 외출했다. 참마 생죽은 너무 일찍 갈아 놓으면 맛이 변하니까 마님이 돌아오신 뒤에 시작하자.

오로쿠는 자잘한 집안일로 경황이 없었다. 채소 가게 아저씨는 계속 남아 헌 가마니를 해체해서 불을 지피고 고구마를 굽고 있다. 자리를 잡고 앉아서 느긋하게 굽는 것이 요령이라고 한다. 고소하고 향긋한 냄새가 흘러나온다. 마당을 일궈 푸성귀나 감자를 심는 요령을 가르쳐 준 이도 아저씨다.

원래 이 집은 이 지역의 호농이 살던 집이다. 집안이 가세가 기울어 가족들이 뿔뿔이 흩어진 것이 이십 년쯤 전이라고 한다. 그 뒤로 빈집이 되어 세월과 함께 망가지고 있던 저택을 아오이 마님의 남편이 빌려서 구석구석 손질해서 되살린 것이 오 년 전. 그러니까 오로쿠가 여기 왔을 때 아오이 마님도 이곳에 겨우 이 년 정도밖에 살지 않았던 셈인데, 이 년 사이에 하녀가 셋이나 거쳐 갔다고 하니 과연 걱정스러운 이야기가 아닐 수 없다.

오로쿠는 이곳에 처음 왔을 때 하녀들에 대한 이야기를 아오이 마님한테 직접 들었다. 그네들도 모두 처음 얼마 동안은 엄격하고 색다른 조건을 마다않고 저택의 훌륭한 위용과 한가롭고 아름다운 풍경, 하녀에게 내 준 예쁘고 볕이 잘 드는 방이 좋아서 이 집을 절대로 떠나지 않고 열심히 일하겠다는 맹세까지 했다고 한다. 그런데 빠른 경우는 두 달이 채 지나기도 전에 잠시 쉬게 해 달라고 말하더란다.

"세 사람 다 이런저런 핑계를 늘어놓았지만, 쉽게 말하면 이 집에 있기가 무서워진 거지."

아오이 마님은 그렇게 말하고 오로쿠의 얼굴을 빤히 쳐다보았다. 호기심도 엿보이고 조금 심술궂은 빛도 풍기는 눈빛이다. 모두들 이 집이 무섭다고 도망쳤어. 너는 어떨 것 같니?

오로쿠는 동요하지 않았다. 이 저택에 무엇이 숨어 있든 마고하치의 뱀 같은 눈초리보다는 훨씬 나으리라고 생각했다.

"무섭다는 이유가 이 집에 얽힌 소문이란 것과 관련된 건가요?"

얼굴을 똑바로 쳐들고 마님의 눈을 쳐다보며 되묻는 오로쿠에게 아오이 마님은 고개를 끄덕였다.

"그럼 그건 어떤 소문이온지요?"

"지금 나한테 듣지 않아도 조만간 누구든 이 근처에 사는 사람이 들려줄 거다."

"하지만 근처 주민들 이야기에 대꾸하지 말라고 하셨으니 저는 마님께 들었으면 합니다."

오로쿠의 반듯한 대답에 그제야 아오이 마님의 얼굴이 환해졌다.

"정말 듣고 싶니? 분명히 말해 두지만 이 집에서 도망친 하녀 셋 중에 둘은 너처럼 자식을 데리고 들어왔어. 두 하녀도 다 그렇게 말했지— 저는 참을 수 있어요, 하지만 애들을 생각하니 너무 무서워서 더는 이 집에 있을 수가 없어요, 하고 말이다."

짐짓 의미심장한 말투에 오로쿠는 흠칫했다. 하지만 떠올리기도 싫은 마고하치의 눈초리를 애써 떠올리며 스스로를 고무했다.

"대체 어떤 소문이온지요?"

아오이 마님이 말했다—. 이 집에 아이 잡아먹는 귀신이 나온다는 거야.

"아이 잡아먹는 귀신……."

아주 오래된 이야기라고 한다. 일찍이 이 집을 지은 호농 집안은 대대로 소작인들을 모질게 쥐어짰다. 소작인들의 원한은 쌓일 대로 쌓여 어느덧 아이 잡아먹는 귀신이 되어서 이 집에 출몰하게 되었고, 집안의 대를 이을 어린 자식들을 하나하나 잡아먹어 집안의 씨를 말려 버렸다는 것이다.

"이 집이 폐가가 되고 더 잡아먹을 아이들이 없어진 뒤에도 귀신은 남았다고 한다. 지금도 집 안 어딘가에 숨어서 허기에 눈알을 번들거리다가 밤이 되면 집 안을 떠돈다는 거야.”

무서운 이야기지만 그걸 들려주는 아오이 마님은 무엇이 그리 즐거운지 눈에 웃음기를 담고 있다.

“끔찍한 이야기로군요. 하지만 마님은 아이 잡아먹는 귀신이란 것을 믿지 않으시겠지요?”

아오이 마님은 조금 놀랐는지 눈을 휘둥그레 떴다가 오로쿠를 찬찬히 살펴보았다.

“너는 믿니?”

“모르겠습니다. 아이 잡아먹는 귀신이 어떤 원령인지 짐작도 가질 않습니다. 하지만 저는 정체를 알 수 없는 귀신보다 더 무서운 사람을 압니다. 그래서—.”

아오이 마님은 아무 말도 하지 않았지만 상체를 앞으로 쑥 내밀고 오로쿠의 얼굴을 들여다보듯이 쳐다보았다. 그 눈동자에서는 방금 전의 호기심 넘치는 눈빛은 사라지고 손을 내미는 듯한 따뜻함이 느껴졌다.

오로쿠는 마음먹고 마고하치에 대해서 털어놓았다. 아오이 마님은 한 마디도 끼어들지 않고 다 듣고 나서는 자리에서 쓱 일어섰다.

“그럼 잠시 집 안을 안내해 주마. 이불이나 침구류는 반침에 있으니까 당장 볕에 말려야 할 거야.”

“하지만 저어……..”

“네가 마음에 든다. 너라면 이 집에서도 일을 잘 할 수 있겠다 싶구나.”

이렇게 해서 오로쿠는 이 저택에 살게 되었다.

매일 해야 하는 일들은 그리 힘들지 않았다. 물론 집은 넓지만 시중들어야 할 상전은 아오이 마님 한 사람뿐이다. 얼른 헤아리기도 힘들 만큼 방이 많지만 사용하는 방은 몇 개뿐인지라 요령만 익히면 청소도 금방 마칠 수 있다.

그래도 한동안은 정말 이것으로 마고하치를 떨쳐낸 것인지 마음이 놓이지 않아 불안한 마음으로 지냈다. 오유키와 오미치도 새로운 동네의 새로운 풍경이 궁금해서 밖에 나가고 싶어 했지만 오로쿠는 두 딸을 곁에 붙잡아 두고 한시도 눈을 떼지 않았다.

그렇게 보름쯤 지났을까. 저녁상을 물리러 들어간 오로쿠에게 아오이 마님이 말했다.

"아무래도 수상한 남자가 얼씬거리는 기미는 없구나. 오로쿠, 이제 마음을 놓아도 좋겠다."

그러고는 다감한 눈빛으로 빙긋이 웃었다. 아, 마님도 내내 걱정해 주셨구나, 하고 생각하니 오로쿠의 가슴이 뜨거워졌다. 다다미에 양손을 짚고 고개를 깊이 조아렸다.

"예, 마님 덕분입니다. 고맙습니다!"

두 사람은 얼굴을 마주 보며 웃었다.

"그런데 오로쿠, 아이 잡아먹는 귀신 이야기는 기억하지?"

"예."

"지금까지 뭐 이상한 것을 본 적 있니?"

"아뇨, 한 번도 없습니다."

"이상한 소리는?"

"없습니다."

"아이들은 어떻게 지내누?"

"두 아이 모두 아주 즐겁게 지내고 있습니다. 무서워하는 기미도 없습니다."

아오이 마님은 만족스럽게 고개를 끄덕였다.

"너는 마고하치란 자가 무서워서, 이제는 괜찮을까, 마음을 놓아도 좋을까, 하며 잠자야 할 시간에도 귀를 바짝 세우고 지냈겠지. 그런데 아무것도 듣지 못하고 보지도 못했어. 그렇지?"

"예, 말씀하신 대로입니다."

아오이 마님은 오로쿠에게 손짓해서 가까이 다가앉게 했다.

"오로쿠. 아이 잡아먹는 귀신 같은 건 없어."

"그냥 지어낸 이야기인가요?"

"아니, 예전에는 정말 있었겠지. 집안 후손들을 잡아먹었다는 이야기도 사실일 거야. 하지만 그건 누가 귀신 시늉을 낸 거겠지. 우리 같은 멀쩡한 인간이. 귀신이니 원령이니 하는 건 아닐 거다."

누군가 그 호농 집안을 망하게 하겠다 다짐하고 대를 이을 자식들을 노렸다고 아오이 마님은 말하는 것이다.

"하지만 그건 어디까지나 살아 있는 사람, 그러니까 멀쩡한 사람이었을 거다. 그런 자는 이제 이 집 안에 없다. 그런데도 전에 일하던 세 하녀들은 여기 살기 시작하고 얼마 지나지 않아서부터 복도에서 이상한 그림자를 보았다는 둥 갈고리 달린 손이 우물 속에서 나오더라는 둥 밤이 되면 입맛 다시는 소리가 들린다는 둥 다들 겁에 질려 야단을 떨더구나. 제 머릿속에 있는 헛것을 보거나 들었을 뿐인데 그걸 모르는 거지. 하지만 오로쿠, 너는 달라. 정말로 무서운 것이 무엇인지 알고 있으니까 헛것에 휘둘리는 일이 없는 거야.”

칭찬하는 말이겠지만 오로쿠는 왠지 긴장되었다. 담담하게 말하는 아오이 마님이 매우 차가운 낯을 하고 있었기 때문이다. 마치 누군가를 질책하는 표정이다.

“그러니 오로쿠, 앞으로도 안심하고 여기 살아라. 입방아 찧는 자들이 대문을 드나들면 안 되겠지만 그럴 염려가 없다면 근처 주민들하고 가끔 인사라도 해 두어라.”

그러고는 이렇게 덧붙였다.

“내일은 손님이 오실 거야. 저녁상은 두 사람 분을 준비해 둬. 술도 받아 두고.”

이튿날 비로소 남편이란 사람이 찾아왔다. 나이는 오십 대 중반쯤, 인상 좋고 얼굴이 반듯하며 목소리가 아주 그윽한 사람이었다. 오로쿠는 마침내 아오이 마님이 아무래도 이 번듯하게 생긴 나리의 첩이며 마님이 여기 살고 있다는 사실을 본처가 알면 안 되는 모양이구나, 하고 짐작할 수 있었다. 입방아 찧기 좋아하는 자들이 집 안을 드나들면 안 된다는 것도, 외부와 편지 왕래를 하지 말라는 것도 이런 사정이 새어 나가면 안 된다는 뜻이었다.

마침내 채소 가게 아저씨와 친해지고 주문을 받으러 다니는 청주 가게 점원하고도 말을 트게 되면서 주인 나리와 아오이 마님에 대하여 조금 더 알게 되었다. 채소 가게 아저씨에 따르면 주인 나리는 대단한 부자라고 한다. 청주 가게 점원 말로는 나리는 술에 대한 취향이 매우 까다로워서 에도에서도 구하기 쉽지 않은 귀한 술을 갖다 달라고 할 때가 있다고 한다.

"틀림없이 큰 상회의 주인인 게야."

오로쿠는 주인 나리가 도착하면 얼른 뛰어나가 맞이하고 음식상과 술상을 방에 들여다 놓고 물러난다. 상은 이튿날 아침에 물리게 되어 있었고 오로쿠가 아무리 빨리 일어나도 주인 나리는 이미 돌아가고 난 뒤였다. 두 사람이 며칠간 어디로 출타할 때는 있어도 주인 나리가 이 집에 묵은 적은 한 번도 없었다.

주인 나리의 방문은 대개 하루 전에 기별이 오게 되어 있다. 주인 나리 밑에서 일하는 점원일 테지만, 열다섯이나 열여섯으로 보이는 얌전한 청년이 혼자 거의 매일처럼 이 집에 들른다. 마님 앞에서, 하명하실 일이 없으십니까, 건강은 어떠신지요, 하고 정해진 순서대로 반듯하게 안부를 묻는데, 이 점원이 주인 나리의 방문을 하루 전에 예고한다. 오로쿠는 이 점원의 이름도 모르고 제대로 인사를 나눈 적도 없다. 그가 찾아오면 마님 방 툇마루로 안내해 주고, 돌아갈 때는 대문까지 따라 나갈 뿐이다. 그는 오로쿠를 보면 늘 터무니없이 깍듯하게 절하고 "실례했습니다" 하고 말한다. 오로쿠도 맞절을 하며 "수고하셨어요" 한다. 이쪽에서는 물 한 잔 내밀지 않고 점원도 뭘 달라는 말을 하지 않는다. 뭘 캐내려고 하면 안 되겠다는 생각에 오로쿠 역시 아무것도 묻지 않는다.

주인 나리는 스무날 동안이나 오지 않을 때도 있고 며칠 만에 찾아올 때도 있다. 너무 뜸하면 아오이 마님은 아무런 내색을 하지 않아도 오로쿠가 제풀에 안절부절못한다.

주인 나리의 걸음이 뜸하면 아오이 마님의 생활은 조용하고 평온

하기는 해도 그렇게 쓸쓸해 보일 수가 없기 때문이다. 하루 종일 방에 틀어박혀 있기가 일쑤다. 종종 바느질을 하는데, 대개 주인 나리의 옷이다. 기분풀이로 에조시나 기뵤시_{에조시와 유사하나 성인용 읽을거리에 말풍선을 곁들인 만화풍 그림을 곁들인 것}를 읽기도 하고 묵화를 그리거나 경문을 베낄 때도 있지만 손길을 멈추고 그저 멍하니 바깥을 바라볼 때가 많다.

이 집에 출입하는 옷 장수나 방물장수 같은 상인들은 올 때마다 얼굴이 달랐다. 한 상점과 오랫동안 거래하기를 저어하기 때문이리라. 아오이 마님은 옷이든 방물이든 화사한 것을 좋아하는데, 자주 구입하지는 않고 무대극이나 유람도 혼자서는 결코 나서지 않았다.

오로쿠한테는 그런 마음이 없었지만 이런 더없이 은밀한 생활을 오로쿠가 이상하게 생각할 거라고 짐작했는지, 하루는 아오이 마님이, 나도 여기로 이사하기 전에는 바쁘고 재미나게 살았어, 하고 묻지도 않은 말을 꺼낸 적이 있다.

"오랫동안 에도를 떠나 교토 쪽에 살았던 적도 있는데, 거기서는 내 재량껏 장사도 했었지. 여행도 여기저기 많이 다니고."

"여기서도 그리하시면 좋을 텐데요."

그러자 쓸쓸하게 웃으며 대답한다.

"이젠 건강이 예전 같지 않은걸. 건강이 망가지니까 마음도 덜컥 약해져 버렸어. 여기로 이사한 것도 내가 너무 울적하게 지내니까 집이 바뀌면 마음이 조금이나마 좋아질지 모른다고 그이가 배려해 준 건데……. 이 집에 틀어박혀 있으니까, 그냥 이대로 미지근한 물에 들어앉은 양 아무 생각 없이 나이 들어 가는 것도 나쁘지 않겠다는…… 그런 마음이 드네."

결국은 나도 늙은 거지, 하고 소매에 묻은 오물이라도 털어 버리는 양 말한다.

어릴 적부터 꼼짝없이 일만 했고, 그래도 늘 입에 풀칠하기도 바빴던 오로쿠였다. 주위에서 '아무 생각 없이 나이 들어 가는 노인' 같은 호사스런 사람은 본 적이 없다. 아오이 마님의 무료하고 쓸쓸한 표정은 뒤집어 보자면 여유가 넘친다는 증거이기도 하고, 역시 사무치도록 부러운 처지였다. 그래도 그때는 아오이 마님이 조금 딱해 보였다.

주인 나리하고는 도저히 같이 살 수 없는 걸까? 어제오늘 만나 온 사이가 아닌 모양인데 그래도 역시 어려운 사정이 많은가 보지? 두 사람 사이에 자식은 없을까? 아오이 마님은 아이를 좋아하는 것 같던데.

마님은 오유키와 오미치가 떠들거나 큰 소리로 웃어도 언짢은 낯을 보이지 않는다. 넓은 저택이니까 개의치 않는다는 점도 있지만, 그래도 아이들을 귀찮아하는 사람이라면 조금만 시끄러워도 큰 소리로 야단치게 마련이다. 마님은 정반대다. 아이들이 하도 귀여운 짓을 해서 오로쿠가 신나게 웃거나 말을 듣지 않아서 호되게 야단을 치기라도 하면 나중에 어김없이 이렇게 묻는다.

"아까는 뭐가 그리 재미있었누?"

"또 호되게 경을 치던데, 무슨 일이야?"

오로쿠가 여차저차해서 그랬다고 이야기하면 마님도 함께 웃거나, 그만한 일로 그렇게 큰 소리로 경을 치면 안 된다고 훈계하기도 한다.

오로쿠의 딸들을 여러모로 배려해 주는 것이다. 오미치가 눈이 좋지 않아 자잘한 것들을 잘 보지 못해서 오로쿠가 크게 걱정하고 있었는데, 마님은 매일 볕을 쬐고 푸성귀를 많이 먹으면 금방 좋아진다고 일러 주었다. 그렇게 해 보니 정말로 좋아졌다. 저쪽에 호슌인 사당을 빌려 서당을 연 선생이 있다, 특히 계집아이 가르치는 데 능한 선생이라고 하니 한번 데려가 봐라, 하며 입학 신청서를 써 주고 오로쿠가 월사금 내는 데 어려움이 없도록 급료를 조금 당겨 주었다. 덕분에 딸들은 히라가나를 오로쿠보다 훨씬 능숙하게 쓴다.

채소 가게 아저씨도 종종 하는 말이지만, 우리한테는 마님이야말로 관음보살님이지—. 오로쿠는 미소를 지으며 그렇게 생각했다.

자, 그럼 장작이나 패 놓을까, 하고 오로쿠가 뜰로 나섰다. 해는 아직 중천이지만 마님은 출타했다가 돌아오면 목욕부터 하는 습관이 있기 때문이다. 바로 불을 지필 수 있도록 해 두어야지.

채소 가게 아저씨는 완만한 언덕처럼 쌓인 재를 나뭇가지로 찔러서 고구마가 잘 익었는지 확인하고 있다.

"이제 다 익었군. 식기 전에 애들한테 먹여."

아저씨가 웃음을 지었을 때, 오로쿠는 마당 산울타리 너머 호슌인에서 이 집으로 오는 완만한 내리막길 저쪽에 오유키와 오미치로 보이는 작은 그림자 두 개가 나타난 것을 보았다.

마침 돌아오네요, 하고 말하려다 입을 다물었다. 분명 오유키와 오미치였다. 마님이 주신 헌 기모노를 뜯어서 지어 입힌, 똑같이 생긴 기모노.

하지만 두 명이 아니다. 어른 하나가 뒤를 따르고 있다. 아니, 이제는 두 아이 사이로 끼어들어 한 손에 오유키의 손을, 다른 한 손에 오미치의 손을 잡고 건들건들 이쪽으로 걸어온다—.

잠시 후 그는 오로쿠가 똑똑히 알아볼 수 있는 곳까지 다가왔다. 손을 잡힌 오유키와 오미치가 뱀이라도 쥔 듯한 표정을 하고 있는 모습도 보인다.

오로쿠의 손에서 장작이 와르르 떨어져 발치에 굴렀다.

"어이, 오로쿠 씨."

마고하치가 반갑게 소리쳤다.

"이게 얼마 만이야. 그동안 내가 얼마나 찾았다고."

3

아오이 마님은 조금 지친 얼굴이지만 꽤 즐거운 하루였는지 흡족한 표정으로 돌아왔다. 국화꽃을 본따 만든 하얀 사탕과 노란 사탕들을 오유키와 오미치에게 주라고 건네주었다.

그러다 곧 오로쿠의 안색이 심상치 않다는 것을 알아챘다. 이런 일로 심려를 끼치면 안 된다고 다짐했지만 마냥 입을 다물고만 있을 수는 없었다.

"도대체 어떻게— 여기를 알아냈을까요. 삼 년이나 지났는데, 대체 어떻게."

"삼 년이나 지났으니까. 그만큼 오랫동안 뒤져서 마침내 찾아낸 거겠지."

미간을 살짝 찡그리며 마님이 말했다.

"아이들이 호슌인에 다닌다는 것까지 알고 있었으니……."

"너희가 여기 산다는 것을 필시 꽤 오래전에 알아냈을 거야. 그러고는 어디에 숨어서 내내 지켜봤겠지. 오늘도 아이들이 호슌인에 가는 모습을 보고 뒤를 밟았을 거다."

오로쿠는 양팔로 제 몸을 꼭 껴안았다. 마고하치의 눈초리, 목소리, 말투를 떠올리기만 해도 몸서리가 쳐진다.

마고하치의 머릿속에서는 오로쿠가 아이들을 데리고 자기 눈앞에서 자취를 감춘 것도 제 편할 대로 해석되고 있는 모양이다. 그렇지 않고서야 어떻게 징그러운 웃음을 지으며 이 따위 말을 주워섬기겠는가.

"오로쿠, 미안해. 정말이지 내가 잘못했어. 오로쿠는 내 걱정을 했겠지. 혹이 둘이나 달린 여자이니 도저히 같이 살 수 없다고 생각했을 거야. 갑자기 오유키랑 오미치를 떠안게 되면 내가 너무 힘들어질 거라고 걱정했겠지. 하지만 나는 아무렇지도 않아. 오유키도 오미치도 친딸처럼 여기고 있거든."

언감생심 누가 언제 그런 생각을 했다고. 이렇게 뻔뻔한 자가 또 있을까.

"그래서 너는 뭐라고 했지?"

"물론 당신 착각이라고 했지요. 당신이랑 같이 살 생각일랑 눈곱만큼도 없다. 아이들과 셋이서 이 집에서 일하며 행복하게 잘 살고 있다. 이제 우리한테 상관하지 마라, 했지요."

"그랬더니?"

“히죽히죽 웃으면서, 뭘 그렇게 튕기나, 마음이 얼굴에 빤히 씌어
있구먼.”

오로쿠는 너무 분해서 장작을 있는 힘껏 휘둘러 놈을 패 줄까 하
는 생각을 몇 번이나 했는지 모른다. 징그러운 웃음이 싹 가실 때까
지 죽어라 패 주고 싶었다.

“그래도 오늘은 웬일로 얌전히 물러갔네?”

“예. 마침 채소 가게 아저씨가 옆에 계셔서 다행이었어요.”

“내일 또 온다고 하든? 하긴 그런 말이 없어도 내일 또 나타나겠
지만.”

“돈을 가져오겠다고 했어요.”

오로쿠는 입술을 깨물었다.

“필시 주인한테 선금을 받아 썼을 테니까 자기가 깨끗하게 갚아
주겠다고요. 선금 받아 쓴 거 없다고 해도, 그럴 리가 있나, 미안하
게 생각할 거 없어, 하더군요. 오유키와 오미치한테 새 기모노를 사
주겠다는 말도 하고요.”

저렇게 낡은 기모노를 입히다니. 그러니까 내가 뭐랬나, 여자 혼
자서는 힘들 거라고 했잖아. 히죽거리며 그렇게 말했다. 하지만 눈
은 전혀 웃고 있지 않았다. 낮은 밋밋하니 표정이 없고, 눈동자는 새
카맣고 차가웠다. 오로쿠는 그 눈에 제 모습이 비치고 있다는 생각
만으로도 몸서리가 쳐졌다.

“아이들과 함께 내 옆방으로 옮기도록 해.”

마님은 말했다.

“하지만……..”

"그렇게 어려워할 때가 아니야. 오늘부터 문단속도 확실하게 하고. 아이들을 호슌인에 보내는 것도 당분간 삼가는 게 좋겠어. 내가 내일 그이한테 편지를 보내서 사람을 보내 달라고 할 테니까."

"그렇게까지 하시면 제가 너무 죄송해서,"

말이 채 끝나기도 전이었다.

"이건 너 위하자고 하는 일이 아니야. 내일 마고하치가 네 빚을 갚아 주러 오겠다고 했다며. 내가 만나야 할 판이야. 내가 네 주인이잖아. 하지만 그런 마귀 같은 놈이랑 단둘이 만나다니 끔찍해. 듬직한 사람이 옆에 있어 줘야겠기에 이러는 거다."

"그러면 그자가 물러날까요?"

"겁주기 정도로는 어림없겠지. 그래서 내일 그자에게 오로쿠가 나한테 쉰 냥쯤을 선금으로 받아 썼다고 말해 줄 생각이야. 내역이야 어떻게든 둘러대면 되겠지. 정확히 쉰 냥을 맞춰서 가져오지 않으면 오로쿠도 딸들도 이 집에서 한 발자국도 못 나간다고 할 거야."

쉰 냥. 대단한 금액이다. 그 정도라면 마고하치도 물러설 수밖에 없으리라. 기름 행상을 하는 자는 평생을 모아도 만져 보기 힘든 거금이다.

조금 안심하는 오로쿠의 마음을 들여다본 것처럼 아오이 마님이 내쳐 말했다.

"하지만 오로쿠, 안심하기는 일러. 그자는 네가 생각하는 것보다 더 위험한 놈 같다. 아마 너에게 이렇게 말할 거다. 빚에 묶여 살다니 너무 딱하다, 나랑 같이 도망가자. 네가 싫다고 해도 억지로라도 데려가려고 할 거야. 네가 안 되면 오유키나 오미치를 데려다가 인질로 삼으려고 하겠지. 자식이 인질로 잡히면 너도 얌전히 따라올 수밖에 없을 테니까, 아이들을 노리기 쉬울 거야.”

오로쿠는 저도 모르게 손으로 입을 막고 아오이 마님의 얼굴을 빤히 쳐다보았다.

“남 일이라고 말을 아무렇게나 한다 싶으냐?”

마님이 말했다. 입가에 쓰디쓴 웃음이 걸려 있다.

“아뇨, 아닙니다, 천만에요.”

오로쿠는 황망히 고개를 저었다.

“그게 아니라…… 마님은 저 같은 것보다 그놈이 저지를 법한 짓거리를 더 잘 아시는 듯하다고 생각했을 뿐입니다.”

마님은 진지한 표정으로 돌아가 고개를 크게 끄덕였다.

“아무렴. 너보다 훨씬 잘 알고말고. 마고하치 같은 자를, 아니, 세상에 숨어 있는 귀신들이 얼마나 무서운 짓을 저지르는지를.”

문득 먼 산을 보는 눈길이 되었다.

“원하는 것이 있으면 무슨 짓을 해서든 차지하지. 그걸 위해서라면 수단 방법을 가리지 않고 뭐든지 자기 편할 대로 생각하고. 세상에는 그런 귀신들이 득시글거려. 난 그걸 잘 알아. 전혀 알고 싶지는 않았지만.”

누군가를 떠올리고 있는 듯한 말투다.

“아무튼 오로쿠, 방심하면 안 돼. 아까도 말했지만 마고하치는 위험한 놈이야. 아무리 조심해도 지나치지 않아.”

오로쿠는 눈길을 떨어뜨렸다.

“하지만 마님, 그렇게까지 손을 써 주시지 않아도— 아뇨, 이렇게까지 폐를 끼치다니 너무 송구스러워요. 차라리 제가 이 집을 떠나 다른 데로 가면—더 멀리, 아예 에도를 벗어나서 도망치면—그게 제일 좋은 방법 같습니다. 그러니 저는 이만,"

오늘 있었던 일을 마님한테 고하기 시작할 때부터 이미 각오한 바였다. 이것으로 이곳 생활도 끝이다. 이 저택하고도, 마님하고도 작별이다.

하지만 마님은 단호하게 말을 막았다.

"아둔한 소리."

따귀라도 맞은 양 오로쿠는 깜짝 놀랐다.

"어디로 도망치게? 걸음도 느린 아이들을 데리고 집도 절도 없이 에도를 뜬다고? 지금까지 에도 밖으로 나가 본 적도 없을 텐데?"

사실 그렇다. 신키치가 건강하게 일할 무렵, 아이들이 아장아장 걸을 수 있게 되면 가와사키에 있는 헤이켄지푸聞寺에 참배하고 싶다고 이야기한 적은 있지만 그것도 꿈으로 끝나고 말았다.

"지금 네가 도망칠 수 있는 곳이라고는 스미다 강 물속밖에 없을 거다. 오유키와 오미치 손을 잡고 강물로 풍덩하는 게 고작이겠지. 그렇게 한심한 짓을 하게 내버려두랴? 꼭 도망쳐야겠다면 너 혼자 가거라. 아이들은 내가 맡아 줄 테니까. 그래도 좋겠니?"

그럴 수는 없다. 물론 마님도 그런 줄 알고 하는 말이다. 팔을 쓱 내밀어 오로쿠의 어깨를 붙들고 힘껏 흔든다.

"맘 약하게 먹으면 안 돼. 그런 자라면 도망만 쳐서는 힘들어. 해치우지 못하면 떨쳐낼 수가 없어."

"마, 맞서 싸우라고요?"

오로쿠의 목소리가 딱하게 갈라졌나 보다. 아오이 마님은 닳고 닳은 여자처럼 혀를 끌끌 차고는, 차암 딱하구나, 하고 말했다.

"이봐, 오로쿠. 너는 분하지도 않니?"

물론 분하다. 아무 짓도 안 했는데 이렇게 쫓겨 다니고 공갈을 당하는데 분하지 않을 리가 없다.

"나는…… 암만해도 네가 너무 어수룩하게만 보이는구나."

무슨 까닭인지 말을 주저하며 잠깐 눈길을 외면하고는 작은 소리로 말했다.

"너뿐만이 아니야. 맨 처음 마고하치가 너에게 홀딱 반했으니 조심하라고 일러 주었다는 사람도 마찬가지야. 너보다 나이도 훨씬 많을 텐데 아무 눈치도 못 챘을까."

"무슨 말씀이신지요?"

"이봐, 오로쿠."

짧은 한숨을 토해내고 마님은 오로쿠에게 다시 눈길을 돌렸다.

"네가 이대로 탈없이 살 수 있었다면 이런 공연한 이야기는 꺼낼 필요도 없이 그냥 잠자코 있으려고 했다. 하지만 아무래도 그것도 힘들게 생겼으니 차라리 솔직하게 말해 버려야겠구나. 네 남편의 죽음이 이상하다고 의심해 본 적이 한 번도 없니?"

오로쿠는 어리둥절했다. 신키치의 죽음이?

"너한테 지난 이야기를 들었을 때 나는 대번에 이상하다고 생각했다. 어제까지 건강하게 일하던 사람이, 더구나 젊은 사람이 그렇게 덜컥 죽을 수는 없어. 마고하치는 네 남편이 건강할 때부터 너한테 흑심을 품고 있었다고 했지? 널 차지하기 위해 거추장스러운 남편을 없애기로 했다고 해도 전혀 이상할 게 없는 남자 아니냐?"

말이 나오지 않았다. 그날 저녁—몸을 떨며 돌아온 신키치. 오한이 들어 몸을 덜덜 떨고 안색은 파리했다. 머리가 너무 아프다고 잠깐 눕겠다고 했다. 그러고는 그것으로 끝이었다.

"마고하치가 무슨 수를 썼는지 자세한 것은 알 수 없다. 무슨 독이 되는 걸 마시게 했는지도 모르고 어쩌면 심하게 때렸을지도 모르지. 몸에 상처가 없다고 해서 치명적인 부상이 없었다고 장담할 수는 없어. 특히 머리를 맞으면 겉으로 봐서는 알기 힘드니까."

아아, 그럴지도 모른다. 어쩌면 그랬을지도 모른다.

"신키치라는 네 남편은 얌전하고 말수가 적었다고 하지 않았니? 어쩌면 그날 저녁 마고하치와 싸우거나 무슨 사고가 있었어도 아내가 걱정할까 봐 잠자코 있었는지도 몰라. 물론 본인도 설마 죽기까지야 할까 생각했겠지만."

오로쿠는 두 손으로 제 목덜미를 눌렀다. 그렇게 하지 않으면 당장이라도 악을 쓸 것 같았기 때문이다. 그래도 갈라진 오열이 치밀고 나왔다.

"제가— 제가 너무 아둔했어요."

"그만둬. 이제 와서 후회해 봐야 죽은 남편만 슬프게 할 뿐이야. 그보다 허리를 곧게 펴고 두 눈을 부릅뜨란 말이다. 싸워야 해. 새끼들을 지키기 위해서만이 아니라 남편 원수를 갚기 위해서라도."

아오이 마님의 아름다운 얼굴에 투지 같은 기운이 흘러넘치고 눈동자가 번뜩였다. 오로쿠는 아연한 얼굴로 그것을 쳐다보다가 눈앞이 뿌얘지는 것을 느끼며 힘차게 고개를 끄덕였다. 그러자 눈물이 툭 떨어지고 뿌옇던 시야가 다시 맑아졌다. 오로쿠는 어깨에 놓인 아오이 마님의 손을 꽉 쥐었다.

4

어제 오로쿠의 모습을 보고 걱정이 많았는지, 채소 가게 아저씨가 이튿날 아침 일찍 찾아와 주었다.

오로쿠는 묻기도 전에 사정을 털어놓았다. 아저씨는 앞으로 주위를 잘 살펴보는 게 좋겠다면서 고개를 끄덕였지만, 앞으로 한동안 아이들을 집 밖에 내보내지 않겠다는 이야기에는 조금 의아한 표정을 지었다.

"새장 속 새처럼 지내자면 너무 답답할 텐데, 아이들이 딱하군. 호슌인 정도는 보내는 게 어때. 보내고 데려오고 하는 건 내가 해 줄 테니까."

아저씨의 친절은 사무치게 고마웠지만 한편으로는 아저씨가 마고하치를 직접 만나 보았으면서도 자기나 아오이 마님처럼 사태를 심각하게 받아들이지 않는구나 하는 생각도 들었다. 아저씨도 남자구나…… 하는 생각에 오로쿠는 조금 쓸쓸했다. 만약 아저씨가, 지금은 이런 식으로 사이가 틀어져 버렸지만 예전에는 오로쿠도 마고하치를 싫지 않게 생각하던 시기가 있었겠지, 두 사람은 그런 사이가 아닐까, 하고 짐작하는 거라면—아마 그럴 공산이 클 텐데—역시 섭섭한 일이었다.

매일 들르는 점원 청년이 오자 아오이 마님은 편지를 들려서 얼른 돌려보냈다. 그로부터 일 각도 지나지 않아 주인 나리의 명을 받았다는 손님이 찾아왔다.

삭정이처럼 깡마른 노인이었다. 주름 깊은 얼굴에 뾰족한 턱, 성긴 수염. 그러나 웃는 얼굴이 인자하고 목소리도 따뜻하다. 아오이 마님에게 안내하자 마님이 반색하며 밝은 목소리로 말했다.

"어머, 그이가 당신을 보내 주셨네. 아, 정말 다행이다."

아오이 마님과 노인은 감개가 깊은 듯 인사를 나누었다. 마님은 드러내 놓고 기뻐하는 모습이다. 오로쿠가 다과를 들고 방으로 들어가자 처녀처럼 발랄하게 손짓을 했다.

"오로쿠, 이쪽으로 와. 오늘부터 이 사람이 집에 묵으며 도와주실 거다."

노인은 오로쿠를 향해 고쳐 앉고는, 규베라고 하오, 하고 정중하게 인사했다.

"나 같은 늙은이가 어찌 지킴이 노릇을 하겠느냐만, 그래도 여자들만 있는 것보다는 나을 수도 있겠지요."

"완력은 없어 보일지 몰라도 규베는 수완이 뛰어나."

아오이 마님은 방긋 웃었다.

"마고하치 같은 자를 상대하자면 그냥 힘만 세서는 곤란해. 규베라면 더 바랄 게 없지."

"아오이 님, 너무 추켜세우시면 곤란합니다요" 하며 규베는 손을 내둘렀다.

오로쿠는 어정쩡하게 미소를 지었다. 이 사람은 아마 주인 나리

밑에서 일하는 사람 같다. 지배인인가?

오로쿠의 궁금증을 짐작했는지 아오이 마님이 내처 말했다.

"규베는 그이의 요릿집에서 지배인으로 일했어. 그이의 셋집에서 관리인으로 일한 적도 있고. 주변 사람들을 잘 보살펴 주고 입도 무겁지. 너도 마음 놓고 의지해도 된다."

그녀의 얼굴이 갑자기 싱싱해 보였다. 규베와는 오래전부터 인연이 있었던 모양이다. 규베는 아오이 마님이 젊을 때부터 잘 알고 있었으리라.

마침내 규베가 집 안 안내를 부탁한다고 해서 오로쿠는 노인과 나란히 움직이게 되었다. 오로쿠는 먼저 두 딸을 규베에게 인사시켰다. 오유키도 오미치도 낯을 가리는 성격은 아니지만 어제 일로 잔뜩 긴장한 탓에 웃는 낯이 쉬 나오질 않는다. 그것을 규베가 능숙하게 풀어 주었다.

"오늘부터 한동안 이 할아버지가 이 집에 지내며 너희 어머니를 돕기로 했단다. 측간에 다녀오다 쭈그렁탱이 얼굴이 불쑥 나타나도 놀라서 울거나 하지는 말아다오."

노인은 내부 구조와 문단속 요령을 자세히 살피는 한편 오로쿠가 일구는 뒤란의 작은 채마밭을 크게 칭찬해 주었다.

"이 집에 있는 동안 나도 농사를 배워 둬야겠군."

그러고는 파릇파릇하게 자란 감자 잎을 바라보며 입을 열었다.

"마님 편지로 어지간한 사정은 파악했지만 그래도 역시 오로쿠 씨한테 직접 듣는 것이 낫겠지."

오로쿠는 이야기를 시작했다. 규베는 남 이야기를 들어 주는 데도 능숙해서, 오로쿠는 말을 고르느라 주저하는 일도 없이 술술 말할 수 있었다. 규베 씨는 과연 배려가 몸에 밴 분이구나, 하고 생각했다.

"큰일이군."

뼈가 불거진 팔로 팔짱을 끼며 규베는 미간을 찡그렸다.

"실은 아주 오래된 일이기는 해도 이와 비슷한 이야기를 들은 적이 있거든. 사내란 어쩔 수가 없는 것들이야."

"그때는 어떻게 되었나요?"

"이런저런 수를 써서 쫓아냈지."

"위험하지는 않았나요?"

"위험해지지 않도록 꾀를 냈지."

규베는 그렇게 말하고 문득 예리해진 눈빛으로 오로쿠를 보았다.

"오로쿠 씨, 혹시 그 마고하치란 자한테 돈을 쥐여 주거나 하지는 않았나?"

"돈을요? 왜요?"

"당신 말은 알아들었으니 제발 이제 그만 오라고 하면서 말이야."

오로쿠는 단호하게 도리질을 했다.

"그런 적 없어요. 그래야 할 까닭이 없는걸요."

"마고하치가 돈을 울궈내려고 하지는 않던가?"

"그러지 않았어요."

그랬다면 차라리 쉬웠겠죠, 하고 오로쿠가 말하자 이번에는 규베가 강하게 부정했다.

"그건 아니야. 여자에게 돈을 뜯어내는 놈들은 또 그런 놈대로 위험하거든."

"눈독 들인 여자를 차지하려고 그 남편을 해치기까지 하는 자보다 위험할까요?"

규베는 고개를 갸웃했다.

"그렇게 견주는 게 무슨 소용인가. 오로쿠 씨, 방금 그 이야기, 마고하치한테는 하지 마. 놈을 그렇게 추궁하면 큰일 나. 아니, 애초에 이제부터는 마고하치하고 얘기하는 것도 안 돼. 말을 시켜도 못 들은 척하도록 해. 이녁이 왜 그러는지 마고하치가 알아듣게끔 내가 이야기할 테니까."

내가 이 집안의 집사라고 할 테니까, 하고 말했다.

"마고하치가 정말 이녁의 빚을 갚아 주겠다고 돈을 들고 나타난다면 내가 만나서 빚이 쉰 냥이라고 말할 거야. 그때 마고하치가 어떻게 나오는지 지켜보자고."

그러고는 마치 당연한 일처럼 앞으로 집안일을 어떻게 분담할지 따위를 이야기했다. 오로쿠는 내심 미안해서 어쩔 줄 몰랐다.

가을 가지가 영그는 철이라고 하는데도 날은 유난히 더웠다. 점심을 먹고 나자 예전에 한번 들른 적 있는 니혼바시의 옷 가게 점원 세 명이 커다란 오동나무 궤를 메고 찾아와서 오로쿠가 마님 방으로 안내했다. 아마 이들도 규베의 계획에 따라 방문했으리라. 규베는,

"저 사람들이 한동안 이 집에 있을 테니까 나는 그 사이에 잠깐 나갔다 오겠네."

하고 땀을 뻘뻘 흘리며 나갔다. 노인이 마침내 해 질 무렵 돌아왔을 때는 아오이 마님이 오비와 기모노를 세 벌이나 주문하는 상담이

마무리되고 있었다.

"마고하치가 아주 악질이더군."

규베가 부엌에서 오로쿠에게 말했다.

"지신반과 기도반^{마치나 다리맡 등에 설치한 출입구를 지키는 문지기가 사는 집. 낯선 사람들의 출입을 통제하는 역할을 했다} 몇 군데를 돌아 봤는데, 놈이 이미 선수를 쳤더구먼."

상가가 모여 있는 니혼바시 근처라면 몰라도 상인의 집과 무가 저택이 태반을 차지하는 이 지역에서는 낯선 자가 자꾸 찾아오면 그것만으로도 지신반과 기도반들의 주목을 끌게 마련이다.

"마고하치는 벌써 한 달 전부터 이녁이 이 집에 있는 걸 알아낸 모양이야. 이녁 앞에 모습을 드러내기 전에 이 지역을 몇 번이고 드나들면서 상황을 살폈더구먼. 기도반에는 그럴듯한 이야기로 둘러대고."

그자가 기도반에 고하기를, 자식을 데리고 도망친 마누라가 이 동네 어느 집에 숨어 살고 있다, 사실은 내가 빚을 졌는데 마누라가 그 빚 독촉이 무서워 도망친 것이다, 하지만 이제 그럴 염려가 없어졌다. 나는 예전 생활로 돌아가고 싶지만 마누라 볼 면목도 없고 하니 일단 처자식이 어떻게 살고 있는지 보고 나서 나중에 만나 보고 싶다, 해서 이 동네에 자주 찾아올 텐데, 사정이 그러하니 앞으로 널리 양해해 달라—.

물론 술 한 되와 과자 상자를 들고 간 것은 말할 나위도 없다.

오로쿠는 기가 막혔다.

"잘도 둘러댔군요. 어쩜 그렇게 교묘하게 지어낼까."

"이런 짓을 하는 남자는—뭐, 꼭 남자만 그러라는 법은 없지만—

용의주도해지게 마련이지.”

“그래도 너무하잖아요!”

“누굴 거짓말로 구워삶으려고 할 때는 아무리 덜떨어진 자라도 과감하게 꾀를 내는 법이야.”

규베는 희미하게 웃었다.

“과감하지 못하고 어중간했다가는 오히려 골치 아파지니까.”

어딘지 의미심장하게 들리는 말투가 오로쿠는 조금 마음에 걸렸다. 마치 누구를 속여 본 적이 있는 듯한 말투다.

“주변을 그렇게 다져 놓은 것을 보면 이 지역 오캇피키한테 부탁하기도 힘들겠어. 원래 도신이나 오캇피키는 어느 쪽 말이 사실인지 알 수 없는 건에는 끼어들고 싶어 하지 않거든. 그런 일은 관리인이나 집주인이 할 일인데다 아무리 수고해도 돈 한 푼 들어오지 않는 일이니까.”

“그런가요?”

“암.”

규베는 힘 있게 대답하고는 말투를 조금 늦춰서 중얼거렸다.

“그렇지 않은 도신을 한 분 알고 있지만—거리도 멀거니와 그분께 부탁을 하면 내가 천벌을 받고 말지.”

어금니께에 뭔가를 문 것 같은 흐릿한 말투다. 다만 오로쿠더러 들으라고 하는 소리는 아닌 듯했다. 거의 혼잣말이나 다름없다.

그날 저녁 아오이 마님 방에서는 밥상을 물린 뒤에도 오랫동안 이야기 소리가 들렸다. 종종 규베의 가만히 웃는 소리와 아오이 마님의 밝게 웃는 소리가 들리는가 하면 한동안 쥐 죽은 듯 조용하다가 다시 가만가만 이야기를 나눈다. 목소리가 거의 안 들릴 정도로 작아질 때도 있다. 매우 내밀하고 은밀한 기미가 느껴진다.

신변에 닥친 위험은 제쳐 두고 오로쿠는 새삼 아오이 마님의 처지에 대하여 이리저리 생각해 보지 않을 수 없었다. 어쩌면 주인 나리와 마님 사이는 그저 숨겨 놓은 첩이라는 상투적인 말로는 다 설명할 수 없는 관계, 끝까지 숨겨야 하는 비밀스러운 일들이 가로놓여 있는 것은 아닐까……?

많은 생각을 하다가 잠자리에 든 탓인지 그날 밤 오로쿠는 이상한 꿈을 꾸었다.

이 집에 얽힌 꿈이다. 어찌된 영문인지 집 안이 캄캄하고 인기척이 전혀 없다. 암흑 속에서 오로쿠 혼자 긴 복도에 등불도 없이 우두커니 서 있다.

온몸에 친숙한 집 안 모습. 아, 이건 꿈이구나, 하고 생각하면서도 너무나 생생하고 또렷하다. 꿈을 꾸는 오로쿠는 꿈속의 자신이 멍하니 서 있는 것을 알고 애가 탔다. 아오이 마님은 어디 계시지? 오유키와 오미치는?

그러다 곧 꿈속의 자신이 혼자가 아니라는 것을 깨달았다.

복도 끝에 새카만 그림자가 웅크리고 있다. 아주 커다란 그림자다. 사람 꼴을 하고 있다. 어둠보다 더 까맣지만 어둠 때문에 형체가 또렷하지는 않아 윤곽을 분간하기가 힘들다. 다만 그림자가 등을 동그랗게 구부린 채 웅크리고 있다는 것은 알겠다. 쪼그리고 앉아 두 손으로 제 머리를 감싸고 있는 듯하기도 하다.

— 누구세요?

꿈속의 오로쿠가 묻는다.

— 마님이세요? 규베 씨?

딸들처럼 보이지는 않는다. 체구가—아니, 그렇게 보면 마님도 아니고 규베도 아니다. 머리가 너무 크다. 등판이 너무 넓다.

저건 이 세상 사람이 아니구나.

꿈속의 오로쿠가 그렇게 깨달으며 아연실색하는 순간, 새카만 사람 그림자가 쓰윽 일어섰다. 천장까지 닿을 것 같은 키에 불쑥 솟은 어깨, 여러 근육덩이들이 혹처럼 툭툭 불거진 팔과 다리. 머리에 튀어나온 것은 오싹하게 생긴 두 개의 뿔이 틀림없다.

아이 잡아먹는 귀신이다.

— 이리 오너라.

귀신 그림자가 배 속까지 흔들리게 만드는 목소리로 오로쿠를 부르는 순간 그녀는 눈을 번쩍 떴다. 식은땀을 흠뻑 흘리고 있었다.

5

무슨 기미를 느낀 것인지 이틀이 지나 사흘이 되어도 마고하치는 모습을 드러내지 않았다. 규베는 침착한 사람이라 그 점에 대해서는 특별히 언급하지 않고, 저택 내부를 꼼꼼하게 점검하며 수리가 필요한 곳을 찾아내는 작업에 몰두했다. 오로쿠가 전혀 알지 못한 흠, 이를테면 창고 천장에 비가 미세하게 새는 자리나 안 쓰는 방의 바닥

장선長線이 썩고 있는 것을 찾아내고는 수리하는 데 필요한 날짜와 비용을 적어 나가는 등 참으로 빈틈이 없다. 관리인으로 일한 적이 있다고 했으니 그 시절에 닦은 실력일까.

채소 가게 아저씨는, 그자 건은 역시 오로쿠가 지레짐작으로 마음고생을 한 거 아닌가, 하며 한가로운 표정을 짓는다.

"생각이 너무 복잡해도 좋지 않아."

오유키와 오미치는 역시 어린 것들이라 당장 눈앞에 무서운 것이 사라지자 마음이 싹 바뀐 모양이다. 밖에 나가 놀고 싶다고 자꾸 조른다. 오로쿠가 안 된다고 해도 채소 가게 아저씨가 "괜찮아, 괜찮아, 나가서 놀다 와" 하고 한가로운 소리를 하자 아이들 마음도 완전히 풀어지고 말았다.

"마고하치는 우리가 방심하기를 기다리는지도 몰라요, 아저씨."

오로쿠의 말을 아저씨가 웃음으로 넘겨 버린다.

"그러지 마, 오로쿠 씨. 뭘 그리 걱정하누. 괜찮다니까. 가끔은 늙은이 말을 들어도 괜찮아."

결국 마고하치가 찾아온 것은 그로부터 사흘이 더 지나서였다. 역시 왔구나— 생각하니 오히려 마음이 가벼워졌고, 그런 제 심정을 의식하자 또 분노가 불끈했다. 그자가 오든 안 오든 이쪽이 그에게 휘둘림을 당하고 있다는 사실에는 변함이 없었던 것이다.

의기양양하달까 기세등등하달까, 마고하치는 턱없이 활달한 모습으로 가슴을 펴고 이렇게 말했다.

"돈을 마련하느라 생각보다 시간이 많이 걸렸어. 기다리게 해서 미안해, 오로쿠."

규베로부터 마고하치를 상대하지 말고 즉시 자기한테 데려오라는 말을 들었으므로 오로쿠는 대꾸하고 싶은 것을 꾹 참고 그를 안으로 안내했다.

"이제 빚은 깨끗이 지워지는 거야. 당장이라도 나랑 같이 나갈 수 있도록 짐이나 싸 둬. 오유키와 오미치한테도 채비하라 이르고."

규베 방으로 들어가기 전에 마고하치는 으쓱하는 표정으로 오로쿠에게 그렇게 속삭였다.

이녁은 멀리 떨어져 있어— 하고 규베가 눈짓으로 일렀다. 오로쿠는 얼른 물러나 청소와 빨래에 열중했다. 그래도 종종 손길을 멈추고 규베 방 쪽으로 귀를 세우지 않을 수 없었다. 하지만 아무 소리도 들을 수 없었다. 마고하치가 큰 소리로 규베를 욕하는 소리조차 들리지 않는다. 그것이 오히려 더 불안해서 오로쿠는 도망치듯 우물가로 돌아왔다.

반 각 혹은 그보다 조금 더 지났을까. 인기척이 난다 싶더니 마고하치가 어느새 바로 뒤에 와 있었다. 그가 오로쿠의 어깨를 콱 움켜잡았다. 오로쿠는 저도 모르게 악, 하고 비명을 지르면서 두레박을 쥐고 있던 손을 놓아 버리고 말았다. 우물 밑에서 물방울이 요란하게 튀었다.

"그게 정말이야, 오로쿠?"

마고하치의 안색이 변해 있었다. 물에 적신 종이를 발라 놓은 양 밋밋하고 창백하다. 눈은 멍하지만 그 속에는 표독한 빛이 깃들어 있다.

"정말이라니, 뭐가요?"

오로쿠는 우물을 등지고 서서 두 발에 힘을 주고 버텼다.

"선불금, 빚 말이야. 쉰 냥이나 된다던데, 그게 진짜냐고."

언뜻 보니 규베가 샛문까지 나와 있다. 오로쿠를 격려하듯이 쳐다 보며 평소처럼 온화한 표정과 목소리로,

"손님이 가신단다, 오로쿠."

하고 말했다. 그러고는 마고하치를 향해 가볍게 목례를 했다.

"나는 그만 실례하겠소."

규베는 샛문에서 사라졌다. 숨어서 상황을 살피겠지. 오로쿠는 숨을 크게 들이마시고 마고하치의 눈을 똑바로 쳐다보며 고개를 끄덕였다.

"사실이에요."

"그런 엉터리 얘기가 어딨어! 네가 어떻게 빚을 쉰 냥이나 질 수 있어?"

함부로 바짝 다가서는 마고하치에게서 얼굴을 돌려 그의 입김을 피하며 오로쿠는 그의 손을 어깨에서 쳐냈다.

"장사 밑천부터 시작해서 여러 번 빌렸어요."

"너, 속고 있는 거야!"

"아뇨, 마님과 규베 씨는 그런 분이 아녜요. 송구스러워하는 신키치와 나에게 평생을 두고 갚아도 된다고 하시면서 큰돈을 빌려 주셨단 말예요."

마고하치는 발치에 칵 하고 침을 뱉었다.

"찢어진 입이라고 아무렇게나 떠벌려! 나는 신키치 따위보다 훨씬 오랫동안 행상으로 밥 먹고 살았어. 그런 보잘것없는 장사에 왜 그

렇게 밑천이 많이 들어!”

“누가 아무렇게나 떠벌린다는 거예요!”

오로쿠도 소리 높여 대꾸했다.

“다른 것도 아니고 빚처럼 중요한 일을 놓고 어떻게 아무렇게나 떠벌린단 말이에요!”

마고하치도 오로쿠의 기세에 눌려 움찔하는 눈치다. 오로쿠는 속이 시원해지는 심정이었다.

“하, 하지만…….”

“신키치가 죽으니 그쪽 말대로 여자 혼자 애들 키우기가 힘들데요. 그래서 또 야금야금 빚이 늘었어요. 하지만 마님도 규베 씨도 나 보고 열심히 산다고 칭찬해 주실지언정 한 번도 타박하신 적이 없어요. 뼈에 사무치게 고마운 분들이에요.”

그러므로 정말로 평생을 두고 갚게 되더라도 상관없다, 몸뚱이가 부서져라 잘 모시고 빌린 돈도 다 갚아 드릴 거다, 하고 오로쿠는 단호하게 말했다.

“사정이 그리되었으니 마고하치 씨, 나하고는 연이 없다 생각하세요. 쉰 냥이나 되는 빚을 그쪽한테 떠넘길 수는 없으니까. 그런 짓을 하면 죽은 신키치까지 죄스러워할 거예요.”

마고하치는 반 발자국 물러나 오로쿠를 뚫어져라 쳐다보았다. 그 눈길이 마치 손으로 몸을 쓱쓱 만지는 것 같아서 오로쿠는 온몸에 진저리가 날 지경이었지만 여기서 눈길을 피하면 진다는 생각에 고개를 꼿꼿이 들고 있었다.

“오로쿠” 하고 마고하치가 다가섰다. 다시 속삭이는 목소리로 변한다.

"나랑 도망가자."

그 순간 지금까지 쥐고 있던 인내의 끈이 툭 끊어져 오로쿠는 그를 두 손으로 콱 밀쳐냈다.

"싫어요!"

"왜! 세상에 이렇게 황당한 얘기가 어딨냐. 쉰 냥이라니, 너 혼자선 죽었다 깨나도 못 갚아. 네가 속은 거야. 나랑 도망가자. 응? 애들도 데리고 말이야."

"빚뿐이라면 나 몰라라 도망갈 수 있어도 그동안 받은 은혜는 그럴 수 없어요."

오로쿠는 딱 잘라 말했다.

"은혜를 베푼 마님과 규베 씨에게 흙먼지를 차 던지고 도망칠 수는 없어요. 여기서 일하다 뼈를 묻을 겁니다. 마고하치 씨, 이제 오로쿠는 죽은 년이다 생각하세요."

단호한 기세로 고개를 꾸뻑한 다음 오로쿠는 샛문을 향해 뛰기 시작했다. 미닫이문 안으로 뛰어들어 등 뒤로 문을 쾅 소리 나게 닫고 보니 바로 앞에 규베와 아오이가 서 있었다.

"쉿!" 하고 아오이 마님이 입술 앞에 검지를 세웠다. "잘했어, 오로쿠" 하고 겨우 들을 수 있는 목소리로 속삭인다.

규베는 화덕 앞 작은 격자문 틈새로 밖을 보고 있다. 오로쿠도 곁으로 다가가 나란히 밖을 살폈다.

마고하치는 미련이 남는지 우물가에 서서 샛문 쪽을 바라보고 있다. 당장이라도 이리로 걸어올 것 같다 — 하지만 마침내 발치의 흙을 퍽 차올리더니 등을 돌리고 멀어져 갔다.

"돌아가네……. 이제 그만 포기해 주면 좋으련만."

규베가 중얼거렸다.

"저자가 같이 도망가자고 했어요."

오로쿠는 새삼 몸서리쳤다.

"그랬겠지. 뻔히 짐작한 일이야."

아오이 마님이 조용히 말했다.

"앞으로도 질기게 매달릴지 몰라. 저자 입장에서 보자면 나랑 규베는 욕심 많은 부자고 오로쿠는 발목 잡힌 불쌍한 여자니까. 그런 여자를 구출해서 도망가려는 것이니 얼마나 명분이 좋아."

그러고는 마침내 평소의 아오이 마님처럼 화사한 웃음을 보였다.

"하지만 그게 바로 우리가 기대하는 상황이야. 다음에 마고하치가 찾아와 또 도망가자고 꼬드기면 규베가 마치 부교쇼에도 시대 평민 지역의 치안을 책임지는 최고 기구로, 특히 죄인을 구속해 죄를 판단하고 처벌하는 일을 담당했다로 달려갈 거다. 이 자는 선불금으로 큰돈을 받아 쓰고 하녀살이 하는 부인에게 빚을 떼 먹고 같이 도망가자고 꼬드긴 괘씸한 자입니다, 하고 고소하면 부교 쇼에서도 가만둘 수 없겠지."

아, 그렇게 끌고 가는 방법도 있구나. 다음 수까지 준비되어 있었다. 오로쿠는 그제야 어깨에 있던 힘을 뺐다.

"고맙습니다."

"그렇게 고마워할 일만은 아니야, 오로쿠 씨."

규베가 말했다.

"부교쇼에 고소하면 선불금을 설명할 확실한 서류를 제출해야 해.

그런 서류라면 내가 당장이라도 몇 장이든 만들어서 내줄 수 있지만, 쉰 냥이나 되는 빚의 상세한 내역을 둘러대자면 우리도 더 궁리해야 하고 이녁하고도 말을 맞춰 두지 않으면 안 돼. 그러려면 이녁의 죽은 남편이 실은 노름에 미쳐 있었다든가, 말하기 부끄럽지만 알고 보니 이러저런 사정이 있었다는 식으로 부교쇼 사람들을 설득할 만한 그럴 듯한 용처를 만들어 놓을 필요도 있어.”

규베는 정말 미안하다는 듯 어깨를 움츠렸다.

“죽은 자는 말이 없다지만 이녁의 남편이 괜한 욕을 봐야겠지. 그래도 괜찮겠나, 오로쿠 씨?”

오로쿠는 아오이 마님에게 질세라 환하게 웃었다.

“상관없어요. 그래서 오로쿠와 딸자식들이 안심하고 살 수 있게 된다면 나는 아무 불만 없습니다, 우리 그이는 틀림없이 그렇게 말할 거예요. 그렇고말고요. 원래 그렇게 따뜻한 사람이니까요.”

규베와 얼굴을 마주 보고 나서 아오이 마님이 놀리듯이 말했다.

“오로쿠. 너는 지금도 죽은 남편한테 빠져 있는 것 같구나.”

오로쿠는 서슴없이 “예” 하고 대답하고는 양손으로 얼굴을 가렸다. 어머, 이 사람 보게, 얼굴이 빨개졌네—. 아오이 마님의 쾌활한 목소리가 부엌의 높은 천장에 울렸다.

6

그러나 마고하치는 나타나지 않았다.

오로쿠는 매일 달력에 표시를 했다. 달력이 한 차례 다 돌도록 표시를 하고 나서야 오로쿠도 생각하기 시작했다. 이제 끝났나? 쉰 냥이라는 터무니없이 큰 빚은 상궤를 벗어나 자기중심적인 마고하치의 머릿속에 충분한 효험이 있었던 걸까?

그날은 아침부터 가을비가 추적추적 내렸다. 지난 며칠 새 날이 갑자기 추워졌지만 오늘 아침은 깊어진 가을이 유난히 실감난다. 그 탓인지 오유키는 잠에서 깨어난 뒤로 계속 재채기를 하고 콧물을 흘리고 있다.

"고뿔이 왔구나. 오늘은 호슌인에 가는 날이지만 하루 쉬도록 해라."

오로쿠는 오유키를 자리에 눕혔다. 그러나 오미치는 아무렇지도 않아서 밖에 나가 놀고 싶다, 호슌인에 가고 싶다고 떼를 썼다. 하는 수 없이 오로쿠가 데려다 주기로 했다. 나중에 호슌인에서 오미치를 데려오려고 오로쿠가 막 집을 나가려고 하는데 마침 채소를 지고 들어오던 채소 가게 아저씨가 말했다.

"내가 데리러 가 줄게. 오미치 혼자 다니는 건 역시 불안하니까. 근데 오로쿠 씨, 언제까지 애들을 데려다 주고 데려오고 할 거야?"

놀리는 듯 웃는 아저씨의 얼굴에 오로쿠는 명랑하게 웃는 낯으로 대답했다.

"죄송해요, 아저씨. 그래도 제 마음이 놓일 때까지는……."

"죄송하긴. 오로쿠 씨 같은 단골한테 그 정도도 못할까."

마음이 놓일 때까지.

오로쿠가 규베에게 조심스레 "언제까지 이 집에 계셔 주실 건가요?” 하고 물었을 때 그도 역시 그렇게 대답했다.

“이런 일은 걱정하자면 끝이 없지. 뭐, 내 마음이 놓일 때까지는 있어야지.”

바쁜 날이었다. 규베가 저택에서 찾아낸 하자를 수리하려고 목수 두 사람이 와 있었기 때문이다. 예상외로 손이 많이 가는 작업도 있는지 견적을 내고 상담할 때는 아오이 마님까지 가세하여 활발하게 의견을 내놓았다. 그런 마님의 얼굴이 즐겁고 활기차 보여서 오로쿠는 반가웠다. 혼자 우두커니 앉아 있는 것보다 이렇게 집안일을 잡도리하는 것이 마님한테 어울려 보였다.

그러나 활기찬 분위기는 반나절도 지나지 않아 찬물을 뒤집어쓴 양 깨끗이 날아가 버렸다. 채소 가게 아들이 크게 놀란 얼굴로 숨이 턱에 차서 오로쿠에게 달려왔던 것이다.

“아버지가 크게 다쳐 들것에 실려 돌아오셨습니다. 피범벅이 되어서 거의 산송장 같은 상태로요. 그런데 정신을 잃기 전에 제 손을 붙들고, 오미치가, 오미치가, 하시던데. 저어, 오미치라면 여기 사는 오미치지요? 아버지가 자주 말씀하셔서— 오로쿠 씨네 따님이 오미치가 맞죠?”

발밑이 와르르 무너지는 듯한 굉음이 오로쿠의 귓속에 울려 퍼졌다. 오미치가? 오미치가 어떻게 됐지?

“그럼 오미치가 아저씨랑 같이 있지 않던가요?”

“같이 있어야 하는 건가요?”

오로쿠는 새된 목소리로 오미치를 부르며 집 안을 뒤지고 다녔다. 그러나 오미치는 어디에도 없었다. 호슌인에 갔다가 아직 돌아오지 않은 것이다.

게다가 채소 가게 아저씨는 목숨이 위태로울 만큼 크게 다쳤다고 한다—.

마고하치 짓이다!

"찾아다닐 필요 없어. 그자가 찾아오기를 기다리자고."

규베 말이 옳았다. 얼마 지나지 않아 마고하치가 아주 편안해 보인다고 해도 좋을 만큼 경쾌한 발걸음으로 오로쿠를 찾아왔다. 두 사람은 다시 우물가에서 얼굴을 마주했다.

"무슨 일이야, 오로쿠. 얼굴이 백지장 같은걸."

"오미치가 보이지 않아요."

오로쿠는 분노와 두려움으로 입술이 떨려 제대로 말할 수도 없는 지경이다.

"허, 거 큰일 났군. 누가 채 갔나?"

"그쪽이 데려갔죠? 그렇죠?"

마고하치는 쉰내 나는 숨을 토하며 오로쿠를 뚫어져라 쳐다보았다.

"그렇담 어쩔래?"

"도대체 어떻게 하려고 그래요? 오미치는 어디 있어요?"

"아는 사람 집에 맡겨 놨어. 분명히 말해 두는데 아무리 찾아 봐야 소용없어. 이래 봬도 내가 발이 꽤 넓거든."

"오미치는 괜찮은 거죠?"

"아직까지는."

마고하치는 콧방귀 뀌듯 말하고 오로쿠에게 바짝 다가섰다.

"이봐, 오로쿠. 너한테 손해날 얘기 아니야. 나랑 도망치자고. 어려운 일도 아니잖아? 지금 당장 오유키를 데리고 이 집에서 도망치면 그것으로 만사 해결이야. 빚이 아무리 많아도 내빼 버리면 그만이잖아."

오로쿠는 어금니를 꽉 물었다. 마고하치가 다음에 무슨 말을 할지 알고 있었기 때문이다.

"나랑 같이 가지 않으면 죽을 때까지 오미치를 만날 수 없어. 그래도 괜찮아? 빚 갚는 것과 오미치를 저울에 달아 봐. 어느 쪽이 더 중요해?"

채소 가게 아저씨의 흥보를 들은 뒤 지금까지 얼마 안 되는 시간 동안 규베는 오로쿠에게 막힘없이 지시를 내리고 있었다. 마고하치가 오면 일단 잘 구슬려서 시간을 벌어라. 하룻밤이면 된다.

"오로쿠 씨, 이녁의 심정은 잘 알아. 오미치를 그런 자 곁에 단 하룻밤도 두고 싶지 않겠지. 그 마음은 충분히 알아. 하지만 당장은 참아야 해. 게다가 그자는 이녁이 분명한 태도를 취하지 않는 동안은 절대로 오미치를 해치지 않아. 만일 그랬다가는 이녁을 이 집에서 끌어낼 수 없게 되거든. 그러니 하룻밤만 참아. 그 이상 끌지 않는다는 건 내가 보장하지."

그래도 오로쿠는 울면서 매달렸다. 부교쇼에 신고해 주세요. 마고하치가 딸을 납치했다고 하면 아무리 융통성 없는 부교쇼 사람들이라도 틀림없이 그자를 잡아 줄 거예요.

그러나 규베는 고개를 저었다.

"물론 이번에는 부교쇼도 움직여 주겠지. 마고하치를 잡기는 쉬워. 그러나 그런 짓을 저지른 다음에야 아무리 매섭게 추궁하거나 돈을 안겨 주거나 거꾸로 매달아도 오미치가 있는 곳을 실토하지 않을 거야. 그 아이가 있는 곳을 아는 사람은 마고하치뿐이야. 그걸 실토하게 하지 못한다면 설령 그놈을 옥에 가둘 수 있다 해도 이녁만 손해야. 그자도 그걸 뻔히 알고 있어."

"그럼 오미치하고 영영 생이별하게 되나요?"

"그래. 마고하치로서는 그게 이녁에게 할 수 있는 가장 독한 앙갚음일 테니까."

제 마음 다스리기가 이번처럼 힘든 적이 없었다. 오로쿠의 다리는 오미치를 찾아 온갖 데를 다 뛰어다니고 싶어 움찔거렸다. 두 손은 마고하치의 목을 비틀고 싶어 꿈틀거리고 있다. 그것을 찍어 누르기가 죽기보다 힘들었다.

그러나 오로쿠는 안간힘으로 버텼다. 턱을 똑바로 들고 마고하치의 눈을 보면서 말했다.

"당장 이 집을 나갈 수는 없어요. 근처 주민들이 오미치를 찾으며 돌아다니고 있어요. 다들 눈에 불을 켜고 있단 말예요. 내가 이 집을 빠져나가거나 다른 데를 걸어가면 금방 사람들 눈에 띌 거예요."

하룻밤 기다렸다 내일 동트기 전에 다시 여기로 와 주세요―. 오로쿠는 마고하치에게 애원했다.

"그때는 꼭 오미치를 여기로 데려와 줘요. 아이 얼굴을 보지 못하면 나도 그 애가 무사한지 어떤지 알 수가 없잖아요. 아니, 그전에 당신이 사실을 말하는 건지 아닌지도 알 도리가 없잖아요."

"바보 같은 소리. 오미치를 여기로 데려오라니, 왜 그런 헛고생을
하누. 날 그렇게 믿지 못하겠어?"

"그건 아니지만…… 하지만 어미 마음이 그런 거예요."

죽어도 하기 싫은 말이지만 오로쿠는 기력을 쥐어짜 내고 있었다.
마고하치의 팔뚝에 손을 얹어 놓기까지 했다. 그렇게 하라고 아오이
마님이 일러 주었다.

"마고하치 씨. 당신도 그 아이의 아버지가 되겠다고 했으니 내 마
음을 헤아려 줘야 해요."

마고하치의 입가가 맥없이 풀어졌다.

"부모 마음이라. 뭐, 하는 수 없지."

"그럼 데려와 주는 거죠?"

"아니. 그건 곤란해."

마고하치는 오로쿠가 애원하는 모습을 즐기는 것 같았다.

"그 대신 내일 네가 나랑 여기를 도망친다면 제일 먼저 오미치 있
는 곳으로 데려가 주지. 그러면 됐지?"

"하지만!"

"여기로 데려오는 건 안 돼. 너, 바보 아냐? 힘들게 고생해서 오미
치를 빼돌려 놓았는데."

분노로 숨이 막힐 것 같아 오로쿠는 잠시 아무 말도 못했다. 고개
를 푹 꺾어 낙담한 모습을 보이는 것이 고작이다.

마고하치는 그녀의 어깨를 탁탁 두드렸다.

"걱정 마. 내일은 만날 수 있으니까."

"그 아이, 무서워하지 않던가요? 돌봐 줄 사람은 있어요?"

"괜찮아. 내가 그 아이를 잘못되게 할 리가 없잖아."

마고하치는 오로쿠의 허리에 스스럼없이 팔을 둘렀다.

"네 말대로 어차피 나는 오미치랑 오유키의 아버지가 되기로 한 사람이란 말이야."

마고하치가 떠나자 분노로 몸서리치는 오로쿠 곁에서 규베와 아오이 마님이 급하게 움직이기 시작했다. 마침내 규베는 가마를 불러, 밤에 돌아오겠습니다, 하는 말을 남기고 밖으로 나갔다. 아오이 마님은 오로쿠와 오유키를 자기 방으로 불러들이고, 오로쿠가 감기로 열을 내는 오유키를 잠재울 때까지 기다렸다가 앞으로 해야 할 일들을 일러 주기 시작했다.

오로쿠는 믿기지 않았다. 과연 이런 계책이 제대로 먹혀들까? 너무 허황되다. 무엇보다 그런 일을 해 줄 수 있는 사람이 이 세상에 있기나 할까? 있다손 쳐도 당장 불러올 수 있다는 말인가.

"나, 아니, 우리 그이가 워낙 발이 넓거든."

아오이 마님은 서늘한 기운이 풍기는 웃음을 지었다.

"마고하치한테는 안된 일이지만 마고하치보다 세상 물정에 훨씬 달통한 분이란 말이야. 연줄도 많이 가지고 있고 물론 돈도 넘쳐나게 많지. 그러니 이만한 일은 일도 아니야."

"그치만……."

"하여간 지켜봐. 우리가 시키는 대로 움직여야 해. 그 점에 성패가 달렸어. 그러니 오로쿠, 정신 바짝 차려."

규베는 밤중이 돼서야 돌아왔다. 뜻밖에 커다란 짐을 짐차에 가득

실은 남녀 대여섯 명과 함께 왔다.

"이 사람들 힘을 빌릴 수 있게 되었네. 하지만 준비는 내가 알아서 할 테니 오로쿠 씨는 아무것도 신경 쓸 필요 없어."

규베가 설명하는 동안에도 일행은 일을 나눠 커다란 짐을 집 안으로 나르기 시작했다. 헤아려 보니 남자 다섯에 여자 하나. 여자는 나이가 들어 보이면서도 기품이 있는 미녀다. 그녀가 오로쿠 곁을 지나갈 때 색다르게 틀어 올린 머리칼에서 진기한 향료 냄새가 났다.

광대들일까, 하고 오로쿠는 생각했다. 같이 온 남자들도 상인처럼 보이지는 않았다. 게다가 모두들 몸놀림이 날렵하다.

오로쿠는 밤새 아오이 마님과 사전 입맞춤을 하는 데 몰두했다. 마님은 예행연습이라고 했다.

"어차피 잠자기도 틀렸으니 억지로 자라고는 하지 않겠다. 그보다 내일 마고하치한테 해야 할 말이나 행동에 한 치의 어긋남이 없도록 단단히 연습이나 해 둬야겠다."

마님은 동틀 시간이 가까워짐에 따라 오미치 생각에 툭하면 눈물 짓는 오로쿠를 격려하고 질타하며 내내 꿋꿋했다. 오로쿠는 전혀 흔들림이 없고 머뭇거리지도 않는 마님의 모습에 살짝 비정한 인상마저 느꼈다.

밤중에 찾아온 묘한 남녀 여섯 사람은 동틀 때까지 집 안 여기저기서 달캉달캉 부스럭부스럭 소리를 내며 바쁘게 일했다. 종이 세공품 같은 물건을 옮겨 놓고, 가는 대를 엮어 만든 꼭두각시 같은 것을 복도 구석에 세우기도 했다. 오로쿠는 그런 것들이 대체 무엇에 쓰는 물건인지 통 짐작이 가지 않았다.

7

길고 긴 밤이 물러가기 시작했다.

아오이 마님은 손수 밥을 지어 주먹밥을 만들었다. 오로쿠가 황공해서 도우려고 했지만 손이 떨리고 다리가 후들거려 제대로 일할 수 없었다. 결국 아오이 마님 혼자서 남녀 일행이 먹을 조반까지 척척 마련했다.

"밥으로 속을 든든히 해 둬야지. 자, 하나라도 먹어 둬. 약이라 생각하고."

그렇게 권하자 오로쿠도 마지못해 주먹밥 한 덩이를 먹었다. 맛을 느낄 수 없었다. 오미치는 밥이나 먹고 있는지, 하는 생각에 또 눈물이 흘러나와 밥을 먹는지 눈물을 먹는지 알 수 없는 지경이 되고 말았다.

아침노을이 동녘 하늘을 물들일 즈음 마고하치가 슬며시 찾아왔다. 그가 쉽게 찾아오도록 온 집 안이 숨을 죽이고 있었다.

"채비는 됐나? 오유키는 어디 있어?"

오로쿠는 양손을 모아 비틀어 보였다.

"그게…… 일이 좀 이상하게 꼬여서요."

마고하치의 눈썹이 치켜졌다.

"이상하게 꼬이다니, 왜? 혹시 오캇피키라도 얼쩡대나?"

"아뇨, 그게 아니고."

오로쿠는 조심스레 샛문 쪽을 돌아다보았다.

"저기요, 마고하치 씨. 이 집에는 전부터 무서운 얘기가 전해 내려온대요."

오로쿠는 빠른 말투로 설명했다. 이 집에 깃들었다는 아이 잡아먹는 귀신 이야기를.

"그게 뭐 어쨌다고?"

마고하치가 안달을 했다.

"마님은 오미치가 자취를 감춘 일도 아이 잡아먹는 귀신의 짓이라고 믿고 있어요!"

오로쿠는 양손을 주먹 쥐고 발을 동동거렸다. 순전히 연극만은 아니었다. 어서 오미치를 찾고 싶어서, 어서 마고하치를 때려눕히고 싶어서, 눈알을 후벼 파 주고 싶어서, 혀를 뽑아 버리고 싶어서 안절부절못할 지경이었다.

"그래서 어제 저녁 용하다는 무당을 불러다 야밤부터 이상한 굿거리를 시작했어요. 아이 잡아먹는 귀신을 불러내서 물리치겠다고. 그러면 오미치도 무사히 돌아올 거라고요."

마고하치는 눈을 두룩두룩 굴렸다.

"그럼 집 안이 정신없겠군. 마침 잘된 일이잖아. 그 틈에 도망치면 되겠구먼."

"하지만 마님이 아이 잡아먹는 귀신을 불러내는 것이니까 오유키한테까지 무슨 일이 생기면 큰일이라고 하면서 그 아이를 마님 방에 데려다 놓고 벽장 속에 가둬 뒀단 말예요. 그러니 나도 그 아이를 데리고 나올 수가 없었어요."

마고하치는 쳇, 하고 숨을 토해냈다.

"뭐 하는 짓들이야. 정말 기가 막힐 노릇이군. 아이 잡아먹는 귀신이라니, 다 지어낸 얘기야. 그런 원령이 있을 리가 없잖아.”

“그렇죠” 하고 장단을 맞추며 오로쿠는 내심 저주를 퍼부었다. 아이 잡아먹는 귀신이 왜 없어. 여기 있다. 바로 지금 내 눈앞에. 너잖아. 네가 바로 아이 잡아먹는 귀신이잖아.

“그럼 어떡한다…….”

고개를 갸웃하는 마고하치에게 오로쿠가 매달리듯 말했다.

“저어, 부탁이에요. 오유키를 데리고 나와 주세요. 나는 당신처럼 날래게 움직이지 못하니까 금방 들키고 말 거예요. 나는 먼저 나가 있을게요.”

“뭐? 먼저 나가?”

“먼저 도망쳐서 당신이 오유키를 데리고 올 때까지 기다리고 있을게요. 그럼 됐죠?”

마고하치는 오로쿠의 말이 어디까지 진심인지 헤아리는 듯 잠시 망설였다.

“그래도 괜찮아?”

“그럼요, 물론이죠. 나는 어디에 있으면 되죠? 엄한 데서 기다리다 만나느니 차라리 오미치가 있는 곳에 가 있고 싶은데. 따로따로 움직이면 눈에 띄지도 않을 테고. 네? 그럼 되겠죠? 오미치는 어디 있어요?”

마고하치는 오로쿠의 눈을 들여다보듯이 쳐다보았다. 오로쿠는 제 눈에 본심이 드러나지 않기를 기도했다. 제 눈이 능숙하게 거짓말을 하기를 애타게 바랐다.

“그렇군, 그게 낫겠어” 하고 마고하치는 말했다. 오로쿠는 눈알이 돌아 버릴 것만 같았다.

"오유키는 제일 안쪽 방 벽장 속에 있어요. 오미치는 어디 있죠?"

마고하치의 소매를 잡고 묻자 그는 오로쿠 귓전에 목소리를 죽여서 빠르게 속삭였다.

"무코지마 모토 다리 초입에 아타리 욕탕이라는 데가 있어. 거기 이층에 맡겨 놨어. 내가 나올 때까지만 해도 탈 없이 자고 있었어."

무코지마 모토 다리 초입, 아타리 욕탕 이층. 오로쿠는 그 말을 외며 머리에 단단히 새겼다.

"그럼 나 먼저 가요!"

"이봐, 짐은?"

오로쿠는 힘차게 소매를 뿌리치며 애교스럽게 마고하치를 때리려는 시늉을 했다.

"무슨 소리예요. 빚 쉰 냥을 피해서 도망치는 몸이잖아요. 몸뚱이 하나면 그만이지. 모자란 것은 앞으로 당신이 다 사 줄 거잖아요?"

마고하치의 표정이 봄눈 녹듯 풀어졌다.

"아무렴, 나한테 맡겨!"

"조심하세요. 저기 샛문으로 들어가면 돼요."

마고하치는 샛문을 향해 경중경중 뛰어갔다. 단단히 긴장했는지 일단 문에 등을 향하고 벽에 바짝 붙어서 내부 기척을 살핀 다음 가만히 문을 연다. 그러고는 안으로 살며시 들어서서 문을 활짝 열어 놓은 채 모습을 감췄다.

오로쿠는 침을 꿀꺽 삼켰다.

쾅! 소리를 내며 샛문이 닫혔다.

"오로쿠 씨, 오로쿠 씨."

그 소리에 뒤를 돌아보니 산울타리 뒤에서 젊은 남자가 고개를 내밀고 있다.

"들었습니다. 무코지마 아타리 욕탕이라고 했죠?"

"예, 그래요!"

"나는 지신반에서 나온 스테마치라는 사람입니다. 규베 씨한테 얘기는 다 들었어요. 당장 그리로 달려갈 테니 안심하세요."

역시 규베는 한 치도 빈틈이 없다. 오로쿠는 머리를 깊이 조아렸다.

"부탁합니다!"

스테마치가 뜀박질로 사라지자 그녀는 샛문을 돌아다보았다.

'아주 볼 만한 구경거리니까 너도 꼭 봐.'

아오이 마님은 그렇게 말했다. 어디 한번 구경해 볼까. 오로쿠는 입을 야무지게 다물고 샛문으로 달려갔다.

집 안으로 살며시 들어서자마자 금방 느꼈다. 뭔지는 몰라도 비릿한 냄새가 풍긴다. 이 냄새— 뭐지? 먹다 남은 생선이 상하는 듯한.

오로쿠는 가만가만 봉당을 지나 부엌으로 들어가 복도 구석에 몸을 숨겼다. 덧문이 아직 단단히 닫혀 있어 집 안은 캄캄해야 마땅하다. 하지만 복도 끝 방에서 나울나울 흔들리는 노란 촛불 빛이 새어 나온다. 그 빛이 복도를 희미하게 비추고 있었다.

쿵!

소리가 울렸다. 발치에 진동이 전해진다. 오로쿠는 저도 모르게 손으로 가슴을 눌렀다. 심장이 목구멍으로 튀어나올 것 같았다.

쿵! 쿵! 쿵!

조심스레 고개를 들다가 도저히 믿기지 않는 것을 보았다.

새카맣고 커다란 사람 그림자. 머리에는 뿔이 났다. 바로 꿈에서 보았던 괴물이다. 그것이 복도 끝에 있다.

쿵! 오금이 저린다. 이건 발소리다. 괴물이 돌아다니는 발소리.

아이 잡아먹는 귀신의 발소리다.

잔뜩 갈라진 걸걸한 목소리가 벽과 천장을 흔들며 들려왔다.

"누가 나를 부르는고."

아이 잡아먹는 귀신이 말하는 건가?

"나를 깨운 너는 누구냐."

차랑차랑차라라랑! 방울 소리가 들린다. 옷자락 스치는 소리가 부산하다. 이내 낭랑한 여자 목소리가 창을 시작한다. 주문이다.

"온 마카 소라 와 키타리 키타리 산 한 곤 오레아이아 소라이아, 이 몸은 귀신 나라를 모시는 무당의 맥을 잇는 사람이로다—."

아이 잡아먹는 귀신의 그림자가 복도에서 사라졌다. 방으로 들어간 것이다. 오로쿠는 복도를 엉금엉금 기어서 덜덜 떨리는 턱을 악물고 잠시 가만히 앉아 마음을 진정시켰다. 그러고는 방 쪽으로 고개를 내밀었다.

방 여기저기 세워 놓은 촛대의 불빛 속에서 어젯밤 보았던 기품 있는 미녀가 하얀 옷을 입고 방울을 수북이 꿴 기다란 천을 양손으로 받든 채 흔들고 발을 구르며 춤을 추고 있었다. 춤을 추면서 계속 주문을 왼다.

"온 마카 소라 와, 이름도 없는 어둠의 소생들아, 이리 모여라, 내 말을 들어라, 나는 귀신 나라를 받드는 무당의 맥을 잇는 사람이로다—."

"너는 왜 나를 깨우는고."

오로쿠는 소스라치게 놀라 천장을 올려다보았다. 아기 잡아먹는 귀신의 커다란 그림자가 어느새 위로 올라가 천장 구석에 들러붙어 있다. 마치 거대한 거미처럼.

"너는 왜 나를 부르는고."

하얀 옷을 입은 미녀는 동작을 딱 멈추더니 천을 한번 휙 휘둘러 방울 소리를 내고는 천장의 검은 그림자를 올려다보며 허리를 크게 꺾어 절했다.

"명부 마도의 옥졸한테 쫓기는 귀신이여. 황천 끝에 웅크리고 길을 가로막는 형체 없는 그대여. 내 그대에게 간곡히 고하니, 그대가 데려간 어린 혼을 부디 돌려주오. 그대가 바라는 것은 부정 타지 않은 혼. 허나 그것은 아직 이승에 있어야 할 혼이오. 그대는 제 그림자 안으로 함부로 들어선 무례를 벌한다 하지만 그 혼을 데려가는 일은 중생을 공연히 두려움에 떨게 하는 어리석은 짓이오."

천장의 검은 그림자가 후들후들 떨었다.

"이 집은 내 안식할 곳. 이 집을 범하는 자는 내가 잡아먹는다!"

세상에 이런 일이 있단 말인가. 오로쿠는 숨을 죽이고 있었다. 너무 숨이 막혀 헐떡거리기 시작할 때까지 자기가 호흡을 멈추고 있었음을 의식하지 못했다.

저것이 바로 아이 잡아먹는 귀신— 정말 있었구나. 정말 이 집에 살고 있었구나.

"황천 끝에 웅크리고 길을 막는 형체 없는 그대여. 아미타 정토 앞에 맹세한 것을 잊었는가."

하얀 옷을 입은 여인이 낭랑하게 고했다.

"그대는 본시 이승 사람에게 해코지하는 영이 아니오. 그대는 이승에서 빚을 구하는 자요. 옛날의 가르침은 어디로 갔으며, 그대가 발 디딜 자리는 어디요. 왜 그대는 정토로 가는 길을 벗어났소. 어찌하여 방황하고 있소."

흡사 거품을 뿜는 듯한 소리가 난다— 했더니 하얀 옷을 입은 여인을 에워싼 촛불들의 둥근 원 바깥에서 마고하치가 입을 떡 벌리고 정신을 막 잃어 가는 중이었다.

"왜 방황하느냐고 물었나."

머리 위 그림자가 다시 후들후들 떨었다.

"이 집에서 피 냄새가 난다. 마땅히 내 동포가 되어야 할 자가 살아 있는 몸뚱이로 숨 쉬는 냄새가 난다."

후들후들, 후들후들. 오로쿠는 그 귀신을 올려다보다가 그제야 귀신이 웃고 있다는 것을 깨달았다.

"귀신 권속이 있는 이곳, 내 혼이 안식하는 이곳에 피 냄새가 진동하니 이는 내 동포가 있다는 뜻."

하얀 옷을 입은 미녀는 크게 놀라는 표정을 짓고 차랑차랑 방울을 울렸다.

"그렇다면 그 역시 마도의 혼란과 착각과 실수를 보여 줌이니. 길을 가로막는 형체 없는 자여, 그대의 동포는 그대가 데려가시오. 우

리는 아직 황천에 이르지 못하고 육도를 맴도는 힘없는 인간이라 마
도에 떨어진 자를 구해 줄 힘이 없다오. 다시 바라건대, 그대들이 헤
매는 길을 그대의 힘으로 끊어내고 재앙을 깨끗이 거두어 귀신이 마
땅히 있어야 할 곳으로 가져다 두시오!"

오로쿠의 눈에는 천장의 귀신 그림자가 몸을 쑥 내미는 것처럼 비
쳤다.

"그렇다면 저것이 내 차지란 말인가."

갈고리가 자란 손이 쑥 길어지며 아래로 뻗어 온다. 방바닥에 주
저앉아 덜덜 떨고 있는 마고하치 쪽으로.

"인간의 피를 먹는 우리 동포를 나에게 바치겠다는 말인가."

"그렇다오!"

미녀의 목소리가 낭랑하게 울린다.

"귀신 나라 임금 앞에 이 살인자의 피를 바치리다!"

아악 하고 비명을 지르며 마고하치가 도망치기 시작했다. 바닥에
주저앉은 채 손으로 다다미를 다급하게 긁으며 도망치려고 한다. 그
딱한 꼴을 거대한 검은 그림자가 쫓아와 덮친다.

"아냐! 난 아냐! 난 사람 죽인 적 없어!"

"소란 피우지 마라! 정체 모를 자여!"

미녀는 뒤돌아보며 마고하치를 손가락으로 가리켰다.

"이미 빠져나갈 길은 없다! 네가 영혼에 뒤집어쓴 부정한 피를 귀
신 나라에 바쳐야겠다!"

그때 오로쿠는 보았다. 천장 구석에 들러붙어 있던 아이 잡아먹는
귀신의 검은 그림자가 방바닥으로 훌쩍 날아서 내려오는 모습을. 올

려다봐야 할 만큼 거대한 체구를, 그리고 뾰족한 뿔 아래 노란 눈이
활짝 열리는 것을.

"살려 줘!"

혼비백산한 마고하치의 비명에 오로쿠는 저도 모르게 두 손으로
귀를 틀어막았다.

"약발이 너무 독했나."

규베는 멋쩍게 웃었다. 아오이 마님은 막 타낸 향기 좋은 차를 맛
보고 있다.

마님 방이다. 대단한 연극의 무대가 되었던 방도 다 정리했고 집
안 곳곳에 향을 피워 놓았는데도 여전히 비릿한 냄새가 희미하게 감
돈다.

"이제 그자가 완전히 제정신을 잃어 버렸으니 부교쇼에서도 애를
먹겠군요."

규베 말에 아오이 마님은 싱긋 웃었다.

"그건 또 그것대로 잘된 일이야, 규베. 차라리 그편이 마음이 놓
여. 마고하치도 이제는 아무한테도 해코지를 못할 테니까."

오유키와 오미치는 옆방에서 한 이불 속에 들어가 사이좋게 잠들
어 있다. 저러다 오유키의 고뿔이 오미치에게 옮으면 어쩌나 걱정스
럽지만 두 아이가 떨어지려고 하지 않으니 어쩔 수 없다. 오로쿠는
활짝 열어 놓은 칸막이 문 문턱 앞에 앉아 마님과 딸들의 얼굴을 번
갈아 바라보고 있었다.

"그래도 최소한 정신 상태가 신키치를 해친 짓이나 채소 가게 아

저씨를 초주검으로 만든 짓을 제대로 자백할 수 있을 만큼은 온전해
졌으면 좋겠군."

놀라운 남녀 일행은 이미 집을 떠난 뒤였다.

결국 모든 것이 한판 연극이었다. 놀라운 볼거리였다. 남녀 일행
은 그 방면에서는 으뜸가는 사람들이라고 했다.

"그 여섯 명은 예전에 히가시료고쿠에서 꽤 평판을 얻기도 했던
마술사와 환술사 패거리야."

아오이 마님이 이야기해 주었다.

"환등기와 기계 장치 꼭두각시로 벌이는 대규모 흥행이 장기였지.
그런데 너무 끔찍한 내용을 공연하다가 막부 눈 밖에 나는 바람에
에도에서는 더 이상 돈을 받고 무대에 오를 수가 없게 되고 말았어.
하지만 나리는 그 사람들의 훌륭한 재주를 첫눈에 알아보시고 아주
마음에 들어 하셔서 몇 년 동안이나 후원을 해 오셨지. 그 은혜를 알
기 때문에 그 사람들도 이번과 같은 급한 상황에서도 기꺼이 나서
준 거야."

마술과 환술이었단 말인가? 아이 잡아먹는 귀신의 검은 그림자도
재주로 꾸며 낸 것이란 말인가. 그렇다고 해도 오로쿠는 여전히 반
신반의했다. 아이 잡아먹는 귀신이 나타난 것을 분명히 보았다. 저
승에서 괴물이 날아 내려와 이승에서 못된 짓을 저지르는 마고하치
를 '내 동포'라고 하면서 데려가려고 했다.

게다가 그 괴물은 오로쿠가 꿈에서 보았던 아이 잡아먹는 귀신의
모습과 꼭 같지 않았는가.

"나중 일은 내가 다 처리할 테니까 이제 걱정할 필요 없어, 오로

쿠 씨."

규베가 그렇게 말하며 오로쿠에게 웃음을 지어 보였다.

"오로쿠, 아직 얼떨떨한 모양인데,"

아오이 마님이 웃었다.

"마고하치가 그런 처지에 빠졌다고 해서 행여 가련하다 생각하고 있진 않겠지?"

"천만에요." 오로쿠는 냉큼 고개를 저었다.

"다만 너무 생생하게 움직이는 걸 본 탓에— 아이 잡아먹는 귀신이 진짜 나온 것 같다는 생각을 떨칠 수가 없네요."

"이런. 이 사람한테도 약발이 너무 셌군. 다 설명해 줘도 꿈에서 깨어나질 못하는 모양이야."

샛문 쪽에서 목소리가 들렸다. 채소 가게네 아들의 목소리다. 오로쿠가 나가려고 일어서는데 규베가 말렸다.

"내가 나가지. 오로쿠 씨는 여기 있어. 아직은 아이들한테서 잠시라도 눈길을 떼고 싶지 않겠지?"

규베가 밖으로 나가자 아오이 마님은 잔을 내려놓고 오로쿠 쪽으로 고개를 갸웃했다.

"사실대로 말해 봐……. 오로쿠, 괜찮은 거야?"

"괘, 괜찮습니다."

오로쿠는 자리를 고쳐 앉았다.

"정말 감사합니다. 정말 어떻게 감사드려야 할지 모르겠습니다."

다다미에 이마를 조아렸다. 아오이 마님은 아무 말이 없다. 이윽고 오로쿠가 얼굴을 들고 보니 마님은 오유키와 오미치의 자는 얼굴을 내려다보고 있었다.

"됐어. 뭘 이만한 일로. 너와 이 아이들 덕분에 내가 얼마나 즐겁게 지내 왔는데."

"하지만…… 이렇게 크나큰 은혜를 베푸셨으니 필시 수고도 수고거니와 돈도 많이 쓰셨을 텐데요."

"조금 들었다. 하지만 돈이라면 내다 팔아도 좋을 만큼 충분히 가지고 있어. 나리도 그렇고. 그러니 네가 미안해할 필요는 없다."

게다가, 하고 미소를 짓는다.

"그 광대 패는 오래전에 나를 위해 한번 크게 힘써 주겠다고 약속한 적이 있단다. 그건 좀 다른 형태의 재주가 될 텐데, 그래도 아마 그것보다는 요번 재수가 훨씬 훌륭한 것일 게다."

"마님을 위해서……요?"

"그래. 나는 또 나대로 그런 환술로 속이고 싶은 상대가 있거든."

스스럼없는 말투였으나 마님의 눈이 문득 촉촉해진 것을 오로쿠는 놓치지 않았다.

"오로쿠, 이 집에는 정말 아이 잡아먹는 귀신 같은 건 없어. 오늘 네가 본 광경은 다 꾸며낸 것들이야. 그러니 지금까지처럼 마음 놓고 여기서 일해 줘."

솔직히 말하자면 오로쿠는 얼른 예, 하고 대답할 수 없는 심정이었다. 가슴이— 그렇다, 그 귀신 그림자처럼 후들후들 떨리고 있다.

그래서 잠자코 고개만 주억거렸다.

"알겠지? 내가 하는 말이니까 이보다 더 확실한 것은 없어."

혼잣말처럼 아오이 마님은 말했다.

"이 집에 무서운 귀신 따위는 나오지 않아. 왜냐하면 귀신보다 무서운 것이 터 잡고 살고 있는걸."

오로쿠는 마님 얼굴을 쳐다보았다.

"예? 마님?"

"후후후."

마님은 입을 다문 채 슬며시 웃었다. 그러고는 비밀이라도 털어놓는 양 손바닥을 동글게 구부려 입가를 살짝 가렸다.

"오로쿠. 내가 바로 유령이거든."

"마님이…… 유령?"

"그럼. 게다가,"

마님은 잠시 말을 멈추고 다시 오유키와 오미치의 잠든 얼굴로 눈길을 던지고는 작은 목소리로 이렇게 말했다.

"아이 잡아먹는 귀신보다 추한, 자식을 버린 부모이기도 하지."

오로쿠는 아무 말도 할 수 없었다. 아무 대꾸도 말고 방금 이야기를 못 들은 척하는 편이 좋겠다고 생각했다. 오로쿠에게 이 말을 한 것을 마님은 필시 후회하리라. 그렇게 짐작했다. 그러면서도 가슴이 울렁거렸다.

유령. 자식을 버린 부모.

아오이 마님의 쓸쓸한 지금과 숨겨진 과거.

규베가 돌아왔다.

"오로쿠 씨, 채소 가게 주인이 깨어났다더군. 목숨은 붙들었대. 이제 괜찮을 거라고 합니다, 아오이 님."

"아, 참 다행이네."

얼굴을 활짝 펴고 웃는 마님과 함께 오로쿠는 고개를 끄덕이며 제 가슴을 안았다. 아, 다행이다. 정말 이것으로 다 끝났구나.

"마님, 오늘 저녁에는 무얼 드시고 싶으신지요?"

오로쿠는 말하면서 저도 모르게 웃음을 지었다.

"마님께서 좋아하시는 것을 이 오로쿠가 얼른 만들어서 올리겠습니다."

"오, 그래. 그럼 뭘 만들어 달라고 할까."

그래그래, 내일이나 모레쯤 나리가 오실 거야, 하고 마님이 말했다. 요즘 걸음이 뜸하셨으니까.

마고하치 건이 정리될 때까지 그리하기로 했으리라. 오로쿠는 너무나 송구스러웠다. 하지만 이젠 다 끝났다. 이제 예전으로 돌아가는 것이다.

그래, 예전처럼. 마님의 과거나 숨겨진 사정을 나 같은 것이 궁금해해서는 안 된다.

아무리 슬픔과 불안이 가슴을 흔들어도…….

먼랑
눈사
먼
눈

1

이즈쓰 헤이시로는 곤혹스럽다.

헤이시로 앞에 가을 열매로 지은 온갖 음식들이 죽 놓여 있다. 오토쿠가 그릇이란 그릇을 죄 꺼낸 모양이다. 접시, 공기, 옻칠한 주발. 색깔도 모양도 가지가지고 개중에는 이 빠진 그릇도 있다.

오토쿠의 조림 가게는 오늘 휴업이다. 화덕 불도 꺼져 있다. 화덕 앞에 고헤이지가 주저앉아 역시 눈을 동그랗게 뜨고 그릇들을 둘러보고 있다. 헤이시로와 마찬가지로 오토쿠한테서 젓가락과 작은 접시를 건네받았지만 아직 어느 그릇에도 손을 대지 않았다. 뜻밖에 게걸스럽지 않다.

한편 헤이시로는 음식들을 하나도 빠짐없이 맛보았다. 아주 맛이 좋아서 먹을수록 젓가락질이 바빠졌다.

그러고는 뒤늦게 곤혹스러워하고 있다.

"맛있죠, 나리?" 오토쿠가 물었다.

방금 전 순시를 겸해서 들른 헤이시로를 불러들일 때만 해도 평소와 다른 기미는 없었다. 요즘 헤이시로는 자잘한 일들로 바빠서 거의 나흘 만에 오토쿠네 가게에 들렀다. 당연한 일이지만, 나리, 나리, 하고 부르는 소리가 그렇게 반가울 수 없었다. 부르지 않아도 잠깐 들러서 주전부리할 생각이었다.

하지만 그를 기다리고 있던 것은 불 꺼진 화덕 위에 걸린 솥과 죽 늘어놓은 진수성찬이었다.

헤이시로와 오토쿠는 인연이 꽤 오래다. 오토쿠가 후카가와 기타마치에 있는 뎃핀 나가야에 살 때부터 알던 사이다. 이런저런 사정으로 뎃핀 나가야는 이제 없다. 쓰키지의 미나토 상회라는 건어물 도매상 주인이 나가야 주인인데, 건물을 철거하고 저택을 지어 버렸기 때문이다.

그 이런저런 사정에 헤이시로도 깊이 관여했다. 헤이시로하고는 방향이 조금 다르지만 오토쿠 또한 깊이 관여했다. 그리고 조금 다른 부위이기는 하지만 다들 마음에 상처를 입었다.

뎃핀 나가야에서는 최고참 세입자여서 주민들이 관리인 못지않게 믿고 따르던 오토쿠였다. 살림집과 생업인 간이 식당을 여기 야나기와라마치 3초메_{마치가 골목으로 구획되어 있을 경우 각 블록을 초메라 불렀다}, 미나미쓰지 다리 밑의 고베 나가야로 옮겨 조림 가게를 차린 지 근 일 년이 된다. 그 일 년 사이 고베 나가야에서도 이웃들을 잘 챙겨 주어서 다들 그녀를 의지하게 되고 말았다.

천성이니 어쩔 수 없는 일이기는 하다.

오토쿠의 오지랖은 그녀가 만드는 음식 맛과 어우러져 가게를 어디로 옮기든 변함없이 손님을 끈다. 헤이시로는 그것이 제 일처럼 기쁘다. 세상에서 흔히 볼 수 없기는 하지만 오토쿠 같은 성실한 사람이 제대로 보답 받는 것은 참으로 마땅한 일이다.

뎃핀 나가야에서는 오랫동안 같이 살아온 남편을 먼저 보냈고, 그 뒤 짧은 기간이나마 돈독하게 지낸 오쿠메라는 여자도 거두어서 병구완을 해 주고 임종까지 지켰다. 그러고 나니 고독한 몸이 됐다. 아무리 씩씩하게 살려고 해도 과부의 씩씩함에는 늘 일말의 쓸쓸함이 따른다. 애초부터 혼자 살던 몸이 아니어서 더욱 그렇다.

그래서 헤이시로는 오토쿠가 고베 나가야로 이사할 때부터 지금까지, 차라리 이참에 장사를 좀 키워 보면 좋지 않을까 하고 몇 번이나 넌지시 권했다. 일손을 구하고 새로운 장사거리를 이것저것 알아보고 나서 시작하면 필시 살림살이도 한결 좋아질 터라면서.

여기 야나기와라마치 3초메는 뎃핀 나가야가 있던 후카가와 기타마치보다 혼조 후카가와라는 신개발지의 변두리 쪽에 가깝다. 물론 상인 주택도 적지 않지만 조금만 걸어도 금세 논밭이 나오고 지주들의 저택이나 무가의 별저도 여기저기 흩어져 있다. 만날 서민들 상대로 한 주발에 얼마라는 식으로만 장사할 것이 아니라 그런 저택에 사는 사람들도 겨냥해서 배달을 하거나 도시락 가게를 해 보면 어떨까, 하고 헤이시로는 생각했다. 오토쿠의 솜씨라면 충분히 할 수 있다. 게다가 고베 나가야는 뎃핀 나가야보다 아담해서 주민은 적지만 그만큼 오토쿠가 임대한 노변 나가야는 면적이 널찍하다. 화덕을 더 들여 놓고 일꾼을 고용해서 기숙하게 할 수도 있다.

그런데 헤이시로가 무슨 말을 하는지 모를 리 없는 오토쿠건만 요리조리 답을 피하기만 한다. 새삼 더 벌고 싶은 생각 없어요, 먹고살 정도면 되니까요. 벌자고 장사하는 거 아닌가, 하고 헤이시로가 말하자, 네? 제가 달리 할 줄 아는 게 또 있나요, 나리— 하고 시치미를 뗀다.

그래서 오토쿠가 뭔가 작심한 듯 그를 불러 세워서, 어, 왜? 하며 가게 안을 들여다보고 평상 자리에 죽 늘어놓은 음식들을 보았을 때는 오호 하고 반색했다. 마침내 오토쿠가 의욕을 냈구나 싶어, 젓가락을 이 접시 저 주발로 정신없이 놀리며 이것도 맛있다 저것도 맛있다 하고 큰 소리로 칭찬했다.

하지만 칭찬을 하면 할수록 오토쿠의 표정이 험악해졌다. 표정이 변하는 것으로 그치지 않았다. 헤이시로가 한 접시를 칭찬하자 오토쿠의 주먹이 꼬옥 쥐어졌다. 두 접시째를 비우자 오토쿠는 빈 나무 통 위에 앉은 채 끄응 하는 신음 소리를 냈다. 네 번째 접시를 비우자 마침내 벌떡 일어나 양손을 허리에 받쳤다.

그러더니 "그렇게 맛있어요, 나리?" 하고 험악한 기세로 힐문했던 것이다.

"응, 맛있구먼."

달리 할 말이 없어서 헤이시로는 순순히 그 대답만 반복했다. 오토쿠는 평상 자리턱에 걸터앉은 헤이시로 옆으로 다가서서 대거리라도 하려는 양 내려다본다.

"이것저것 가릴 것 없이 죄 맛있어요?"

"응. 한데 이녁 얼굴이 좀 사납네."

헤이시로는 젓가락 끝을 빨며 웃었다.

화덕 앞에서 고헤이지가 목을 움츠리고 있다. 필시 속으로 '우헤!' 하고 호응하고 있으리라.

"왜 그래? 제 손으로 만든 음식들이 마음에 안 드나? 죄 맛만 좋구먼. 정말 맛있어."

"그렇게 맛있어요?"

"아무렴. 구이고 튀김이고 무침이고 죄 맛있어. 야오젠이나 히라세이모두 19세기 초 에도에서 맛나기로 이름난 요릿집이다 뺨치겠는걸. 이 정도면 충분히 장사가 되고도 남겠어. 조그만 조림 가게에 썩혀 두기엔 아까운 솜씨라고 보았던 내 눈이 틀림없군. 아니, 눈이 아니라 혀지."

헤이시로가 제 흥에 겨워 신나게 말하지만 오토쿠는 전혀 웃을 기미가 없다. 웃기는커녕 헤이시로에게 궁둥이를 홱 돌리고는 푸우 하는 소리를 내며 숨을 토해내더니 다시 빈 나무통으로 돌아가 털썩 앉았다. 얼굴이 시뻘게져 있다.

아무래도 화가 단단히 난 모습이다.

헤이시로는 곁눈으로 고헤이지를 보았다. 고헤이지도 헤이시로를 보고 있다. 그는 헤이시로를 시중드는 주겐으로, 참으로 충직한 사람이지만 배짱은 헤이시로보다 작아서 혹시 오토쿠가 발작이라도 일으키면 잽싸게 한길로 내빼고 말 것이다. 그러고는 큰 소리로 도움을 청하겠지. 고헤이지의 충직함이란 대체로 그런 종류다.

"왜 그래, 오토쿠? 귀신에 홀리기라도 했나."

헤이시로가 농을 던졌다.

"대체 무슨 일인데 그래?"

오토쿠는 대꾸가 없다. 얼굴까지 인왕상이 되고 말았다.

오토쿠는 헤이시로보다 연상이라 평소 헤이시로한테도 스스럼없이 하고 싶은 말을 다 한다. 어떨 때 보면 헤이시로가 무사 나리라는 사실을 잊고 있는 때도 있는 듯하다. 하지만 헤이시로는 자신이 관리로서 위세를 부리지 않더라도 오토쿠가 제 나름의 잣대로 그를 가늠하면서 인정해 주고 있음을 알고 있으므로 전혀 개의치 않았다.

한데 오늘은 분위기가 영 심상치 않다.

입술이 일그러지도록 꾹 다물고 그릇에 담긴 음식들을 매섭게 둘러본다. 그러다가 잔소리라도 늘어놓는 투로 입을 열었다.

"가지 초간장 조림. 된장을 바른 작은 감자 튀김. 건표고 구슬 곤약 조림."

하나하나 손가락으로 가리킨다.

"나리가 반색하며 잡수신 고기 완자 꼬치는 흔한 닭고기가 아니라 메추리 고기예요, 메추라기. 풍미가 다르고 별미죠. 저쪽의 작은 생선은 단풍 떡붕어고요. 비와 호수에서 잡히는 떡붕어는 가을이 되면 지느러미가 빨개진다고 해서 그렇게 부른대요. 교토에서는 그걸 생으로 말려서 파는데, 그걸 구해다가 달콤 매콤한 양념장을 발라서 구워 낸 거예요."

고헤이자가 "우헤!" 하는 소리를 냈다. 감탄한 것이다.

"손이 많이 가는 음식이네요."

"손도 많이 가지만 재료비도 많이 들죠."

"거참 대단하구나, 오토쿠."

헤이시로가 다시 한 번 칭송했다.

"이런 음식들은 언제 다 배웠누?"

"그게요, 나리—."

오토쿠는 길게 한숨을 토했다. 볼에 물든 붉은 기운도 어느새 싹 가셨다.

"이건 다 제가 만든 게 아녜요."

"이녁이 만든 게 아냐?"

"그래요. 다른 집에서 사 온 거예요."

헤이시로는 고헤이지와 얼굴을 마주 보았다.

"허, 손도 크지. 무슨 바람이 불어 우리한테 이런 진수성찬을 차려 주지?"

"계란으로 만든 것만 세 가지네요."

고헤이지가 말했나. 그에게는 메추리 고기나 비와 호수의 단풍 떡붕어보다 계란이 제일 귀한 재료다.

"돈은 별로 쓰지 않았어요."

"이렇게 잔뜩 차렸는데?"

헤이시로가 즐비하게 놓인 음식들을 손으로 가리켰다.

"족히 스무 가지는 되겠구먼. 꽤 썼겠어."

말하는데 머릿속으로 무언가 반짝 스쳤다.

"혹시 복권 맞았나? 어디 복권인데? 얼마짜리 맞았어?"

오토쿠는 고개를 저었다.

"제가 복권 따위는 거들떠보지도 않는다는 사실은 나리도 잘 아시잖아요."

하기야 그런 걸로 한몫 잡으려고 하는 자는 하나같이 변변찮은 작자들이라는 것이 오토쿠의 지론이다.

“이거 전부 해서 얼마쯤 들었을 것 같아요, 나리?”

“나야 전혀 모르지.”

오토쿠는 통통한 손을 휘둘렀다.

“이거 전부 해서요, 제가 만드는 조림을 한 냄비 사는 것과 같은 가격이에요.”

틀림없이 ‘우헤’ 하는 소리를 낼 줄 알았던 고헤이지가 웃기 시작했다.

“하하, 오토쿠 씨가 농담하는 겁니다요, 나리.”

헤이시로는 웃지 않았다. 오토쿠의 입술 양 가장자리가 축 쳐지는 모양새가 당장이라도 울겠다 싶었기 때문이다.

“이러니 제가 가게 문을 닫을 수밖에요.”

오토쿠는 화를 내는 것이 아니라 그저 억울해하는 것이다.

오토쿠의 경쟁자는 불과 보름 전 고베 나가야로 이사 온 가게라고 한다. 고베 나가야에는 노변 나가야 셋집이 네 집밖에 없다. 그중에 끄트머리 한 집이 오토쿠의 셋집이고 문제의 그 식당은 반대쪽 끝에 있다.

주인은 여자다. 이름은 오미네. 나이는 어림잡기 힘들지만 오토쿠보다 젊은 것은 확실하고(꾸며서 그래요, 하고 오토쿠는 침이라도 뱉는 양 말했다) 옷차림도 화사하다고 한다.

헤이시로는 오토쿠네 가게를 나와 잠시 우두커니 서서 곰곰이 생각하다가 고베의 집으로 걸음을 옮겼다. 오미네를 직접 만나 보기 전에 관리인 이야기부터 들어 보고 싶어서다. 오미네가 무슨 의도로 눈이 휘둥그레질 만큼 요란하게 장사하는지 관리인이라면 알고 있을 게 틀림없다. 그것이 관리인의 할 일이기 때문이다. 하지만 그보다 고베가 본래 돈에 예민한 노인임을 헤이시로는 알고 있었다. 예민하다는 말은 듣기 좋은 표현이고 실은 인색하다고 해야 옳다. 요컨대 돈에 환장한 너구리 같은 영감인 셈이다. 일흔 하고도 몇 년을 살았고 작은 체구에 삭정이처럼 빼빼 말랐다. 소심한 듯 늘 눈을 꿈쩍거린다고 해서 방심해서는 안 된다. 그렇게 눈을 굼뜨게 꿈쩍거릴 때마다 뱃속에 들어 있는 주판알이 탁탁 튀는 소리를 헤이시로는 똑똑히 들을 수 있다.

찾아가 보니 고베는 마침 집에 있었다. 고뿔이 들었다고 옷을 겹쳐 입고 목도리까지 두르고서 구운 파 냄새를 폴폴 풍긴다. 목도리 안에 끼워 둔 모양이다. 구운 파는 목을 따뜻하게 데우는 데 좋은 약이다. 여름 파는 세서 도저히 먹을 수 없지만 약으로는 쓸 만하다.

고베한테는 오엔이라는 늙은 처가 있는데, 이 노파가 최근 몇 년 사이 허리와 하체가 부실해져서 혼자서는 자리에서 일어나지도 못한다. 물론 집안일도 못한다. 그래서 지금은 딸 내외가 같이 살고 있다. 오아키라는 딸은 아버지하고는 전혀 딴판으로 마음씀씀이가 고운 여자다. 아버지와 헤이시로의 말소리가 들리자 부엌에서 급히 뛰어나와 인사를 하고 방석을 권하며, 집 안이 어지러워서 죄송합니다, 하고 방 안을 서둘러 정리하는 등 바지런하게 움직인다.

“그렇게 치울 것 없다. 어지럽긴, 깔끔하기만 하구먼. 그보다 기이치는 좀 어떠냐?”

기이치는 오아키의 남편이다. 에조시 목판을 파는 조각사로, 헤이시로도 그의 재주가 얼마나 뛰어난지 평판을 들어서 알고 있다. 도리아부라초에 있는 쓰루야는 에도에서도 손꼽히는 에조시 제작사인데, 그는 그곳에서 일하고 있다. 그 업소와 손잡고 일하는 에조시 작가 중에는 조각사로 기이치를 지목해서 의뢰하는 사람도 제법 많다고 한다.

그런데 기이치가 반년쯤 전부터 끈질긴 다래끼로 고생하고 있다. 오른쪽 아래 눈꺼풀에 생겨났다 없어지고, 없어졌다 생겨나고 하는 것이 통 가실 기미가 없다. 숙련된 조각사이니만큼 그것 때문에 일에 지장을 받거나 하지는 않는 모양이지만 꽤 번거롭기는 하겠지.

이 이야기는 오토쿠한테 들었다. 오지랖 넓은 오토쿠는 기이치와 오아키 부부를 딱하게 여기고는 다래끼에 영험이 있다는 신사를 알아봐 주거나 좋다는 약을 찾아 주는 등 백방으로 애써 주고 있다.

"에유, 이즈쓰 나리한테까지 걱정을 끼쳐 드려서 죄송해요"

우동 반죽이라도 주무르다 나왔는지 군데군데 하얀 밀가루가 묻은 두 손을 모으고 오아키가 공손하게 머리를 숙였다.

"덕분에 요 며칠은 아주 좋아졌나 봐요. 이번에는 이대로 깨끗이 나아 버렸으면 좋겠어요."

감기로 오한이라도 드는지 평소보다 더 빈상으로 웅크리고 있는 고베가 딸의 붙임성 있는 말을 듣고는 흥, 하는 듯한 표정을 지었다. 이것도 오토쿠한테 들은 이야기지만 딸이 에조시 조각사 따위랑 살림을 차리려고 하자 고베는 크게 반대했다고 한다. 벌써 스무 해 가까이 지난 이야기다. 그래서 오아키는 가출하다시피해서 기이치와 살림을 차렸다고 한다.

고베 내외 슬하에는 오아키 말고 아들이 두 명 있었는데 모두 어려서 세상을 뜨고 말았다. 의지할 자식은 오아키뿐이다. 그래서 늙은 아내가 병으로 드러눕고 살림이 엉망이 되어 집 안이 삭막해진 연후에야 마지못해 딸과 화해하고 불러들일 마음이 생겼다— 라는 것은 고베가 하는 이야기고, 기이치와 오아키 처지에서 보자면 남편 벌이로 충분히 살아갈 수 있었으므로 굳이 니혼바시를 떠나 후카가와 변두리로 이사할 필요는 없었다. 하지만 늙은 부모를 나 몰라라 할 수 없어서 같이 사는 데 동의한 모양이다.

기이치는 도리아부라초와 후카가와를 오가는 시간이 아까워 일이 바쁠 때는 며칠이고 가게 작업장에서 묵을 때도 있다고 한다. 그와 오아키는 누가 봐도 금실 좋은 부부이니 실은 그렇게 생활하고 싶지는 않으리라. 그래도 부모를 생각해서 불편을 감내하고 살고 있다. 그런 마음씨 따뜻한 딸과 기특한 사위일진대 고베는 지금도 툭하면 이렇게 삐딱한 표정을 짓는다. 참 골치 아픈 노인네구먼, 하고 헤이시로는 내심 쓴웃음을 지었다.

"그래, 어머니는 좀 어떠냐?"

"여전하십니다." 오아키는 밝게 웃었다.

"하지만 자리에 누워서도 바느질은 곧잘 하십니다. 나는 이렇게 눈이 좋아 봐야 이제는 어디 쓸 데도 없으니 사위 눈이랑 바꿔 주고 싶다고 하세요."

늙은 아내는 사위 기이치를 아낀다. 이 말에 고베의 눈이 또 마뜩잖은 빛을 띤다.

"이즈쓰 나리는 바쁘신 분이야. 노닥거리지 마라. 그리고 차 정도는 얼른 내와야지.”

아, 예, 예, 하며 오아키는 언짢은 기색도 없이 일어섰다. 헤이시로 뒤에 대기하고 있던 고헤이지가 눈치 빠르게 “제가 거들죠” 하고 나선다. 오아키는 미안해하면서도 그를 데리고 부엌으로 들어갔다.

“감기로 누워 있었나 본데 미안하군.”

헤이시로가 입을 열었다. 방석을 엉덩이 밑으로 밀어 넣었다.

“누워 있던 것은 아닙니다요. 조금 한기가 들었을 뿐입죠.”

눈을 꿈쩍거리면서 고베가 말했다. 또 무슨 계산을 하고 있을까 생각해서인지 여느 때보다 눈꺼풀이 재게 움직이는 듯 보인다.

“노변 나가야에 새로 이사 온 찬 가게 말이야.”

고베의 눈 꿈쩍거림이 한순간 멈추었다 다시 시작되었다. 드디어 그 얘기가 나왔군, 하는 표정이다. 고베는 허술한 관리인이 아니다. 헤이시로가 아니라도 조만간 누군가 이 이야기를 하려고 찾아오리 라는 것을 짐작하고 있었으리라.

“장사를 아주 요란하게 벌리고 있다고 하더군. 나도 깜짝 놀랐네. 그렇게 많은 음식들을 그렇게 싼값에 팔다니, 대체 가게를 어떻게 꾸리려고 그러는 거지?”

고베는 작은 눈으로 헤이시로를 보며 콩콩 기침을 했다. 그러더니 슬며시 묻는다.

“오토쿠한테 들으셨나요?”

“그래.” 헤이시로는 순순히 인정했다.

“아주 속상해하더군. 가게 문을 닫아야 할 판이라면서.”

“왜 안 그렇겠습니까.”

“그럼 자네도 오미네의 처사를 마뜩잖게 보고 있단 말인가?”

“당연합지요. 그 여자가 장사를 그렇게 막무가내로 할 줄 알았으면 나가야에 발도 못 붙이게 했을 겁니다.”

헤이시로는 고베의 표정을 살피며 오쿠메라는 여자의 얼굴을 떠올리고 있었다. 뎃핀 나가야에서 오토쿠가 임종을 지켜 준 그녀는 인생의 태반을 몸을 팔아서 살았다.

오쿠메는 논다니였지만 활달하고 귀여운 여인이었다. 오랫동안 여기 고베 나가야에 살았다. 다만 임대료는 한 번도 낸 적이 없다. 고베가 오쿠메와 거래를 하고 무료로 살게 해 주었기 때문이다.

그러나 고베도 마침내 거역할 수 없는 세월 때문에 더 이상 오쿠메의 몸을 살 수 없게 되었다. 더는 거래가 성립할 수 없었다. 그래서 오쿠메는 뎃핀 나가야로 이사했다. 오쿠메는 자기가 고베 나가야에 계속 살면서 매달 임대료를 낸다면 그때마다 관리인은 남자의 자존심이 뭉개질 텐데, 그것은 너무 딱한 일이라고 생각했다.

그 오쿠메도 지금은 없다. 위패는 오토쿠가 간직하고 있다. 기일이 돌아오면 오토쿠는, 그 사람은 기질이 그러니 아마 염라대왕님께 아양을 떨어서 귀여움을 받고 있을 거야, 라며 혼잣말을 하곤 한다.

오쿠메를 생각하면 그리운 마음이 들지만 헤이시로는 그런 심정을 일단 옆으로 제쳐 두고 이렇게 생각했다. 고베는 오쿠메와 그런 거래를 한 전력이 있다. 그렇다면 오미네를 세입자로 받을지 말지를 결정할 때도, 그녀가 어떤 장사를 할지 미리 듣고 뻔히 갈등이 생길 것을 충분히 알았으면서도 모종의 거래를 하고 이 나가야에 받아들였을 수도 있지 않을까.

그러나 지금 눈앞에 있는 얼굴을 보면 고베는 정말로 못마땅해하는 듯하다.

"그 여자한테는 몇 번이고 말해 주었습니다요. 같은 처마를 쓰는 노변 나가야에 오토쿠네 조림 가게가 있다고도 분명히 말했고 서로 장사에 지장이 없도록 해야 한다고 단단히 다짐을 놓았습니다. 그런데도……."

"가서 쓴소리도 해 봤나?"

"하고말고요."

고베는 눈을 부릅떴다. 그 바람에 다시 기침이 나왔다.

"이렇게 나가다가는 오토쿠네 가게가 망한다, 게다가 아무리 생각해도 이런 장사는 이해할 수 없다고 했지요. 그러자 그 여자가 청산유수로 이렇게 대꾸하더군요."

— 관리인님이야 물론 세상 물정에 훤하시겠지요. 하지만 음식 장사 요령은 잘 모르실 거예요. 장사라는 것은 손해냐 이득이냐만 따지면서 꾸릴 수 있는 게 아닙니다. 우선은 좋은 평판을 얻는 것이 중요해요. 저도 계속 이렇게 밑지는 거 각오하고 장사해 나갈 생각은 없습니다. 이 근방에 오미네네 찬 가게란 이름이 널리 알려질 때까지만입니다.

— 게다가 관리인님. 싼 것을 비싸게 파는 것은 몹쓸 짓이라 해도 비싼 것을 싸게 파는 게 뭐가 탓할 일이겠어요?

— 저희 가게에 손님이 많이 오면 옆에 있는 오토쿠 씨네 조림 가게에도 손님들이 흘러 들어갈 거 아녜요? 절대로 나쁜 게 아닙니다. 오토쿠 씨도 곧 그걸 알게 될 거예요.

헤이시로는 턱을 쓸다가, 면도하다 놓친 터럭을 쪽 뽑았다.

흠, 그 여자, 여간내기가 아니네. 게다가 재미있는 말까지 하는군.

"밑지는 걸 각오한다고 했다고?"

"예, 그렇게 말했습니다요."

"그렇다면 밑지는 거 알고 장사해도 괜찮을 만큼 제법 목돈을 쥐고 있다는 말이군. 그 돈을 쓰면서 그렇게 장사하고 있는 셈이야."

좋은 음식을 싸게 팔아 치우는 방식이라지만 그래 봐야 노변 나가야에서 꾸리고 있는 고만고만한 규모에다 새로 연 가게다. 채소 가게나 생선 가게에서 물건을 떼어 올 때도 외상 얻기는 힘들 테고, 하물며 메추리 같은 것을 살 때는 더욱 그렇다. 그때그때 꼬박꼬박 돈을 주고 사들이고 있으리라.

"오미네는 홀몸인가?"

"예. 제 입으로 그렇게 말하더군요."

"자식은?"

"없습니다."

"점원은?"

"여자만 둘입니다. 그중 하나는 아직 어린아이입니다."

"그 여자들은 정말 점원들이 맞나?"

"암만 봐도 가족으로 보이지는 않습니다요. 오미네를 '주인아주머니'라고 부르던걸요."

그렇다면 두 사람에게 주는 품삯도 오미네 주머니에서 나오고 있을 것이다.

"달세는?"

"예?" 하고 고베가 눈을 휘둥그레 떴다. 그러면서 눈을 바쁘게 꿈쩍거렸다.

"그렇게 장사를 하니 이익이 없으리라는 것은 안 봐도 뻔하지. 당연히 자네는 오미네가 다달이 집세를 잘 낼지 걱정스러울 텐데, 그 점은 확실히 해 뒀나?"

고베는 목깃에 턱을 찌르며 기침을 했다. 하지만 헛기침이다.

"응?" 헤이시로가 대답을 재촉했다.

고베는 마지못해 털어놓았다.

"……반년분을 선불로 받았습니다요."

"그렇군. 덤으로 몇 푼 더 붙여서 말이지?"

고베는 잠자고 있지만 침묵이 곧 대답이다. 헤이시로는 빙글빙글 웃었다.

관리인의 눈꺼풀이 꿈쩍거리는 꼴을 보아하니 속으로 주판알을 튕기고 있다. 그때는 집세에 몇 푼을 더 받아내서 이득을 보았다고 생각했지만, 헤이시로 같은 사람한테 이렇게 냉소를 당하고 보니 너무 창피해서, 그 정도 덤으로는 부족했던 게 아닌가 후회하고 있을 테지.

"그럼 오미네는 누구 소개로 찾아왔나?"

헤이시로의 물음에 고베의 껌뻑거림이 멈췄다. 입술이 슬쩍 일그러진다.

"기이치입니다요."

뜻밖의 대목에서 사위 이름이 나왔다.

"기이치가 어떻게 소개를 하게 되었지?"

"그 여자한테 부탁을 받았답니다. 오미네는 쓰루야의 단골이었다 던데요. 그런데 사정이 생겨서 이사할 데를 찾아야 하는데 어디 좋은 데 없느냐고 매달렸던 모양입니다."

"소개장은?"

세입자를 들일 때 필요한 신원 보증서를 말한다.

"쓰루야에서 써 주었습니다."

이상한 이야기 아닌가. 아니, 상점이 단골을 위해 편의를 봐주는 것은 이상한 이야기가 아니다. 그러나 기이치는 쓰루야의 점원이 아니라 목판 조각사다. 에조시 작가하고는 친하게 지내더라도 손님과 친해지기는 어려운 자리다.

우아키가 이 사실을 알고 있을까? 헤이시로는 속으로 궁리했다. 그러다가 자리에서 일어났다. 다음 수는 오미네라는 여자를 만나 보고 나서 궁리하는 편이 낫겠다.

"잘 알았네. 요즘 고뿔이 고약해. 몸조리 잘하게."

헤이시로가 밖으로 나서자 고헤이지가 얼른 따라왔다. 헤이시로는 눈에 익은 주겐의 동그란 얼굴을 뚫어져라 관찰했다.

"차가 나오지 않던데."

"이미 배가 부르신 것 같아서요."

"음. 오아키랑 무슨 이야기를 했지?"

"이 근방에서 오미네네 가게가 얼마나 알려져 있는지 물어보았습니다."

잘했군.

"그랬더니?"

"평판이 대단하다고 합니다. 그래도 오아키 씨나 나가야 여편네들은 오토쿠한테 미안해서 아무도 사 먹지 않는다네요."

"기특한 얘기로군. 오토쿠는 복도 많아."

헤이시로는 건들건들 고베 나가야로 돌아갔다. 오토쿠네 앞을 지나지 않고 일삼아 뒤로 돌아서 오미네네 가게 앞으로 갔다.

문은 절반쯤 열려 있었다. 휴업은 아니고 아직 준비중일 테지. 정오가 지났지만 저녁때까지는 아직 시간이 있는 어중간한 시각이다.

문 앞에서 한길까지 굽는 냄새가 흘러나온다. 뭘 굽는지 연기도 보인다. 안에서 여자들의 웃음소리와 발랄한 말소리가 들려온다.

헤이시로는 고헤이지에게 뭐라고 짧게 이르고 자기는 가까운 방화용 빗물 통 뒤에 숨었다. 고헤이지는 그것을 눈으로 확인한 다음 가게 안으로 머리를 디밀고, 실례하우, 하고 인사를 건넸다. 곧 젊은 여자가 나왔지만 고헤이지가 여기 쥔장이 뉘쇼? 하고 묻자, 그녀를 옆으로 제치며 체구가 작고 살결이 하얀 여인이 나섰다. 작게 틀어 올린 쪽머리와 소매를 짧게 해서 입은 굵은 줄무늬 기모노가 썩 잘 어울린다. 헤이시로의 눈에는 자못 부지런한 일꾼처럼 비쳤다. 그러면서도 살짝살짝 드러나는 날씬한 발목이 색기를 풍긴다.

"아유, 얼마나 노고가 많으세요. 새로 온 신참이니 앞으로 잘 부탁드립니다."

오미네는 고헤이지에게 고개를 숙였다. 살짝 갈라진 목소리가 자못 세상 물정에 훤한 듯한 말투다.

"뭘 그런 인사까지. 그런데 이 가게는 도시락도 만들어 주시나?"

고헤이지가 애써 위세를 부리는 말투로 묻는다. 오미네는 자지러

질 듯이 기뻐하며, 예, 말씀만 하시면 얼마든지 만들어 드리죠, 하고
화답했다.

"그럼 조만간 주문할지도 모르겠군. 잘 부탁합시다."

"예, 감사합니다!"

오미네뿐만 아니라 다른 여자들도 합창하듯이 인사했다. 활기가
넘친다.

고헤이지가 돌아오자 헤이시로는 왔던 길을 되돌아가 고베 나가
야를 떠났다. 오미네가 꽤 매력적으로 보이는 여자라는 것과, 성실
하고 아내를 아끼는 기이치의 마음속에도 분명 장인 장모의 눈치를
보느라 쌓인 앙금이 있을 터라는 것. 연결될 듯 연결될 듯 연결되지
않는다. 물론 연결되지 않아야 한다. 하지만 조금만 방심해도 연결
되어 버릴 것 같아 마음이 놓이지 않는다.

2

혼조 후카가와 방면의 임시 순시관이 되기 전, 헤이시로는 십오
년 동안이나 물가 담당 순시관으로 일했다. 시중 물가를 살피고 부
당한 상거래를 단속하는 일이다. 그래서 지금도 각종 물건의 매매가
에 상당히 밝다.

헤이시로는 얼른 집으로 돌아가 앉은뱅이책상 앞에 앉아 종이를
펼쳐 놓고 먹을 갈았다. 오토쿠한테 얻어먹은 음식들을 만드는 데
과연 돈이 얼마나 들지 대충 계산해 보기 위해서다.

그걸 적어 나가다 보니 어느새 몰두하고 말았다. 도중에 아내가 부르는 소리를 들은 듯도 싶었지만 번거로워서 대답도 않고 하던 일을 계속했다.

그러다가 문득 어깨 위로 손이 쓱 들어와서 흠칫 놀랐다.

"여기서 덧셈이 틀렸네요, 이모부."

유미노스케였다. 헤이시로의 처조카다. 얼굴이 심상치 않을 만큼 예쁘게 생긴 사내아이이다. 게다가 두뇌도 뛰어나다.

"뭐야, 뭐 하러 왔니."

"이모가 저를 맞아 주시면서 이모부를 몇 번이나 부르셨는데 대답이 없으셔서 옆에서 기다리고 있었어요."

유미노스케는 새침하게 대답했다.

"언제부터 있었니?"

"이모부가 마침" 하며 유미노스케는 헤이시로가 종이에 쓴 내용을 들여다보았다.

"메추리 값을 적으실 때쯤부터예요. 그 구매가는 너무 낮게 잡으셨는데요? 요즘 가금류 값이 전체적으로 비싸요."

"네가 그런 걸 어떻게 아니?"

유미노스케의 집안 가와이 상회는 쪽을 취급하는 가게다.

"상인 집안에서는 늘 선물을 주고받거든요."

"그럼 너라면 얼마를 매기랴?"

유미노스케는 헤이시로한테 붓을 건네받아 몇 군데를 고쳤다. 모두 더 높은 값으로 고쳐졌다. 오미네가 하는 장사는 아무리 계산해도 꼼짝없는 적자의 연속이라는 점이 더욱 분명해진다.

"내친김에 이 덧셈도 고쳐 둘게요. 여기 곱셈도 틀렸네요."

"측량만이 아니라 계산도 잘하는구나."

"측량과 계산은 떼려야 뗄 수 없는 사이예요. 그런데 이모부는 왜 주판을 쓰지 않으시죠?"

"주판은 싫어."

그때 누가 불쑥 흐아아 하고 하품을 했다.

뒤를 돌아본 헤이시로는 장지문 앞에 빨간 기모노를 입은 소녀가 얌전히 앉아 있는 모습을 보고 흠칫했다.

"야아!"

소녀는 묘한 소리를 내며 바닥에 엎드려 절을 했다.

"처음 뵙습니다. 저는 오토요라고 합니다. 잘 부탁드립니다."

헤이시로는 숨을 가다듬었다.

"'야아'는 제대로 된 인사가 아니지. 놀랬잖아."

"죄송합니다, 이모부."

유미노스케는 그렇게 말하고 소녀 쪽으로 무릎을 돌렸다.

"오토요 누님, 얼굴을 드세요."

오토요 누님? 헤이시로는 유미노스케의 얼굴을 쳐다보았다.

"이 아이는 누구지?"

"결례를 범해서 죄송합니다. 제 사촌 누이예요."

"응?"

"저희 친가쪽 사촌이에요. 이모부를 뵙는 것은 처음일걸요."

"처음 뵙습니다" 하고 오토요는 다시 납작 엎드려 절을 했다.

"음, 됐다. 좀 이쪽으로 나오너라. 허, 놀랐네."

"대낮에 처녀 귀신이 나왔나 하셨나요?"

유미노스케는 빙글거리면서 오토요와 나란히 앉았다. 사촌지간이니 얼굴이 안 닮아도 이상할 것은 없다. 하지만 조금쯤 닮아도 좋으련만, 동정심을 느낄 정도로 오토요의 용모는 볼품없다. 나이는 유미노스케보다 몇 살 위인 모양이다.

사실 유미노스케는 빼어난 미소년이라서 어떤 미녀라도 그 옆에 서는 처져 보이게 마련이다. 헤이시로의 아내는 이렇게 평한다.

"남자든 여자든 지나친 미모는 본인 몸을 망칩니다. 하지만 유미노스케의 미모는 본인은 물론이고 남들까지 망치게 할 수 있어요."

오토요는 어딘지 놀란 얼굴을 하고 있다. 헤이시로가 아직 그녀를 놀라게 한 적이 없으니 필시 타고난 상이다. 헤이시로의 동료 중에도 늘 놀란 표정을 하고 있는 자가 있다. 정말 놀라면 울상을 짓는다. 하기야 세상에는 웃고 있어도 화난 것처럼 보이는 얼굴을 가진 이도 있으므로 불행의 정도로 보자면 그나마 다행이라고 해야겠다.

"일하시는 데 방해해서 죄송해요."

유미노스케가 말했다.

"방해받고 말고 할 만한 일은 아니다. 게다가 다 끝났어. 그래, 무슨 일이냐?"

"그렇게 물어 주시니 고맙네요. 그쵸, 누님?"

오토요는 여전히 놀란 얼굴 그대로 한 박자 뜸들인 뒤에 복창하듯이 말했다.

"그렇게 물어 주시니 고맙네요. 그치, 유미노스케?"

헤이시로는 예전에 어디에 참배하러 갔다가 신을 모셨다는 동굴

속에서 박수를 쳤을 때가 떠올랐다. 제 박수 소리가 동굴 벽에 튕겨서 조금 늦게 들려왔다. 산울림 같았다.

"오토요 누님은 고민이 있어요." 유미노스케가 설명했다.

"예, 저는 고민이 있습니다." 오토요가 말했다.

"의지할 만한 사람들과 상의했지만 아직 풀리지 않는답니다."

"예, 아직 풀리지 않습니다."

"그래서 제가 이모부 이야기를 했더니 이모부 의견을 꼭 들어 보고 싶다고 해서요."

"예, 이모부 의견을 듣고 싶다고 했습니다."

"그래서 네가 데리고 왔니?"

헤이시로는 산울림 사이로 비집고 들어갔다.

"예."

"나 같은 사람이 힘이 될 수 있을 것 같지는 않다만. 그래, 무슨 일인데?"

유미노스케는 오토요를 쳐다보았다. 재촉이다. 하지만 오토요도 유미노스케를 마주 바라볼 뿐 입을 열지 않는다.

유미노스케는 헤이시로에게 눈길을 돌리고 말했다.

"혼담 때문입니다."

"혼담? 오토요한테 혼담이 들어왔어?"

"예."

"그것 참 축하할 일이구나."

오토요가 헤이시로와 유미노스케의 얼굴을 번갈아 쳐다본다.

"축하할 일이 아니냐? 아, 마음에 들지 않는 혼담인 게로군."

"그건 아니죠, 누님?"

"그건 아니야, 유미노스케."

오토요라는 이 아가씨의 머릿속에서도 덧셈에 실수가 많았던 것은 아닐까 하고 헤이시로는 생각했다. 그것은 유미노스케라도 고쳐 줄 수 없을 테지.

"오토요 누님은 혼담 상대가 싫은 게 아닙니다."

"예, 싫은 게 아닙니다."

오토요는 유미노스케 작은아버지의 딸이라고 한다. 가와이 상회에서 분가한 가게로서, 역시 쪽 장사를 하고 있다. 혼담 상대가 도오리혼초에 있는 연지 가게 아들이라고 해서 헤이시로는 웃었다.

"쪽과 연지라니 썩 어울리는 색깔인걸."

오토요는 전혀 웃지 않는다. 그러자 유미노스케는 거북한지 곤혹스러운 듯 웃었다.

"오토요가 낯을 가리나" 하고 헤이시로는 말해 보았다. 그래도 반응이 없다. 유미노스케와 나란히 있으니 마치 꼭두각시와 조종하는 자 같다. 조종하는 자가 꼭두각시보다 예쁜, 변칙적인 조합이긴 하지만.

"세파의 때가 묻지 않은 거죠."

유미노스케가 해명했다.

"저도 이모부를 뵙기 전에는 그랬잖아요."

그건 아니지. 유미노스케는 처음 이 집에 찾아올 때 이미 세파의 때가 묻을 만큼 묻어 있었다.

"뭐, 좋다. 그래, 혼담 상대가 싫지는 않지만 혼담이 내키지 않는 게지.”

“예.”

“달리 마음에 둔 남자라도 있나.”

“아니죠, 누님?”

“아니야, 유미노스케.”

“그럼 뭐가 마음에 안 드누?”

여느 때라면 재미있어했을 헤이시로지만 오늘은 오토쿠 건도 있어서 조금 번거롭다.

“누님은 혼담 상대가 싫지도 않지만 딱히 좋지도 않답니다.”

유미노스케는 헤이시로가 귀찮아하고 있음을 눈치 채고 오토요의 ‘산울림’이 돌아오기 전에 내처 말했다.

“그보다는 누구를 좋아한다는 마음이 어떤 것인지 아직 모릅니다. 이해하지 못하는 거죠. 그런데도 이대로 누구의 아내가 되어도 좋은지 고민하고 있습니다.”

그제야 헤이시로도 납득했다. 그런 고민을 할 만한 나이다.

“그렇구나.”

목덜미를 긁적였다. 냉큼 대답하기에는 조금 겸연쩍은 이야기다.

“누구를 좋아한다는 것이 과연 어떤 것이냐.”

“예.”

유미노스케와 오토요가 동시에 대답했다. 초롱초롱한 표정을 보건대 유미노스케도 그 답이 궁금한 게로구나, 하고 헤이시로는 생각했다.

“너, 나이가 몇이지?”

관계없는 질문이 불쑥 날아와서인지 유미노스케는 허리를 쭉 폈
다.

"작년에 열둘이었죠."

묘하게 정확한 대답이군.

"이었죠라니, 무슨 대답이 그러누. 그럼 올해 열셋이냐?"

"그렇습니다."

관례를 치르려면 한참 남았다. 그러나 마치에서 자라는 아이들은
조숙하다. 올 여름 오캇피키 마사고로 밑에서 일하는 짱구가 자리에
드러누웠을 때 마사고로가 상사병을 의심한 일을 헤이시로는 떠올
렸다. 결국 그렇진 않았지만 마사고로의 걱정은 진지했다.

짱구도 아마 열셋이다. 짱구가 상사병을 의심받았다면 유미노스
케가 이성에게 흥미를 느끼고 있겠다고 짐작해도 과히 틀리지 않을
것이다.

"너는 어떻게 생각하니?"

유미노스케는 등에서 힘을 살짝 뺐다.

"무얼요?"

"누구를 좋아한다는 것에 대해서 말이다."

예쁘장한 얼굴이 살짝 일그러졌다.

"글쎄요, 모르겠는걸요."

"모르겠으면 한번 생각해 봐."

"이모부—."

"너라면 짐작하고 있을 텐데."

유미노스케는 작년에 일어난 미나토 상회 사건—뎃핀 나가야에

얽힌 소동이 근본적으로 무엇 때문이었는지를 헤이시로보다 훨씬 빨리 눈치 채고 진상을 파악했다. 그 사건도 결국은 누가 누구를 좋아하고 싫어하는 감정에서 생겨난 말썽이었다. 그걸 이해할 수 있었으니 이것도 충분히 이해하고 있으리라.

유미노스케는 문득 아무 생각 없는 어린아이 같은 표정으로 인중을 손가락으로 문질렀다.

"누가 좋으면 내내 같이 있고 싶어지겠죠."

"음, 그리고?"

"그 사람과 즐겁게 지내고 싶어집니다."

"그리고?"

"그 사람이 웃는 모습을 보고 싶고 어려움에 빠지면 도와주고 싶습니다."

헤이시로는 오토요에게 눈길을 옮겼다.

"어때, 알겠니?"

오토요는 여전히 놀란 표정이지만 이번에는 진짜로 놀란 얼굴이었다. 유미노스케에게 눈길도 주지 않고 애오라지 헤이시로만 쳐다보고 있다.

"그런 심정을 느껴 본 적 없니?"

"없습니다."

"그래? 하지만 앞으로 느끼게 될지도 몰라. 혼담 상대가 싫은 게 아니라면 한번 시험해 볼 가치는 있지."

"그럼 싫다는 건 어떤 건가요?"

오토요가 헤이시로에게 직접 물었다. 헤이시로는 웃었다.

"방금 한 말을 뒤집으면 돼. 그 사람과 같이 있고 싶지 않고 즐겁게 지낼 수 없어도 상관없고 웃는 얼굴 따위는 보고 싶지도 않고 어려움에 빠져도 나 몰라라 하지."

오토요는 가느다란 손가락을 볼에 댔다. 우아하고 예쁜 손가락이다. 이 아가씨, 손가락 하나는 예쁘네.

"저는…… 연지 가게 남자가 어려움에 빠졌다 해도 안타깝지도 않고 아무렇지도 않을 거예요."

"그야 지금은 생판 남이나 마찬가지니까."

"부부가 되면 다를까요?"

"사람 나름이지. 모두들 권하는 혼담이라면 응해 보아도 나쁘지 않아. 같이 살아 보고 영 아니다 싶으면 차 버리고 돌아오면 되지."

유미노스케가 당황하며 끼어들었다.

"이모부, 아무리 그래도 그런 무책임한 말씀이 어딨어요. 그렇게 간단한 일은 아니잖아요."

"아니긴. 나도 너희가 나가야에서 사는 사람들이라면 이런 말은 하지 않아. 하지만 가와이 상회는 잘나가는 가게고 오토요네 집도 부자 아니냐?"

젓가락보다 무거운 것은 쥐어 본 적도 없을 듯한 손가락과 가죽공 무늬가 자수된 우아한 기모노를 보면 한눈에 알 수 있다.

"살림에 여유가 있으면 인생을 새 출발하기도 수월한 법이야. 아니냐?"

유미노스케는 왠지 풀이 죽어서, 그렇지요, 하고 작은 소리로 대답했다. 이런저런 생각을 떠올리고 있는지도 모른다.

"그래도 저는…… 누구를 좋아해 보고 싶어요."

오토요가 말했다.

"애가 탄다고들 하잖아요? 그대를 사모합니다, 라는 말을 듣고 싶고 해 보고도 싶어요."

에조시나 기뵤시를 너무 많이 읽었군. 헤이시로는 시험 삼아 물어 보았다.

"오토요, 도리아부라초에 있는 쓰루야를 아니?"

"네!"

지금까지 나온 대답 중에 제일 씩씩한 목소리다. 그럼 그렇지. 헤이시로는 속으로 제 이마를 짚었다.

"그게 말이다, 그런 이야기는 다 지어낸 거거든. 그런 일은 실제로는 거의 있을 수가 없어."

"그런가요?"

"암. 나만 해도 누구한테 그런 말을 해 본 적이 없어. 나 역시 주위에서 하도 권해서 얼굴 한 번 본 적 없는 색시한테 장가를 갔지. 그래도 아무 문제 없잖아."

오토요는 눈을 동그랗게 뜬 채 생각에 잠겼다. 그러다가 물었다.

"그러면 나리는 마님을 좋아하시나요?"

"좋아하고 말고 그런 게 아니야."

"그럼 뭔가요?"

"편하다고나 할까, 음, 그런 거지."

"그럼 마님한테 좋아한다고 말해 보신 적 없나요?"

"어떻게 그런 말을 하누. 그런 호박 같은 색시를 앞에 놓고—."

거침없이 웃으려고 하는 순간 뾰족한 목소리가 날아왔다.

"이봐요!"

헤이시로는 움찔했다. 당사자가 활짝 열어 놓은 장지문 앞에 앉아 있다.

"그, 그, 그,"

그게 아니고, 라고 말하려는데 혀가 뜻대로 움직이질 않는다.

헤이시로의 아내도 상당한 미녀였다. 지금은 많이 사그라졌지만 여전히 미인이라고 말해 주는 사람이 있다. 아내가 그 아름다운 얼굴로 공주 인형처럼 미소 지으며 말했다.

"아까부터 마사고로 씨가 와 계세요."

마사고로는 당혹스러워하고 있다. 역시 분위기를 읽는 데 능하다. 그가 방 안으로 들어왔을 때 헤이시로는 소맷자락으로 얼굴을 부채질하고 있었다. 덜컹 하는 심정에 열이 확 올랐는데, 이즈쓰 가에서는 쓰르라미 소리가 들리면 안주인이 부채를 치워 버리므로 달리 부칠 만한 물건이 없었던 것이다.

"허, 이러다 오래 못 살지."

식은땀을 흘리는 마사고로가 헤이시로에게 사죄했다.

"공연히 찾아와서 폐를 끼쳤나 봅니다."

"됐네, 됐어, 마음 쓰지 말게. 그런데 자네가 날 찾아오다니 별 일이군."

마사고로는 늘 그렇듯이 상투를 매끈하게 틀고 안색도 훤하다. 올여름은 더위가 기승이었지만, 여름을 타지 않는 이 사람한테는 대수

롭지 않은 날씨였으리라. 듬직한 어깨도 여전하다.

"몇 자 적은 것을 맡기고 돌아갈까 했는데 마님께서 마침 나리가 안에 계시다면서 불러들여 주셨습니다."

"종이쪽지나 던져 놓고 가다니, 뭘 그리 어렵게 생각하나."

역시 도신이었던 선친이 오캇피키를 멀리했다는 이유로 헤이시로도 오랫동안 그들을 부리지 않고 일해 왔다. 뎃핀 나가야 소동을 기회로 마사고로와 인연을 맺고 편하게 의지하게 된 것도 지난 일 년 안쪽의 일이다. 헤이시로는 그에게 마음을 터놓았다고 생각하지만 마사고로는 여전히 조심스러운 모양이다. 나리, 나리, 하고 큰 소리로 부르며 마당을 돌아 툇마루에 걸터앉는 스스럼없는 행동을 이 사내는 아직 한 번도 보여 준 적이 없다.

"우선은 나리의 힘을 빌렸으면 하는 일이 생겼습니다."

반듯하게 무릎을 꿇고 앉은 마사고로가 입을 열었다.

"혹시 도키와초 3초메에 있는 아리마 상회라는 붓 가게를 아시는지요?"

얼른 떠오르지 않았다.

"모르겠군. 아리마 붓을 파는 가게인가?"

아리마 온천의 특산품 아리마 붓은 에도에서는 취급하는 가게가 별로 없다. 그것을 옥호로 삼은 것을 보면―.

"주인이 아리마 출신입니다."

"후카가와에는 신참이겠구먼."

"예, 여기로 이주해서 아직 대를 물리지 못했으니까요. 하지만 장사를 알뜰하게 한다고 소문이 자자한 인물입니다."

아리마 상회에는 질 좋은 붓 말고도 유명한 것이 있었다. 아름다운 딸이다.

"주인 내외의 외동딸인데 방년 십팔 세. 이름은 오스즈였다고 합니다."

헤이시로는 그 순간 감이 왔다. 마사고로의 '였다고 합니다'는 생각없이 나온 말이 아니었다.

"오스즈란 아이가 어떻게 되었는데?"

"자기 방에서 허리끈으로 목을 매달았습니다. 시체가 발견된 것은 그제 아침이었고요."

오스즈는 몇 자 적어서 남겼다고 한다. 부모도 딸이 지난 열흘 정도 매우 초조해 했다는 사실을 알고 있었다.

"직접 목을 매고 죽었다는 사실에는 의심할 여지가 없습니다."

"검시관은 뭐래?"

"역시 그런 소견이었습니다."

그렇다면 관리나 오캇피키가 나설 일은 아니군. 그런데 마사고로의 눈에 의미심장한 그늘이 드리워졌다.

"부모도 딸이 남긴 글을 읽고서야 알았다고 하는데, 실은 딸이 집안 돈을 몰래 빼내고 있었다고 합니다."

다 들을 것도 없이 짐작이 간다.

"남자로군."

"예. 아무래도 고약한 바람둥이한테 넘어갔던 모양입니다. 더구나 오스즈는 임신중이었습니다."

달콤한 말에 속아 한참 돈을 갖다 바치다가 임신 사실을 알아차린 순간 버림을 받았다— 그런 이야기다.

"딱하긴 하지만 이제 와서 어쩌겠나."

마사고로는 짙은 눈썹을 찡그렸다.

"저도 그렇게 말하기는 했지만……. 아리마 상회 주인 내외는 그 사내놈을 찾아내서 응분의 벌을 주고 싶다고 강력히 주장하고 있습니다."

"그래서 자네한테 도움을 청하던가?"

마사고로는 고개를 끄덕였다.

"금쪽같은 딸자식을 잃은 부모 심정도 알겠고 그런 자를 가만 놔두면 어디서 똑같은 짓을 저지르지 않겠습니까. 일단 붙들어다가 끽소리 못하게 징치하는 게 좋겠다 싶습니다."

거기에는 헤이시로도 동감이다.

"그럼 어떻게 할 생각이지?"

"오스즈는 강습을 받으러 다니면서 틈을 내서 사내를 만났던 모양입니다. 편지 왕래를 하면서요. 사내한테 온 편지가 편지함에 몇 통 남아 있습니다. 그래서 오스즈의 필적처럼 편지를 써서 그자를 불러내 볼까 합니다."

목을 맨 비참한 죽음인 만큼 사건은 아직 공개되지 않았다. 사람들 눈을 피해서 화장하고 가족들끼리 장사를 치른다고 하므로 상대 남자한테 알려질 염려는 없다고 한다.

"하지만 그게 잘될까. 사내는 오스즈를 버리고 도망쳤을 텐데?"

"남아 있던 편지를 보면 그자는 오스즈가 어디로 도망쳐서 살자고 애원하는 바람에 진퇴양난에 빠졌던 모양입니다. 도망쳐서 살게 되면 더는 한 푼도 뜯어낼 수 없는 짐을 떠안는 셈이 되니까요."

그래서 가짜 편지에는 아리마 상회 주인 내외가 두 사람의 관계를
인정해 주었다, 세상의 이목이 있으니 가게를 물려줄 수는 없지만
우선은 살림을 차려 주고 생계를 이을 수 있도록 도와주겠다고 말한
다고 썼다.

아리마 상회가 돈 많은 가게라는 점은 남자도 잘 알고 있다. 여자
부모가 계산해 보니 딸이 몰래 빼낸 돈은 줄잡아 서른 냥이나 된다
고 한다.

일단 넘어온 여자한테는 쥐어짤 수 있을 만큼 최대한 쥐어짜는 것
이 이런 바람둥이의 상투 수단이다. 오스즈가 여전히 돈줄이 될 수
있을지 모른다고 믿게 만든다면 한 번 더 불러내는 일 정도는 가능
할 것이다.

"알았네." 헤이시로는 무릎을 쳤다.

"나는 그 자리에 서서 그놈을 노려보고만 있으면 되는 거지?"

"예. 필요한 일은 저희가 다 하겠습니다. 나리는 그저 그 자리에
행차하셔서 저희가 그놈을 추궁할 때 무서운 얼굴을 하고 계시기만
하면 됩니다."

"그거 재미있겠군. 나도 한 번은 무서운 관리 흉내를 내 보고 싶
었거든."

그때 단단히 닫혀 있던 장지문이 드르륵 열렸다. 돌아간 줄 알았
던 오토요와 유미노스케가 앉아 있다. 오토요는 여전히 놀란 얼굴이
지만 제법 긴장을 했는지 턱이 뾰족해 보인다.

"나리."

오토요가 헤이시로를 불렀다.

"이번 일에 젊은 처자가 필요하지 않으세요?"

"그만둬요, 오토요 누님."

옆에서 유미노스케가 안절부절못하고 있다.

"왜 말리니? 그 아가씨 역할을 하는 사람이 있으면 좋겠다고 말한 것은 유미노스케 너잖아?"

마사고로는 헤이시로의 얼굴을 보고 나서 뒤에 있는 두 사람을 돌아다보았다.

"아, 가와이 상회 도련님!"

"안녕하세요. 중요한 자리에 함부로 끼어들어서 죄송합니다."

유미노스케가 적당히 허리를 굽혀 인사했다.

"그건 상관없습니다만……."

헤이시로가 나서서 소개했다.

"이쪽은 오토요라는 아이야. 내 조카뻘이지."

"제 사촌 누이입니다."

유미노스케가 말했다. 그러니 책임은 자기한테 있다는 듯한 표정이다.

"저는 이즈쓰 나리께 늘 신세를 지는 마사고로라는 자올시다. 관청의 명을 받고 일하고 있습지요."

마사고로는 정중하게 오토요에게 자기소개를 했다.

"그런데 아가씨, 방금 미끼 노릇을 하겠다고 하셨나요?"

오토요는 앞으로 조금 나섰다.

"예. 그 남자를 어디로 불러낼 때 젊은 여자가 있는 게 좋지 않겠어요? 오스즈 아가씨 흉내를 낼 사람 말예요. 오스즈 아가씨의 기모노를 입고 등을 돌리고 있으면 되지 않겠어요? 남자가 안심하고 곁으로 다가올 때 아저씨들이 와락 덮치면 될 거예요."

마사고로는 빙긋이 웃었다.

"흠잡을 데 없는 말씀입니다. 저희도 바로 그렇게 할 생각입니다. 하지만 아가씨가 그런 거친 일에 관여하실 필요는 없습니다."

온화하지만 단호한 말투였다. 여물대로 여문 오캇피키나 노련한 관리인이 아니면 낼 수 없는 목소리이기도 하다.

하지만 오토요는 물러서지 않았다. 젊은 처자의 고집은 홍법대사의 지팡이보다 세다 가뭄으로 고생하는 사람들을 위해 홍법대사가 하룻밤 만에 지팡이로 우물을 파 주었다는 전설이 있다. 오토요는 헤이시로 쪽으로 얼굴을 향했다.

"나리, 저도 돕게 해 주세요."

"오토요 누님……."

소매를 당기며 말리는 유미노스케를 뿌리친다.

"그자는 오스즈 아가씨를 속인 거죠? 좋아한다, 반했다고 했겠지만 다 진실이 아니었던 거죠?"

"음, 그래."

헤이시로는 대답했다.

"돈을 우려내려고 거짓말을 한 거예요."

오토요는 말했다.

"그자는 오스즈 아가씨의 웃는 얼굴을 보고 싶어 한 것이 아니었어요. 오스즈 아가씨와 같이 있고 싶어 하지도 않았어요. 오스즈 아가씨가 어려움에 빠져도 도와주려 하지 않았어요. 다만 마치 그런 양 시늉을 냈던 거예요. 그렇죠?"

"그렇다, 오토요."

오토요는 헤이시로를 똑바로 쳐다보았다. 놀란 듯한 얼굴에 깃들어 있던 애교가 지금은 깨끗하게 가시고 없다.

"그렇다면 그자의 얼굴을 보고 싶어요. 어떤 마음으로 그럴 수 있었는지 물어보고 싶어요. 그건 가짜 애정이잖아요? 어떻게 하면 그런 가짜를 만들어서 진짜인 양 내비칠 수 있는지 알고 싶어요."

마사고로는 곤혹스러워했다. 그걸 알면서도 헤이시로가 말했다.

"좋아, 뭐 괜찮겠지."

오토요의 얼굴이 환해졌다.

"나리……."

"미안하네, 마사고로. 덕분에 미끼 역할을 할 젊은 처자를 찾는 수고를 덜었다 생각하고 내 말대로 해 주게."

살인자 체포를 위해 미끼가 되는 일은 아니다. 위험은 그다지 크지 않다. 그렇다면 기보시 이야기로 잔뜩 부푼 오토요에게 남자의 무서움이나 냉혹함, 남녀가 서로 좋아하는 일에 따르게 마련인 더러움과 위험성을 목도하게 해 보아도 나쁘지 않겠지. 이대로 놔 두면 혼담을 거절하고 계속 몽상을 하다가 결국은 오스즈를 속인 놈과 비슷한 사내들에게 알맞은 먹잇감이 되기 십상이다. 그리되기 전에 경종을 울려 줄 좋은 기회다.

"아, 예……" 하고 유미노스케가 한숨을 지었다.

"그렇다면 저도 돕겠습니다. 오토요 누님을 호위하겠어요."

이미 검술도 배운 유미노스케였다.

3

헤이시로는 기왕 마사고로를 번거롭게 하는 김에 한 가지를 더 부탁했다. 쓰루야의 기이치를 마사고로의 아내가 하는 혼조 모토마치의 메밀국숫집으로 불러내 달라는 것이다.

기이치도 바쁜 몸이고 장인이나 아내 모르게 나와 달라는 조건까지 붙어 있었으므로 헤이시로가 그를 만나기까지는 사흘이나 필요했다.

만나는 시간은 오전이지만 기이치는 꼼꼼한 성격이라 호출한 헤이시로보다 훨씬 먼저 나와서 기다리고 있었던 듯하다. 메밀국숫집도 아직 문을 열기 전이라, 헤이시로가 얼굴을 내밀었을 때 그는 마사고로 부인과 온화한 웃음을 지으며 이야기를 나누고 있었다.

헤이시로는 땀을 훔치며 늦어서 미안하다고 말했다. 기이치는 그런 헤이시로에게 손을 내두르며, 전혀 더운 기색도 없이 말했다.

"오늘은 이상하게 찌네요. 다시 여름이 온 것 같습니다."

색 바랜 줄무늬 기모노 소매 끝에 때 타지 말라고 천을 덧대어 놓은 모습이 자못 직인답다. 손에는 칼에 베인 자국이 숱하게 남아 있다. 모두 묵은 자국인 걸 보니 도제 시절에 생긴 모양이다.

물을 마시고 한숨 돌리자마자 헤이시로는 바로 용건을 꺼냈다.

"오캇피키한테 연락을 받고 놀랐겠구나."

기이치는 매끄러운 목소리로 웃었다. 결코 잘생긴 남자는 아니다. 굳이 가르자면 유미노스케보다 헤이시로 쪽에 가까운 모습이다. 게다가 지금은 아내 오아키의 마음을 아프게 하는 다래끼로 오른쪽 아래 눈꺼풀이 볼록하게 부어 있다. 그래도 목소리는 매우 좋다.

"나리께서 물으실 게 있다는 말씀을 전해 듣고 당황하거나 하지는 않았습니다. 필시 찬 가게를 하는 오미네 씨 때문이겠지요?"

알고 있으니 얘기가 빠르겠군.

"네 장인한테 들었다."

기이치는 어깨를 움츠렸다.

"오토쿠 씨한테는 못할 짓을 하고 말았습니다."

"개의치 마라. 너도 오미네가 그렇게 막무가내로 장사할 줄은 몰랐겠지?"

"그야 당연히…… 도시락 가게를 할 거라고 들었습니다. 주문을 받고 하는 장사라 개별 손님은 받지 않는다고요. 오미네 씨는 본래 배달을 하는 가게의 안주인이었기 때문에 저도 그렇게만 믿고……."

헤이시로는 납득했다.

"역시 전부터 음식 장사를 했군. 그 가게를 접고 고베 나가야로 이사한 거야. 무엇 때문이지?"

기이치는 곤혹스러운 듯 눈썹을 움직였다.

"오늘 여기서 나온 이야기는 아무한테도 전하지 않으마. 당사자 오미네한테도 말하지 않을 테고 네 처나 장인한테도 비밀로 해 두도록 하지."

헤이시로가 말했다.

더욱 곤혹스러운 눈치다.

"아뇨, 나리, 처한테는 말씀하셔도 괜찮습니다. 그 사람은 사정을 다 알고 있거든요."

헤이시로는 웃었다.

"그거 잘됐구나. 실은 좀 의심했거든. 오미네가 너무 예쁜 여자라서 너랑 뭔가가 있지 않은가 하고 말이다."

"천만에요!"

이번에는 기이치가 펄쩍 뛸 듯이 당황한다. 작은 눈 속에서 눈동자가 흔들리며 어쩐 일인지 헤이시로의 뒤쪽으로 향했다. 헤이시로도 슬쩍 뒤를 쳐다보았다. 가게 구석이다. 작은 장식 선반이 있고 행운을 부른다는 자잘한 장식물들이 놓여 있다. 복 고양이. 칠복신의 보물선. 예쁘장한 장식 무늬 종이를 바른 받침대에 해충 퇴치 부적을 붙인 것. 소쿠리 쓴 개 인형개 모양의 틀에 종이를 발라서 만든 인형, 개가 새끼를 쉽게 낳는다 하여 탈 없는 출산, 무병장수, 액막이 등의 의미가 있으며, 대개 아기가 태어났을 때 병 없이 잘 크라는 의미로 선물하였다. 이 인형을 대나무 속에 넣으면 대나무(竹)와 개(犬)를 합쳐 웃음(笑)이 되므로 웃음과 행복을 기원하는 의미가 있다.

선반에서 눈길을 돌리며 기이치는 말했다.

"오미네 씨는 남편과 함께 료코쿠 다리 서쪽 초입께에서 가도야라는 배달 식당을 했습니다. 불꽃놀이 배에 음식을 만들어 주면서 평판을 얻었고, 저희 가게에서도 재작년 여름 단골손님들을 초청해서 불꽃놀이 배를 띄울 때 그 가게에 음식을 주문하면서 인연이 생겼습니다."

"어? 남편이 있어?"

"예. 있었습니다. 올봄이었나요, 헤어졌다고 합니다."

왜 헤어졌는지 이유는 모른다고 한다.

"슬하에 자식도 둘이나 되고 금실도 좋아 보였는데요."

오미네는 자식들을 남편에게 맡겼으며 헤어질 때는 제 몫의 돈을 요구했다. 남편도 돈을 내주었다.

"가도야는 오미네 씨 손재주로 꾸린 거나 마찬가지였으니 말하자면 재산 분할을 한 셈이지요."

실제로 오미네가 집을 나간 뒤로 가도야는 더 버티지 못하고 문을 닫아 버렸다고 한다.

"음식 솜씨는 정말 대단하더군."

홀몸이 된 오미네는 잠시 친척 집에 신세지며 놀다가 마침내 도시락 가게를 열겠다고 했다. 그때 료코쿠 다리 이쪽 편, 그러니까 혼조 후카가와 근방 어디에 좋은 셋집이 없느냐는 상담을 받은 것이 올 초여름 경이었다고 한다.

"그러면 오미네는 너희 장인이 나가야 관리인이라는 사실을 알고 있었나?"

"아뇨, 그것은……."

기이치는 말끝을 흐렸다.

"그런 부탁을 할 정도라면 너랑 오미네는 그만큼 가까이 지냈다는 말 아니냐?"

기이치는 다시 장식 선반 쪽으로 눈길을 던졌다. 어딘지 애절한 눈빛이다.

"오미네 씨는 음식 장사를 잘할 뿐 아니라 주변 사람을 잘 챙겨주는 사람입니다. 배달 식당을 해서 오지랖도 넓고……. 사실 처음에 제가 먼저 말을 건넨 것도 아니고 제 동료가 오미네 씨에게 뭘 물어본 것이 시작이었습니다."

헤이시로는 지금 나오는 이야기가 어떻게 흘러갈지 얼른 짐작이 되지 않았다. 그것을 짐작했는지 기이치는 머뭇거리면서도 말을 이었다.

"실은 제가 아내랑 상의해서 양자를 들일까 생각하고 있습니다."

그제야 장식 선반의 수수께끼가 풀렸다. 기이치가 아까부터 애절하게 쳐다본 것은 소쿠리 쓴 개 인형이다. 어린아이의 액을 막아 주는 호부다.

"여기 아주머니 말씀이 개 인형은 선물로 받았다고 하더군요."

기이치는 미소를 지으며 말했다.

"나도 사찰 경내 상점이나 저녁 반짝 시장 노점에서 본 적이 있다. 나야 자식이 없어서 그런 걸 선물 받은 적은 없지만."

양자를 들이기로 결심했지만 강아지나 새끼 고양이를 얻는 일과는 전혀 다른 이야기다. 기이치와 그의 아내도 가능하면 갓난아기를 얻고 싶어 하므로 더욱 어렵다.

헤이시로는 납득했다. 오지랖 넓고 남들을 잘 챙겨 주는 여자라면 그런 일을 상의하는 데 알맞다.

"그렇구나. 그래서 오미네를 의지하게 되고 친해졌다 이 말이지. 그럼 아기 들이는 일은 어떻게 되었느냐? 어디 점찍은 아이라도 있느냐?"

기이치는 고개를 저었다.

"아직은……."

"장인도 알고 있느냐?"

"아뇨, 말하지 않았습니다. 사실대로 고하면 좋아하지 않으실 테지요. 그래서 비밀로 해 두고 있습니다."

장모 오엔이라면 몰라도 완고한 노인 고베는 핏줄이 닿는 손자가 아니라며 뼈아픈 소리를 늘어놓을 게 뻔하다. 그렇지만 않다면 나가야 관리인은 업무상 다양한 인맥을 가지고 있으므로 기이치 내외도 고베와 그 문제를 상의할 수 있었을 텐데.

"오미네 씨는, 당신들처럼 좋은 내외가 아기를 받아 키운다면 아이한테도 좋은 일이다, 꼭 아기를 찾아내서 잘 연결시켜 줄 테니 맡겨 두라고 했습니다. 아기를 낳은 것까지는 좋았지만 키울 수 없는 처지라거나, 남들 입방아에 오르내리게 마련인 아비 없는 자식을 낳아서 어려움에 빠진 방정치 못한 여자 손에 자라기보다는 당신들한테 가는 편이 아이도 행복할 거라고 하면서요."

기이치의 목소리가 작아졌다.

"그렇게 쉬운 일은 아니라고 짐작했고 실제로 좀처럼 희소식이 없었습니다. 그래도 오미네 씨는 저희 청을 자신 있게 받아 주었습니다. 저희로서는 그렇게 어려운 부탁을 해 놓은 처지이기도 해서 셋집을 구해 달라는 요청을 거절할 수가 없었습니다."

기이치는 사람이 좋다. 오미네도 그 점을 잘 알고 있었으리라.

"그렇다면 셋집을 소개만 해 주었을 뿐 그밖의 일들에 대해서는 아무것도 모르겠구나."

죄송합니다, 하고 기이치는 고개를 숙였다.

"네가 사죄할 일은 아니지. 방금 한 이야기만으로도 많은 도움이 되겠다."

그러자 기이치는 살짝 고개를 갸우뚱하더니 목소리를 낮췄다.

"이것은, 말씀드리기가 조심스럽습니다만……."

오미네가 그렇게 적자를 감수하고 장사를 하는 것은 하루 빨리 평판을 얻으려고, 즉 이런 가게가 야나기와라초에 있다는 것을 세상에 널리 알리기 위해서가 아닐까요, 하고 기이치는 말했다.

"나가야로 이사하기로 결정되었을 때였나, 오미네 씨가 저에게 말했습니다. 새 가게를 혼조 후카가와 전역에 알려야겠는데, 유명한 화공에게 특별히 주문해서 에조시로 만들어 달라고 하면 어떨까 하고요. 저는 그렇게 하려면 우선 돈이 아주 많이 필요하고 이름난 화공에게 부탁하면 에조시 자체만도 고가가 되어 버리므로 전혀 타산이 맞을 수 없다, 그러지 말라고 했습니다."

오미네는 돈이라면 있다고 말했다. 무슨 일이 있어도 빨리 평판을 얻고 싶다고 하면서 물러서려 하지 않았다. 남편한테 재산을 나눠 받았는데, 그 돈을 다 쏟아 부어도 상관없다는 것이다.

"그래서 제가 그랬습니다. 그렇다면 음식을 싸게 팔면 된다, 보기도 좋고 맛도 좋은 음식을 싸게 판다는 소문이 나면 가만히 있어도 손님들이 스스로 혼조 후카가와 지역은 물론이고 온 에도에 소문을 내 줄 거라고 말입니다."

그거 좋은 생각이네요, 하고 오미네는 손뼉을 치며 좋아했다고 한다. 실제 상황이 기이치가 일러 준 대로 흘러온 셈이므로 그는 더욱 오토쿠에게 미안해하고 있을 터였다.

헤이시로는 손을 겨드랑이에 끼고 천천히 고개를 끄덕였다.

좌우지간 소문부터 내고 보자—장사를 하자면 당연히 바랄 만한 일이다. 다만 그게 목적이었다고 한다면 지금 같은 장사 방식은 역시 도가 지나치다. 그렇게까지 싸게 팔지 않아도 다른 가게보다 저

렴하고 맛난 것을 손쉽게 살 수 있다는 사실만으로도 좋은 평을 얻는 데는 문제가 없다. 에도 토박이 평민들은 직인처럼 차려입고 다녀도 다들 혀가 호사스러워서 맛난 음식이라면 누구나 흥미를 가지고 있다. 주목할 만한 가게가 생겼다고 하면 가만히 있지 않는다.

그런데도 그렇게 요란스레 장사를 한다. 결국 오미네는 그만큼 서두르고 있다는 얘기다. 뭔가 또 다른 사정이 있는 듯하다. 아무튼 기이치는 요긴한 것들을 가르쳐 주었다.

"고맙다. 이제 네가 할 일은 끝났다."

기이치는 눈에 띄게 안도하는 모습이다.

"다만, 한 가지만 말해 두마. 노파심에서 하는 말이고 공연한 참견인지 모르지만,"

"무슨 말씀이신데요?"

헤이시로는 웃어 보였다.

"양자 들이는 일로 너무 애태우지는 마라. 자식은 하늘이 내려 주는 법이다. 양자라도 마찬가지야. 네 눈에 생기는 그 질긴 다래끼 말인데."

기이치의 오른쪽 눈을 가리키며 말했다.

"양자 들이는 일로 응어리가 생겨서 그게 눈병으로 드러났는지도 몰라."

기이치는 졸다가 깨어난 것처럼 움찔하는 모습이다. 그러고는 맥없이 눈을 깜빡이면서 가만히 웃음을 지었다.

"그렇군요……. 나리 말씀대로인지도 모릅니다."

마사고로네 메밀국숫집을 나선 헤이시로는 사가초의 가와이 상회로 향했다. 따지자면 헤이시로는 상회 주인의 동서인데다 마치 순시관이라는 신분도 있어서, 가게에 얼굴을 보이자 점원들이 한바탕 소동을 피웠다. 오늘도 침을 튀기며 "어서 안으로 드십시오" 하고 권하는 것을 뿌리치고 가까스로 유미노스케를 불러냈다.

"요 앞 기도반에서 벌써 항아리 구이를 시작했더구나. 그거 사 주마."

저한테 사 주신다는 건 구실이고 이모부가 드시고 싶어서죠? 하면서도 유미노스케는 냉큼 따라나섰다.

"뭐 하고 있었니?"

"주판 연습이요."

헤이시로가 감탄한다. 상인 집안의 자식답구나.

고몬 염색자잘한 무늬가 연속되도록 염색한 것으로, 무늬가 잘수록 제작이 까다로워지므로 고급으로 치는 경향이 있다한 홑겹 사쓰마실을 뽑기 힘든 허드렛고치에서 손으로 솜을 뽑아 꼬아서 만든 실로 방적한 명주의 일종으로, 비단 특유의 광택은 없으나 가볍고 멋과 아취가 있어 고급 명주로 친다 고소데소매가 좁은 기모노는 필시 아버지한테 물려받은 옷을 다시 재단해서 만들었을 텐데, 어린애 기모노치고는 고급스럽다. 게다가 이렇게 근사한 얼굴이 올려져 있으니 길 가는 여인네들이 늙으나 젊으나 다들 한 번쯤 뒤를 돌아본다. 여자들은 먼저 유미노스케의 미모에 눈길을 빼앗기고, 그다음은 어째서 저렇게 예쁘장한 사내아이가 관리를 따라가고 있을까 하고 의아해한다. 남창굴 삐끼 노릇이라도 하다가 붙들렸나, 불쌍도 해라, 하는 눈치들이다.

기도반 항아리 구이 고구마는 막 구워낸 것이 다 팔린 참이고 다음 차례까지는 시간이 조금 걸린다고 한다. 두 사람은 한바탕 애석해했고 헤이시로가 유미노스케에게 물엿을 사 주었다. 좋아라 하는 유미노스케를 바라보며 헤이시로는 머릿속 한구석으로 잠시 생각했다. 역시 애긴 애로군. 여자에 눈뜨기에는 아직 일러.

기이치가 양자 들이기를 원한다는 이야기를 들은 탓인지 헤이시로도 문득 유미노스케에게 이즈쓰 가의 대를 잇게 하자는 이야기를 떠올렸다. 아직 정하지는 않았다. 하지만 유미노스케의 부모나 헤이시로의 아내도 찬성이다. 헤이시로도 반대하지는 않는다. 하지만 상인으로 사는 것과 봉록 서른 석 2인 후치를 받는 하급 관리로 자리 잡는 것 중에 과연 어느 쪽이 이 아이에게 더 행복할까를 생각하면 대번에 움츠러든다. 남 일이라면 ‘자식은 하늘이 점지해 주는 것’이라고 근사한 말도 할 수 있지만 내 일이 되면 고민스럽다. 제 맘이지만 참으로 얄궂다.

헤이시로는 장의자에 나란히 앉은 유미노스케에게 오미네 건을 들려주었다.

유미노스케는 흡족한 표정으로 물엿을 핥고는 입가에 막대기를 문 채 엉성한 발음으로 말했다.

“그어면 지음처럼 장사하다가는 평판을 어드면 어을수록 덕다가 싸이겐네요?”

헤이시로는 유미노스케의 입에서 물엿을 뽑아냈다.

“그렇지. 게다가 평판 얻는 것은 좋지만 어느 시점에 제 가격을 붙이기 시작할지 그걸 정하기도 힘들고.”

나중에 정상 가격으로 돌아가면 그동안 좋은 물건을 싸게 구해 오던 사람들은 부당한 손해를 보는 양 느끼는 것이 사람 마음이다. 섣불리 변경하다가는 오히려 손님의 불만을 사기 십상이다.

"당연히 그렇겠지요…….."

유미노스케는 물엿을 막대기에 둘둘 감았다.

"어쨌든 제대로 된 장사꾼이 할 일은 아니군요."

"음, 나도 그렇게 생각한다."

남편한테 나눠 받은 재산이 도깨비 방망이가 아닌 다음에야 돈을 한없이 쓸 수는 없는 노릇이다.

"오미네 씨라는 부인은 가게를 키울 생각이 애초부터 없었던 게 아닐까요?"

헤이시로는 제멋대로 자란 눈썹을 치켜 올렸다.

"무슨 말이냐?"

"무리한 방법으로 소문을 내는 것은 어떤 사람을 찾으려는 게 아닐까요? 그것도 가능하면 빨리 찾고 싶다고, 아, 이건 물론 제 멋대로 추측해 본 것이지만요."

그러나 유미노스케의 추리는 제법 잘 맞는다.

"사람을 찾는다?"

"정확히 말하자면요, 찾는 게 아니라 어떤 사람에게 자기를 좀 찾아와 달라는 뜻이겠지요. 그러려면 뭐든 좋으니 특이한 소문을 내면 상대가 자기를 찾기가 쉬워지지 않겠어요?"

헤이시로는 유미노스케의 얼굴을 내려다보았다. 이 잘생긴 머리통 속에는 대체 뭐가 들어 있을꼬. 물엿이 아닌 것만은 틀림없다.

"필시 그 인물은 오미네 씨의 음식 솜씨를 잘 알고 있을 거예요.

혹은 전에 남편과 꾸렸던 배달 식당과 관계가 있는 인물인지도 모르죠. 이모부, 그 부인이 만든 음식들을 여러 가지 드셔 보셨죠?”

“음, 먹어 봤지.”

“그중에 진기한 음식도 있지 않았나요? 아마 그건 오미네 씨가 개발한 음식이겠지요. 누군가 그 음식 소문을 들으면 대번에 오미네 씨가 꾸리는 가게라고 알 수 있을 만한 음식 말예요.”

그것은 메추리 완자를 색다르게 구워낸 요리일 수도 있고 교토에서 왔다는 단풍 떡붕어를 달콤 매콤하게 구워낸 요리일 수도 있다. 두 가지 모두 헤이시로가 처음 먹어 본 음식이었다.

“그럴까…….”

그런 해석이라면 오미네가 처음에 유명 화공에게 자기 가게를 에조시로 그려 달라고 하자는 안을 꺼냈다는 얘기도 제대로 설명된다.

“혹은 큰돈을 쓰지 않아도 짧은 기간 안에 상대방에게 알려질 수 있겠다고 예측했는지도 모릅니다.”

“그 인물이 혼조 후카가와 지역에 있는 것은 분명하다고 생각하고 말이지?”

“예. 가게를 어떻게 할지는 목적을 이룬 뒤에 생각하면 되는 거예요. 이모부 말씀처럼 가격 변경이 어렵다면 다시 다른 데로 이사하면 되겠죠. 가진 돈이 다 떨어지지만 않았다면 그리 어려운 일도 아니니까요.”

흐음, 하고 헤이시로가 신음 같은 소리를 냈다.

“그런 장사 방식은 오미네가 남편과 갈라선 일과도 필시 관계가 있겠다 싶구나…….”

그도 그럴 것이 시기가 거의 붙어 있다. 두 가지는 하나로 이어진 사건이리라.

유미노스케는 다시 물엿을 물고 무딘 발음으로 말했다.

"거기까지는 몰겠네요. 더는 아직 어리자나요."

항아리 구이 고구마 냄새가 향긋하게 풍겨 온다.

"이모부."

"왜?"

"이렇게 하염없이 이야기만 하고 있다가는 고구마가 다 익어 버리 겠는걸요."

"그렇구나. 그런데 오토요는 어떠냐? 오늘은 놀러 오지 않았냐? 왔으면 이리 불러내. 계집아이들은 고구마 좋아하잖냐."

"오토요 누님은 고구마 안 먹어요."

시집갈 나이인걸요, 하고 유미노스케는 말했다. 허, 깜빡했구나, 하며 헤이시로는 허공을 향해 허허 웃었다.

4

당사자와 직접 부딪쳐 보자, 하고 나름대로 단단히 마음먹고 나선 헤이시로건만 이야기는 의외로 싱겁게 풀렸다. 오미네는 허탈할 만 큼 깨끗하게 속셈을 인정했다.

유미노스케는 역시 정곡을 찔렀다. 이렇게 요란한 장사로 소문을 자자하게 내서, 아하, 이 요리는— 하고 자기가 여기서 찬 가게를 하고 있다는 사실을 알아 주었으면 하는 사람이 있습니다, 하고 차분하게 밝혔다.

가게 안에서는 여자들이 바삐 움직이고 있다. 헤이시로는 평상 자리로 안내를 받았지만 오미네와 마주 앉자 이내 누가 다가와 간을 봐 달라는 둥 이 정도면 잘 구워졌냐는 둥 질문이 잇따른다. 오미네는 그때마다 손짓을 섞어 가며 재빨리 지시를 내리고는 "가게 안이라 어수선해서 죄송합니다" 하고 사죄했지만 헤이시로는 개의치 말라고 손을 내둘렀다.

"한창 바쁠 때 찾아온 내가 잘못이지."

오미네는 헤이시로에게 뜨거운 차와 절임 몇 가지를 내 주었다. 참마를 갈아 피로 싸서 입맛이 매끄러운 찐 만주도 주었다. 역시 오미네의 솜씨라고 한다. 기품 있는 단맛이 아주 맛있다.

오미네 본인도 매력 있는 여자였다. 가까이서 봐도 매력이 전혀 떨어지지 않는다. 머리칼을 단속하기 위해 바른 기름도 그윽한 향을 풍기고 적당히 살이 오른 피부가 까만 목깃과 어우러져 매혹적이다.

"나리는 눈도 밝으시군요. 죄송합니다."

오미네는 다소곳이 고개를 숙였다.

"못난 여자의 자초지종을 고하자니 부끄럽기 짝이 없습니다만, 실은 나리, 저는 핏덩이 때 잃어버린 아들을 찾고 있습니다."

예전에 함께 배달 식당을 했던 남편을 만나기 훨씬 전, 그러니까 오미네가 열다섯 시절에 아이를 낳았다고 한다.

"철없는 탓에 아비 없는 자식을 낳게 되었습니다."

오미네의 눈에 희미하게 눈물이 비쳤다.

"혼자서라도 키우고 싶었습니다. 하지만 제 아비가 매우 엄한 사람입니다. 작은 장사를 했지만 제법 인망이 있어서 체면을 무척 중시했지요. 결국 갓 낳은 아기를 시골 사는 친척한테 내주게 되었습니다."

그것을 끝으로 만날 수 없었다.

"하루도 잊은 적이 없습니다. 지금은 어떻게 지내고 있을까, 어디 아프지는 않을까. 박정한 어미라고 원망하고 있겠지 하면서."

오미네는 열여덟 살 때 전남편과 살림을 차리고 바로 자식을 낳았다. 부부가 시작한 배달 식당도 착실하게 커 갔다. 돈이 모이고 살림이 편해졌다. 하지만 행복해질수록 저버린 아들이 자꾸만 마음에 걸렸다고 한다.

"그렇게 살고 있었는데요, 나리, 지금도 못 잊어요. 사 년 전 장마철도 끝날 무렵 큰비가 내리고 천둥 번개가 요란한 날이었는데, 정말이지 무섭게 쏟아질 때였어요. 그 아이가 불쑥…… 제 식당을 찾아왔더군요."

아들은 열여섯 살이 되어 있었다. 시골 친척이 세상을 떴는데 죽기 직전에 어머니 이름과 이 가게 이름을 알려 주었다. 이제 와서 찾아가도 부담스러워할지 모른다고 생각했지만 적어도 잠시라도 좋으니 얼굴을 보고 싶었다고 눈물을 흘리며 말했다고 한다.

"저는 하늘을 날 것 같았습니다. 미칠 것처럼 반가웠죠. 한편 불쌍하고 가련하고 마음이 쓰려서……."

이야기하면서 눈물을 뚝뚝 흘린다.

"바짝 말랐더군요. 제대로 못 먹고 살아온 거죠. 시골 친척도 가난한 집이었는데, 아이가 글도 제대로 쓸 줄 몰랐어요. 허드렛일이나 하면서 끼니를 잇고 있는 모양이었습니다. 그래서 제가 만들 줄 아는 맛난 것들을 많이 만들어서 먹이고 앞으로는 엄마랑 이 집에서 같이 살자, 이제는 걱정할 거 아무것도 없다고 말했습니다.”

오미네가 품에서 종이를 꺼내 눈물을 찍어내는 모습을 헤이시로는 가만히 쳐다보고 있었다.

“아들 이름이 뭐지?”

“예에, 신이—신타로라고 합니다.”

“네가 지은 이름이냐?”

“아뇨, 시골 친척이 지어 준 겁니다. 태어난 지 이레도 안 된 핏덩이로 헤어졌으니까요.”

오미네가 신타로와 눈물의 상봉을 하고 있을 때 남편은 마침 집에 없었다. 나중에 돌아온 남편은 펄펄 뛰며 화를 냈다.

“어디서 굴러온 말 뼈다귀 같은 놈팡이의 자식을 내 집 안에 들일 수는 없다고 길길이 날뛰더군요. 제가 그렇게 머리를 조아리며 애원했는데도 소용이 없었습니다.”

오미네와 남편이 큰 소리로 다투자 신타로는 도저히 견딜 수 없었는지 말없이 집을 나가 버리고 말았다고 한다.

“그 후로 행방을 모르고 있습니다.”

오미네는 고개를 떨어뜨리고 콧물을 훌쩍였다.

“제가 그 사람을 얼마나 원망했는지 모르실 겁니다, 나리.”

헤이시로는 긴 턱을 쓰다듬었다. 오늘은 면도하다 놓친 터럭이 없는 모양이다.

“그래, 알았다.”

남편 심정도 이해하지 못할 바는 아니었지만, 차마 그렇게 말할 수는 없다.

“아무리 제 피가 섞이지 않은 자식이라지만 그렇게 대놓고 박대하는 법은 없지요. 피가 통하는 인간이 할 짓은 아닙니다.”

“그래서 부부 사이가 틀어졌나?”

“저부터가 정나미가 딱 떨어졌어요.”

“그래서 집을 나갔고.”

“예.”

“부부 사이에 생긴 자식은 그냥 두고 나왔나?”

“아이들은 전남편이랑 사는 게 더 낫겠다고 생각했습니다.”

그러나 헤어진 남편은 재산을 나눠준데다 오미네라는 뛰어난 요리사를 잃은 탓에 가게를 꾸려 나갈 수 없게 되었다.

“전남편과 자식들이 지금 어떻게 살고 있는지 알고 있나?”

“아뇨, 모릅니다. 나름대로 모질게 마음먹고 집을 나온 몸이라 미련일랑 다 버렸습니다.”

헤이시로는 다시 턱을 쓰다듬었다. 오미네는 눈물을 깨끗이 닦고 지금은 차분하게 앉아 있다.

“신타로와 같이 보낸 시간은 아주 짧았지만 많은 이야기를 나누었습니다.”

오미네는 말을 이었다.

“그 아이는 제가 해 준 음식을 먹어 보더니 이렇게 맛난 것은 생전 처음 먹어 본다면서 아주 기뻐하더군요. 저는 그 말이 좋아서 음식들을 하나하나 가리키며 이건 이렇게 만든 거다, 저건 엄마가 이렇게 궁리해서 개발한 거다 하고 자세히 일러 주었어요. 그 아이도 음식들을 잘 기억하고 있겠지요. 그러니까—,"

"가게를 열고 소문을 잘 내면—더구나 그 가게를 곱게 생긴 부인이 꾸리고 있다고 한다면 신타로는 틀림없이 찾아올 거다, 이렇게 생각했겠군."

바로 그렇습니다, 하고 오미네는 고개를 숙였다.

"그 아이가 혼조 후카가와 지역에 살고 있다는 것은 그때 만나서 이야기하다가 알게 되었어요. 그래서 저도 료코쿠 다리를 건너 이쪽으로 옮긴 겁니다."

유미노스케가 정곡을 찔렀던 셈이다.

"좋아, 알았다."

헤이시로는 손뼉을 한 번 쳤다.

"신타로만 찾으면 이런 막무가내 장사를 그만둘 거냐?"

"예, 물론 그만둬야지요."

"그럼 한시라도 빨리 찾을 수 있도록 나도 거들어 주마. 신타로가 어떻게 생긴 아이냐? 뭣하면 초상화를 그려서 마치마다 돌리면 좋을 텐데."

어머, 하며 오미네가 웃었다.

"그렇게까지 할 건 없습니다, 나리. 게다가 초상화를 그려서 돌리면 꼭 죄인을 쫓는 것 같지 않습니까."

"그런가. 하지만 얼굴 생김 정도는 알려 줘야지."

"그럴까요……." 오미네는 처녀처럼 손가락을 볼에 댔다.

"키는 저보다 조금 큰 정도입니다. 지금도 바짝 말라 있을 테지만 빈상은 아닙니다."

헤이시로는 음, 음, 하며 고개를 끄덕였다.

"꽤 남자답게 생겼습니다."

오미네는 어딘지 흐뭇한 표정이다. 눈동자는 밝고 피부는 더욱 매끄러워지는 듯하다.

"뭔가 눈에 띄는 특징은 없나?"

글쎄요…… 어떡하나……. 오미네는 미간을 찡그린다.

"반점이나 까만 점이나 흉터라든가. 마맛자국은 없나?"

"마맛자국은 없어요. 아, 까만 점이라면 목덜미 오른쪽에 하나가 있더군요."

오미네는 제 목덜미를 가리켰다.

"이쯤이에요."

"하필 은근한 자리에 점이 있더란 말이냐."

오미네는 소리 내어 웃고는 소매로 헤이시로를 슬쩍 치는 시늉까지 했다.

"아유, 나리도. 이제 겨우 열여섯 살짜리 아들인걸요."

"그거야 사 년 전 얘기지. 지금은 벌써 스무 살이나 된 번듯한 사내겠구나."

"예? 예, 예. 그렇지요."

헤이시로는 절임과 만주를 잘 먹었다고 치하한 후에 혹시 이웃 주민과 말썽이 생기면 나한테 말하라 일러두고 오미네의 가게를 나섰다. 오미네는 한껏 기분이 좋은 모습이다.

헤이시로는 이번에는 굳이 이목을 피하려 하지 않고 오미네네 가게에서 온다는 것을 알 수 있도록 노변 나가야 앞길을 곧장 걸어서 오토쿠네 가게로 갔다.

오토쿠는 주발에 반찬을 수북이 담아 든 꼬마를 막 내보낸 참이다.

“그 녀석 재주도 좋지. 심부름 온 꼬마인가? 오늘은 열심히 장사를 하고 있구나.”

“오셨어요, 나리.”

뚱한 얼굴이다.

“가끔은 손님이 있으니까요. 굶어 죽지 않으려면 일해야죠.”

헤이시로는 품에 손을 찌르고 오미네의 가게를 힐끔 쳐다보며 턱짓을 했다.

“잠깐 들여다보고 왔다.”

“나 참.”

오토쿠가 한쪽 어금니를 깨문 듯한 목소리로 말했다.

“나리도 저 집 음식이 입에 맞나 보죠?”

“맛은 좋은데 저 여자가 수상해.”

오토쿠는 작은 눈을 번쩍 떴다. 닳고 닳은 목깃이 오미네와는 달리 초라하지만 오토쿠한테는 잘 어울린다.

“가끔 손님도 오니까 이녁은 아무 말 말고 계속 장사를 해. 저 가게일랑 모르는 척하고.”

“나리, 뭐가 있나요?”

헤이시로는 고개를 저었다.

"확실히는 몰라. 다만 이녁은 관여하지 않는 게 좋겠어. 무슨 소문이 들리더라도, 좋은 얘기든 나쁜 얘기든 못 들은 척하고 있어."

오토쿠는 헤이시로의 얼굴을 빤히 쳐다보았다. 그러고는 말했다.

"예, 알았어요."

고베 나가야로 향하는 헤이시로의 표정이 못마땅한 듯 일그러져 있다.

번거롭지만 기이치한테도 한마디 전해 두자. 오미네의 자초지종을 들려주면 그자도 조금은 속이 편해지리라. 다만 오미네의 말을 너무 곧이곧대로 받아들이지는 말라고 일러 줘야 할 텐데, 섣불리 말하기는 힘든 이야기다.

그 여자 이야기에서 수상한 냄새가 난다. 헤이시로는 그렇게 느꼈다.

누구를 찾고 있다는 말은 사실이다. 유미노스케도 추측한 바다. 하지만 찾고자 하는 상대는 아들이 아니다. 핏덩이로 내보낸 아들을 만났다는 것은 아마 하나부터 열까지 지어낸 이야기이리라. 오미네가 찾는 사람은 그보다는 더 뒤가 켕기는, 그녀에게 떳떳치 못한 인물임에 틀림없다.

전 남편과 자식들을 찾아내서 물어보면 금방 분명해진다. 하지만 그렇게까지 공들일 필요는 없다고 헤이시로는 생각했다. 번거롭기만 할 뿐 쓸데없는 일이란 생각도 들었다. 튀어나올 게 분명한 지저분한 이야기들이 번거롭다.

만약 정말로 오미네에게 핏덩이로 버린 아들이 있고 그 아들을 하루도 잊은 날이 없다면, 기이치가 양자 들이는 건을 상의했을 때 그런 말을 했을 리 없다.

— 아비 없는 자식을 낳아서 어려움에 빠진 방정치 못한 여자 손에 자라기보다는 당신들한테 가는 편이 아이도 행복할 것이다.

그런 말은 죽어도 뱉지 못한다. 어디 남 얘기인가, 자기가 아들을 저버리고 오랜 세월을 괴로워했다면 자기 배 아파서 낳은 자식을 양자로 내주는 생모 심정을 생각하지 않을 수 없을 테니까.

오미네는 필시 되는 대로 꾸며 대는 데 능한 여자라 그때그때 거짓말로 상대방을 설득하고 있는 것이다. 어떻게 보면 뛰어난 장사꾼이란 증거이기도 하다. 그러나 뱉은 말에 진실이 없으면 당사자조차 지기가 한 거짓말을 금방 잊고 만다. 그래서 앞뒤가 맞지 않는다.

— 고약한 여자로군.

오미네 건은 가만 놔둬도 머지않아 답이 나올 터. 헤이시로로서는 당분간은, 주변 사람을 쉽게 동정하고 수고를 아끼지 않는 오토쿠나, 심성이 곧아서 참과 거짓을 분간하는 데 서툰 기이치 내외가 그런 이야기에 속아서 이용당하지 않도록 신경을 써 주는 수밖에는 달리 방법이 없다.

끌끌 하고 혀를 찬다. 그런 여자가 활개치고 다니게 놔두시다니, 대체 하늘님은 어디다 한눈을 팔고 계신 거야.

5

그런데—.

헤이시로의 구시렁거림을 듣고 하늘님이 정신을 차린 걸까. 오미네와 만나고 닷새 뒤였다.

마사고로한테서 전갈이 왔다. 아리마 상회의 오스즈와 관련된 상대 남자가 그물에 걸려들었다고 한다. 오토요와 그녀를 호위하는 유미노스케가 일찌감치 준비를 하고 있다는 소식에 헤이시로도 냉큼 뛰어나갔다.

오스즈가 남자와 몰래 만나는 데 사용한 장소는 후나야도도 마치 아이도 아니었다. 이시지마초에 있는 작은 집이었는데, 알아보니 거기 혼자 사는 노파는 예전에 아리마 상회에서 하녀로 일한 적이 있었다. 기저귀 찰 때부터 알았던 귀여운 오스즈 아씨의 부탁에 노파는 은밀한 만남이 있을 때마다 이층의 방 한 칸을 빌려 주었다.

오스즈가 죽은 사실을 노파는 아직 모르고 있었다. 마사고로가 사태를 들려주자 굽어 있던 등을 더욱 구부리고 흐느껴 울었다. 주인나리와 마님한테 죽을죄를 지었다고 사죄하면서도 헌옷 행상을 하는 아들의 돈벌이가 시원치 않던 차에 방을 빌려 줄 때마다 아씨가 쥐여 준 돈이 큰 보탬이 되었노라고 변명 같은 말도 늘어놓았다.

마사고로도 심하게 꾸짖지는 않았다. 그 대신 노파의 헌신적인 도움을 얻어내었음은 두말할 나위도 없다.

오토요는 오스즈의 기모노를 빌려 입었다. 커다란 격자무늬 칸칸마다 꽃무늬를 자수한 고소데로, 노파 말로는 이 옷을 특히 좋아했다고 한다.

"그래, 어떠냐?"

헤이시로가 말을 건네자 오토요는 변함없이 놀란 듯한 얼굴로, 어머, 나리, 하고 대답했다. 그날 이후 처음 만나는데도 스스럼없는 말투다.

"오토요 누님이 얼마나 꼼꼼한지 몰라요. 머릿기름도 오스즈 씨가 교토에서 특별히 주문한 것을 발랐습니다."

옆에 있던 유미노스케가 말했다.

"잘했다. 냄새는 중요하지."

헤이시로와 마사고로는 장지문 너머 옆방에 숨어 있다가, 남자가 나타나 오스즈로 분장한 오토요에게 다가오면 재빨리 뛰어나가기로 했다. 유미노스케가 말했다.

"저는 반침에 숨을게요."

"그보다 오토요 기모노 자락에 숨는 게 어떠냐?"

유미노스케가 목덜미까지 빨개졌다.

"이모부는 가끔 농이 지나치세요."

"오, 그럴래?"

오토요가 아무렇지도 않게 말했다.

"나는 괜찮아, 유미노스케."

제 손으로 옷자락을 들어 올리려고 하자 마사고로가 당황하며 말렸다. 노련한 오캇피키가 진땀을 흘리고 있다.

준비는 흠잡을 데가 없었고, 마침내 남자가 찾아오자 제압은 순식간에 끝났다. 계획과 달랐던 점이라면 헤이시로가 장지문을 여는 순간이 계획보다 너무 빨랐다는 것뿐이었다. 하지만 어쩔 수 없었다.

"오스즈, 보고 싶었어."

오스즈가 좋아하던 사내는 방으로 들어서자 웃음 섞인 목소리로 말했다. 그 순간 오토요가 꺅! 하고 비명을 질렀다. 계획이고 뭐고 냉큼 뛰어 들어가는 수밖에 없었다.

마사고로와 수하들에게 제압당하고 반침에서 뛰어나온 유미노스케가 턱 밑에 몽둥이를 질러도 사내는 아직 뭐가 뭔지 모르는 눈치였다. 오스즈는 목을 매달아 죽었다, 하고 마사고로가 말해 줘도 여전히 눈만 희번뜩거리고 있었다.

바람둥이답게 잘생긴 사내다. 다만 흰자위가 탁하고 피부가 거칠다. 아마 온전하게 생활하지 않은 듯하다. 사태를 파악하자 거품을 물며 변명을 시작하고, 통하지 않는다는 것을 눈치 채자 자기는 어느 하타모토_{쇼군 직속 가신 중에서도 쇼군을 알현할 수 있는 신분의 상급 무사} 나리의 와카토_{무가의 신분이 낮은 가신}이므로 마치부교쇼나 오캇피키가 건드리면 안 되는 몸이라고 소리쳤다.

"이렇게 얄팍한 허리로 와카토 노릇을 할 수 있겠나."

헤이시로는 그의 허리를 후려쳤다. 그러고는 오토요를 돌아다보았다.

낯이 하얗다. 헤이시로는, 앉은 채 실신했나, 하고 걱정했다.

"얘야, 오토요!"

오토요는 떨고 있었다. 눈을 번쩍 뜬 채 사내의 얼굴을 응시하고 있다. 그러다가 덜덜 떨며 입을 열었다.

"당신은 오스즈 씨를 좋아한 게 아니었나요?"

말이 너무 빨라 무슨 말인지 알아듣기 힘들다. 남자는 어처구니가 없다는 얼굴로 고개를 모로 쳐들고 마사고로에게 물었다.

"이 호박 같은 여자는 누구요?"

"누구보고 호박이래!"

유미노스케가 그렇게 말하며 몽둥이로 목을 꾹 눌렀다. 남자가 께엑! 하고 신음했다.

"오토요—."

헤이시로는 오토요의 어깨에 팔을 둘렀다. 오토요의 눈이 촉촉해져 있다. 당장이라도 사내에게 달려들어 멱살을 쥐고 흔들 것 같은 격정이 느껴진다.

"오스즈 씨는 당신 아이를 잉태하고 있었어요. 귀한 사람 아닌가요? 오스즈 씨는 당신을, 애오라지 당신 하나만 진심으로 사모하고 있었는데."

사내는 흥, 하고 콧방귀를 뀌었다.

"어차피 이미 죽었잖아. 하지만 내가 건드린 게 아니야. 오캇피키한테 이런 대접을 받을 까닭이 없다고!"

"대체 얼마나 우려냈어? 당신 같은 남자는 남자라고 할 수도 없어."

유미노스케가 추궁한다.

"시건방지긴, 새파란 꼬마 녀석이!"

마사고로는 왠지 잠자코 있었다. 얼어붙은 듯 험악한 표정이다. 수하도 의아해서 두목을 쳐다보고 있다.

헤이시로의 머릿속에 문득 뭔가가 스쳤다. 마사고로는 지금 제압

하고 있는 남자의 목덜미를 바라보고 있다.

오른쪽 목덜미. 그 자리에 까만 점이 있다.

헤이시로의 등줄기로 오한이 훑고 지나갔다.

"어이, 너!"

마사고로가 낮은 목소리로 말했다.

"아리마 상회 아가씨 말고 또 있지?"

"난 아무 짓도 안 했어."

"에도 땅이 넓으니까 다른 데서 저지른 짓은 드러나지 않을 거라고 생각하는구나. 하지만 초상화나 돌림장은 에도 전체에 배포된다. 너, 작년 말 니혼바시에 있는 기름 가게의 젊은 안주인한테 집적거렸지?"

남자의 몸이 문득 긴장했다.

"나, 나는—."

"젊은 아낙이 가게에서 큰돈을 들고 나갔다가 시노바즈 호숫가 마치아이에서 목이 졸려 죽어 있는 것이 발견되었다. 돈은 사라지고 없었지. 마치아이의 하녀 말로는 객실에 같이 들어간 남자 오른쪽 목덜미에 까만 점이 있었다고 하더군."

이번에는 남자 얼굴에서 핏기가 가셨다. 곁에 있는 헤이시로의 귀에는 그 소리가 들려오는 듯했다.

"살인까지?" 오토요가 소리쳤다.

"아아, 끔찍해. 이 살인자가 나를 껴안으려고 했어, 유미노스케!"

"아무래도 네놈이랑 차분하게 얘기를 해야겠다."

마사고로가 턱짓을 하자 수하가 만면에 웃음을 짓고 남자를 일으켜 세웠다. 헤이시로는 가만히 손을 뻗어 남자의 어깨를 붙들었다.

"너, 이름이 뭐냐?"

눈동자만 흔들릴 뿐 대답이 없다.

"신타로 아니냐?"

대답해! 하고 마사고로가 남자를 쿡 찔렀다.

"시, 신이치입니다, 나리. 신타로가 아녜요."

헤이시로는 잠시 남자의 어깨를 잡고 있었다. 그러고는 콱 밀쳐냈다.

"과연 낯짝 하나는 사내답게 잘났구나."

덴마초에서도 아주 귀여움을 받겠다, 하고 말해 주자 마침내 신이치의 얼굴이 일그러졌다.

'아들 이름이 뭐냐?'

'예에, 신이—신타로라고 합니다.'

아무리 교묘한 거짓말이라도 맹탕 무에서 만들어낼 수는 없다. 별사탕 속에 겨자씨가 필요하듯이 아주 사소한 사실을 거짓으로 칭칭 감아서 거짓을 빚어내는 것이다.

신이치가 부축을 받아 일어나자 오토요가 와앙, 울음을 터뜨리며 헤이시로에게 달려들었다.

"괜찮아, 괜찮아."

헤이시로가 오토요의 머리를 쓸어 주었다.

"정말 잘했다. 하지만 너한테는 조금 힘겨운 일이었나 보구나. 미안하다."

"저, 저는……."

"아무 말 말아라. 무서웠지?"

"오스즈 씨……가 가여워요."

오토요가 윽윽 흐느껴 운다. 유미노스케는 눈을 날카롭게 치뜨고, 이놈을 거적때기에 둘둘 말아 강물에 처넣어 버려요! 하고 씩씩대며 콧숨을 내쉬고 있다. 헤이시로는 소년마저 껴안고 뜨거운 머리를 쓸어 주었다.

며칠 동안 고민했다. 그냥 놔둬도 좋지 않을까 하는 생각도 들었다.

하지만 결국 오미네네 가게를 찾아갔다. 이번에는 방석에 앉지 않고 문가에 서서 오미네만 불러냈다.

"신이치는 안 와."

그 한마디에 여자의 상냥한 눈웃음이 싹 가셨다. 오미네 내부의 토대가 흔들리는 게 눈에 보이는 듯했다.

"무슨 말씀이세요, 나리?"

헤이시로는 개의치 않고 내처 말했다.

"그놈은 감옥에서 못 나와. 게다가 조만간 이승을 하직할 거다."

저는— 하고 말하려다가 그녀는 결국 무너졌다.

"나리, 그이 소식을 아시는군요? 그이는 어디 있어요? 감옥이라니, 무슨 짓을 저질렀나요?"

헤이시로는 대답하지 않았다. 그저 제 하고픈 말만 했다.

"남편 눈을 속여서 통정하다가 들켰나? 그래서 쫓겨났나?"

"통정 같은 건—."

"네 남편도 참 관대하구나. 일단은 꾹 참고 샛서방을 떼어냈지. 그런데도 너는 신이치를 쫓아 제 발로 집을 나와서는 이런 짓까지 해서 그자를 찾으려고 했지. 미련하구나. 바람둥이 샛서방이라니, 일찌감치 잊었어야지."

오미네의 볼에서 핏기가 가셨다. 그저 눈동자만 반들반들 빛나고 있다.

"제가 찾는 사람은 핏덩이로 저버린 아들입니다. 샛서방이라니요."

드러난 이가 짐승의 송곳니처럼 보인다.

"그러냐. 그럼 있는 돈이 다 떨어질 때까지 계속 이렇게 장사할 테냐? 신타로인지 뭔지가 아아, 그리운 어머니, 하며 이 가게로 찾아올 때까지?"

헤이시로가 뒤로 돌아 떠나려 하자 오미네가 소매를 붙잡았다.

"그이는 어떻게 되었나요?"

"바람둥이 사기꾼한테 어울리는 말로를 걸었다고 할 수밖에."

"그이는 사기꾼이 아닙니다."

헤이시로는 잠자코 오미네의 얼굴을 바라보았다. 왠지 그 모습에 문득 와앙 하고 울음을 터뜨리던 오토요의 얼굴이 겹쳐 보인다.

"저한테는― 진심이었어요. 우리는 서로 진심으로 좋아했어요."

그래서 남편도 버리고 자식도 버렸다. 그래 놓고도 후회하는 마음이 없다면 제삼자가 무엇을 해 줄 수 있으랴.

"그럼 그 진심인지 뭔지도 원 없이 줘 버려. 네가 빈털터리가 되더라도 네 알량한 진심만으로 신이치가 기뻐하리라고 믿는다면 말이다. 네가 그자한테 줄 수 있는 것이라면 탈탈 털어서 주려무나. 누굴 좋아한다는 것은 그런 거니까."

그 사람이 웃는 모습을 보고 싶다. 그 사람 곁에 있고 싶다. 어려움에 빠지면 도와주고 싶다.

좋아한다는 것은 그런 것일진대.

헤이시로의 소매를 잡고 있던 오미네의 손이 맥없이 떨어졌다. 그래도 고집스런 여인은 입술을 깨물며 아무 말도 하지 않았다.

오토요는 여전히 혼담을 놓고 망설이고 있다고 한다.

유미노스케는 낡은 죽도를 들고 마당에 서 있었다. 헤이시로는 툇마루에 앉아 그 모습을 바라보고 있다.

"네 검도는 검도 흉내를 낸 호신술이야."

"그래도 쓸 만합니다."

유미노스케는 에잇 하는 표정으로 안면 공격 동작을 해 보였다.

"신이치란 놈을 한 대 치고 싶었어요, 이모부."

"빗장으로 말이냐? 그거라면 오토쿠한테 배워야지."

어머, 검도 연습 하니? 하며 아내가 얼굴을 비쳤다. 다과를 들고 있다.

"유미노스케가 가져온 거예요. 보세요, 오랜만에 보는 생과자죠? 우이로모치^{쌀가루에 설탕을 섞고 녹차 가루, 팥 따위로 색깔을 내서 빚은 떡}예요. 교토 생과자라네요."

"니혼바시에 있는 다이마스 상회가 가을철 자일^{子日}에만 파는 거예요. 가와이 상회 어머니가 이모부 내외분께서 꼭 드셔 보셨으면 하시더라고요.”

하얗고 탱탱한 과자가 접시에 아담하게 올려져 있다. 입에 무니 살짝 달콤하다.

“맛있네.”

“맛있죠, 이모부.”

가을바람이 살살 분다. 이제 늦더위도 없을 테고 열흘만 있으면 단풍도 시작되겠지.

오토요와 유미노스케를 데리고 단풍놀이로 풍류를 즐기러 가도 나쁘지 않겠다, 하고 헤이시로는 생각했다. 그래, 오랜만에 사키치를 앞세워 오지까지 가도 괜찮겠군. 사키치의 처 오케이의 친정이 오지 칠폭 옆이라고 했겠디.

그때는 오토쿠한테 도시락을 만들어 달라고 하자.

하루살이
上

매정하고 야속한 님아
이 몸은 홀로 밤을 밝히네
　　　— 전통 속요의 일절

1

　지난 닷새 동안 오토쿠의 조림 가게에 매일처럼 얼굴을 내미는 손님이 있었다.

　나이는 서른을 넘었을까, 작은 체구에 눈코입이 오종종한 얼굴로 붙임성 있게 웃는데, 눈은 작고 입술가가 쳐져서 웃어도 울상을 짓는 것처럼 보인다. 눈썹이 성기고 입술은 얇다. 이런 얼굴은 십중팔구 인정머리 없는 자로 비치게 마련인데, 이 손님은 그런 낯도 상냥하고 순한 성격을 드러내는 것처럼 비친다.

　우연히 지나가던 손님이었다. 첫날은 가게 앞에 서서 오토쿠가 자랑하는 감자 조림을 꼬챙이에 찔러 맛나게 먹고 갔다. 이튿날은 주발을 들고 왔다. 다음 날은 어제 먹은 조림이 정말 좋았다고 하면서 작은 냄비를 들고 왔다. 그 뒤에는 또 맨손으로 와서 가게 앞에 서서 먹고 갔다.

　오토쿠는 남들을 유난히 잘 챙겨 주고 발 벗고 나서서 도와주기 좋아하는 사람이지만 그것도 나가야 주민한테나 그렇지, 가게에 찾아오는 손님한테는 친근하게 말을 건네거나 요즘 돈벌이는 어떠냐는 둥 묻는 일이 없다. 손님이 먼저 말을 걸거나 친근하게 굴면 무안하지 않게끔 적당히 장단이나 맞춰 주는 정도다. 오토쿠는 조림은 팔아도 애교나 심심풀이 수다는 팔지 않는다. 애초에 그녀는 대낮부터 가게 앞에 서서 시간 가는 줄 모르고 수다나 떠는 팔자 늘어진 자들을 싫어한다. 유일한 예외가 있다면 마치 순시관 이즈쓰 헤이시로 정도다.

그래서 이 손님을 맞으면서도 오토쿠가 먼저 말을 건네거나 하지는 않았다. 낯선 얼굴이므로 필시 최근에 이사 왔거나 근처에 일터가 있나 보다 하고 짐작은 했지만 굳이 물어보지는 않았다.

남자는 견실한 사람처럼 보였다. 그러나 덩치로 보건대 완력으로 먹고사는 사람은 아닌 듯했다. 어디서 직공으로 일하나 보다 짐작했는데, 주발이나 잔돈을 주고받을 때 슬쩍 눈에 띈 남자의 손가락과 손바닥에 묵은 흉터가 여러 개 있는 모습을 보고 내심 고개를 갸웃했다. 오른손 검지 손톱은 검붉은 색으로 변했고 모양도 일그러졌다. 손이 저 지경이 되도록 도제 시절에 고생하는 일이라면 과연 무엇일까.

게다가 이 남자는 늘 옷차림이 말끔하고 손도 깨끗하게 씻고 다닌다. 소싯적에는 꽤 고생을 했지만 지금은 편하게 살아갈 수 있는 처지일까? 그러고 보니 오토쿠의 가게에 찾아오는 시각도 일정하지가 않다. 저녁일 때도 있고 오토쿠가 그날 팔 물건이 담긴 솥에 불을 지피기를 기다리고 있었다는 듯이 일찌감치 얼굴을 내밀 때도 있다.

장사를 하거나 어디 고용된 사람이라면 이렇게 아무 때나 드나들 수는 없으리라.

물론 그녀는 이런 추측이나 의문을 입 밖에 내지 않았다. 그저 속으로만 생각했을 뿐이다.

그렇게 엿새째 되는 날, 그가 점심때가 지나서 찾아왔다. 오늘도 작은 냄비를 들고 와서 감자나 두부 튀김 따위를 흡족한 얼굴로 살펴보고 간이 잘 밴 것을 일일이 손가락으로 가리키며 골라 담고 있다. 남자가 주문하는 대로 오토쿠가 커다란 솥을 바닥까지 긁으며 뒤집어 주자 하얀 김이 풍성하게 피어올라 한길 쪽으로 흘러나간다. 오늘도 꽤 쌀쌀하다. 가을이 깊어진 것이다.

그러고 보니 얼마 전 이즈쓰 나리가 사키치 부부를 앞세워 오지로 단풍 구경을 가겠노라고 한가로운 말을 했었다. 그때는 호사스러운 도시락으로 부탁해, 물론 내가 한 턱 내는 거야, 하고 기분을 내더니 그 뒤로 소식이 없다. 그 나리는 남는 것이 시간밖에 없고 실제로 매일 건들거리며 돌아다니지만 명색이 마치 순시관이므로 그렇게 한가롭게 풍류에 빠질 수만은 없을 것이다. 윗사람 눈치도 봐야 할 테니까.

호사스런 도시락이라— 하고 국자를 저으며 머리 한켠으로 잠깐 다른 생각을 하느라 그 손님이 뭐라고 말을 건네는 것을 미처 알아듣지 못하고 말았다.

"애고, 죄송해요. 뭐라고 하셨어요?"

손님은 얼굴을 우그러뜨리며 실눈으로 웃고는 "아, 계산을 하려고요" 하고 말했다. 오토쿠는 냄비에 국물을 듬뿍 끼얹어 주며, 매일 찾아 주시니 오늘은 에누리해 드리죠, 하고 말했다.

"이거 고맙습니다."

남자는 그렇게 말하고 두루주머니에서 잔돈을 꺼냈다. 어쩐지 손놀림에 서두르는 기색이 없다.

"저어, 아주머니."

잔돈을 내밀며 남자는 솥에서 피어오르는 하얀 김 너머로 오토쿠의 얼굴을 쳐다보았다.

"여기서 장사를 하신 지 몇 년쯤 되셨습니까?"

오토쿠는 눈을 깜빡거리며 생각했다.

"여기에서는 일 년이 채 안 돼요. 다른 데서 하다가 이사 왔으니까. 하지만 조림집은 계속 해 왔어요."

"십 년, 혹은 십오 년쯤?"

"예. 뭐, 그쯤 돼요."

남자는 오토쿠네 가게를 휘이 둘러보았다. 오토쿠의 어깨 너머로 안쪽까지 들여다보는 눈치다. 그러고는 또 묻는다.

"이런 장사, 어렵지 않나요?"

"조림집 말예요?"

"예. 단골이 생길 때까지는 힘들다든지."

"글쎄요. 그리 대단한 장사는 아니니까요."

오토쿠는 피식 웃고 말았다.

"커다란 솥만 있으면 누구나 할 수 있어요."

"아주머니는 혼자세요?"

마침내 오토쿠가 의아한 표정을 지어서인지 남자는 웃으며 한 손을 살랑살랑 내둘렀다.

"아뇨, 아뇨, 조림집 수입만으로 생계가 되는지 궁금해서요."

"덕분에요. 빠듯하긴 하지만 버티고 있어요."

오토쿠는 그렇게 대답하고 이야기를 그만 접을 양으로 국물 위에 뜬 찌꺼기를 떠내기 시작했다.

"자, 고마워요, 손님."

그러나 남자는 돌아갈 기색이 없다. 음식이 담긴 냄비를 한 손에 든 채 미안한 듯 발끝을 멈칫거리기만 했다.

"미안해요, 아주머니."

남자는 얼굴을 잔뜩 우그러뜨리고 나머지 한 손으로 목덜미를 쓸어내렸다.

"제가 말주변이 형편없어서요. 객쩍은 수작을 부리려는 게 절대 아니었습니다요. 실은 아주머니, 저는 요릿집 주방에서 일하는 사람입니다."

오토쿠는 국자를 솥에 꽂은 채 눈을 번쩍 떴다.

"아, 그러세요?"

남자는 예, 예, 하며 고개를 끄덕였다.

"아주머니도 아실지 모르겠군요. 고비키초 6초메에 이사와야라는 요릿집이 있습니다. 근방에서는 꽤 알려진 집이죠. 거기서 일하고 있습니다."

오토쿠는 그 가게를 알지 못했다. 애초에 오토쿠 같은 나가야 세입자에게는 요릿집 따위 전혀 인연이 없다. 요릿집은 손님에게 장소를 제공하고 조리사의 솜씨를 빌려 주는 곳이다. 손님의 주문에 따라 식자재를 구입하며 담아낼 때도 아무 그릇에나 내지 않는다. 어지간한 부자가 아니면 그런 데서 맛난 요리를 시켜먹을 수도 없다. 당연히 요릿집과 조림 가게는 같은 먹을거리 장사라도 하늘과 땅만큼 차이가 나게 마련이다.

오토쿠는 남자의 후줄근한 얼굴을 새삼 쳐다보았다. 그는 미안한 듯 허리를 살짝 구부리고 맥없이 웃고 있다.

"그렇게 훌륭한 요리사께서 나 같은 것이 만드는 음식을 즐겨 찾아 주시니 너무 황송하네요."

"천만에 말씀을! 아주머니 음식은 정말 맛있어요."

"내가 파는 것은 흔해 빠진 부식이에요. 이 빠진 주발에 수북이 담아 먹어도 상관없는 것들이라고요. 요리사님네들하고는 근본부터 달라요."

오토쿠는 웃어 보였다.

"하지만요, 아무튼 즐겨 찾아 주시는 건 정말 고마운 일이지요."

아, 예…… 하고 고개를 끄덕이며 남자는 냄비를 다른 손으로 바꿔 들었다. 발치를 내려다보고 있다. 듣고 보니 옷도 꽤 좋은 것이고 조리만 해도 밑창이 새 거다. 요리사라면 씀씀이가 좋아도 이상할 게 없고 단정한 옷차림도 납득할 수 있다.

"벌써 열흘이 되었나요, 우리 가게가 불에 타 버렸어요."

옆집에서 옮겨 붙은 거예요, 주방에서 불을 낸 게 아니고요, 하고 급히 덧붙인다.

"그래서 건물을 새로 짓는 동안 우리 요리사들은—전부 여덟 명인데, 할 일이 없어졌어요. 그래서 주인님 알선으로 여기저기 요릿집이나 배달 식당에서 품을 팔고 있는데, 어디나 경기가 고만고만해서 정식으로 채용된 사람은 없어요."

요리사를 여덟이나 둔 요릿집이라면 이사와야는 꽤 규모가 큰 모양이다. 그런 가게의 요리사를 품팔이로 고용하자면 주인들도 부리기가 어렵다. 싸게 부릴 수만도 없고, 그렇다고 제대로 대우하자니 원래 거기서 일하던 요리사들이 불만을 품는다.

"어려운 문제네요."

오토쿠가 부드러운 목소리로 말했다. 그 말이 반가웠는지 남자는 다시 얼굴에 온통 주름을 잡으며 웃었다.

"예, 정말이지 난처합니다요. 그래서 일자리를 소개받고 가 봤지만 마음이 편안하지가 않아서 반나절을 빈둥거리다 왔어요. 그러다 이 근처를 일없이 돌아다니는데 향긋한 냄새가 나기에 코를 킁킁거리며 따라왔더니 이 가게가 나오지 뭡니까."

"그러셨어요? 인연이네요."

오토쿠는 솥에 나무 뚜껑을 덮었다. 손님 이야기에 어울리고 싶은 마음이 동한 것이다.

"가게에 불이 났으니 난리가 났겠네요."

"예. 대단한 화재는 아니었지만 불을 끄느라 다 부서졌거든요. 물도 잔뜩 뒤집어썼고. 저는 거기 기숙하고 있었기 때문에 잠잘 곳도 없어졌지요. 지금은 바로 저쪽에—."

뒤쪽 네거리를 돌아다본다.

"아는 사람 집에 얹혀 지냅니다. 다들 일하러 나가니까 대낮에는 말동무가 고양이밖에 없더라고요. 역시 일이 없으니 안 되겠어요.

빈둥거리니 밥맛도 없고."

착잡한 말투였다. 성실한 일꾼이다. 오토쿠는 성실한 사람을 좋아한다. 이제 눈앞에 있는 남자도 그리 수상쩍게 보이지 않게 되었다.

"가게 수리가 끝날 때까지만 고생하면 되겠네요, 뭘" 하고 위로했다.

"단골손님들도 목 빠지게 기다리고 있을 테고요."

흐음…… 하고 남자는 또 가성처럼 가는 목소리로 대답한다.

"그렇긴 하겠지만. 예, 그렇긴 하겠지만, 뭐라고 할까요."

얼굴을 쳐들고 다시 오토쿠네 가게를 휘이 둘러보았다. 뎃핀 나가야에서 세냈던 가게보다는 넓지만 그래도 이사와야하고는 비교도 할 수 없는 추레한 조림 가게인데도 남자는 부러워 죽겠다는 눈초리였다.

"이것도 내 인생을 다시 생각해 볼 기회가 아닐까 하는 마음도 드는군요. 좋은 기회니까 이사와야를 그만두고 이런 조그만 가게나 해도 좋겠다 싶은 생각이 드는 겁니다."

진지하게 받아 줄 만한 이야기가 아니군. 오토쿠는 애써 호쾌하게 웃었다.

"무슨 그런 말씀을, 그런 소릴랑 아예 하지도 말아요."

"아뇨, 저는 진지하게 하는 말입니다."

"손님, 나야 손님에 대해서 아무것도 모르지만 지금처럼 인정받는 요리사가 되기까지 오랫동안 수련을 쌓았을 거 아녜요? 더구나 하고 싶다고 해서 아무나 다 할 수 있는 것도 아니고, 손님도 고생이 많았을 테고요."

남자는 오토쿠의 동그란 얼굴을 보고 울상으로 웃었다.

"조금 했지요. 열 살 때 이사와야에 들어갔으니까."

"한창 놀고 싶을 나이 아닙니까. 용케 견디셨네."

"요릿집이니까 굶을 일은 없을 거라고 어머니가 설득했어요. 가난 뱅이 집안에 새끼들만 많다고, 우리 집이 꼭 그랬어요. 아버지는 술 꾼이었고요. 뭐, 입 줄이려고 머슴살이 떠난 셈이었지요."

요릿집에 머슴으로 들어가 주방에서 일한다고 해도 물론 처음부 터 요리를 할 수 있는 것은 아니다. 수련의 시작은 '물돌이'다. 시키 는 대로 뭐든지 씻고 닦는 것이 일이다. 물 길어 오는 일도 소임 가 운데 하나였다고 남자는 설명했다.

"제 덩치가 이러니 힘으로 먹고살기는 틀렸다면서 어머니가 요릿 집을 골라 줬는데 웬걸, 물로 하는 일이 모두 힘을 써야 하는 일이더 군요. 두레박질을 너무 해서 첫날부터 손바닥이 죄 벗겨졌어요. 손 톱은 몇 번이나 빠졌는지 기억하기도 힘들 정도고요."

남자는 냄비를 솥 옆에 내려놓고 손짓 발짓 섞어 가며 말했다. 왕 년에 죽도록 고생한 이야기인데도 당사자는 즐거운 표정이다. 오토 쿠는 이렇게 원망하는 기색이 전혀 없는 흥겨운 고생담을 좋아한다. 손에 흉터가 많은 데는 그런 연유가 있었구나, 하고 오토쿠는 고개 를 끄덕이며 이해했다.

"'물돌이'를 흔히 '어이놈아'라고 부릅니다. 이 사람 저 사람이 어 이, 이놈아, 이거 해라, 저거 해라 하고 시키거든요. 잔심부름부터 애 보기까지 시키는 일은 뭐든지 해야 합니다. 그러다가 겨우 물돌 이를 면하면 '접시 담당'이라고 해서 음식을 그릇에 담아내는 일 따위를 거듭니다. 이게 또 군기가 살벌하더군요. 다람쥐처럼 정신없이 쫓겨 다니며 일하는 것은 매한가지고 조금만 실수하면 득달같이 주먹이 날아오죠. 그 시절엔 얻어맞지 않은 날이 하루도 없었어요.”

다람쥐에서 다음 단계인 ‘화덕 담당’으로 올라가는 데는 팔 년에서 십 년은 걸린다. 중간에 때려치우고 나가 버리는 사람도 많다고 한다. 그다음 단계인 ‘국자 담당’까지 올라가야 비로소 제 몫을 해내는 요리사라고 할 수 있는데—.

“주방 내 서열이 얼마나 엄격한지, 제일 꼭대기에 있는 요리사를 ‘칼잡이’라고 부릅니다. 이 사람이 제일 높아요. 그 밑에 있는 요리사들은 대체로 일한 기간이 곧 서열이고, 실력이 좋으니 나쁘니 손님한테 인기가 있니 없니 하는 것으로 서열이 바뀌는 일은 없습니다.”

거기까지 말한 남자가 갑자기 입을 다물었다. 문득 무슨 생각이 떠올랐거나 꾸벅꾸벅 졸다가 번쩍 깨어난 듯한 표정이다.

“뭐, 그런 세월을 보냈지요” 하며 이야기를 마무리하려는 듯이 맥없이 웃는다.

“제가 괜한 수다를 떨었네요.”

“아니, 아녜요. 억세게 고생하셨네요. 장하세요. 아무나 해낼 수 있는 일이 아니잖아요. 암, 그렇고말고요.”

무슨 까닭인지 남자가 갑자기 위축되자 오토쿠는 무턱대고 격려하는 맞장구를 치고 만다.

“그런데 이사와야를 그만두다니, 안 돼요. 일이 없으니까 마음에 병이 생긴 거예요, 암요. 가게가 다시 완공되면 마음도 환하게 밝아질 거예요.”

남자는 그제야 한 손으로 냄비 손잡이를 잡고 다른 손으로 다시 목덜미를 쓸어내렸다.

"그럴까요? 그래도 아주머니 장사가 부럽네요."

"그런 말 말아요, 하루 벌어 하루 먹고사는 장사인데."

남자의 표정이 진지해졌다. 가늘고 보송보송한 눈썹이 곧게 펴졌다.

"하지만 아주머니, 하루 일을 마치고 돌아와 아주머니네 조림을 반찬으로 밥 먹는 것이 낙이라고 하는 손님이 많으니 얼마나 즐겁습니까. 또 매일 그런 손님을 만나고 이야기를 나누고 하니 즐겁지 않습니까? 저를 보세요. 제가 만든 음식을 좋아해 주는 손님을 본 적이 없어요. 좋아해 주기는커녕 늘 맛난 것만 먹는 손님들이다 보니 입이 호사스러워서 늘 불평만 십 인분씩 늘어놓지요. 격식이니 체면이니 그런 것만 따집니다. 이사와야는 비싼 가게예요. 손님들이 비싼 음식 값을 어떻게 벌어서 내는지는 모르지만 땀 흘려 번 돈이 아니라는 것만은 분명합니다. 그렇게 일해서 벌 수 있는 액수가 아니거든요."

비어 있는 손이 꾸욱 주먹을 쥔다.

"물론 저는 오랜 수련 덕분에 호사스런 음식을 만들 수 있게 되었습니다. 하지만 그런 음식을 제 아버지나 어머니, 형제들에게도 대접할 수 없었어요. 제가 받는 삯으로는 이사와야의 요리는 먹을 수가 없어요. 그렇다면 지난 이십 년 이상 나는 대체 뭘 해 온 걸까 하는 생각을 하지 않을 수 없잖아요."

분노한 듯 열띠게 말하는 그에게 오토쿠는 아무 말도 해 줄 수 없었다. 솥을 가운데 놓고 하얀 김에 휩싸인 채 두 사람은 말이 없다.

"이런!"

남자는 킁 하고 콧물을 훌쩍이고는 제정신을 차린 듯 겸연쩍어했다.

"한참 동안 쓸데없는 얘기만 했군요. 죄송합니다."

그는 작은 체구를 더욱 작게 움츠리고 부지런히 걸어서 돌아가 버렸다.

오토쿠는 옆에 있는 빈 나무통에 털썩 앉았다. 후우 하고 긴 한숨이 나왔다. 세상 사는 방법도 가지가지고 세상살이가 낳는 고민도 가지가지다.

남자가 걸어간 쪽에서 바람에 쓸린 마른 잎들이 바삭바삭 소리를 내며 굴러와 오토쿠네 조림 가게 앞을 스쳐간다. 그것을 멍하니 눈으로 좇으며 오토쿠는 두툼한 팔로 팔짱을 꼈다.

장사라……

2

바로 어제였다.

오토쿠네 조림 가게에서 두 집 건너 있는 찬 가게 여주인이 사라졌다. 아마도 동트기 전에 떠났는지, 자취를 감춰 버린 것이다.

이 찬 가게는 오토쿠의 강력한 경쟁자였다. 한 달쯤 전 이사 와서 가게 문을 열더니 호사스러운 음식을 터무니없이 싼값으로 팔아 치웠기 때문이다. 찬 가게는 금세 소문이 나고 손님들이 몰려들었다. 그 바람에 오토쿠네 조림 가게는 파리만 날리게 되었다. 며칠간 문을 닫아 버렸을 정도다.

찬 가게 주인은 오미네라는 색기 있게 생긴 부인인데, 미모가 또 손님을 끌었다. 오토쿠는 애교도 모르고 잡담 떨 줄도 모르니 애초에 색기 같은 것은 팔 방법이 없다. 오미네보다 나이도 많아서 애당초 미모도 비교가 되지 않는다. 분하지만 찬 가게가 번창하는 모습을 곁눈으로 지켜보는 수밖에 없었다.

그래도 개점 열기가 수그러들자 단골들이 저마다 미안해하는 얼굴로 돌아와 주었으므로 계속 분을 삭이고 있을 필요는 없었다. 그나마 다행이었다. 그런데도 일이 이렇게 되고 보니 뜻하지 않게 이즈쓰 나리까지 붙들고 이러쿵저러쿵 불평을 늘어놓고 말았다. 지금 생각하면 그것도 후회스럽다.

물건을 터무니없이 싸게 팔면 아무래도 손님들은 이런저런 의심을 품게 마련이다. 적어도 정상적인 손님이라면 주인에게 무슨 꿍꿍이가 있지는 않은가 의심하기 시작한다. 공짜처럼 비싼 것도 없다는 속담은 그래서 나왔으리라. 푼돈이나 바라고 하는 장사지만 오랫동안 장사를 해 온 오토쿠는 그 점을 잘 알고 있었고, 그게 아니라도 손님 입장에서 생각해 보면 오미네네 찬 가게가 조만간 손님들에게 의심을 사게 되리라는 것은 뻔히 짐작되는 바였으므로 쓸데없이 흥분할 일도 아니었다.

찬 가게는 오미네 혼자서 꾸리는 것이 아니라 오미네의 수족이 되어 바지런하게 일하는 일꾼이 있었다. 오토쿠가 아는 바로는 한 명은 스무 살쯤 된 아가씨로 이름은 오산. 또 한 사람은 이제 겨우 어깨를 줄인 옷단_{당시 서민들은 생활이 풍족하지 못해서 아이가 자랄 때마다 맞는 옷을 새로 사 줄 수 없었다.}

_{때문에 애초에 큰 옷을 사서 어깨와 허리 등에 옷단을 잡아 기장을 줄였다가 아이가 자라면 몸집에 맞춰 단을 풀어 주}

_{었다}을 풀어낸 어린 아가씨로 이름은 오몬. 두 사람은 아침에 일어나 주인아주머니 모습이 보이지 않자 바로 관리인 고베의 집으로 뛰어 갔고, 다시 고베와 함께 지신반으로 달려갔다. 주인아주머니가 납치 를 당했다는 것이다. 누가 이런 무서운 짓을 저질렀는지 짚이는 사 람이 있다는 점도 강조했다.

그 '무서운 짓을 저질렀을 것으로 짚이는 사람'이 몇 명 있는데, 그중 맨 앞자리는 오토쿠다.

"조림 가게를 하는 무서운 아줌마는 우리 주인아주머니가 가게를 열었다고 못마땅하게 여기다가 이렇게 무서운 짓을 벌인 거예요."

"오토쿠라던가, 그 아줌마를 조사해 주세요. 음식 솜씨는 우리 주 인아주머니한테 못 미치지만 완력은 대단하거든요. 팔뚝이 꼭 통나 무 같아요. 그 아줌마가 우리 주인아주머니를 어떻게 해 버렸을지도 몰라요."

오산과 오몬이 울며불며 매달리자 고베도 체념했는지 오토쿠네 가게로 찾아왔다. 오토쿠는 토란대 볶음_{토란대를 설탕과 간장으로 진하게 볶아낸 음식} 을 만들려고 막 움직이기 시작한 참이었다. 몸도 비쩍 마르고 안색 도 좋지 않은 고베의 모습을 보고 오토쿠가 말했다.

"관리인님, 그런 얼굴로 화덕 옆에 서 있으면 말린 토란대인 줄 알고 삶아 버리겠어요."

고베는 계산이 빠르기로 유명하고 욕심 많은 능구렁이 같은 늙은이지만 관리인 경력은 길다. 나름대로 사람 보는 눈도 있다. 누가 뭐래도 오토쿠가 오미네를 어떻게 할 위인이 아니라는 점은 잘 알고 있었으므로 처음부터 맥이 없었다.

오토쿠는 고베에게 사정을 전해 듣고는 주저 없이 말했다.

"야반도주네요."

"이녁도 그리 생각해?"

고베도 같은 생각이었는지 안도하는 표정이다.

"그렇게 장사를 하니 버틸 수가 없겠지. 나도 걱정하고 있었네. 돈을 댈 수 없게 되었나?" 하고 주름투성이 목을 갸웃한다.

"어쩌면 오미네의 장사 밑천이 출처가 의심스러운 돈이었는지도 모르지. 훔쳤다거나. 그래서 누구한테 추적을 당하다가—."

"튀었다고요?" 오토쿠는 말했다.

"그런 여자를 나가야에 들여놓은 게 잘못이죠."

고베는 뚱한 얼굴로 입을 다물었다.

"관리인님, 언제 저승사자가 모시러 와도 억울할 게 없는 연세인데 이제 뒷돈 좀 적당히 밝히세요. 극락왕생에 지장 있어요."

"아니, 내가 무슨—."

"그건 그렇고, 오산이랑 오몬인가 하는 아이들은 아직도 지신반에 있나요?"

"음. 지들 멋대로 떠들어 대고 있지."

"내가 심술을 부렸다느니 뭘 했다느니 하고 있겠군요."

"집 앞을 쓸 때도 낙엽을 일부러 찬 가게 쪽으로 쓸어 버린다는 둥 하루 종일 솥 옆에 떡 버티고 서서 찬 가게에 드나드는 손님들을 악귀 같은 얼굴로 노려본다는 둥.”

그렇게 말하는 고베의 목소리가 점점 작아지는 꼴이 심히 우스꽝스럽다.

“미안해서 어쩌나. 내 얼굴이야 태어날 때부터 이 모양이었고 솥 옆에 서 있는 거야 밥벌이인데 어쩔 수 없잖아요.”

기가 막혀서. 오토쿠는 웃음을 터뜨리고 말았다.

“그 아이들을 데려다가 오미네 씨의 일용품이나 돈 같은 것이 없어지지 않았는지 조사해 보면 어때요? 야반도주라면 몰래 준비를 했을 테니까 말이에요.”

고베가 힘없이 돌아가고 잠시 후 이번에는 오캇피키 마사고로가 찾아와 오토쿠를 놀라게 했다. 혼조 모토마치에 사는 이 오캇피키는 이즈쓰 헤이시로와 가깝게 지낸다. 오토쿠도 언젠가 이즈쓰 나리의 이야기를 듣고 마사고로 부인이 하는 메밀국숫집에 가 본 적이 있다. 양념 국물이 훌륭하다 싶을 만큼 맛있었다.

커다란 덩치에 어깨가 널찍하고 풍채가 좋은 마사고로는 오토쿠의 커다란 솥 못지않게 어디 가서 찾아보기 힘든 남자다. 그가 옆에 서면 그녀의 커다란 솥도 밥이나 짓는 작은 솥처럼 귀엽게 보인다. 하지만 예를 들어 이즈쓰 나리를 시중드는 주겐 고헤이지가 옆에 선다면 사정은 전혀 달라진다. 뒷덜미를 잡아서 가마에 던져 넣고 흐물흐물해질 때까지 푹 고아 보고 싶어진다. 그녀가 보기에 고헤이지한테서는 좋은 국물이 나올 것 같다. 찌꺼기 거품도 뜨지 않을 것 같으니 체로 떠내는 수고도 덜 수 있겠지.

“아침부터 고생이 많습니다, 오토쿠 씨.”

마사고로는 김을 찢어 붙여 놓은 듯한 짙은 눈썹을 매끈하게 움직이며 살짝 웃었다.

"그러게 말예요. 근데 행수님께서 몸소 행차하시다니. 그리 중한 일도 아닌데, 누가 기별을 했나 보죠?"

오토쿠는 얼른 차를 탔냈다. 마사고로는 빈 나무통을 끌어당겨 놓고 가장자리에 가볍게 엉덩이를 걸쳤다.

"실은 저 찬 가게에 대해서는 이즈쓰 나리한테 약간 들은 게 있어요. 해서 상황을 보러 와 봤지요."

요전에 체포한 어느 범인과 조금 관계가 있다고 마사고로는 이야기했다. 오토쿠 씨는 나리한테 아무 이야기도 듣지 못했느냐며 넌지시 떠보는 듯한 표정을 짓는다.

"오미네 씨가 어디에 연루되었다는 말이에요?"

그는 단도직입적으로 묻는 말에는 대답하지 않고 잠자코 차만 마셨다.

"나는 나리한테 수수께끼 같은 말만 들었어요. 오미네 씨한테 상관하지 말라시던데요. 그 여자에 관해서 안 좋은 소문이 들려도 모르는 척하고 있으라고요."

마사고로는 천천히 고개를 끄덕였다.

"나리다운 말씀이군. 그래서 오토쿠 씨는 상관하지 않고 있었습니까?"

"예. 장사가 예전 같지는 않아도 파리만 날리는 지경은 벗어났으니까요."

"거 다행이군요."

마사고로는 듣기 좋은 목소리로 말했다.

"오산과 오몬의 도움을 받아서 오미네네 집 안을 대충 조사해 보니 기모노 몇 벌이 없어졌더이다. 오미네가 돈을 넣어 두던 전대도 없어졌다고 하고. 자락자락 소리가 날 만큼 금화가 들어 있던 전대를 베개 속에 감춰 놓았다던데요."

그것이 저 가게의 밑천이었다.

"대단한 여자네요."

"야반도주라면 우리가 뛰어다닐 이유도 없지요. 오산과 오몬한테는 딱한 이야기지만 가게를 치우고 다른 일자리를 찾아보라고 하는 수밖에 없겠군요. 오토쿠 씨도 이제는 엄한 피해를 볼 일은 없을 테니까 안심해도 돼요."

오토쿠가 이즈쓰 나리와 오랜 인연이 있기 때문인지 마사고로는 매우 정중하게 말한다. 오토쿠로서는 영 어색하다. 그래서 "역시 눈 맞은 사내가 있었군요?" 하고 묻기가 거북하다. 하지만 묻고 말았다.

"나는 얼굴을 본 적도 없지만, 인물이 꽤 좋았다고 하던데요?"

"사내들이 좋아할 얼굴이죠. 그래도 음식 솜씨 하나는 대단했어요. 분하지만 정말 대단한 솜씨였어요. 나 같은 건 댈 것도 없어요."

마사고로는 웃었다. 늘 볕에 그을어 무두질한 가죽 같은 색을 띤 볼에 깊은 주름이 새겨진다.

"오토쿠 씨가 꿀릴 게 뭐가 있어요. 오미네가 하던 장사는 여기 하루 벌어 하루 먹고사는 주민들에게는 과분한 음식을 뿌려 대는 짓이었으니 감탄할 필요도 없는 일이지. 오토쿠 씨하고는 달라요."

마사고로는 한 손으로 무릎을 탁 치며 일어섰다.

"이제 고베 나가야도 평온해졌군. 일이 더 커지지 않아서 다행입니다."

그러고는 돌아갔다. 혼자가 된 오토쿠는 하던 일을 계속하려고 솥 앞에 섰다. 손님이 띄엄띄엄 찾아온다. 개중에는 오미네네 찬 가게에 찾아온 게 분명한데 문이 닫혀 있자 낭패하고는 오토쿠네로 발길을 돌린 듯한 얼굴도 섞여 있었다.

"저 찬 가게는 어떻게 됐어요?"

손님이 조심스레 물어도 오토쿠는 무뚝뚝한 얼굴로 "왜요, 문이 닫혀 있나요?" 하고는 다른 말은 하지 않았다.

이즈쓰 나리는 얼굴을 비치지 않는다. 그러고 보니 어제도 오지 않았다. 한가한 사람은 한가한 사람대로 바쁜가 보다 여기고 있는데, 세시 종소리가 울릴 즈음 눈에 익은 두 사람이 가게 앞을 지나갔다. 이즈쓰 나리의 처조카이며 쪽 도매상 가와이 상회의 아들인 유미노스케다. 옆에 있는 사람은 마사고로의 어린 수하이며 짱구라는 별명으로 불리는 산타로.

두 사람은 동갑인데다 마음까지 맞는지 사이가 좋다. 오늘도 손을 잡고 걸어가고 있다. 발을 맞춰 찰싹찰싹 울리는 신발 소리도 '짝꿍, 짝꿍' 하고 구령을 메기는 양 들린다.

"어머, 유미노스케 도련님! 짱구야!"

오토쿠가 큰 소리로 부르자 두 사람은 뒤를 돌아 이쪽을 보았다.

"아, 오토쿠 씨."

활기차게 대답하는 유미노스케의 옆에서 짱구가 꾸뻑 고개를 숙인다.

"섭섭하게 모르는 척 지나가네요. 심부름 가시나? 에구, 믿음직스럽기도 하지. 잠깐 이리 와서 간식 먹고 가요."

두 사람을 불러들여 마음에 드는 것을 고르게 하고 꼬치에 꿰어 주었다.

"안 그래도 맛있는 냄새가 난다 했더니 오토쿠 씨네 앞을 지나가고 있었네요. 인사도 못 드리고 지나가서 죄송해요."

유미노스케가 싹싹하게 말한다. 이 아이는 장래가 걱정될 정도로 아름답다. 이즈쓰 나리는 유미노스케를 양자로 들여서 대를 잇게 하려는지 그 문제에 대해서 오토쿠한테도 슬쩍 내비친 적이 있지만, 이즈쓰 나리에 따르면 처음 이야기를 꺼낸 사람은 부인 같다. 저렇게 잘생긴 아이를 길바닥에 풀어 놓았다가는 사람 버린다, 관리로 만들어서 착실하게 살게 해 주고 싶다고 했다던가.

유미노스케가 나리의 대를 잇는다면 반가운 일이지만 소년의 장래에 대하여 오토쿠는 이즈쓰 나리네 마님하고는 다른 생각을 가지고 있었다. 괜찮다. 길바닥에 풀어놔도 이 아이는 어지간해서는 잘못된 길로 접어들지 않을 것이다. 그도 그럴 것이 이 아이한테 홀리는 사람은 여자들만이 아니기 때문이다. 이 아이는 할아버지든 중년 아저씨든 모두 휘어잡는다. 심지어 돈 안 되는 일에는 눈길조차 주지 않는 관리인 고베조차 이 아이를 마음에 쏙 들어 한다. 할아버지나 할머니를 휘어잡는 힘이 있는 자는 밥이나 축내는 바람둥이로 굴러 떨어지지 않는 법이다.

한편 짱구 산타로는 얼굴은 비교적 귀여운 편이지만 그런 별명이 붙을 만큼 머리가 큰데, 이 점이 사람을 놀라게 하면서도 호감을 준

다. 그래도 이 아이는 매우 총명해서 뭐든지 기억하고 암송할 수 있
는 재주를 가지고 있다고 나리가 이야기한 적이 있다. 게다가 기질
이 온화하고 순하니 필시 마사고로 밑에서 제 몫을 해내는 일꾼으로
성장할 것이다.

"아무리 그래도 내 가게까지 잊어버리다니, 너무 섭섭하네요."

"그, 그게 아니고요, 얘기하느라 정신이 팔려서 어디를 걷고 있는
지 잊어버렸던 거예요. 오토쿠 씨네를 잊어버리다뇨."

오토쿠는 웃으며 소년들의 얼굴을 번갈아 보았다. 유미노스케는
치리멘오글오글하게 짠 비단 보자기로 싼 작은 보퉁이를 안았고, 짱구는 어디
서 꺾었는지 국화 세 송이를 얇은 종이에 싸서 들고 있다.

"도련님이랑 짱구, 어디 가요?"

"사키치 씨를 만나러 오오지마로 가요."

유미노스케가 발랄하게 대답한다. 숫기 없는 짱구는 잠자코 고개
만 끄덕이고 있다.

"무슨 일이래요? 꽃까지 들고. 병문안인가?"

유미노스케가 동그란 눈을 크게 떴다.

"아, 이모부한테 듣지 못하셨군요."

벌써 지난달 일이지만 사키치가 키우던 까마귀 간쿠로가 죽었다
고 한다.

"오늘은 첫 월명일죽은 지 한 달이 되는 날이에요. 저는 벌써 묘 앞에 합장
을 하고 왔지만 짱구가 아직 못해서 같이 가는 거예요."

어머나…… 하고 오토쿠는 입가에 손을 댔다. 까마귀의 월명일을
기억하다니 참으로 아이들다운 기특한 이야기지만, 간쿠로에 얽힌

추억이라면 오토쿠도 가지고 있다.

"그랬구나. 딱해서 어쩌나. 그래도 간쿠로는 참 행복한 까마귀네요."

"사키치 씨도 그렇게 말했어요."

유미노스케는 고개를 끄덕이고 방긋 웃었다.

"그러니까 너무 슬퍼하지 말라고요. 그리고 놀러 가면 오케이 씨가 밤을 삶아 주겠다고 해서 절반쯤은 그것 때문에 가는 것이기도 해요."

짱구도 고개를 끄떡거린다.

오케이는 사키치의 아내다. 성격 좋고 인물도 좋고 부지런하니 삼박자를 다 갖췄다. 사키치하고는 한 쌍의 히나 인형주로 딸아이의 무병장수를 기원하며 집 안에 장식하는 공주 인형으로, 남녀를 짝으로 하여 꾸민다처럼 잘 어울리는 부부다.

"오케이는 잘 있죠?"

"예, 건강하대요."

"아직 반가운 소식은 없나? 그럴 때도 됐는데."

그렇게 말하고 나서야 오토쿠는 소년들한테는 너무 이른 물음이라는 것을 깨달았다. 유미노스케는 오토쿠가 그렇게 생각한다는 것을 빤히 알면서도 짐짓 감자 조림만 우적우적 먹고 있다. 짱구는 역시 그 물음이 너무 일렀는지 아무것도 모르는 눈치다.

"그런데 오토쿠 씨."

유미노스케가 감자를 꿀꺽 삼키고 맑은 눈으로 쳐다보았다.

"네?"

"아까부터 저기 귀신같은 얼굴로 서서 이쪽을 노려보는 여자들이 있네요. 무슨 일이죠?”

오토쿠는 유미노스케의 시선이 가는 곳을 목을 뽑아 쳐다보았다. 과연 오산이 길가에 서서 눈두덩이 부은 얼굴을 애써 험악하게 만들고 오토쿠를 빤히 노려보고 있다. 손에는 빗자루가 들려 있다. 오토쿠와 눈이 마주치자 움찔하더니 삭삭 길을 쓸기 시작한다.

“도련님, 저기 지나갈 때 흙먼지나 낙엽을 뒤집어쓰지 않도록 조심해요.”

“저 사람, 오토쿠 씨랑 싸우고 있어요?”

“나는 그럴 생각이 전혀 없는데 저쪽은 그러고 싶은 모양이네요. 하긴 밥줄이 막 끊긴 참이니 화도 나겠지.”

큼지막한 호박 조각을 하나 먹고 난 짱구가 “맛있네요” 하고 한마디 했다.

“오랜만에 먹어 보지? 오늘은 삶은 계란도 있으니 몇 개 가져가. 지금 싸 줄 테니까.”

국자로 솥 바닥을 긁어 계란을 찾아내서 아이들을 즐겁게 하는 동안에도 다시 날아오는 오산의 뾰족한 눈초리를 느꼈다. 저렇게 눈두덩이 붓도록 울었나 생각하면 딱하기는 하지만 저렇게 눈총을 쏘아 대니 가만있을 수도 없다.

잠시 후 오토쿠는 토란대 볶음을 싸서 오케이에게 전하라고 소년들에게 건네주고, 조심해서 다녀와요, 하며 유미노스케와 짱구를 보내려다가 아무래도 걱정이 되어서 함께 길가까지 나가 보았다. 아니나 다를까 소년들이 타박타박 걸어서 오산 옆을 지나가는데 오산이 허리를 구부린 채 욕설이라도 날릴 것처럼 입을 뾰족하게 내밀더니

두 소년을 향해 뭔가를 카악 뱉었다. 짱구가 깜짝 놀라 머리를 기우
뚱거리고 유미노스케가 급하게 팔을 쳐들었다.

멀어져 가면서 유미노스케는 걱정이 되는지 오토쿠 쪽을 돌아다
보았다. 오토쿠는 고개를 끄덕여서 '어서 가세요' 하고 손짓을 했다.

오토쿠는 허리에 손을 받치고 잠시 생각했다. 하지만 들들 볶는
감자 다루는 데는 능숙해도 들들 끓는 속을 다스리는 데는 서툴다는
것을 스스로도 잘 알고 있다. 에잇, 하고 작정을 하고서 뚜벅뚜벅 오
산에게 걸어갔다.

오산은 눈에 띄게 겁을 집어먹었다. 당장이라도 가게 안으로 도망
쳐 들어갈 것처럼 엉거주춤해진다. 그렇게 무서우면 공연히 시비나
걸지 말든지, 하고 생각하니 그 모습이 더욱 얄밉다.

"이봐, 너."

오토쿠는 오산이 내빼지 못하게 가게 문 앞으로 돌아가서 버티고
섰다.

"불만이 있으면 나한테 직접 말해. 어린아이들한테 해코지나 하다
니, 못난 짓이야, 비겁한 짓이라고!"

병든 토끼처럼 수척한 오산의 얼굴에는 까만 점들이 잔뜩 흩어져
있다. 유미노스케가 날 때부터 가지고 있던 미모를 백 명분쯤 모아
서 넣어 줘야 겨우 남들만큼 될까 말까 하는 정도의 용모다. 그런 주
제에 감정만 날카로워져서 마음이 부들부들 떨리고 안색을 잃었으
니 더욱 볼품이 없다.

"뭐, 뭐예요."

그래도 대거리를 하려고 드니 더더욱 얄밉다.

"당신이, 우, 우리 아주머니를—."

오토쿠는 일부러 목소리를 키우고 마디마디 똑똑 끊어서 말했다.

"내가, 너희, 주인아줌마를, 어쨌다고?"

오토쿠네 조림 가게와 이 찬 가게 사이에 있는 두 집은 방물점과 건어물점이다. 방물점은 그렇지 않지만 건어물점은 오미네의 터무니없는 장사 방식에 피해를 받고 있었다. 두 가게 주인이 모두 나와 흥미진진하게 이쪽을 쳐다보고 있다. 지나가던 사람들도 걸음을 멈추고 기웃거린다.

두 손으로 빗자루를 꼭 쥐고 가녀린 몸으로 빗자루에 달라붙듯이 선 모습이 금방이라도 주저앉아 버릴 것만 같다. 눈에 눈물이 고여 있다.

"뭐라고? 다시 한 번 말해 봐!"

"우리 주인아주머니를—" 하다가 오산은 와앙 하고 울음을 터뜨렸다. 갑자기 혼비백산하듯 흐느껴 우는 바람에 천하의 오토쿠도 반 발자국 뒤로 물러나고 말았다.

"주인아주머니가, 우리 주인아주머니가—."

울음 섞인 목소리를 들었는지 절반쯤 닫힌 가게 문 안쪽에서 오몬의 작은 얼굴이 나왔다. 새파랗게 질린 표정을 보니 이 아이도 잔뜩 얼어 있는 모양이다. 몸 절반은 오산을 돕기 위해 달려 나가려고 하고 나머지 절반은 얼른 집 안으로 도망쳐 들어가 이불을 푹 뒤집어쓰고 숨어 버리려고 하는 모습이다.

오산은 빗자루에, 오몬은 문에 매달려 있다. 오토쿠는 여전히 두 손을 허리에 받치고 있었지만 어느새 맥이 빠져 버렸다.

세상 물정이라는 점에서 보자면 두 아이는 유미노스케보다 한참 어린지도 모른다. 오미네한테 버림받아 갈피를 잡지 못하는 두 아이는 주인의 처사를 납득하지 못하고 오토쿠에게 분풀이를 하고 있는 셈이다.

오토쿠는 두 팔을 허리에서 내리고 고개를 갸웃하며 오산을 내려다보았다. 꺼이꺼이 울고 있는 아이의 오비가 많이 틀어져 있다. 경황이 없는 나머지 아침부터 몸단장도 제대로 못했을 테지.

"그만 울고 일어서. 네가 언니잖아. 오몬이 잔뜩 겁에 질렸어."

오토쿠는 말했다.

"너희들, 앞으로 어떻게 할 거니? 어디 갈 데는 있니? 내가 뭐 도울 게 있으면 도와줄 테니까. 분명히 말해 두지만 여기 관리인은 믿을 사람이 못 돼. 돈 없으면 국물도 없는 사람이니까."

오산은 끅끅 느끼며 얼굴을 들었다. 볼을 눈물로 씻다시피 했다. 조금 전의 밉상스런 눈초리는 사라지고, 지금은 그저 길 잃은 아이가 친절하게 말을 걸어 준 어른을 만나 소맷자락에 매달리는 듯한 표정이다.

"우, 우리, 우리는" 하고 오산은 덜덜 떨리는 턱으로 말했다.

"어떻게, 해야, 좋을지, 모르겠어요."

오몬도 문에 기대어 훌쩍훌쩍 울기 시작했다.

아아, 아아. 또 고생문이 열렸구나. 오토쿠는 속으로 혼잣말을 했다. 나는 왜 이 모양일까.

3

　그날 오토쿠는 해가 완전히 떨어질 때까지 오미네의 찬 가게를 조사했다. 오미네가 무엇을 들고 나가고 무엇을 두고 나갔는지 정확히 알아 두어야 하고, 잘 살펴보면 뭔가 행선지를 짐작케 해 주는 단서를 찾을 수 있을지도 모른다고 생각했기 때문이다.

　오산과 오몬은 거의 보탬이 되지 않았다. 두 사람 모두 부지런하기는 해도 애초에 가게 운영은 오미네 혼자서 했고 오산과 오몬은 오미네가 시키는 대로 움직였다. 때문에 오미네가 사라져 버리자 두 사람은 더욱 두려움에 사로잡혀 정신을 못 차리고 있다.

　오산을 어르고 오몬을 달래며 집 안을 조사하느라 매우 힘이 들었다. 불을 켜야 할 시각까지 꼼꼼하게 조사했다고 하지만 아직은 충분하다고 할 수 없다. 결국 두 사람을 데리고 일단 자기 가게로 돌아왔다. 나머지는 내일로 미루고 우선은 저녁밥부터 먹었다. 두 아이한테도 뭐든 먹여야 했다.

　그날 오미네의 찬 가게에 들어간 오토쿠가 그곳을 나온 것은 이때가 처음이었다. 그래서 찬 가게에 틀어박혀 있는 동안 대단한 볼거리를 놓쳤다는 사실을 전혀 알지 못했다. 차라리 다행이었다. 만약 알았다면 그쪽에도 얼굴을 비치지 않고는 배길 수 없었을 테니까.

　'대단한 볼거리'란 무엇이었냐 하면.

　오토쿠가 오미네의 흔적을 찾는 동안 유미노스케와 짱구가 손을 잡고 앞서거니 뒤서거니 부딪히거니 하며 해 저무는 큰길을 데구르르 구르듯이 달려갔던 것이다. 물론 갈 때와 마찬가지로 두 소년은 올 때도 오토쿠네 가게 앞을 그냥 지나쳤다. 이번에는 설령 오토쿠의 솥이 아무리 맛난 냄새를 풍기더라도 거기에 마음이 쏠리는 일은 없었으리라.

유미노스케의 얼굴은 창백했다. 짱구는 작은 눈을 도토리마냥 또록또록 굴리고 있었다. 유미노스케의 타고난 미모는 창백해짐에 따라 더욱 빛을 발해서 마치 살아 있는 인형이 뛰어가는 듯 보였고, 짱구의 꾹 다문 입가는 당장이라도 울음이 터져 나올 것 같았다. 인정 있는 어른이라면 누구라도 두 소년을 불러 세워서 “애야, 무슨 일이니?”, “왜 그러니?” 하고 걱정스레 물어보고 싶을 만큼 심상치 않은 기운이 흘러넘치고 있었다. 실제로 길가에서 그들을 돌아보며 불러 세우는 어른도 몇이나 있었다.

하지만 유미노스케와 짱구는 돌아보지도 않고 걸음도 쉬지 않고서 애오라지 달렸다. 꼭 잡은 손에 너무 힘을 주어 작은 관절이 불거졌다.

오나기 운하에 걸린 다카 다리밑까지 왔을 때 두 사람은 그제야 손을 놓았다. 짱구는 북쪽에 있는 모토마치의 마사고로네 집으로 달린다. 유미노스케는 에이타이 다리를 향해 달렸다. 이즈쓰 헤이시로가 사는 핫초보리의 도신 마을까지는 아직 길이 멀다.

급보를 받은 헤이시로는 한참을 달려오느라 숨을 헐떡이는 유미노스케를 옆구리에 안고 뛰어나갔다. 도신 마을을 나와 센가와 저택 옆을 지나쳤을 때, 아차, 이렇게 급하게 롯폰기 이모아라이 언덕까지 갈 거면 가마를 불러서 타는 건데, 하는 생각이 들었다. 그대로 달려 사카모토초 기도반으로 뛰어 들어가 가마를 불러 달라고 부탁하고 그 참에 유미노스케에게 물 한 잔도 얻어 주었다.

무슨 일인지 사정은 알 수 없지만 아이 얼굴이 파랗게 질려 있는 것이 딱했는지 기도반 사람은 눈치껏 물이 아니라 엿탕을 내 주었다. 단것을 마시자 유미노스케도 한결 진정된 듯하다.

"그럼 마사고로는 사키치네 집으로 달려갈 성싶으냐?"

"예, 예." 유미노스케가 고개를 끄덕인다.

"짱구한테 그렇게 부탁해 두었어요. 오케이 씨도 무서워하고 있을 테고, 게다가 저쪽에서 사람이 와 있더라도 마사고로 씨가 곁에 있으면 일이 크게 잘못되지는 않을 것 같아서요."

"그래, 잘했다."

그런데 오케이도 그렇지, 왜 즉시 나한테 알리지 않았을까, 하고 헤이시로는 유감스러워했다.

"안 그래도 그렇게 할까 했다고는 하는데, 역시 망설였겠죠."

사건이 일어난 것이 어제 점심 이후였기 때문이기도 하고요, 라며 그제야 평소의 유미노스케다운 말투로 돌아와 덧붙인다.

"게다가 오케이 씨는 크게 당황한 것 같지는 않았어요. 사키치 씨가 사람을 죽일 리가 없으므로 뭔가 오해가 분명하다, 그러니 곧 돌아올 수 있을 거라고 했어요. 갑자기 이모부에게 소식을 전해서 놀라게 하기보다 상황을 더 지켜볼 생각이었는지도 몰라요."

그 심정은 이해한다. 헤이시로도 사키치가 사람을 죽이는 사태는 결코 있을 수 없다고 생각한다. 자기가 살해당할지언정 남을 죽일 사람이 아니다. 하지만 이 사건은 배경이 워낙 특별하다. 죽은 사람이 특별하다. 결코 누구를 죽일 리 없는 사키치라도 만에 하나 어쩌

다 자기도 모르게 죽일 수 있을지도 모르는 단 한 사람이 있다면 지
금 죽은 바로 그 사람이기 때문이다.

"미나토 상회 쪽에는?"

"오케이 씨는 소식을 전하지 않았어요. 마사고로 씨가 손을 써 주
시겠지요."

"음, 그렇겠구나."

하지만 큰일났군— 하고 헤이시로가 얼굴을 손으로 문지르고 있
는데 가마가 도착했다. 헤이시로는 자연스럽게 유미노스케를 안고
올라탔지만 소년을 무릎에 앉히고 가마가 달리기 시작하자 아차 하
는 생각이 들었다.

"내가 왜 널 데려가지?"

"아는 사람 얼굴이 하나라도 많아야 사키치 씨도 마음이 든든해질
테니까요."

그 말을 듣고 납득했다. 일찌감치 놀란 유미노스케가 지금은 안정
을 되찾고 헤이시로를 이끌고 있다. 사실 헤이시로는 여전히 허공을
걷는 듯한 심정이었다.

집을 뛰어나올 때 고헤이지에게, 가와이 상회에 가서 도련님 귀가
가 늦어질 텐데 헤이시로와 같이 있으니 걱정하지 말라고 전하도록
일러두었다. 고헤이지도 알겠습니다, 하고 대답하고 즉시 사가초로
달려갔다. 평소였다면 이모아라이 언덕에 같이 가야 할 사람은 나리
의 주겐인 이 몸이고 도련님을 집으로 돌려보내야 옳습니다, 하고
한바탕 불평을 늘어놓았을 텐데, 전혀 그럴 기미가 없었다. 고헤이
지도 역시 놀란 것이다.

사키치가 사람을 죽인 혐의로 이모아라이 언덕 지신반에 끌려가 있다. 그것만으로도 소스라치게 놀랄 일인데 살해당한 사람이 저 아오이라고 하니 더더욱 놀랐다. 모두들 태연하게 있을 수 없는 것이 당연하다.

왜 안 그렇겠는가, 아오이가 모습을 드러낸 것이다—. 아오이가 다시 사키치를 만나고 있었다, 이 사실이 무엇보다 커다란 충격이었다.

아오이는 사키치의 친어머니다. 쓰키지의 건어물 도매상 주인 미나토야 소에몬의 조카이기도 하다. 아오이는 예전에 어린 사키치를 데리고 미나토야에 의탁한 적이 있었다. 소에몬이 친자식을 제쳐 두고 아오이와 사키치를 금이야 옥이야 편애하자 본처 오후지가 분노했고, 그 결과 미나토 상회에서는 참으로 골치 아픈 사건이 일어났다. 오후지가 아오이를 몰래 밖으로 불러내 목을 졸라 죽이려고 했던 것이다.

그래서 소에몬은 아오이를 도망치게 하고 숨겨 주었다. 오후지가 아오이를 제 손으로 죽였다고 믿는 것을 역이용한 셈이다. 그래 놓고 남들 앞에서는, 아오이가 무슨 까닭인지 미나토 상회를 떠나 버리고 말았다, 대체 무슨 까닭인지 이해할 수가 없다— 하며 시치미를 떼고 있었다.

이 기만책이, 아오이를 죽인(그렇게 믿고 있는) 오후지가 제 범행을 소에몬에게 감추기 위해 생각해 내고 이야기한 것인지, 아니면 소에몬이 아오이를 지키고 싶은 일념에서 꾸며낸 것인지 그 자세한 내막을 헤이시로는 알지 못한다. 언젠가 한번 소에몬한테 들을 기회가 있었지만 상세한 내용까지 듣지는 않았다. 이렇거나 저렇거나 언짢은 이야기였기 때문이다.

분명 이 기만책으로 한때는 모든 것이 잠잠해졌다. 오후지는 아오이를 처치했다는 생각으로 울분을 달랬고, 게다가 죗값도 치르지 않은 채 내심 회심의 미소를 지을 수 있었다. 주인과 안주인, 그리고 주인의 조카딸 사이에 벌어지는 복잡하게 얽힌 치정 사태를 보며 가게의 장래를 걱정하던 미나토 상회의 점원들도 마음을 놓았으리라.

하지만 어미를 잃고 미나토 상회에 홀로 남겨진 사키치는 한없이 작아질 수밖에 없었다. 본래 군식구인데다 아오이라는 우산을 잃고 오후지라는 무서운 여인의 그늘 아래 숨을 죽이고 살아야 했다. 아무리 소에몬이 예전처럼 사키치를 총애하려 해도 가게 내부에서는 안살림을 쥐고 있는 안주인이 실권자다. 어린아이 하나를 마음대로 처리하기란 일도 아니다.

그래서 결국 사키치는 미나토 상회를 떠나게 되었다. 미나토 상회와 거래가 있던 정원사 밑에 도제로 들어간 것이다.

하지만 그렇다고 해서 모든 일이 끝난 것은 아니다. 미나토야 소에몬은 그렇게 생각했을지 모르지만 사람의 마음이란 그렇게 쉽게 정리되지 않는다.

무엇보다 고약한 것은, '아오이가 가출했다'는 소문이 사키치의 마음속에 어미에 대한 불신을 심어 놓았다는 점이다. 안 그래도 아오이는 정에 헤프다고 알려진 여자였다. 그렇지 않고서야 군식구로 있는 숙부 집에서, 그것도 본처 코앞에서 숙부와 정을 통하는 대담무쌍한 짓을 저지를 수는 없었을 테고, 실제로 남자 문제에서는 앞뒤

잴 줄 모르는 여자였으리라. 바로 그렇기 때문에 '가출했다'는 소문을 날조해 내기도 쉬웠다.

하지만 어린 사키치에게는 그것을 그저 소문으로 듣거나 혹은 아이 나름의 지혜로 짐작하는 것과, 제 눈으로 보고 몸으로 받아들여야 하는 것 사이에는 하늘과 땅만큼이나 차이가 있었다.

결과적으로 사키치는 어미를 원망하며 자랐다. 그것도 자기를 미나토 상회에 두고 사라진 일을 원망하는 정도가 아니라, 자기 어미는 남자를 밝히는 여자인데다 크나큰 은혜를 베푼 미나토야 집안을 쉽게 배반하고 멋대로 나가 버린 배은망덕한 여자라는 식으로 믿으며 자란 것이다.

헤이시로는 그것이 마음에 들지 않았다. 미나토야 소에몬은 왜 아오이를 숨긴 뒤 사키치를 슬하로 보내서 함께 살게 해 주지 않았을까. 그게 힘들다면 적어도 사키치가 철들 때를 기다렸다가 살짝 진실을 말해 줄 수도 있었지 않은가.

적을 속이려면 아군부터 속이라는 말이 있다. 공든 탑도 개미 구멍에 무너진다는 말도 있다. 사키치에게 사실을 고하면 오후지에게 발각될 위험성도 커진다. 따라서 소에몬도 아오이를 완벽하게 지키기 위해서는 어쩔 수 없는 일이었다고 주장할는지도 모른다. 그러나 그것은 어디까지나 소에몬의 생각이다. 더구나 그 바탕에는 적어도 사키치에게는 늘 듬직한 기둥 같은 훌륭한 숙부님으로 남고 싶다는 비열한 욕심이 숨어 있다고 헤이시로는 짐작한다.

오후지의 분노가 하늘을 찔러 아오이를 목 졸라 죽이겠다고까지 작심하게 만든 근본 바탕은 애초에 누가 만들었단 말인가?

그자 아닌가.

소에몬도 소에몬이지만 아오이도 문제다. 사랑하는 소에몬이 이끄는 대로 숨어 살긴 했다만, 그 사랑만으로 과연 행복했을까? 아들 얼굴도 보지 못하고, 아들이 미나토 상회 사람들에게 네 어미는 너를 버리고 나가 버렸다는 말을 들으며 살겠구나 생각하면 가슴이 미어지지 않았을까?

제 목숨과 소에몬과의 인연이 그토록 중했단 말인가. 자식은 안중에도 없단 말인가.

그런 여자를 어미라 부를 수는 없다. 그냥 철면피한 계집일 뿐이다. 헤이시로는 무엇보다 철면피한 자들이 싫다.

어른이 되고 어엿한 정원사가 된 지금도 사키치의 가슴속에서는 어미에 대한 불신과 버림받았다는 분노가 말끔히 지워지지 않았다. 그래서 작년에 뎃핀 나가야 건을 통하여 진상을 파악한 헤이시로는 사키치에게 사실대로 알려 줄까 하고 갈등한 적이 있다. 그러나 아주 잠깐 망설였을 뿐이다.

사키치는 이대로 진실을 모르는 편이 낫다. 사키치에게는 사키치의 인생이 있다. 아오이는 이미 죽은 사람으로 알고 묻어 두는 편이 낫다. 어미를 원망해야 하는 처지가 딱하기는 하지만 아오이는 원망을 받아도 싼 어미다. 헤이시로는 그렇게 마음을 굳혔다.

그 뒤 사키치는 오케이라는 알맞은 배필을 만나 살림을 차렸다. 이제 머지않아 사키치도 부모가 되리라. 그러므로 아오이의 진실은 사키치에게 더욱 필요 없게 되었다. 헤이시로는 그렇게 생각하고 한결 마음을 놓았다.

그런데―.

왜 이제 와서 사키치는 아오이를 만났을까. 어떻게 만날 수 있었을까. 누가 연결시켜 주었을까. 누가 사키치에게 십팔 년 전의 진상을 가르쳐 주었을까?

사키치가 잡혀 있는 지신반은 이모아라이 언덕 꼭대기에 있다. 해가 완전히 저물고 사방등이 켜져 있어서 오히려 찾기가 쉬웠다.

이 근방에도 상인들의 주택이 많다. 굽이치듯 올라갔다 내려갔다 하는 좁은 길가에 처마를 나란히 하고 있다. 하지만 바로 뒤편에 커다란 덤불숲이 있고 농지가 있고 무가 지택의 긴 담장이 달리고 신사의 숲이 있고 그 너머에 또 농지가 있는 등, 헤이시로의 눈에 익은 혼조 후카가와나 니혼바시 부근하고는 풍경이 많이 달랐다. 집집마다 창문을 밝히는 불빛도 어떤 곳은 많이 모여 있는가 하면 어떤 곳은 새벽녘 별처럼 띄엄띄엄 성기며 막 내려온 밤의 장막에 조용히 감싸 안겨 있다.

기척을 내자 기름 바른 장지문이 드르륵 열리고 덩치가 늠름한 젊은 사내가 나왔다. 줄무늬 기모노 자락을 걷어 올려 허리띠에 지르고 양 소매를 걷어 올렸다. 지신반 서기가 아니라 이 구역 오캇피키의 수하인 모양이다. 헤이시로의 검은 마키바오리_{하급 무사는 근무중 하오리를 입을 수 없었으며, 하오리를 입을 때는 밑단을 밑에서 위쪽으로 허리띠에 구겨 넣어서 짧게 입어야 했다. 이렇게 허리띠 속에 하오리 밑단을 구겨 넣은 것을 마키바오리라고 한다}를 보고 눈을 휘둥그레 뜨더니 황망히 고개를 숙이면서도, 어디서 온 나리? 하고 미심쩍게 살펴보더니 그대로 문을 가로막고 서서 손을 뒤로 돌려 장지문을 닫아 버렸다.

"어서 납시오……. 한데…… 저어, 나리께서는."

헤이시로는 신분을 밝히고 여기에 아는 사람이 잡혀 와 있다는 사실을 위압적으로 들리지 않도록 단어를 신중히 골라가며 말했다. 상대가 같은 도신은 아니지만 이쪽은 아쉬운 처지이니 신중하게 처신하는 편이 좋다.

"아, 아하" 하고 큰 소리로 응한다.

"언덕 위 저택에서 일어난 살인 사건의 범인 말씀이군요?"

이 말은 거슬린다. 아직 사키치가 범인이라고 밝혀지지는 않았다.

"사키치라는 정원사다. 사는 곳은 오오지마인데, 그자가 여기 지신반에 끌려와 있다는 소식을 그 처한테 듣고서 달려왔다. 내가 잘 아는 자라서 일단 얼굴도 보고 가능하면 본인한테 사정을 듣고 싶어서 이렇게 찾아온 거다."

만나 볼 수 있을까, 하고 여전히 정중하게 물어보았다.

"흐음" 하고 젊은 사내는 턱을 요란하게 비틀었다. 거들먹거리는 것이 아니라 정말로 망설이는 듯하다.

"사에키 나리는 먼저 돌아가셨고 저희 형님도 안 계시는데."

굵은 목을 비틀며 뒤를 힐끔거리더니 목소리를 낮춰 물었다.

"저 사키치란 자, 혹시 나리께서 부리시는 종자인가요?"

오캇피키나 그 수하를 종자라 부르기도 한다. 헤이시로는 바로 부정했다.

"아니다. 그냥 아는 자다. 사키치는 품성이 곧고 일도 잘하는 정원사이고 천성이 참하다. 그건 내가 보증하지."

오캇피키나 그 수하들은 예전에 관리한테 고초를 겪었던 자들이다. 물론 그렇지 않은 자도 있지만 비율로 보자면 전자가 많다. 뱀 다니는 길은 뱀이 안다고, 그런 전력이 있는 자가 수사에 활용하기도 좋으므로 자연히 그렇게 되는 것이다.

헤이시로의 아버지는 그런 자들을 싫어해서 평생 오캇피키를 가까이 두고 부린 적이 없다. 헤이시로를 비롯한 자식들한테도 오캇피키처럼 좋지 못한 작자들은 믿지 말라고 귀에 못이 박히게 훈계했다. 여색은 밝혀도 그 문제에서는 묘하게 결벽한 사람이었다.

뎃핀 나가야 건으로 친해진 마사고로를 어느새 의지하게 된 헤이시로는 아버지의 훈계를 어긴 셈이다. 자세히 알아보지는 않았지만 아무래도 마사고로한테는 매우 어두운 과거가 있는 듯하다고 희미하게 짐작도 하고 있다. 저승에 있는 아버지가 얼굴이 빨개지도록 화를 내고 있을지도 모른다.

그러나 사키치는 오캇피키가 아니다. 이것만은 분명하게 말해 둬야 한다고 헤이시로는 생각했다. 어떤 장사든 직종이든 다 비슷하겠지만, 사람은 범죄를 저지른 동업자를 유난히 차가운 눈으로 바라보는 법이다. 특히 오캇피키끼리는 냉랭함을 넘어 무자비한 지경에 이르는 경우가 있다. 그들 모두가 필연적으로 가지고 있는 떳떳치 못한 부분이, 동료를 배반한 범죄자를 상대하다 보면 과격한 분노로 변해 분출되는지도 모른다.

사키치를 그런 처지에 빠지게 할 수는 없는 노릇이고, 그런 눈초리를 받도록 놔두기도 미안한 일이다. 헤이시로는 두 발에 힘을 주어 버티고 섰다.

"도대체 무엇이 어떻게 되었기에 사키치가 이런 혐의를 받게 되었

는지 나는 전혀 짐작이 안 된다. 그만큼 성실한 사람이다. 당사자가
얼마나 두렵겠나. 어때, 얼굴이나 잠깐 볼 수 있게 해 주겠나?"

헤이시로 뒤에 숨어 있던 유미노스케가 안달이 났는지 꼼지락거
리고 있다. 물론 헤이시로도 초조하기는 매한가지다. 짐짓 목소리를
크게 키운 까닭은 지신반 안에 있을 사키치가 들었으면 해서다.

"아까 사에키 나리라고 했나. 이 지역의 마치 순시관이 사에키란
나리인 모양이군."

"예" 하며 젊은 수하는 모호하게 고개를 끄덕였다.

"나는 결코 사에키 나리 일에 간섭하려고 온 게 아니야. 그저 아
는 자가 살인 혐의를 받고 있다는 말을 듣고 깜짝 놀라서 상황을 알
아보러 왔을 뿐이야."

담당 도신도 없고 오캇피키도 없다고 하니 이자를 호되게 꾸짖어
서 물리치고 사키치를 빼앗아 데리고 돌아가는 수도 있다. 헤이시로
의 머리에도 그런 생각이 스쳤다. 눈앞에 있는 젊은 수하가 이렇게
건장하고 힘이 세 보이지만 않았다면 실행에 옮겼을지도 모른다.

하지만 헤이시로는 이런 시비에 서툴다. 게다가 여기서 무리를 범
하면 상황에 따라서는 사키치를 다시 빼앗길 가능성도 다분하다. 그
럴 경우 상황은 두 배로 불리해져서 사키치를 짓누를 수 있다.

그렇다. 상황에 따라서는. 만에 하나 사키치가 범인임을 증명하는
움직이기 힘든 증거가 있을 경우에는.

혹은 사키치가 아오이를 죽이는 현장을 누구에게 목격당하고 체
포되었을 경우에는—.

끔찍한 일이 벌어질지도 모른다.

여하튼 사정을 조금도 알아내지 못하고 물러설 수는 없지 않은가.

"어떡하나."

건장한 젊은 사내가 굵은 팔로 팔짱을 끼고 그렇게 말했다.

"이즈쓰 나리 말씀은 잘 알았습니다. 하지만 저도 사에키 나리와 저희 형님한테 단단히 명령을 받았습니다. 이자를 똑바로 감시해라, 뭐든 한 마디라도 털어놓기 전에는 어느 누구와도 만나게 하지 말고 측간에도 보내지 마라, 밥도 주지 마라, 하고 말입니다."

너무 심한 처사이지만 헤이시로는 거기에 분노하기 전에 먼저 놀라고 말았다.

"그렇다면 사키치가 아직 한 마디도 하지 않았단 마히냐?"

저도 모르게 발음이 꼬였다. 그것이 오히려 효과가 있었는지 젊은 수하의 태도가 갑자기 선선해졌다.

"그렇다니까요. 정말 답답합니다. 내내 입을 꾹 다물고 있어요."

"그런데도 용케 신원을 파악했구나."

"아, 그자가 정원사 옥호와 이름을 수놓은 한텐을 입고 있었으니까요. 오오지마라면 후카가와 끝이죠? 정말 촌이죠. 점심때 제 동료가 거기까지 가서 정원사 주인을 끌고 오려고 했지만 오늘은 주인이 멀리 일하러 나가 있어서 끌고 올 수 없었습니다. 처는 아무것도 모르니 보탬이 안 되고, 남편이 잡혀갔다는 말을 듣고 넋이 나가 버린 탓에……."

유미노스케가 헤이시로의 기모노 자락을 잡아당기고 눈길을 쳐들어 눈을 깜짝거리며 고개를 끄덕였다. 물론 오케이는 크게 놀랐지만 심각하지는 않다는 말을 하고 싶었으리라.

"그래서 아무튼 사키치는 오늘 밤 하루는 여기서 잡아 두고 머리를 식히게 하기로 한 겁니다."

헤이시로는 빙그레 웃으며 얼른 반 보를 좁혔다.

"그래, 일이 어렵게 되었구나. 하지만 사키치도 내 얼굴을 보면 뭐든 입을 열지도 모른다. 그렇게 생각하지 않느냐?"

젊은 수하의 커다란 눈동자가 흔들렸다.

"으음. 그렇지만."

상관의 명을 마음대로 어길 수도 없고— 하고 매우 곤혹스런 모습으로 중얼거린다. 그러나 몸은 여전히 굳건하게 문을 막아선 채 움직일 줄 모른다.

"역시 안 되겠습니다. 나리 말씀은 알겠지만, 안 됩니다. 형님께서 저한테, 네 머리로 생각하려면 십 년은 더 있어야겠다, 라고 말씀하셨거든요. 형님 분부는 정확히 지켜야 합니다. 죄송하지만 물러가 주십시오."

제법 당차다. 세상에서는 이런 것을 두고 곰처럼 정직하다고 말한다.

"그래? 그럼 하는 수 없지. 그자를 만날 수 없다면 주변을 조사해서 조금씩 짚어 나가는 수밖에 없겠군."

그러자 젊은 수하가 머리를 긁적이며 말했다.

"하지만 나리, 그것도 어려울 겁니다. 이쪽에서도 아직 사정을 전혀 파악하지 못하고 있습니다. 저택은 임대한 집이고, 죽은 아오이란 여자는 혼자 살았던 모양입니다. 아마 어느 갑부의 숨겨 놓은 첩이 분명한데, 대체 어디 사는 어떤 갑부가 뒤를 봐주고 있었는지 통 알 수가 없습니다. 하녀 하나가 딸들을 데리고 들어가 일하고 있는데, 무엇을 물어도 모른다는 말만 하고 역시 입을 열지 않습니다요. 근처 주민들도 그동안 왕래가 없어서 사정을 모른다고 합니다. 그래서 결국 저희 형님이 센다가야에 산다는 집주인을 만나러 출장을 가셨습니다."

"너희 행수가 직접 갔다고? 일을 참 열심히 하는구나."

헤이시로가 흥을 돋아 주었다.

"사실 그 정도 일은 저도 할 수 있다고 했지만 저희 형님은 이번 일에는 아무래도 무슨 곡절이 있는 듯한 냄새가 난다면서, 집주인도 쉽게 사실을 밝히기 힘들지도 모른다, 내가 직접 가서 흔들어 봐야겠다, 라고 하시던걸요."

눈치 빠른 오캇피키로군. 그렇다. 아오이는 이만저만한 곡절이 있는 여자가 아니다.

"그렇다면 내가 너희 수고를 크게 덜어 줄 수 있겠구나."

헤이시로가 말했다. 젊은 수하는 예에? 하고 속이 뒤집힌 듯한 목소리를 냈다.

"정말이세요, 나리?"

"암. 나는 스님 상투와 거짓말은 엮어 본 적이 없는 몸이야. 너희 형님이 센다가야에 갔다가 곧장 이리로 돌아올 성싶으냐?"

"글쎄요……. 그건 저도 잘 모르겠습니다. 여기 저택에도 아직 조사할 게 있다고 하시긴 했는데요."

"그럼 나도 저택으로 가 볼까. 만약 너희 형님이 먼저 여기로 오면 사정을 전해서 수고스럽지만 저택으로 와 달라고 해라."

가는 김에 입주해서 일해 왔다는 하녀 이야기도 들을 수 있겠다. 일석이조다. 헤이시로는 저택의 위치를 물었다. 언덕을 다 올라간 곳에 있으며, 그 근방에 커다란 집이 하나밖에 없어서 금방 찾을 수 있다고 했다.

"그런데 너희 형님 이름이 뭐지?"

"하치스케입니다."

그러더니 수하는 왠지 웃었다. 웃으니까 뜻밖에 어려 보인다.

"이곳에서는 모두들 흰 머리띠 행수라고 부릅니다. 나리도 만나 보시면 그 까닭을 금방 아실 겁니다."

"그래? 그럼 네 이름은?"

"저는 모쿠타로라고 합니다. 나무 목 자 밑에 장인 공 자를 붙여 놓고 모쿠라고 읽죠? 그 모쿠입니다."

어딘지 의기양양하다. 하치스케란 오캇피키의 수하가 될 때 받은 이름인지도 모른다.

"그래, 알았다. 그런데 모쿠타로."

헤이시로는 문득 뒤를 돌아보더니 유미노스케의 얄팍한 어깨를 콱 움켜쥐고 앞으로 끌어냈다.

"이 아이는 유미타로라고, 사키치의 막냇동생이다."

급작스런 상황에 유미노스케는 흠칫 놀라 펄쩍 뛰어오를 기세였다. 하지만 이내 자세를 고치고 얌전하게 모쿠타로에게 인사했다.

"유미타로라고 합니다. 잘 부탁드립니다."

갑자기 자기 본래 목소리보다 훨씬 혀 짧은 소리를 내는 것이 얄밉다. 아니, 믿음직스럽다. 헤이시로는 냉큼 다음 단계로 넘어갔다.

"제일 믿고 따르던 형이 오라를 받았다는 말을 듣고 제발 자기도 데려다 달라고 떼를 쓰더군. 떼쓰는 아이랑 마름한테는 못 당한다는 말도 있잖나. 하지만 아무리 그래도 이 아이를 살인이 일어난 저택까지 데려갈 수는 없어서 말일세. 내가 데리러 올 때까지 안에서 기다리게 해 주지 않겠나. 철없는 동생을 보면 사키치도 입을 열지 모르지."

거절하면 그만이라고 생각하고 던져 본 말인데 이번에는 모쿠타로도 잠시 고개를 갸웃하더니 승낙했다.

"그 정도는 해 드려야죠. 꼬마야, 이리 들어가라."

유미노스케, 아니, 유미타로의 손을 잡고 당겨 준다. 갑자기 아량이 넓어졌다. 꼬마 하나쯤이라면 사키치를 만나게 해 줘도 오캇피키의 분부와 어긋나는 일은 아니라고 생각한 모양이다. 어쩌면 어린아이한테 약한 자일지도 모르고.

"어차피 저택에 가 보시면 나리도 듣게 되겠지만 근방에서는 그 집에 귀신이 나온다고들 합니다요."

모쿠타로가 말했다.

"귀신이 나와?"

"예, 그렇습니다. 아이 잡아먹는 귀신이 나온다는 소문이 자자합니다요."

그러니 이 꼬마는 데려가지 않는 편이 좋겠다고 진지한 얼굴로 덧붙인다. 그것이 오캇피키의 명을 어기는 이유였던 것이다. 뜻밖에 마음이 고운 남자인 모양이다.

"그 집에서 일하는 하녀에게도 어린 딸이 두 명 있다고 합니다만,

무서운 소문을 알지 못하고 들어갔겠지요. 하긴 이제 하녀살이도 끝
났지만요."

걱정스런 표정을 짓고 있는 모쿠타로에게 손이 잡힌 유미타로가
가만히 말했다.

"저는 여기 있으면 괜찮아요, 모쿠타로 행수님."

모쿠타로는 환하게 웃었다.

"난 행수가 아니야."

연극은 훌륭하지만 지나치면 안 돼. 헤이시로가 눈짓을 했다.

"그럼 부탁하네."

"아, 나리."

모쿠타로가 종종거리며 다가와 부탁했다.

"저희 형님이나 사에키 나리의 체면이 상하는 일이 생기면 제가
난처해집니다요. 부디 그 점을……."

"어, 알았다."

헤이시로는 다시 엉뚱하게 큰 목소리로 말했다.

"내가 부지런히 알아보마. 그러니 너는 걱정 말고 잠시 쉬고 있어
라. 알았냐?"

물론 사키치더러 들으라고 한 소리였다.

유미타로, 아니, 유미노스케는 모쿠타로를 따라 얌전하게 지신반
안으로 발을 들여놓았다.

사키치는 봉당에 있는 굵은 기둥에 오라로 묶여 있었다. 기둥에
기댄 채 바닥에 털썩 주저앉아 양반다리를 하고 있는데 두 팔이 뒤

에서 묶여 있다. 역시 얼굴은 초췌하지만 다친 데는 없는 듯했다.

그가 얼굴을 들자 유미노스케가 선수를 쳤다.

"형!"

그러고는 돌멩이처럼 휙 날아가 두 손으로 사키치의 목깃에 매달려 소리 내어 울기 시작했다.

"으앙, 앙, 무서워. 걱정했단 말이야, 형."

물론 사키치는 깜짝 놀랐다. 한텐을 벗고 기모노만 한 장 걸친 상태라 해가 떨어지고 나면 아무래도 춥다. 하지만 그의 목덜미나 팔뚝에 자르르 돋아난 소름은 추위 탓은 아닌 듯하다. 그는 등으로 기둥을 밀면서 뒷걸음을 치려고 했다. 유미노스케의 행동이 너무 재빨랐고 목소리도 평소와 달리 어린아이 같은 새된 목소리여서 누구인지 얼른 알아채지 못한 모양이다.

"나예요, 유미노스케."

유미노스케는 입 오른쪽 가장자리만으로 살짝 말했다. 호흡에 섞인 살짝 갈라진 목소리다.

"일단 장단 좀 맞춰 줘요."

그러고는 다시 "으앙, 형!" 하고 소리친다.

"네 동생이라지? 이렇게 우는데 보기 딱하지도 않냐."

모쿠타로는 우뚝 선 채 커다란 양손을 맞잡고 유미노스케를 내려다보고 있다.

"식구들을 걱정하게 하면 안 되지. 더구나 이렇게 어린 아이인데."

사키치는 눈알을 두리번거리다가 천천히 눈을 깜빡거리고 턱을 쓱 내밀듯이 해서 모쿠타로에게 눈인사를 했다.

"이 유미타로라는 아이가 너를 잘 안다는 핫초보리 나리랑 같이 찾아왔다. 우리도 사정이 있어서 나리를 그냥 돌려보냈지만 아이는 잠시 내가 여기 맡아 두기로 했다."

"유미타로?"

사키치가 저도 모르게 눈을 크게 떴다.

"으앙, 형!"

유미노스케는 큰 소리로 그의 반문을 가로막았다.

"이즈쓰 나리를 따라왔어. 형이 너무 걱정돼서. 아앙."

다시 이번에는 입 왼쪽 가장자리로 속삭인다.

"이모부는 아오이 씨 집에 가셨어요. 돌아오실 때까지 저는 여기 있을 거예요."

말을 마치자마자 다시 큰 소리로 울어 댄다.

"형수님도 걱정하고 있어요. 엉엉."

모쿠타로는 느릿느릿 봉당을 가로질러 안쪽 방에 걸터앉았다.

"이봐, 사키치. 이쯤해서 고집은 그만 피우고 다 털어놓는 게 어때. 이 아이 말대로 네 마누라도 걱정하고 있다잖아. 암, 당연히 걱정이겠지."

유미노스케는 양손으로 사키치의 목을 안고 흔들기 시작했다.

"형, 괜찮아. 이즈쓰 나리가 틀림없이 어떻게든 해 주실 거야. 나리도 이건 뭔가 오해라고 말씀하셨으니까. 그러니까 형, 이제 울지 않아도 돼."

사키치는 놀라움을 넘어서 그저 눈만 희뜩거릴 뿐이다.

"아, 알았다. 알았어, 유미타로. 그러니까 울지 마. 우는 건 내가 아니라 너잖아.”

“난 안 울어.”

유미노스케는 애써 부정하고 다시 사키치를 흔들어 댔다. 뒤통수가 기둥에 통통 부딪히고 있다.

“애, 애, 유미타로. 네 형 머리에 혹 나겠다. 이리 와.”

“예, 모쿠타로 행수님.”

유미노스케는 순순히 사키치를 풀어 주고 일어나서 손등으로 얼굴을 썩썩 문질렀다. 정말로 볼에 눈물이 흐르고 있다. 진짜로 운 것이다.

“난 행수가 아니라니까 그러네.”

그러면서도 모쿠타로는 싫지 않은 얼굴이다.

“근데 너 정말 형을 위하는구나. 형이 그렇게 좋으냐?”

“네.” 유미노스케는 끅끅거리며 고개를 끄덕였다.

“형은 아버지랑 다름없거든요. 근데 모쿠타로 행수님, 저 목이 말라요.”

“쯔쯔, 그렇게 울었으니. 물을 끓였다 식혀 놓은 게 있는데, 잠깐 기다리렴.”

모쿠타로는 방으로 들어가 구석에 놓아 둔 토기 주전자와 이 빠진 잔을 가져왔다. 그가 등을 돌리고 있는 동안 유미노스케는 얼른 사키치에게 다가가 “이모부가 돌아오실 때까지는 이대로 아무 말도 말아요” 하고 목소리 없이 입놀림만으로 전했다. 모쿠타로가 잔을 들고 돌아섰을 때는 재빨리 원위치로 돌아와 있었다.

“아, 고맙습니다.”

물을 꿀꺽꿀꺽 다 마셨다(사실 목이 말랐다).

“행수님, 형한테도 줘도 돼요?”

모쿠타로가 망설이자 유미노스케는 얼른 “아앙” 하고 울었다.

“이 물 맛있어요. 형한테 마시게 해 주고 싶어요.”

“하는 수 없지. 좋아, 자, 잔에 따라 줘라.”

유미노스케는 두 손으로 잔을 받쳐 들고 사키치의 입가에 대 주었다.

“그치, 맛있지, 형.”

빈 잔을 모쿠타로 손에 돌려주려고 할 때 유미노스케의 배에서 꼬르륵 소리가 났다. 연극은 아니었지만 때가 절묘했다.

“너, 배고프냐?”

“아직 밥을 못 먹었어요.”

“형 걱정에 밥이 안 넘어가디?”

“예.”

다시 아앙, 하고 울려고 하는데 그전에 다시 배에서 꼬르륵 소리가 났다.

“저녁밥으로 받은 주먹밥이 아직 남아 있을 텐데.”

부스럭거리며 찾는 모쿠타로를 곁눈으로 보면서 유미노스케는 사키치에게 씽끗 웃음을 보냈다. 사키치는 웃음이 터지려는 것을 애써 참고 있다. 희미하지만 볼에 핏기가 돌아온다.

이모부가 돌아올 때까지 여하튼 사키치의 마음을 조금이나마 편하게 해 주고 힘을 북돋아 주자. 다행히 유미노스케가 의도한 대로 잘되고 있다.

"이 주먹밥 맛있어요. 모쿠타로 행수님, 형한테 조금 떼어 줘도 돼요?"

"하는 수 없지. 여기 하나 더 있으니까 이걸—."

"고맙습니다. 자, 먹어, 형."

"사키치, 넌 복도 많구나. 이런 귀여운 동생도 있고. 유미타로, 너도 크면 형처럼 정원사가 될 거냐?"

"아뇨, 저는 행수님처럼 관청 일을 돕고 싶어요."

"뭐? 오캇피키가 되고 싶다고?"

"네! 행수님, 저를 부하로 삼아 주실래요?"

"글쎄, 하지만 오캇피키도 힘든 일이야. 무서운 일도 겪어야 하고. 그래도 좋으냐?"

"저는 아무렇지도 않아요! 그런데 행수님, 무서운 일이 뭔데요?"

"글쎄다, 예를 들면—."

이렇게 사키치는 유미노스케가 덩치 커다란 모쿠타로를 요리조리 어르는 광경을 차분히 감상하게 되었다.

4

이모아라이 언덕을 다 올라간 곳에 있는, 아오이가 살았다는 임대 저택은 컴컴한 어둠 속에 벚꽃놀이 잔치라도 벌이는 양 환하게 불빛을 밝히고 있었다. 사방등이나 등롱을 있는 대로 꺼내다가 불을 밝힌 것이다. 산울타리를 돌아 현관으로 다가가자 누가 집 안을 돌아다니는지 둥근 사람 그림자가 움직이는 모습이 힐끗 보였다.

덧문을 모두 여닫는 데 반 각약 한 시간은 걸리겠다 싶은 커다란 저택이다. 현관 옆에는 따가운 한여름 햇살을 가리는 대발이 둘둘 말린 채 반듯하게 세워져 있다. 지금쯤은 벌써 치워 두었어야 할 물건이지만 그래도 지저분한 느낌은 없었다. 밤눈이라 나뭇가지나 이파리 색깔까지 똑똑히 보이지는 않지만 풀섶귀나 정원수 중에 말라비틀어진 것은 없는 듯하다.

마루 앞 디딤돌에는 이 저택하고는 조금 안 어울리는 지저분한 조리가 한 켤레, 그리고 이보다 조금 나아 보이는 조리 한 켤레가 함부로 뒹굴고 있다. 그것을 보고 헤이시로는 짐작했다. 센다가야의 집주인을 찾아갔던 오캇피키 하치스케가 벌써 돌아와 있는 게로군. 저 지저분한 조리는 그자의 것이겠지. 조금 나아 보이는 조리는 집주인이나 관리인이겠고. 센다가야에서 오캇피키를 따라왔으리라.

셋타가 보이지 않는 것셋타는 고급스러운 조리로, 마치부교쇼 도신들은 근무중에 반드시 셋타를 신어야 했기 때문에 부교쇼 도신을 상징하는 물건 중 하나였다을 보면 감사관은 벌써 물러갔는지도 모른다. 지신반에 있던 모쿠타로 이야기로는 사에키라는 마치순시관은 돌아갔다고 하고…….

복도 안쪽에서 누가 작은 소리로 이야기하는 소리가 토막토막 들린다.

"여보시오, 여보시오."

물에 젖은 듯 등불을 반사하는 복도 저쪽에다 대고 헤이시로가 소리쳤다. 그러자 이야기 소리가 끊기고 곧 발소리가 다가왔다.

"어, 누구십니까."

헤이시로의 얼굴을 보고 작은 눈을 휘둥그레 뜬 사람은 체구가 작은 노인이다. 배가 동그랗게 볼록 튀어나온 체구에 쥐색 바탕에 까만 줄무늬 기모노가 얼추 어울려 보인다. 허리에 끼워 놓은 붉은 술 달린 짓테. 오캇피키 하치스케다.

사실 이렇게 관찰하지 않았더라도 헤이시로는 첫눈에 그를 알아보았으리라. 모쿠타로도 '만나 보면 아실 겁니다'라고 말했다. 과연 대번에 알겠다.

머리에 두른 띠. 천을 감은 것이 아니다. 오캇피키 하치스케는 스님으로 보일 정도로 대머리다. 상투도 틀지 못했다. 그런데 어찌된 일인지 이마 둘레에만 보송보송한 백발이 남아 있다. 그 모습이 흡사 하얀 머리띠를 두른 듯 보인다.

"나리께서는—."

의아해하기보다 곤혹스러워하는 낯으로 하치스케가 허리를 숙인다. 헤이시로는 얼른 말했다.

"아, 미안하네. 나는 혼조 후카가와에 있는 이즈쓰 헤이시로라는 사람일세. 이쪽에 속한 관리는 아니야. 다만 언덕 아래 지신반에 잡혀 있는 정원사 사키치가 내가 아는 자라서 급보를 듣고 놀라서 달려왔네."

아, 예, 하고 조금 놀란 듯한 목소리로 대답하며 하치스케는 크게 고개를 끄덕였다. 작은 눈이 왠지 눈에 익다. 전에 요미우리 그림에 등장했던, 남만에서 들여왔다는 커다란 동물의 눈을 꼭 닮았다. 코가 길쭉하고 귀가 큼지막한 코끼리라는 동물이다.

헤이시로는 내처 말했다.

"게다가 나는 여기서 죽은 아오이라는 여자의 신상에 대해서도 알고 있네. 정말 잘 알지. 그래서 조금이라도 도움이 될까 싶어서 찾아온 거네. 잠시 들어가 봐도 되겠나?"

하치스케가 가타부타 대답하기도 전에 헤이시로는 얼른 신발을 벗었다.

"시체는 안에 있나?"

뒤늦게 정신을 차린 하치스케가 거침없이 들어가려는 헤이시로의 소매를 잡으며 막았다.

"나리, 아, 이즈쓰 나리."

"자네가 하치스케 행수겠지? 지신반의 모쿠타로한테는 양해를 얻고 왔는데, 혹시 나한테 이 집 위치를 가르쳐 주었다고 해서 그자를 혼내면 안 되네. 모쿠타로는 제 소임을 다하고 있고 사키치는 얌전히 붙들려 있으니까."

헤이시로는 하치스케를 소매에 매단 채 거침없이 들어섰다. 금가루를 뿌린 바탕 종이에 매화꽃과 소나무 무늬가 들어간 장지문이 반쯤 열려 있고 그 안에서 여자가 흐느껴 우는 소리가 흘러나온다.

"이즈쓰 나리, 이즈쓰 나리."

"그럼 잠시 실례하겠네."

시체는 이미 침상에 뉘어 있다. 얼굴은 흰 천으로 가리고 베개맡에는 병풍을 거꾸로 세워 놓았다. 딱 하나만 피워 놓은 선향에서 연기가 덧없이 피어오른다.

울고 있는 여자는 침상 끝 쪽에 앉아 있는데 눈이 빨갛다. 나이는 서른이나 되었을까. 아마 이 집의 하녀인 모양이다. 침상을 사이에 두고 하녀 반대편의 시체 얼굴 쪽에는 하오리_{기모노 위에 덧입는 상의로, 격식을 차릴 때 입는다. 에도 시대에는 어느 정도 직책을 맡은 사람만이 입을 수 있었다}를 단정히 입고 얼굴이 수척한 노인이 무릎을 꿇고 앉아 있다가 헤이시로를 보고 자리에서 일어서려고 했다.

"방해해서 미안하군. 나는 죽은 아오이 부인을 아는 사람이다. 소식을 듣고 달려왔다. 고인의 얼굴을 좀 봐도 되겠나."

헤이시로의 말에 울고 있던 여자가 얼른 얼굴을 훔쳤다.

"마님의—."

"유, 그래. 말 나온 김에 덧붙이자면 너희 마님을 죽였다는 혐의를 받고 지신반에 잡혀 있는 사키치라는 젊은이도 잘 알지. 이야기를 하자면 길어지니까 먼저 고인에게 합장부터 했으면 싶구나."

헤이시로가 거침없이 주장하고 나서니 다른 세 사람은 아무 말도 못한다. 얼굴이 수척한 노인이 자리를 비켜 주자 헤이시로는 하얀 천을 씌운 시체 바로 옆에 무릎을 꿇고 앉았다.

흰 천으로 가만히 손을 뻗던 헤이시로는 뜻밖에 제 심장이 외발뛰기라도 하는 양 콩콩 뛰는 것을 느꼈다.

가만히 천을 치웠다.

괴로워하는 표정은 아니다. 미간을 살짝 모은 채 눈을 감고 있다. 괴로운 꿈을 꾸는 듯한 표정이다. 핏기는 완전히 가셨지만 그래도 고운 살결은 확인할 수 있다. 볼이나 입술 선도 무너지지 않았다.

죽은 얼굴이지만 꽤 미인이다. 생전에는 더욱 아름다웠겠지. 피가 통했을 때는 살짝 치켜 올라간 눈초리에 요염한 색기가 감돌았으리라.

이 사람이 아오이인가.

미나토야 소에몬의 마지막 여인. 그리고 사키치를 버린 어머니.

— 허어, 마침내 만났군, 아오이.

합장을 하면서 헤이시로는 내심 그렇게 말을 건넸다.

— 그대를 한 번쯤은 만나고 싶기도 했고 그런 철면피한 여자의 얼굴은 보고 싶지 않다고 생각한 적도 있었지. 하지만 이런 꼴로 만날 줄이야.

치밀어 오르는 생각들이 복잡해서 헤이시로도 어느 것이 지금 가장 강한 감개인지 알 수 없었다. 그저 위에서 떨어지는 무언가에 얻어맞은 듯한 엄숙한 기운에 등이 저릿했다.

그래도 역시 관리인지라 헤이시로의 눈은 아오이의 목덜미에서 검붉은 선 같은 흔적을 찾아냈다.

그것을 가리키며 흰 머리띠 행수에게 물었다.

"조른 흔적 같군."

하치스케는 무엇을 그리 조심하는지 몸을 도사리듯 앉아서, 울고 있는 하녀와 얼굴이 수척한 관리인, 나아가서는 시체의 얼굴까지 한 차례 둘러보고 나서야 대답했다.

"예, 그렇습니다."

"손으로 조른 것 같지는 않은데."

"그런가요?" 하고 모르는 척한다.

"손가락 자국이 없네. 끈이나 밧줄이었다면 피부에 더 진한 자국이 남겠지. 수건 같은 건가."

짐작되는 바를 말해 보았다. 하치스케는 뚱하니 말이 없다. 하지만 하녀가 눈물을 흘리며 고개를 크게 끄덕이므로 헤이시로 역시 고 개를 끄덕여서 응했다.

하치스케는 즉시 사나운 눈초리로 하녀를 노려보았다. 헤이시로 는, 어떤 수건이지? 네가 평소 보던 수건이냐? 하고 하녀에게 물으 려다가 꾹 참고 하치스케를 바라보았다.

"사키치의 수건이었나?"

하치스케는 표 나게 대답을 얼버무리며 얼굴을 돌려 버렸다. 헤이 시로는 애써 온화하게 그러나 끈질기게 물었다.

"그렇다면 그자도 발뺌할 수 없겠지. 나도 내 생각을 고쳐야 할 테고. 그러니 말해 보게, 하치스케."

입을 꾹 다물고 있던 하치스케는 헤이시로뿐만 아니라 얼굴이 수 척한 노인과 하녀까지 자기를 달래는 눈빛으로 쳐다보자 주눅이 들 었다.

그가 숨을 토해냈다.

"사키치라는 자의 수건은 아니었습니다. 이 집 물건이었어요."

헤이시로는 스스로 생각하던 것 이상으로 안도했다. 허리 아래쪽 에서 힘이 쑥 빠졌다. 유미노스케였다면 오줌을 지렸을 상황이다.

"역시, 그런가."

다시 한번 가만히 아오이를 쳐다보고 마침내 흰 천을 원래대로 덮 었다. 눈길을 드니 하녀는 혼자 머리를 깊이 조아리고 있고 얼굴이 수척한 노인은 맥없이 주저앉아 있고 하치스케는 여전히 엉거주춤 서서 다음은 어떻게 될지 기다리는 듯한 얼굴을 하고 있다.

헤이시로는 얼굴이 수척한 노인에게 물었다.

“자네가 이 저택을 관리하는 사람인가?”

“아, 예. 그렇습니다.”

“그럼 미나토야한테는 알렸나?”

얼굴이 수척한 노인은 눈만이 아니라 온몸을 허우적거리듯이 휘청거렸다.

“아뇨, 그, 그, 그것은.”

“하치스케 행수도 미나토야에 대해서 들었나? 아니면 벌써부터 알고 있었나?”

이번에는 하치스케의 몸이 휘청거린다.

“나, 나리께서 어떻게 그것을.”

“아까 말했잖나. 나는 아오이의 신상을 잘 안다고.”

정신 사나우니까 일단 앉게, 하고 헤이시로가 권하자 하치스케는 그제야 자리에 앉았다. 어기적거리며 무릎을 꿇고 앉는다. 아무래도 무릎이 시원치 않은 듯하다. 나이가 지긋하니 그럴 만도 하다.

그때 울고 있던 하녀가 뜻밖에 입을 열었다.

“미나토야라고 하시면 혹시 주인 나리를 말씀하십니까?”

헤이시로에게 묻고 내처 관리인과 오캇피키의 얼굴을 둘러본다. 하치스케가 난처한 듯이 동그란 턱을 잡아당기며 “너는 아무것도 모르고 있었느냐?” 하고 오히려 하녀에게 되물었다.

“네가 하녀냐.”

헤이시로가 물었다.

울상을 짓던 삼십 대 여자가 자리를 고쳐 앉았다.

“예, 오로쿠라고 합니다. 삼 년쯤 전부터 이 댁에서 하녀로 일해 왔습니다.”

“여기서 먹고 자고 하면서?”

“예.”

“그럼 여기 아오이 부인이 숨겨 놓은 첩이었다는 사실은 알고 있었겠군.”

오로쿠라는 하녀는 아마 ‘숨겨 놓은 첩’이란 말이 마음에 걸렸나 보다. 금방 대답하지 않고 고개를 숙이고 있다가 사죄라도 하듯이 아오이의 시체 쪽으로 눈길을 돌렸다.

“마뜩잖게 들렸나 보군. 그냥 첩이라고 할까. 뭐라고 부르든 집주인이 이 집에 드나들고 있었다는 사실에는 변함이 없겠지. 아오이는 평소 이 집에서 혼자 살고 있었겠지?”

오로쿠는 “예” 하고 대답했지만 그때 하치스케가 끼어들었다.

“이즈쓰 나리라고 하셨습니다만, 나리는 사에키 나리를 잘 아시는지요?”

“아니, 만난 적도 없네.”

헤이시로는 태연히 대답하고는 사자의 머리맡이지만 충분히 용서할 수 있을 법한 소탈한 웃음을 지었다.

“조만간 인사를 나눠야겠지만 당장은 일면식도 없네. 사실대로 말하자면 아오이를 잘 알고 있지만 만나 본 적은 없어. 얼굴도 몰랐지. 여기 살고 있다는 것도 몰랐고. 애초에 어디 있는지를 몰랐으니까. 그렇다고 그동안 찾아다닌 것도 아니지만.”

어떤가, 이상하게 들리나? —하고 세 사람에게 묻는다. 늙은 오캇피키와 얼굴이 수척한 관리인은 개 인형처럼 멍한 얼굴로 고개를 끄덕인다. 오로쿠만 헤이시로를 빤히 쳐다보고 있다.

"여하튼 아오이와 미나토야의 관계라면 잘 안다. 과거 상황이라면 아마 자네들보다 더 자세히 알 거야. 그러니까 자꾸 숨기려고 해 봐야 소용없네. 그래, 미나토야가 이리로 온다고 하던가?"

헤이시로의 언변에 넘어갔는지 얼굴이 수척한 관리인이 말했다.

"저는 행수님한테 급보를 듣고 규베 씨에게 급히 소식을 전했습니다. 그 밖의 일은―."

하치스케가 얼굴을 잔뜩 일그러뜨리며 관리인을 노려보았다. 하지만 이미 말이 나온 뒤다.

규베! 그리운 이름이다. 헤이시로는 바로 입을 열려다가 다시 천천히 음미하듯이 말했다.

"규베라……. 그래? 역시 소에몬 곁으로 돌아와 있었군."

혼자서 음, 하며 납득한다.

"오로쿠라고 했나? 너는 주인집에 알릴 수 없었느냐?"

하치스케가 다시 막으려고 했지만 이번에도 한 박자 늦었다. 오로쿠는 주저없이 대답했다.

"저는 주인 나리가 어디 사시는 어떤 분이신지도 몰랐습니다."

"흐음. 그렇다면 알릴 길이 없었군. 평소에는 어떻게 했지? 이쪽에서 주인한테 볼일이 생기면 말이다."

"매일 오전에 어린 점원이 왔습니다. 시키실 일은 없습니까, 별일은 없습니까, 하고."

"너도 그 어린 점원과 이야기를 해 봤느냐?"

"아뇨, 늘 마님께서 만나셨습니다. 볼일이 있으면 그때 부탁하셨을 겁니다."

그렇군. 그렇다면 오늘은 그 어린 점원이 다녀간 뒤에 사건이 벌어진 것이다.

"뭐, 좋다. 지금쯤 오케이와 마사고로 쪽에서 미나토야에 소식을 전하고 있을 테니까."

"오케이?"

하치스케가 고개를 갸웃한다.

"행수가 잡아간 사키치의 처다. 그 처도 사키치와 미나토야와 아오이에 대해서 조금 알고 있지."

여하튼 복잡하게 얽힌 사정이 있다고 헤이시로가 말했다.

"그렇군요."

하치스케가 벗겨진 머리를 쓰다듬는다.

"기막힌 일이군요. 저는 여기 마님이 쓰키지의 미나토 상회와 관계가 있다는 것도 오늘 처음 들었으니까요."

"사에키 나리한테 들었나?"

"예. 나리는 전부터 아셨던 모양입니다."

충분히 있을 수 있는 이야기다.

"나리가 이 지역을 관장한 지가 꽤 오래되었겠지?"

"예…… 그건 그렇습니다."

터줏대감이라 불리고 계십니다요, 하고 얼굴이 수척한 관리인이 말을 보탰다.

"그렇다면 더욱 잘 알겠군. 아오이를 여기 살게 할 때 미나토야가 사에키 나리한테 앞으로 잘 부탁한다고 인사치레 정도는 해 두었다고 해도 이상할 게 없지. 아오이는 이목을 피해 숨어 살아야 했으니까. 사에키 나리가 여기에서 금방 물러간 것도 그 때문인지 모르고.”

하치스케 행수는 관리인과 얼굴을 마주 보았다.

“사실 사에키 나리는 당분간 이 집에 아무도 들이지 마라, 이 사실을 발설하지도 말고 소란을 피우지도 마라, 뒷일은 내가 올 때까지 손대지 말라고 말씀하셨습니다만.”

“그랬겠지.”

그렇다면 미나토야에는 사에키가 벌써 소식을 전했을 가능성도 있다. 물론 소에몬에게 직접 연락되었다기보다 규베나 저 날카롭게 생긴 그림자 지배인 정도가 연락을 받았겠지만.

“한데 그렇다면 왜 사키치를 잡아들였지? 자네도 이렇게 첩에 얽힌 사건은 처음 겪는 일도 아닐 텐데.”

하치스케는 꾹 다문 입을 쑥 내밀었다.

“그거야 물론…… 사에키 나리도 그자가 도망치게 놔두지 말라고 말씀하셨고, 무엇보다 그자가 이 자리에 있었으니까요.”

헤이시로가 눈을 번쩍 떴다.

“사키치가 아오이를 죽이는 것을 보았다고? 그런 말이냐?”

“예, 그렇습니다. 더구나 그때까지만 해도 아오이의 몸이 따뜻했다고 합니다. 막 목이 졸려 죽은 참이었죠. 바로 옆에 사키치가 넋이 나가 있었고요. 그러니 포박하지 않을 수가 없지요. 사에키 나리도 그자의 신병을 잡아 두고 절대 놓치면 안 된다고 하셨습니다.”

이번에는 헤이시로가 입을 꾹 다물었다. 입술이 거의 반원이 되도록.

순서에 얽매이지 않고 다양하게 캐묻고 싶지만 헤이시로가 알고 있는 사정을 세 사람에게 어느 선까지 들려주어야 옳은지 알 수 없었다. 지금은 일단 규베를 빨리 만나는 것이 상책이다.

"규베는 지금 어디 있을까. 이리로 온다고 했나?"

얼굴이 수척한 관리인에게 물었을 때 밖에서 목소리가 들려왔다. 실례합니다, 하고 부르는 소리다.

헤이시로의 기억이 틀리지 않다면 규베의 목소리다. 지금은 없어진 뎃핀 나가야의 관리인.

"때를 잘 맞췄군. 역시 모범적인 관리인이야."

헤이시로는 빙긋이 웃었다. 얼굴이 수척한 관리인도 웃음으로 응한다. 아마도 나는 이제 이 사건에서 풀려나겠군요, 하는 안도의 웃음 같다.

늙었군. 헤이시로는 그렇게 생각했다.

규베가 뎃핀 나가야에서 사라진 것도 벌써 이 년이나 된 이야기다. 그 뒤 헤이시로는 딱 한 번 그를 만났다. 미나토야 소에몬이 밀담을 위해 마련한 배 안에서―. 헤어질 때 규베는 헤이시로를 쫓아와 "용서해 주십시오" 하고 고개를 조아렸다. "용서할 일 없네" 하고 헤이시로는 대답했다. 그로부터 얼마나 지났을까. 반년은 넘었을까.

본래 규베는 피부에 윤기가 없는 노인이었다. 그러나 젖은 수건이 바람에 바짝 마르면 탄력을 되찾는 것처럼 바짝 말라서 더욱 강단이 있던 노 관리인이기도 했다. 청결을 따지고 검약가이며, 나가야 세입자들을 지휘해서 도랑을 칠 때면 부하들을 이끌고 악당의 소굴로 쳐들어가는 중범죄 단속반의 두령이 저럴까 싶을 정도로 팔팔했다. 늙기는 했어도 늙다리하고는 거리가 멀었다. 참으로 존경할 만한 노인이었다.

그런 사람이 지금은 의기소침하고 꾀죄죄하고 늙수그레하다.

"오래간만에 뵙습니다."

다다미에 두 손을 짚고 정수리를 헤이시로에게 보인다. 상투도 눈에 띠게 작아진 것 같다.

"틀에 박힌 인사는 그만두기로 하지."

헤이시로는 손을 내둘렀다.

"나와 자네는 오랜 인연 아닌가. 게다가 상황이 상황이니 말이야. 놀라운 일이 벌어졌군."

규베는 이마의 주름을 깊게 만들며 침통한 얼굴로 고개를 끄덕거렸다.

"일이 이렇게 될 줄은— 전혀 상상도 못한 터라, 정신을 못 차리고 있습니다. 용서해 주십시오."

"왜 안 그렇겠나. 누구라도 아는 사람이 이렇게 죽으면 정신 차리기가 힘들지. 게다가 자네에게 아오이는 그냥 아는 사람 정도가 아닐 테니까."

헤이시로와 규베는 마주 앉고 흰 머리띠 행수는 두 사람 얼굴을 다 쳐다볼 수 있는 자리로 물러나 등을 구부리고 앉아 있다. 시체가 있는 방과 이웃해 있는 네 첩 반짜리 작은 방이다. 반 칸짜리 벽장이 있고 건너편에 방물 장롱과 경대가 나란히 있다. 아오이가 옷을 입고 몸단장을 할 때 사용하던 방이리라. 방금 전 오로쿠가 차를 내오

고 사방등 심지를 키워서 불을 밝게 한 다음 경대의 동경을 하얀 수
건으로 닦고 나갔다.

은은한 향내가 난다. 선향 냄새가 아니라 아오이의 기모노에서 나
오는 향이다.

헤이시로는 규베에게 묻고 싶은 말이 산더미 같았다. 아오이의 죽
음과 직결된 사항만이 아니다. 그러므로 실은 규베와 단둘이 있고
싶었지만 흰 머리띠 행수가 끈질기게 달라붙어 있다. 헤이시로 처지
에서는, 너는 밖으로 나가라, 하고 쫓아내기도 힘들다.

그래서 행수에게 물었다.

"아까 내가 여기 왔을 때 온 집 안에 등불이 켜져 있더군."

"예" 하고 대답한 하치스케가 조심스레 눈을 가늘게 떴다.

"뭘 조사하고 있었나?"

"그냥 이곳저곳 살폈습지요."

"범인의 발자국이라도 남아 있지 않을까 하고 둘러보았나?"

하치스케는 후후, 하고 한쪽 볼로만 웃었다.

"살인이 대낮에 일어났으니까 뭐가 남아 있기는 힘들겠지요. 그래
도 저택이 이리 넓으니 구조를 파악해 두려고 했습니다."

"그렇군. 더 조사할 게 있다면 우리는 괜찮으니까 나가서 계속 조
사하게."

"나리께서 고맙게도 아량을 베풀어 주시는군요."

빤히 속을 알면서도 딴청을 피우는 두 사람의 대화에 규베가 가만
히 끼어들었다. 그는 하치스케 행수에게 눈길을 돌리고 말했다.

"사에키 나리의 체면을 해치는 일이 있을까 걱정하신다면 그러실

필요 없습니다. 저희 주인 나리 미나토야 소에몬과 이미 이야기가 되어 있는 줄로 압니다.”

헤이시로와 하치스케가 똑같이 놀랐다.

“이야기가 되어 있다니, 그건 또 무슨 말입니까?”

하치스케가 눈을 크게 떴다. 흰 머리띠처럼 남은 백발 밑 이마에 주름 세 가닥이 뚜렷하게 떠오른다.

“아오이 님이 이리로 이사하실 때 주인 나리께서 사에키 나리에게 앞으로 잘 부탁한다고 인사를 하셨습니다. 그래서 오늘도 사에키 나리는 여기서 아오이 님의 시신을 검시한 다음 곧장 미나토 상회로 오셨습니다. 선후책을 상의해야 하니까요.”

역시 그랬군, 하고 헤이시로는 무릎을 쳤다.

“빈틈이 없군.”

“예.”

규베는 주눅 든 기색도 없이 순순히 인정했다. 그 ‘인사’에 돈을 얼마쯤 안겨 주었을 테고 물론 그때 한 번으로 끝나지도 않았을 것이다.

“그럼 결국, 흰 머리띠 행수 자네를 여기 두고 사에키 나리가 급히 자리를 뜬 까닭은 미나토야에게 소식을 전하기 위해서였군.”

허, 하고 하치스케는 허공을 향해 합장하듯 손을 모았다. 거기에 사에키의 얼굴이 보이는지도 모른다.

“그럼 제 소임은 어떻게 되는 겁니까?” 하고 규베에게 묻는다.

“제 눈에는 아직 이렇다 할 그림이 보이지 않지만, 사에키 나리가 전부 알고 계시다면 이 부족한 머리를 쥐어짤 필요도 없겠군요.”

성실하다기보다는 노회한 오캇피키의 조심스러운 처신이다.

"자네는 여기 왜 왔나?"

헤이시로가 규베에게 직접 물었다.

규베는 횃대처럼 각진 어깨를 살짝 떨어뜨렸다.

"날이 새기 전에 장의사가 옵니다. 아오이 님의 시신을 관에 모셔서 절로 옮기려고 합니다."

"미나토야의 보제사特정한 가문에서 집안 선조의 명복을 위해 지은 절—는 아니겠지."

그렇게 묻고 헤이시로는 쓴웃음을 지었다. 규베는 웃지 않는다.

"예, 그것은 곤란하지요. 주인 나리와 아오이 님은 언젠가 이런 일이 있을 때를 대비하셔서 지인을 통해 적당한 절에 부탁해 묘소도 정해 두셨으므로 어려운 일은 없습니다."

이 역시 빈틈이 없군.

"사이호지西芳寺라는 절인데, 여기서 무사시노 쪽으로 일 리한국의 십 리, 즉 약 사 킬로미터쯤 되는 곳에 있습니다. 공양 준비는 다른 사람이 하고 있으니 저는 여기 남아 집주인에게 폐가 가지 않도록 정리 작업을 마무리하고자 합니다. 아, 오로쿠가 옮길 곳도 알선해 주어야 합니다. 어린 딸들을 데리고 있으니까요."

여기서 시신을 운구하는 일과 장사지내는 일도 사에키 나리가 이미 허락했다는 말인가.

"미나토야는 떠들썩하게 처리할 생각이 없는 게로군."

헤이시로가 혼잣말처럼 말했다. 하지만 다른 사람들한테도 잘 들리는 혼잣말이다.

"그럼 사키치를 어떻게 처리할 생각인가? 그자가 지금 지신반에 잡혀 있네. 미나토야로서는 친인척 중에서 범죄자가 나오게 놔둘 생각은 없을 텐데?"

허, 하고 하치스케가 제 이마를 찰싹 쳤다. 찰진 소리가 난다.

"이거 놀랍군요. 그 정원사도 미나토야의 친척이었나요?"

"그렇다네."

헤이시로가 뚱한 표정으로 말했다.

"행수는 몰랐나? 천하의 사에키 나리도 그것까지는 몰랐던 게로군. 지금쯤은 들어서 알고 있을지 모르지만."

그렇습니다. 그럼 어떻게 할까요, 하고 이제는 눈에 띄게 굽실거리는 모습으로 하치스케가 규베 쪽으로 무릎을 디밀었다.

규베는 살짝 거북하다는 표정을 지었다. 오른쪽 눈초리가 움찔 움직였다.

"상의를 해 봐야 할 일이지만……. 아마 내일쯤 사에키 나리에게서 행수께 직접 분부가 있으리라 짐작됩니다."

"예, 예."

흰 머리띠 행수는 어떤 상의에도 응할 기세다. 규베가 눈초리를 움찔하며 거북해하는 것은 행수 때문이 아니라 헤이시로 때문이다.

"사키치를 지신반에 잠시 더 맡겨 둘 수 있겠습니까?"

"그거라면 어려운 일도 아니지만 미나토 상회 주인의 친인척을 그런 곳에 묶어 두면 좀 그렇지 않습니까."

하치스케가 냉큼 대꾸했다. 이번에는 규베의 왼쪽 눈초리가 두 번이나 움찔거렸다.

"본래대로라면 제가 사키치의 신병을 넘겨받아 감시해야 마땅하지요. 그러나 제가 나서면 혹 실수가 있을까 두렵습니다. 만일의 사태가 일어나면 돌이키기 힘드니까요. 지신반에서 감시할 수 있다면 그것이 가장 좋은 방법 같습니다만."

예이, 예이, 하고 하치스케가 흔쾌히 받아들인다. 그러나 헤이시로는 의아했다.

"만일의 사태라니 무슨 뜻인가?"

"그야 말 그대로 만에 하나 일어날지도 모르는 불상사겠지요, 예."

하치스케가 끼어들어 규베를 거들었다.

"좋습니다요, 이 하치스케가 잘 보살피겠습니다. 미나토야 쪽에서 처분이 결정될 때까지 저희가 사키치의 신병을 확실하게 책임지겠습니다."

헤이시로는 이 노련한 오캇피키의 밀가루를 뒤집어쓴 듯 하얗게 떠오른 둥근 얼굴을 바라보았다. 어느 분야에서나 숙달된 자들한테는 나름의 비결이 있다. 가장 쉽고 빠른 비결은 힘 있는 자한테는 빌붙을지언정 거스르지 말라는 것이다.

시중에 사건이 일어났을 때 갑부나 권력자가 관련되었다는 사실이 알려지지 않도록 은밀히 손을 써 주는 것— 이를테면 조사를 위한 소환을 면하게 해 주는 일은 그리 드물지도 않다. 이 사건에서 미나토야가 각별히 악랄한 짓을 하지도 않았다. 사건에 대응하는 조치들도 나무랄 데 없고 돈도 아끼지 않는 듯하다. 참으로 미나토야답고 대범한 모습이라고 납득할 수도 있다.

그래도 아부를 하는 쪽이나 받는 쪽이나 일말의 부끄러움이라는 것은 있어야 하는 법이다. 그래서 하치스케가 갑부 미나토야에 빌붙

으려고 애쓰는 모습에는 아무래도 낯이 찌푸려지고 만다. 규베의 눈
초리가 움찔거리는 것을 보고 좀 배우는 게 어떠냐, 하치스케.

뭐, 좋다. 불평을 하고 싶은 것은 하치스케 때문이 아니다.

"나는 만일의 사태라는 말을 통 이해할 수 없군."

규베를 더욱 추궁한다.

"사키치가—" 하고 낮은 소리로 말하며 규베가 눈을 내리떴다.

"자기가 저지른 일을 후회한 나머지 더 어리석은 짓을 저지르지나
않을까 걱정된다는 말입니다, 이즈쓰 나리."

얼른 이해가 되지 않았다. 헤이시로는 잠시 눈을 깜빡이다가 입을
벌리고 긴 턱을 더욱 길게 내밀었다.

이제야 이해했다.

"규베, 설마 사키치가 죽기로 작정했다는 말은 아니렷다?"

규베의 입가가 긴장하고 얼굴에서 핏기가 가셨다.

"말씀하신대로입니다. 저는 그것을 걱정하고 있습니다."

"미나토야도 그렇게 말하던가?"

규베는 말이 없다. 이것은 곧 그렇다는 대답이렷다. 긍정이다. 헤
이시로는 한 번, 또 한 번 숨을 골랐다. 그러고는 마침내 분노를 터
뜨렸다.

"그 말은 곧 미나토야는 사키치가 아오이를 죽였다고 처음부터 단
정하고 있다는 말 아니냐!"

규베는 고집스레 침묵을 지킨다. 하치스케가 흠칫한 얼굴로 두 사
람 얼굴을 번갈아 쳐다보았다.

"아직 사정을 전혀 모르면서 사키치가 저질렀다고 단정하다니. 왜

그렇게 함부로 단정하느냐. 나는 미나토야의 머릿속은 모른다. 하지만 규베 너까지 그렇게 단정할 수 있느냐? 네가 그런 자였더냐?”

규베는 마치 저린 발을 참는 것처럼 미간을 찡그리고 가만히 웅크리고 있다가 이윽고 얼굴을 들었다. 헤이시로를 향해서가 아니라 하치스케에게 말했다.

“행수님. 상황이 이러니 당장이라도 지신반에 돌아가셔서 사키치를 감시해 주시지 않겠습니까. 내일은 제가 주인 나리의 대리로서 사에키 나리에게 정식으로 감시를 부탁하러 들르겠습니다. 사키치한테도 얌전히 있으라고 전해 주시고요. 오늘 하룻밤은 행수께서 몸소 사키치한테 눈길을 떼지 말아 주십시오.”

하치스케는 앉을 때의 불편한 동작은 어디로 가 버렸는지 튀는 공처럼 벌떡 일어섰다.

“알겠습니다. 그리합시다. 그럼 저는 지신반에 틀어박혀 있겠습니다.”

잘 부탁합니다, 하고 규베는 그의 발치에 절을 했다. 화가 나 있던 헤이시로는 잰걸음으로 방을 나가는 하치스케에게 발이라도 걸어 줄까 했지만 가까스로 참았다. 너무 유치하지 않은가—라기보다 제대로 걸 수 있을지 자신이 없었다. 유미노스케를 따라서 호신술이나 배워 둘걸.

하치스케가 나가자 규베는 손을 내밀어 다 식어 버린 차를 한 모금 마셨다. 그러고는 잔 테두리에 눈길을 떨어뜨린 채 가만히 입을 열었다.

“이즈쓰 나리께서는 최근 사키치를 만나 보신 적이 있습니까?”

헤이시로는 여전히 규베를 노려보고 있다. 날카로운 눈초리 그대로 대답했다.

"한동안 못 봤다."

사키치가 혼인을 하고 오오지마로 이사한 뒤로는 전혀 왕래가 없었던 것 같은데⋯⋯.

"사키치가 혹시 무슨 상의를 하러 들른 적도 없습니까?"

"그런 적 없다."

헤이시로의 마음에 살짝 불안의 그림자가 스쳤다.

"그럼 아오이 님이 여기 살고 있다는 것을 사키치가 어떻게 알아냈는지— 아니, 그전에 아오이 님이 살아 있다는 사실을 어떻게 알았는지 나리께서는 전혀 모르시겠군요?"

그렇다. 그렇기 때문에 급보를 듣고 깜짝 놀라 유미노스케를 옆구리에 끼고 뛰어온 것이다. 도대체 뭐가 어떻게 된 일인가 하면서.

규베는 몸속의 티끌이나 때를 완전히 몰아내려는 듯 긴 한숨을 내쉬었다.

"마님. 오후지 님입니다" 하고 가만히 말한다.

오후지는 미나토야 소에몬의 본처다.

"오후지가 어떻게 했게?"

"사키치가 뎃핀 나가야를 떠나 정원사로 생활하기 시작한 것은 마님도 물론 잘 아시고 계셨습니다. 그런데."

기억을 떠올리려는 것처럼 허공을 본다.

"올해 매화가 필 철이었나요, 정원 손질을 사키치에게 맡기고 싶다고 말씀하셨습니다. 뎃핀 나가야가 있던 자리에 지은 신축 저택에 딸린 정원 말입니다. 나는 내내 그 아이를 차갑게 대해 왔지만 그것도 어른스럽지 못한 짓이야, 앞으로는 조금 도와주고 싶구나, 하고 말씀하셨습니다."

헤이시로는 양손을 겨드랑이에 꼈다. 그렇게라도 하지 않으면 이 분노를 살려 나가기가 어려울 것 같았기 때문이다.

"잠깐." 규베의 말을 막았다.

"너는 그 얘기를 누구한테 들었느냐. 그전에 너는 지금까지 어디에 있었지?"

아, 그렇군요, 그 이야기부터 해야겠군요, 하며 규베의 얼굴이 문득 환해졌다.

"저는 뎃핀 나가야를 떠난 뒤 미나토 상회의 가와사키 숙소에 있었습니다."

숙소라기보다 별저라고 한다.

"가와사키 역참 마을에서 바다 쪽으로 가는 곳에 있는데 경치가 아주 좋습니다. 주인 나리나 마님이 내려오시지 않을 때는 늘 비어 있는 저택인데, 이런저런 방재 시설도 부족한데다 원래 바닷가에 있는 집은 바닷바람에 쉽게 망가집니다. 해서 주인 나리께서 저더러 수리를 해 보라고 분부하셨습니다. 특별한 용무가 있어서 부름을 받지 않는 한 내내 거기 있었습니다. 말하자면 늙은이가 은둔 생활을 한 셈이지요."

안 그래도 규베는 뎃핀 나가야에 얽힌 계획이 마무리될 때까지는 어디에 숨어 있을 필요가 있었으므로 일석이조였으리라.

"주인 나리하고는 인편을 통해 계속 소식을 주고받았습니다. 뎃핀 나가야 건은 저에게도 정말 꺼림칙한 일이어서 그 후 상황도 알고 싶었고……."

말꼬리가 점점 가늘어졌다.

규베는 지금도 가와사키 별저를 오가면서 살고 있다고 한다. 헤이켄지에 참배하는 사람이 많기도 해서 에도와 가와사키를 왕래하기는 불편하지 않다. 당일치기로 다녀올 수 있는 거리고 일일이 신고나 허가가 필요하지도 않다. 그러나 규베는 노인 걸음에는 조금 벅차다고 하면서 웃었다.

"또 올해 이월 말경부터였나요, 소지로 님이 병에 걸리셔서—."

미나토야 소에몬과 오후지 사이에는 자식이 셋 있다. 장남이 소이치로, 차남이 소지로. 딸이 하나인데 이름은 미스즈. 딸은 서부 지방의 영주 가문으로 시집가기로 내정되어서, 그 준비 단계로 새해 초에 하타모토 가문에 양녀로 들어갔다. 영주 집안의 마님이라 해도 물론 정실이 아니라 측실이다. 측실이므로 상인 신분 그대로 시집가도 무방하겠지만 그게 그렇게 간단하지가 않은 듯하다.

"심각한 병이냐?"

미나토야의 차남이 병에 걸렸다는 소문은 금시초문이다. 사실 뎃핀 나가야 건이 없었다면 혼조 후카가와 방면의 임시 순시관이라는 한직에 있는 헤이시로가 쓰키지의 거상 미나토 상회와 인연을 맺을 일은 전혀 없다. 그러므로 뎃핀 나가야 건이 마무리되자 인연이 끊기고 소식이 멀어지는 것도 이상한 일은 아니다.

"둘째 아드님은 그냥 우울증이고 꾀병이라고 가볍게 말씀하시지만 그러다가 목숨을 잃는 일도 없지 않습니다. 의원도 마음의 병을 가벼이 봐서는 안 된다고 했습니다."

"큰일이군."

"소지로 님도 가와사키 별저로 옮겨서 휴양하고 계십니다. 그래서 이월 이후에는 둘째 아드님의 시중을 드는 일도 제 소임이 되었습니다."

그래서 오후지가 사키치에게 그렇게 따뜻한 말을 하기 시작했음을 규베가 알게 된 것은 벚꽃이 다 질 즈음이었다고 한다.

"주인 나리 편지에 그렇게 적혀 있었습니다."

그렇게 말하고 규베는 또 한숨을 짓는다.

"마님의 요청을 처음에는 주인 나리도 일언지하에 물리쳤다고 합니다. 이제 와서 사키치를 마님과 만나게 해 봐야 아무 득 될 게 없다. 내버려두면 곧 잊어버릴 거라고 생각하셨지요."

헤이시로는 고개를 끄덕였다. 지당한 말이다.

"그래도 마님이 자꾸 종용하시고— 게다가 미스즈 아씨가 슬하를 떠나니 쓸쓸하다고 하시며 호소하시자 그만 인정에 끌리셨겠지요. 정 그렇다면 조경 일을 맡겨서 도와줘라, 하고 허락하셨지요. 마님은 매우 기뻐하셨다고 합니다. 사키치를 불러다가 이런저런 일거리를 주셨습니다. 또 사키치도 성격이 그런 사람이라 미나토야의 은혜를 잊지 않았으니, 마님께서 시키시는 대로 열심히 일했겠지요."

헤이시로가 끼어들었다.

"사키치는 너희들의 꿍꿍이를 모를 테니까."

규베는 잠깐 말문을 닫았지만 주눅이 들지는 않았다. 차분하게 생긴 줄무늬 기모노의 목깃을 잠깐 매만지고는 자세를 가다듬었다.

"그러다가 하루는 마님께서 사키치에게 다 말해 버리신 겁니다."

무엇을? 하고 되묻는 대신 헤이시로는 규베를 강렬한 눈빛으로 쳐다보았다.

"사키치의 어머니 아오이 님은 사키치를 버리고 미나토야를 나가 버린 것이 아니다, 실은 죽었다고—."

헤이시로는 더 매섭게 규베를 쳐다보았다.

"제 손으로 해치웠다고 말하지는 않았나?"

"그렇게까지는."

규베는 눈을 내리떴다.

"죽었다는 것도 '저승의 아오이'라는 말로 에둘러 전했다고 하니까요."

규베가 물 잔을 들어 입에 댔다. 헤이시로도 규베를 따라, 다만 조금 더 거칠게 벌컥벌컥 들이켰다.

오후지는 아오이가 죽었다고 믿고 있다. 오후지에게는 그것이 진실이다. 하지만 사실이 아니다. 아오이는 살아 있었다. 그 시점에는 살아 있어서 이 저택에서 종종 소에몬과 만나며 살고 있었다.

오후지가 죽었다고 믿었던 아오이는 살아 있었다. 그러나 오후지가 사실을 알지 못하도록 미나토야 소에몬은 터무니없이 복잡한 거짓말을 쌓아 왔다. 뎃핀 나가야가 무대가 되었다. 사키치도 기만극에 이용했다.

그래서 모든 일이 수습되고 조용해졌나 싶었는데 오후지가 사키치를 불러서 뒤늦게 과거를 되살려내고 만 것이다.

"마님께서 무슨 생각으로 그리하셨는지는 모르겠습니다."

규베는 억눌린 목소리로 말했다.

"당신 손으로 아오이 님을 죽이고 시신을 몰래 매장해 버렸다고 믿고 있는 자리, 뎃핀 나가야가 있던 자리에 지은 저택에 살면서 남몰래 아오이 님을 위해 공양을 하며 생활하시는 가운데 모종의 마음이 생겼는지도 모릅니다."

헤이시로는 대꾸를 섞지 않았다. 오후지의 심정을 추측하기란 너무 어렵다. 더구나 오후지는 진실을 전부 밝히지도 않았다. 한 자락만 슬쩍 내비쳤을 뿐이다. 사키치에게는 오히려 더 잔혹한 짓이 아닐까.

그렇게 말하자 규베는 고개를 떨어뜨렸다.

"아니나 다를까 사키치는 이야기를 듣고 크게 놀랐습니다. 당연한 일이지요. 의심도 품었습니다."

총명한 사람이다. 헤이시로도 능히 짐작할 수 있었다.

"'저승의 아오이'라고 넌지시 말하던 순간 마님의 표정, 말투, 희미한 웃음. 그런 것들을 모아 놓고 생각했을 테고, 어미의 죽음이 심상치 않은 죽음이 아니었을까, 혹은 마님이— 하고."

고민에 고민을 거듭하던 끝에 사키치는 소에몬을 찾아가 간절히 물었다. 소에몬 역시 놀랐으리라. 오후지가 이제 와서 그런 말을 할 줄이야!

"주인 나리도 많이 망설이셨습니다."

헤이시로는 한쪽 눈썹을 쓱 쳐들었다.

"망설여? 무얼?"

지금까지 해 온 대로 거짓말에 또 거짓말을 보태서 넘기면 되지 않을까. 사키치에게 이렇게 말해 주면 된다. 그래, 그동안 감추어서 미안하다. 네 어미는 살해되었단다. 하지만 아내를 범죄자로 만들 수도 없어서 내가 모든 것을 덮어 버리고 지금까지 입을 다물어 왔다. 그 때문에 네가 고통을 당하고 말았구나—라고.

그런 거짓말을 지켜내려고 뎃핀 나가야의 세입자들까지 이용했던 거란다.

"망설이고 망설이다 한 번은 얼버무려 보기도 했지만 결국— 주인 나리는" 하며 규베가 헤이시로의 얼굴을 쳐다보았다.

"사키치에게 사실을 밝히셨습니다, 이즈쓰 나리."

사실? 사실이란 것이 어디 있는데? 헤이시로는 규베에게 그렇게 물었던 것을 기억한다.

"사실이라니, 어떤 사실 말인가?"

규베는 무릎에 손을 얹고 자세를 고쳤다.

"아오이 님이 살아 있다는 사실 말입니다. 오후지 마님으로부터 아오이 님을 보호하기 위해 주인 나리도 이 규베도 거짓말을 해 왔다는 사실 말입니다. 그렇습니다, 이즈쓰 나리. 사키치는 주인 나리에게 아오이 님이 살아 계시고 여기 이모아라이 언덕 위 저택에 머무르고 계시다는 말을 들었습니다. 그래서 이렇게 찾아왔겠지요."

5

이즈쓰 헤이시로는 우무를 먹고 있다.

속속들이 간장이 잘 밴 오토쿠의 우무. 그러나 이곳은 오토쿠의 조림 가게가 아니다. 우무가 끓고 있는 솥도 눈에 익은 오토쿠네 솥이 아니다.

"조금 짠가요, 나리?"

오토쿠가 한 손에 국자를 들고 묻는다. 화덕 앞에 떡 버티고 선 모습만은 평소의 오토쿠다.

"이 집 솥으로는 간 맞추기가 힘드네요. 내 손바닥처럼 속속들이 아는 내 솥이라면 눈 감고도 맛을 낼 수 있지만."

"국물은 옮겨 온 거지?"

"예. 절반 정도는 건질 수 있었어요. 떠서 체에 거르느라 야단이 났었어요. 그런데 솥이 바뀌니까 국물도 남의 집 맛이 되네요."

아마 솥 맛도 다르겠죠, 하고는 자기 말에 스스로 고개를 끄덕인다.

"제 솥은 그냥 씹어 먹어도 맛이 날 정도로 길이 들었거든요."

화덕 옆 주방에서 대파를 썩썩 썰던 어린 아가씨가 푹 하고 웃음을 터뜨렸다. 그러자 오토쿠가 냉큼 눈을 데굴데굴 굴리며 쏘아붙였다.

"왜 웃어? 진짜야. 무쇠 솥도 오랫동안 애지중지 다뤄 주면 주인 손맛이 밴다니까."

작은 아가씨가 예, 하고 대답했다. 빼빼 말라서 손발은 가늘고 목덜미는 헤이시로가 한 손으로도 움켜쥘 수 있을 듯 보인다. 빈말로라도 인형처럼 귀엽다고 말하기는 힘든 얼굴이지만 종이 인형처럼 허술해 보이기는 한다.

오토쿠를 거드는 일꾼이다. 이름은 오몬. 오몬 하나만이 아니다. 오산이라고 해서 스무 살쯤 된 아가씨가 또 하나 있다. 이쪽은 제법 성깔이 있어 보인다. 적어도 아까 헤이시로를 보던 눈초리는 충분히 냉랭했다.

이 가게는 본시 오미네라는 여자가 꾸리던 찬 가게였다. 아주 짧은 기간이기는 해도 세 집 건너 있는 오토쿠네 조림 가게의 얄미운 경쟁자이기도 했다.

오미네가 오산과 오몬을 버리고 행방을 감춘 것은 바로 그제 아침이었다. 가게에 기숙하며 일하던 두 아가씨가 아침에 일어나 보니 주인아주머니가 일용품 따위를 싸들고 사라진 뒤였다. 그들은 울며 불며 우왕좌왕했고, 그 딱한 꼴을 보다 못한 오토쿠가 두 아가씨를 불러서—.

여하튼 여차저차 해서 돌봐 주기로 했다는 것이다.

물론 오토쿠로서는 잠시 돌봐 주려는 생각이었다. 오미네를 대신하여 찬 가게를 운영할 마음은 손톱만큼도 없었다고 한다. 오미네가 왜 사라졌는지는 알 수 없다. 그러므로 언제 다시 불쑥 돌아올지도 모른다. 하지만 그동안 오산과 오몬을 굶어 죽게 놔둘 수도 없지 않은가. 그러니 그동안만이라도 돌봐 주자고.

실제로 까만 점이 수북한 창백한 얼굴에 눈초리가 올라간 오산과 아직 뼈도 여물지 않은 듯 보이는 어린 오몬이 혼란에 빠져 손을 맞잡고 눈물짓는 모습을 보았다면 헤이시로라도 같은 생각을 했으리라. 동정심은 오토쿠만의 고질병이 아니다.

다만 남 챙겨 주는 데 정신을 팔다가 자기 가게를 비워 놓은 것이 오토쿠다운 점이라 하겠다.

헤이시로가 고베 나가야에 얼굴을 내민 것은 닷새 만이다. 그는 조림 가게가 닷새 동안 문을 닫았고 주인은 오미네의 찬 가게에 틀어박혀 있었다는 것을 알고 크게 놀랐다. 나중에 사정을 듣고는 폭소를 터뜨렸다. 뜻밖에도 오토쿠가 애지중지하던 솥을 까맣게 태워 먹는 바람에 어쩔 수 없이 오미네네 찬 가게의 화덕과 솥을 빌리고 있다니 말이다.

"어제는요, 이 아이들과 가게를 정리하고 이것저것 하고 있었어요. 그러면서도 틈틈이 제 가게로 달려가 솥을 살펴보곤 했지요. 저도 제 장사를 해야 하니까요. 그런데 아이들 일하는 게 하도 시원치 않아서 저도 모르게 훈수는 그만두고 팔을 걷어붙이고 나서서 이것저것 거들게 되었죠. 그 바람에 제 솥이 시커멓게 타고 있다는 걸 까맣게 잊어버렸지 뭐예요."

주발을 들고 조림을 사러 온 손님에게, 아줌마, 솥에서 연기가 펄펄 나요, 하는 말을 들을 때까지 까맣게 잊고 있었다니 예사로운 일이 아니다. 헤이시로는 눈물을 찔끔거리며 웃었다.

"바람이 이쪽에서 저쪽으로 불었다는 것이 오토쿠 여사 일생일대의 불찰이로다. 꼭 만담 같지 않느냐. 말 채찍 소리도 없이 밤 솥을 태웠구나^{19세기 초 문인 라이산요의 유명한 시구 '말 채찍 소리도 없이 밤 강을 건넜구나'를 흉내 낸 말. 전국 시대 가와나카지마 전투에서 다케다 신겐에게 포위당한 우에스기 겐신이 야밤에 은밀히 움직여 강을 건너서 다케다 군을 야습하는 장면을 묘사한 구절인데, 이 시구가 만담 형식의 전쟁담을 통해서 대중적으로 알려졌다.}"

나리도 참, 이상한 말씀을 하시네, 하고 입을 삐쭉거리면서도 오토쿠 역시 웃고 있다.

방금 전 헤이시로와 자리바꿈이라도 하듯이 관리인 고베가 돌아간 참이다. 궁금해서 살펴보러 왔다고 했지만, 안쪽 평상 자리에 올라가 차 대접을 받고 있다가 멀리 헤이시로의 얼굴이 보이자 흙먼지 날리며 부리나케 내뺄 꼴을 보면 아마 임대료 이야기를 꺼내려고 했음이 분명하다. 오토쿠는 저녁에는 구멍 난 솥과 함께 자기 집에서 잠을 잔다고 하고 앞으로도 그럴 생각인 듯하니 그 집 임대료는 내왔던 대로 계속 내야 한다. 그러면 이쪽, 즉 오미네가 빌린 이 집 임대료는 어떻게 할 거냐, 하는 이야기였을 테지. 사정이 어떠하든 오토쿠가 어쨌든 가게를 차지하고 오산과 오몬을 아랫사람으로 부려서 장사를 해 나갈 생각이면 정해진 임대료를 내야 한다고 말하러 왔으리라.

그러나 헤이시로는 알고 있다. 자취를 감춘 오미네는 이 가게를 열 때 반년치 임대료를 미리 냈다. 그것도 상당한 웃돈까지 얹어서. 오미네가 고베 나가야에 온 것이 불과 한 달 전이다. 즉 임대료를 다시 내려면 아직 한참 남았다.

그런데도 손을 벌리려고 하다니 역시 욕심이 과한 노인이다. 헤이시로의 얼굴을 보고 내빼는 모습은 우스꽝스럽지만, 주판알처럼 생긴 저 관리인의 염통이 셈을 하듯 톡톡 튀는 소리를 내는 것을 헤이시로의 귀는 또렷이 들을 수 있었다.

한 가지 더 말하자면 헤이시로는 오미네의 비밀도 알고 있다. 오캇피키 마사고로가 그녀의 생명이며 영혼인 정부를 체포할 때 그 자리에 있었기 때문이다. 신이치라는 정부가 오라를 받은 사실을 오미네에게 전한 사람도 헤이시로였다.

오미네는 왜 자취를 감췄을까? 어디로 갔을까? 지금쯤 어디 있을까? 신이치는 감옥에 갇혀 있고 해가 서쪽에서 뜬다 해도 풀려날 가망이 없다. 오미네가 갑자기 자취를 감춘 데는, 남들이 볼 때는 전혀 이해가 되지 않겠지만 신이치가 관련되어 있음이 확실하다.

조사 담당관한테 물어보기 전에는 확실하게 말할 수 없지만 신이치는 사람을 죽였고 그밖에도 떳떳치 못한 일들이 많아서 처벌도 섬으로 귀양 가는 정도로 그치지 않을 것이다. 그래도 오미네는 실낱같은 희망을 붙들고, 정부가 하치조지마에 유배된다면 바다를 건너서라도 쫓아가기로 작정했는지도 모른다. 어쨌거나 사랑하는 남자를 감옥에 빼앗기고 이런 곳에서 한가롭게 음식 장사나 하고 있을 수는 없다는 심정일 테지. 그런 의미에서 보면 오미네를 사라지게 만든 장본인은 헤이시로라고 할 수도 있겠다.

오미네는 꽤 많은 돈을 갖고 있었는데 그게 다 없어졌다고 한다. 헤이시로는 문득 부랑자들이 모이는 어두운 선술집이나 궁장을 찾아다니는 오미네를 상상했다. 돈이라면 얼마든지 줄 테니까 신이치를 탈옥시켜 줄 수 있느냐며 인상 험악하고 입 냄새 고약한 사내들에게 걸리는 대로 말을 거는 모습을. 그러다가 그 상상을 얼굴에 달려드는 날벌레 쫓듯이 털어 버렸다. 그런 여자— 아니, 그렇게 변해 버린 여자에게는 어떤 충고도 훈계도 소용없다. 오미네는 자기한테 닥칠 위험 따위는 안중에도 없으리라.

아무튼 일단은 오미네가 고베 나가야에 돌아오더라도 오토쿠가 손해를 보지 않도록 신경을 써 주면 된다. 그것도 지금의 헤이시로에게는 부담스러운 일이다. 이것 말고도 한없이 무거운 근심거리를 안고 있기 때문이다.

사키치는 지금 어떻게 하고 있을까.

그젯밤에는 결국 규베한테 대강 이야기를 듣고 물러날 수밖에 없었다.

규베는 말했다. 사키치를 아오이 살해범으로 관청에 끌고 갈 생각은 없다, 사키치는 반드시 처 오케이에게 돌려보낼 것이며 앞으로도 아무 지장이 없도록 돈을 아끼지 않고 철저히 손을 써서 관청의 소환을 피하도록 하겠다, 그러니 이쯤에서 눈감아 달라, 하고 다다미에 이마를 대며 헤이시로에게 부탁했다. 마지막 말은 거의 울상을 짓고서 한 말이다.

헤이시로도 매우 적극적으로 임했다. 어떻게든 당장 사키치를 데리고 돌아가고 싶었기 때문이다. 그러나 입씨름을 하다 보니 점점 우울해졌다. 규베와— 즉 미나토야 소에몬과 헤이시로 사이에는 결정적인 어긋남이 있었다. 미나토야 측은 사키치가 아오이를 죽였다고 믿고 있다. 달리 진상이 있을 수 없다고 믿고 있다. 그러니까 '조사를 생략하고 처벌도 없도록 해 주겠다'고 거듭 힘주어 약속하는 것이다.

하지만 헤이시로는 그걸 요구하려는 게 아니다. 사키치가 아오이를 죽였다고 생각하지 않기 때문이다.

아니, 절대로 아니라고 단언하지는 못한다. 사키치와 아오이 사이에는 복잡하게 뒤틀린 사정이 있다. 마음 또한 굴절되어 뒤틀리고 끊겨 있다. 성실하고 마음 따뜻한 저 사키치가 끝내 참지 못하고 해칠 만한 사람이 있다면 아오이 정도나 가능할까— 하는 생각도 한다. 혹은 미나토야라든가. 사키치가 미나토야 소에몬을 해친다면 슬쩍 힘을 보태 줘도 좋겠다 싶을 정도다.

하지만 아직은 아무것도 알 수 없다. 그렇기 때문에 사키치가 범인이라고 바로 단정지을 것이 아니라 누가 왜 아오이를 죽였는지 진상을 밝히자고, 자신도 그 일을 힘껏 돕게 해 달라고 부탁하는 것이다. 그런데 규베는 그저 고개를 조아리며 양해해 달라는 말만 거듭한다. 이래서는 쇼군님이 삼 대쯤 대가 바뀔 때까지 아옹다옹해 봐야 결말이 나지 않겠다, 그리 생각했기 때문에 헤이시로는 물러가기로 했다.

미나토야가 무슨 수를 써서라도 조사가 없도록 해 주겠다고 장담하는 만큼 사키치에게 더는 재앙이 떨어지지 않을 것이다. 이모아라이 언덕 지신반에서 하룻밤, 최악의 경우라도 이틀 밤만 보내면 집으로 돌아갈 수 있다. 그때 사키치와 마주 앉아 이야기를 해 보자, 향후 대책은 그때 세우자고 생각을 정리했다.

돌아가는 길에 이모아라이 언덕 지신반에 들렀다. 구실은 있었다. 그곳에 유미노스케가 있었기 때문이다. 사키치의 어린 동생을 가장하고 들어간 소년은 헤이시로가 들렀을 때는 이미 지신반을 들었다 놓았다 하고 있었다. 이모아라이 언덕 부근에서 활약하는 오캇피키 하치스케는 물론이고 그의 수하인 덩치 커다란 모쿠타로도 유미노스케의 요술에 걸려 이리저리 휘둘리고 있었다. 덕분에 사키치도 편안히 있을 수 있던 모양이다. 아무런 추궁도 받지 않고 욕설 한 마디 듣지 않았으리라.

그래도 그는 헤이시로의 얼굴을 보자, 등 뒤 기둥에 두 손이 묶인 채 수치스러운 듯 고개를 숙였다. 헤이시로는 할 말이 있는데도 말문이 막히는 심정을 난생 처음 경험했다. 무슨 말을 해도 전해지지 않을 것 같았다. 적어도 여기에서는 곤란하다. 유미노스케가 애써 피워 올린 연막만 날려 버리게 된다.

"나도 그렇고, 다들 걱정하고 있다."

헤이시로는 짧게 말하고는 발치로 눈길을 떨어뜨리고 말았다.

"곧 집에 갈 수 있다. 돌아가거들랑 그때 얘기하자."

그러고는 유미노스케의 손을 잡고 밖으로 나갔다. 유미노스케는 영악하게 "우리 형을 잘 부탁드려요, 행수님, 모쿠타로 님" 하고 호소하면서 지신반 불빛이 보이지 않는 곳에 다다를 때까지 엉엉 소리 내어 울었다.

그러다가 충분히 멀어진 것을 확인하자 언제 울었냐는 듯 말짱하게 표정을 지웠다.

"이모부, 괜찮으세요?"

"나?"

"예, 얼굴이 너무 어둡네요."

"한 가지 물어보자."

"뭔데요?"

"그렇게 흐느껴 우는 건 누구한테 배웠니?"

"배우긴요. 서당개 풍월 같은 거죠. 임기응변이라고나 할까요."

진지한 얼굴로 말한다.

벌써 십 년쯤 지난 이야기지만, 물가 순시관으로 임명되었을 당시 헤이시로는 히가시 니혼바시 가설 소극장에서 공연하던 여성 물 곡예에도 시대부터 공연되었던 곡예로, 무대에 설치한 꽃, 부채, 칼, 물잔 등 온갖 소품이나 사람 몸에서 물줄기가 뿜어져 나오게 하는 곡예를 구경하러 다니느라 돈을 마구 쓴 적이 있다. 3대 뱌쿠렌 사이 데이슈라는 힘차게 들리는 이름을 가진 여성 물 곡예사는 당시 벌써 삼십 대에 가까웠으므로 중년에 접어들기 시작한 나이였다. 그러나 이 세상 사람 같지 않을 만큼 아름다웠고 곡예 또한 일품이었다.

물 곡예사는 대개 여자라도 남자처럼 무사 예복에 하카마치마처럼 생긴 남성의 하의를 입는다. 그렇게 잘 차려입어서 물을 내보내는 장치를 감추는 것이다. 그런데 데이슈는 두 팔이 다 드러나는 소매 짧은 얇은 옷에 머리카락도 머리빗에 감아 뒤에다 고정했을 뿐 머리 장식 한 가닥 꽂지 않았다. 긴 손발을 하늘하늘 움직이면 살집 적당한 멋진 몸뚱이가 구불구불 움직이는 모습까지 얇은 옷을 통해서 다 보였다. 그녀의 손바닥이며 어깨에서 시원한 물줄기가 뿜어 올라와 호를 그릴 때면 관객들은 호오 하고 숨을 삼키며 매료되었다.

헤이시로는 곡예에 홀딱 반했다.

매일처럼 드나드니 동료들도 어느새 알게 되었다. 핫초보리 도신 마을은 전체가 일가친척처럼 친밀했으므로 그가 물 곡예에 빠졌다는 소식은 금세 아내의 귀에도 들어갔다.

헤이시로의 아내는 대범하다.

당신, 온 동네에 소문이 짜해요. 그녀가 웃으며 말을 꺼내자 그는 이제 호되게 당하겠구나 싶어 각오했는데 뜻밖에 아내는 이렇게 말했다.

"저, 이런 생각을 했어요."

"무슨 생각?"

"데이슈인지 뭔지 하는 여자 곡예사, 내 젊은 시절 모습을 꼭 닮지 않았던가요?"

아내는 소싯적에 핫초보리 고마치_{헤이안 시대에 살았던 여류 시인 오노노 고마치. 대단한 미녀로 유명하여 미인의 대명사처럼 쓰였다}라 불리던 사람이다.

"미안해요. 특별히 못된 짓을 하지 않아도 이렇게 나이가 드네요. 요즘 지루하셨나 봐요, 당신?"

헤이시로는 납작 엎드려 절하고 아내에게 새 기모노를 장만해 주었다. 아내는 흡족하게 받아 주었다. 대범하다. 그 모습에 용기를 얻어 헤이시로는 솔직하게 고백했다.

실은 데이슈한테 끌린 것이 아니라 곡예에 반했다고. 사실 이는 다른 여자한테 한눈팔다 들킨 남자들이 상투적으로 내놓는 변명이다. 그런데 헤이시로는 정말로 '곡예'에 매료되었다. 데이슈의 문하에 들어가 곡예를 배우고 싶었다. 자기도 해 보고 싶었다. 관객들을 놀라게 하고 싶었다. 그래서 가설 소극장에 열심히 드나들었다.

그 말을 들은 아내의 눈초리가 이내 사나워졌다.

"이봐욧!"

자리를 고쳐 앉기까지 했다.

"여자한테 한눈판 것보다 더 나빠요!"

이번에는 정말 호되게 야단맞았다. 도대체 여자들 생각을 알 수가 없다.

그로부터 얼마 뒤 풍속을 비속하게 만드는 흥행물이라는 이유로 데이슈의 물 곡예에 처벌이 떨어졌다. 수정_{틀에 두 손목을 고정시키는 처벌 도구} 삼

십 일이었으니 평민들의 소박한 볼거리치고는 무거운 형벌이다. 곡예사는 실의 속에 살다가 병을 얻어 죽었다고 한다.

아내는 "물 곡예를 하느라 냉증이 들었을지도 모르죠" 하고 말했지만 헤이시로는 내심 '당신이 그렇게 기도한 거 아냐?' 하는 생각이 들었다. 지금도 그렇게 생각한다. 차마 말은 못하지만.

묘한 과거가 떠오른 것은 유미노스케야말로 뱌쿠렌사이 데이슈의 후계자로 적당하지 않을까 하고 생각했기 때문이다. 오른손을 번쩍 쳐들면 오른쪽으로, 왼손을 번쩍 쳐들면 왼쪽으로 물줄기가 쭉쭉 솟아오른다. 관객은 넋을 잃은 채 한숨을 짓는다.

그런 엉뚱한 생각이나 할 정도로 풀죽어 있던 것도 사실이다.

그는 길을 걸으며, 규베한테 들은 자초지종을 유미노스케에게 들려주었다. 유미노스케도 지신반에 머무르는 동안에 있었던 일들을 이야기했다. 특별한 일은 없었어요, 연극을 하느라 급급해서 사키치 씨와 직접 이야기할 수도 없었고― 하고 풀이 죽는 모습을 보고 헤이시로가 달랬다. 닳고 닳은 오캇피키 노인과 머리는 둔하지만 완력이 대단한 남자를 세 치 혀로 구워삶아서 사키치를 지켜 주었으니 얼마나 대단하냐고.

"그 말씀도 별로 위로가 되지 않네요" 하고 유미노스케는 말했다.

"역시 사키치 씨가 걱정이에요."

"고덴마초_{조사중이거나 조서 작성을 마치고 심판을 기다리는 자들을 가둬 두는 구치소가 있던 곳}로 끌려가는 일은 없을 거다. 미나토야가 손을 쓰고 있다니까."

"아뇨, 그게 아니죠. 아마 이모부도 같은 생각이시겠죠? 저는 사실이 밝혀지지 않고 넘어갈까 봐 걱정하는 거예요."

헤이시로는 고개를 끄덕였다. 이 아이는 정말이지 생각이 깊다.

"그러니까 우리가 어떻게든 해 봐야지."

"예."

유미노스케는 무사 인형 요시쓰네미나모토 요시쓰네. 12세기 말에 활약했으며, 영웅적 전설로 각색되어 전해지는 비운의 무장 같은 표정을 지었다.

"모든 것은 사키치 씨가 돌아와야 시작해 볼 수 있겠죠."

그 말을 끝으로 입을 닫았다. 누가 누구의 손을 끄는지 알 수 없는 모습으로 두 사람은 묵묵히 돌아왔다. 그날 저녁 유미노스케는 끝내 묻지 않았다. 이모부는 사키치 씨가 아오이 씨를 해쳤다고 생각하세요? 헤이시로도, 너는 어떻게 생각하니, 하고 묻지 않았다. 유미노스케가 하는 말은 대개 정확했다. 유미노스케가 그렇게 생각하면 실제 상황도 그렇게 전개되는 경우가 많았다. 헤이시로는 그 점이 두려웠다.

헤이시로는 도신 마을로 돌아오기 무섭게 고헤이지를 오오지마의 오케이에게 보냈다. 사키치가 돌아오면 즉시 알리라고 전했다. 하지만 어제 하루는 아무 소식도 없이 그냥 보냈다. 오늘도 아직 소식이 없다. 사키치는 답답할 정도로 성실한 자이므로 무사히 풀려나면 헤이시로에게 인사를 하러 올지도 모른다. 하지만 답답할 정도로 성실한 자이기 때문에 오히려 헤이시로에게 아무 말도 하지 않을 수도 있다.

미나토야 측에게 뭔가 언질을 받았을 가능성도 다분하다. 사키치가 침묵 속에 집 안에 틀어박혀 이제 아무하고도 연락하지 않겠노라 작정한다 해도 이상하지 않다.

사키치가 아오이를 죽였다면 더욱 그렇다.

사키치가 아오이를 죽이지 않았음에도 불구하고 자기가 모든 것을 뒤집어쓰는 편이 낫다고 생각한다면 더더욱 그렇다.

헤이시로는 기다리는 것이 고역이다. 빈둥거리며 시간을 죽이는 일이라면 아주 쉽다. 하지만 그저 기다리기란 전혀 다른 일이다.

오늘 아침 마치부교쇼에 얼굴을 비친 다음 순시를 하러 나갔다가, 차라리 내가 오오지마로 가 볼까 하고 생각했다. 사키치를 못 만나고 오케이만 만나더라도 그게 낫지 않을까. 그렇다면 유미노스케도 데려갈까 하고 가와이 상회로 걸음을 옮기다가 다시 생각을 고쳤다. 서두르면 안 되지. 고헤이지를 보내서 사키치가 돌아오면 즉시 연락하라고 해 놓았잖은가. 사키치도 마음을 가라앉힐 시간이 필요하겠지. 아니, 어쩌면 여전히 이모아라이 언덕 지신반에서 나오지 못한 게 아닐까. 오캇피키 하치스케는 얼굴은 그렇게 생겼어도 뜻밖에 집요한 자여서 미나토야가 조사를 피하는 데 애를 먹고 있을지도 모른다. 그렇다면 하치스케를 거느린 도신 사에키를 만나 보는 편이 나을까—.

꼬리에 꼬리를 물며 생각하다가 흠칫 주위를 둘러보니 어느새 고베 나가야에 와 있었다. 어머, 나리, 요즘 어째 뜸하시네요, 하고 오토쿠한테 은근한 꾸중을 듣고서야 흠칫했다.

— 마침 잘됐군.

오토쿠가 솥을 망가뜨린 덕분에 당장 눈앞에 매달린 어려운 일은 잠시 잊고서 마음껏 웃을 수 있었다. 사키치 건은 오토쿠한테 말할 수 없다. 그런 조심스런 마음도 한창 바쁘게 움직이는 오토쿠 앞에서는 어느새 풀어져 버렸다.

"자, 보세요, 나리."

눈길을 던지니 오토쿠가 파를 쳐들어 보인다. 오몬이 칼질을 하던 파다. 칼날이 무딘지 손놀림이 엉성한지 파 한쪽 면이 잘리지 않아 한 줄로 죽 연결되어 있었다.

"파가 아직 억센 게로군."

헤이시로가 웃었다.

"웃을 일이 아녜요. 이러니 한시도 눈을 못 떼잖아요. 도대체가 오미네 씨는 너희를 어떻게 가르친 거냐."

오토쿠가 씩씩거리는데 심부름을 나갔던 오산이 돌아왔다. 누가 같이 들어온다. 어? 눈에 익은 얼굴이다.

"오토요 아니냐."

헤이시로는 의자에서 일어섰다. 오토요는 유미노스케의 사촌 누이다.

"나리."

오토요는 가게 문가에서 턱없이 정중하게 고개를 숙였다. 이마가 무릎에 닿겠다.

"여기 오다가 길을 잃었어요. 이 사람을 만나서 다행이었어요."

"이 아가씨가 글쎄."

오산은 귀염성이라고는 전혀 없는 얼굴로 오토요를 향해 턱짓을 했다.

"바로 저쪽 기도반에서 고베 나가야는 어디냐고 묻더라고요. 잘 가르쳐 주었는데도 번번이 길을 잃고 또 기도반으로 돌아오잖아요."

"그랬어요."

본인은 넉넉한 표정으로 웃고 있다. 너무 깍듯이 인사하느라 오비가 틀어지고 말았다. 지나가는 가을바람이 오비 꼬리를 부풀어 오르게 한다. 오토요가 문득 어른스러워 보였다.

"유미노스케 부탁으로 온 거예요. 오늘쯤 나리는 분명히 오토쿠 씨가 있는 고베 나가야에 가실 거라고 하면서."

불이 없는 오토쿠의 화덕 옆에 빈 간장통 두 개를 붙여 놓고 헤이시로와 오토요는 나란히 앉았다.

화덕 옆에는 깨끗하게 닦은 오토쿠의 큰 솥이 뒤집힌 채 한 자리를 차지하고 있다. 솥 바닥 한복판에 오토요의 손바닥만 한 구멍이 나 있다. 그 모습이 마치, 이걸 어쩌나, 내 몸에 구멍을 뚫어 놓다니, 오토쿠 아줌마, 왜 그러셨어요, 하면서 솥이 입을 멍하니 벌리고 기가 막혀 하는 것만 같아서 묘하게 귀여웠다. 구멍 난 솥을 처음 본다면서 오토요는 아주 신기한 것이라도 만난 양 크게 감탄했다. 솥을 쓰다듬으며 한 바퀴 돌기까지 했다.

"나리께 이걸 전해 달라고 했어요."

오토요는 품에서 깨끗하게 접은 편지를 꺼냈다. 첫눈에 유미노스케 글씨인 줄 알겠다.

"어제 반나절 동안이나 이걸 썼대요."

"무슨 내용이지?"

편지를 펼치면서 헤이시로가 물었다. 읽으면 알 일이지만 유미노스케가 오토요에게 어디까지 말해 주었는지 알고 싶었다.

오토요는 고개를 갸웃했다. 단풍이 그려진 비녀 장식이 흔들린다.

"저는 몰라요. 다만 유미노스케가 그젯밤 지신반에서 있었던 일을 남김없이 떠올리며 기록해 놓았다고 말씀드리면 나리도 아실 거라고 했어요."

빈틈이 없는 기특한 아이다. 헤이시로는 편지를 얼른 훑어보았다. 과연 참으로 세세하다. 하치스케나 모쿠타로가 나눈 잡담에서부터 근처 주민이 만주를 주러 들른 일까지 적어 놓았다. 자기도 하나 얻어먹었는데 아주 맛있었다고 한다. 다만 사키치는 끝내 아무것도 먹지 않았다고 적혀 있다.

이번 일에 대하여 유미노스케가 생각하는 바에 대해서는 언급되어 있지 않았다. 어디까지나 기록으로만 일관할 생각인 모양이다.

"고맙다" 하고 오토요에게 미소를 지어 보였다.

"은밀히 조사하는 사건이 있는데 그것과 관련된 내용이구나. 유미노스케가 똑똑해서 내가 조금 도움을 받고 있다."

"그랬군요." 오토요도 방긋 웃었지만 웃음은 금방 흐려졌다.

"은밀히 조사하는 사건이라시면 저어……, 저번의 그 사건 같은 건가요?"

오미네의 정부를 체포할 때 오토요도 한몫 거들었다. 자청해서 미끼가 되어 주었다. 여자를 우려먹는 악질의 얼굴을 눈앞에서 본 오토요가 제법 악에 받쳐서 눈물까지 흘리며 흥분했던 일을 헤이시로는 떠올렸다.

"그것과는 전혀 다른 일이다. 걱정하지 않아도 된다."

헤이시로는 편지를 접었다.

"이렇게 네 예쁜 얼굴을 볼 수 있어서 좋긴 하다만 유미노스케는 왜 오지 않은 거냐?"

오토요의 얼굴이 발그레해졌다.

"그건……."

"어디 아프니? 아니면 가와이 상회에 무슨 일이 있나?"

"아뇨, 아네요."

오토요는 붉어진 볼로 고개를 가로젓고 작은 목소리로 말했다.

"유미노스케가 어젯밤 이불을 적시고 말았어요. 아버지 어머니한 테 몹시 혼나고 오늘은 하루 종일 방 안에서 근신중이에요."

헤이시로는 천장을 향해 웃었다. 오토쿠의 솥도 아가리를 벌리고 웃는다.

"이불을 적셔!"

"예. 많이도 적셨어요. 담요를 내다 널어도 금방 마르질 않네요."

오토쿠네 가게의 문으로 내다보이는 좁은 하늘이 온통 파랗다. 가을이면 보이는 바람에 날리는 거미줄처럼 가느다란 새털 구름도 지금은 보이지 않는다. 이런 따가운 볕에도 마르지 않는다면 그야말로 홍수처럼 적셨음이 분명하다.

"그렇게 웃지 마세요, 나리."

자기도 허리를 구부리고 웃으면서 오토요가 사촌 동생을 옹호했다.

"유미노스케가 너무 풀이 죽었어요. 저한테 이 편지를 건네줄 때도 눈물이 그렁그렁했어요. 지난밤에 너무나 무서운 꿈을 꾸었다면서요."

헤이시로는 제 얼굴에서 유쾌한 웃음이 금방 스러져 가는 것을 느꼈다.

유미노스케의 무서운 꿈은 과연 어떤 내용이었을까. 누가 등장했을까. 아오이? 사키치? 어쨌거나 이번 일과 관계가 있을 테지. 유미노스케에게 꿈은 번민의 표현이다. 편지에 아무것도 적지 않은 이유도 빠뜨린 것이 아니라 차마 쓸 수 없어서였는지도 모른다.

"그 아이가 욕봤구나. 다음에 맛난 거라도 사 주자꾸나."

"예, 아주 좋아라 할 거예요."

오토요가 반가운 얼굴로 고개를 끄덕일 때 문 쪽에서 요란한 목소리가 날아들었다.

"어? 이게 뭔 일이래요?"

놀라서 쳐다보니 눈코입이 오종종한 작은 사내가 금방이라도 날아오를 듯한 참새 같은 표정으로 이쪽을 들여다보고 있다. 작은 상투에 성긴 격자무늬 약식 기모노를 입었는데, 손에 든 작은 냄비가 멋을 망쳐 놓는다.

"핫초보리 나리가 이런 데서 뭘 하십니까? 오토쿠 씨는—."

"그러는 너는 어디 사는 누구냐?"

그렇게 묻고 나서, 물음을 뒤좇듯이 한 가지 생각이 헤이시로의 머리를 스쳤다.

"아하, 오토쿠네 단골이겠구나. 조림 가게라면 세 집 건너에서 하고 있다."

"세 집 건너요?"

사내는 장지문에 한 손을 댄 채 까치발을 딛고 목을 쭉 빼며 그쪽을 쳐다보았다.

"저기는 찬 가게 아닌가요?"

"그래. 안됐지만 그 가게는 문을 닫았다. 오토쿠가 거기 들어갔지. 가 보면 알 게다. 화덕 앞에 인왕상처럼 버티고 섰을 테니까."

"예에……. 아, 그렇군요. 있어요, 있어."

사내의 얼굴이 환해졌다.

"다행이네요. 오토쿠 씨한테 갑자기 무슨 일이라도 생겼나 했습니다요."

"놀라게 해서 안됐구나. 나는 그냥 여기서 노닥거리고 있다. 오토쿠는 관리를 귀찮게 할 사람이 아니지."

작은 사내는, 노고가 많으십니다요, 하고 빈틈없이 인사를 남기고 금방 사라졌다. 오토쿠 씨, 오토쿠 씨, 하고 부르는 소리가 들린다.

"이 가게 조림이 맛있다고 유미노스케한테 들었어요. 가게를 옮겼나요?"

오토요가 묻는다.

"사정이 있어서. 뭐, 출세했다고 해도 좋을지 모르지."

실제로 일꾼이 둘이나 생겼다. 이참에 조림만 할 게 아니라 정말로 오미네 같은 찬 가게로 덩치를 키우면 좋을 텐데. 헤이시로는 내내 그렇게 권했지만 오토쿠는 요리조리 대답을 회피해 왔다. 이번 일은 그야말로 신령님이 손을 써 주신 셈이나 다름없다. 얌전히 따라야 옳다.

"나리."

오토요가 무릎을 모으며 자리를 고쳐 앉았다.

"응?"

"저, 맞선을 보았어요."

또 볼이 발그레해진다. 수줍은 탓이다. 오토요의 혼담이라면 헤이시로도 잘 알고 있다. 저번에 용의자를 체포할 때 오토요가 미끼가 되겠다며 자청한 일도 원래 그 혼담이 계기였다.

"오호, 잘했다."

헤이시로는 무릎을 쳤다.

"그래, 어땠누? 아마 연지 가게의 젊은 주인이라고 했지?"

헤이시로는 그제야, 나도 참 둔하지, 하고 생각했다. 저번에 만날 때는 유미노스케라는 조종자가 움직이는 꼭두각시 같았던 오토요가 오늘은 하녀도 동반하지 않고 혼자 길을 더듬어 헤이시로를 찾아왔지 않은가. 더구나 이렇게 얼굴을 마주하고 이야기도 잘하고 있다. 세상에서 살짝 비켜서서 한가롭게 지내는 아가씨치고는 장족의 발전이다. 그렇게 발전한 데는 어떤 까닭이 있지 않겠는가.

"남자가 괜찮아 보이던?"

오토요는 두 손을 얼굴 앞에 모으고 쑥스러워하는 목소리를 냈다.

"무척 숫기 없는 사람이었어요."

"너보다 더 없더냐? 얘기하기가 꽤 갑갑했겠구나."

"하지만 제 손이 곱다고 했어요."

헤이시로도 동감이다. 유감스럽게도 오토요는 예쁜 용모를 타고 나지는 못했지만 손은 아주 곱다. 유미노스케도 "관음보살님의 손 같아요" 하고 평한 적이 있다.

"그흐래? 반가운 얘기로고. 젊은 가게 주인의 말은 곧 네 손이 계속 곱게 남아 있게끔 소중하게 받들어 주겠다는 말이로구나.”

헤이시로는 놀려 줄 생각으로 한 말이지만 오토요한테는 통하지 않는 모양이다. 솜털이 하얗게 빛나는 볼을 살짝 붉히며 더욱 진지한 말투로 가만가만 말했다.

“저는, 뭐든 칭찬을 들은 일이 처음이었어요. 정말 기뻐요.”

애지중지 곱게 자란 아씨께서 무슨 말씀인가 하는 사람이 있을지도 모른다. 하지만 헤이시로는 이해할 수 있었다. 애지중지 곱게 자라는 것과, 그렇지는 않아도 뭐든 장점이 있어서 칭찬을 받으며 자라는 것은 역시 다르다.

“너는 늘 칭찬을 받아 왔을 거다. 다만 그것이 네 귀에 닿지 않았을 뿐이야. 그러다 이번에 처음으로 귀에 닿은 게지.”

“그럴까요?”

“암. 오토요는 좋은 처녀인걸. 그러니까 그것이 오토요에게 계속 행복한 칭찬으로 남을 수 있게끔 혼담이 잘 마무리되면 좋겠구나.”

본래 상인 집안간의 혼담이므로 결정도 집안 어른이 한다. 게다가 당사자들도 나쁘지 않게 생각하므로 아마 잘 마무리되리라. 그렇다면 오토요도 곧 시집을 가겠구나, 하고 생각하니 헤이시로는 조금 쓸쓸한 기분이 들었다. 아직 얼굴도 몇 번 보지 않은 사돈처녀지만 어느새 정이 들고 말았다.

“오늘은 나리께 그걸 말씀드리고 싶어서 왔어요. 유미노스케가 편지를 부탁하지 않았어도 제가 먼저 나리께 데려다 달라고 유미노스케한테 부탁할 생각이었어요.”

맞선 본 자세한 이야기를 잠시 즐겁게 들었다. 헤이시로는 자리에서 일어나 오토요를 집까지 바래다주기로 했다. 사키치를 기다릴 수밖에 없다면 고베 나가야를 지키고 있어 봐야 별 소용이 없다. 행복하게 웃는 오토요의 얼굴 덕분에 헤이시로의 기분도 한결 나아졌다.

오토쿠에게 일러두고 가려고 밖으로 나서 보니 아까 그 덩치 작은 사내가 여전히 찬 가게 앞에 서서 이야기를 하고 있다. 조림을 사러 왔을 뿐이라면 벌써 볼일이 끝났을 터인데. 무엇보다 구입한 조림이 다 식어 버린다.

"아, 나리."

덩치 작은 사내보다 오토쿠가 먼저 헤이시로를 알아보고 말을 건넸다.

"아까는 정말 죄송했습니다요."

덩치 작은 사내가 머리를 숙였다. 가만 보니 입 가장자리가 처진 것이 나약해 보이는 얼굴이지만 목소리는 묘하게 귀에 잘 들린다. 큰 목소리로 누구에게 늘 지시를 내리거나 대답을 해야 하는 일을 하고 있나— 하고 헤이시로는 짐작했다. 무슨 일을 하는 자일까?

"뭐라고 해야 좋을지 모르겠네요. 나리께서 이 사람을 잘 타일러 주세요."

"뭘?"

"여기 히코 씨는 요리사랍니다. 고비키초 6초메에 있는 이사와야라는 훌륭한 요릿집에서 일하고 있대요. 그런데."

오토쿠의 말을 막으며 덩치 작은 사내가 헤이시로에게 말했다.

"저는 히코이치라고 합니다. 오토쿠 씨 조림에 홀딱 반한 단골입니다만, 가게를 옮기게 된 것을 오늘에야 알았습니다요. 오토쿠 씨가 여기서 가게를 한다면 저를 꼭 써 주십사 하고—."

오토쿠가 끼어들기 전에 할 말을 다하려는지 히코이치는 단숨에 자기 신상에 대해서 이야기했다. 오토쿠의 조림에 반한 까닭에 대해서도 막힘없이 이야기했다. 헤이시로도 나름대로는 남들이 하는 이야기가 얼마나 진실한지 정도는 파악할 줄 안다고 생각하는데, 히코이치가 하는 이야기에서는 교활함이나 얄팍한 계산이 느껴지지 않았다. 진실한 이야기다.

"이사와야의 보수 공사가 끝날 때까지는 어차피 한가로운 몸입니다. 모아 둔 돈도 조금 있으니 제 먹을 것 정도는 제 돈으로 해결할 수 있습니다. 오토쿠 씨한테 삯을 받고 싶은 생각은 없습니다요. 그저 돕고 싶은 겁니다. 오토쿠 씨라면 가게를 훌륭하게 꾸려 나갈 수 있어요. 아니, 배달 식당도 할 수 있어요. 제가 보증합니다."

오토쿠는 쿵 하고 발을 굴렀다.

"이렇게 넘치게 칭찬만 한다니까요. 저는 조림 가게를 하는 오토쿠고 당분간 가게를 비워 두고 있을 뿐이라고 몇 번을 말해야 알아들어요."

헤이시로는 빙글빙글 웃었다. 말릴 까닭이 없지 않은가. 과연 고마운 신령님이로고.

"아귀가 딱딱 맞는군. 나루에 달려오니 배가 닻을 올리더라는 격이구나, 오토쿠."

"나리까지 왜 이러세요!"

오토쿠의 얼굴이 새빨갛다. 오토요의 얼굴이 빨개진 것과 이유는 다르지만 색깔은 같다. 똑같이 귀엽다.

"저는 달랑 솥 하나 화덕 하나밖에 없는 조림 가게도 버거워요. 이 나이에 어떻게 새로운 장사를 할 수 있겠어요."

"달랑 솥 하나 화덕 하나만 가지고 오산과 오몬까지 먹여 살릴 수 있겠나."

두 아가씨는 이야기가 어떻게 풀리는지 흥미롭게 지켜보고 있다가, 바로 이때라는 듯이 나란히 고개를 끄덕였다. 이것이 바로 오토쿠의 인품이다. 겨우 이틀 만에 이 아이들의 믿음을 얻어낸 것이다.

하지만 당사자는 그걸 모른다.

"이봐, 오토쿠, 내가 몇 번이나 말했어. 이녁은 장사를 잘할 사람이야. 가게를 키우라니까. 지금이 바로 기회야. 물론 처음 얼마 동안이야 우왕좌왕하겠지. 하지만 오산과 오몬이 있고 제대로 배운 요리사가 도와주겠다고 하잖아. 이 좋은 기회를 왜 안 잡아."

"그래요, 오토쿠 씨."

히코이치도 나선다. 들고 있던 냄비는 어디다 두었는지 손짓까지 섞어 가며 호소한다.

"오토쿠 씨는 자기 솜씨를 너무 얕잡아보고 있어요. 저도 생판 초짜가 아니지 않습니까. 좋은 것은 바로 알아요. 장사가 될 만하다 싶은 것은 금방 안단 말입니다. 이 혀가 오토쿠 씨 조림에 홀딱 반했다는데 왜 믿어 주지 않습니까."

"저기요, 이사와야에서 일하시는 분."

오토요가 상황에 어울리지 않는 느긋한 목소리로 노래라도 하듯 불쑥 말했다.

"제가 거기 요리를 먹어 본 적이 있어요."

히코이치가 몸을 휙 돌려 오토요를 쳐다보았다.

"아가씨께서 저희 요릿집에 오신 적이 있으시다고요? 아이구, 이거 감사합니다요."

"지난봄이었는데, 벚꽃과 복숭아꽃 모양을 한 밀기울떡이랑 튀김이 아주 맛있었어요. 생밀기울 반죽에 잘게 부순 밀기울 가루를 입혀서 튀겨낸 것 같았어요. 살짝 달콤하고 구름처럼 폭신폭신하고. 그런 튀김을 다른 데서는 먹어 본 적이 없었어요."

히코이치의 빈상에 환희의 표정이 넘칠 듯했다.

"너무나 감사한 말씀이십니다요. 그 튀김이 바로 제가 생각해 낸 겁니다요."

헤이시로는 내내 쿡쿡 웃고 있었다. 오토쿠는 또 쿵쿵 발을 굴렀다. 히코이치의 얼굴은 빛이라도 날 것처럼 환하다. 오산은 흠, 하는 콧소리를 내며 일동을 둘러보았지만 오몬의 눈에는 부러움이 넘쳐난다.

"좋겠다……. 한 번이라도 좋으니 그런 음식 좀 먹어 봤으면."

작은 아가씨가 중얼거렸다.

"여기서 만들면 되잖아요. 그러면 저도 우리 가게 점원들이랑 식구들을 다 데리고 와서 먹을게요. 우리가 아는 모든 사람들한테도 알려 줄 거예요. 맛있다, 정말 맛있다고. 그렇죠, 나리?"

오토요는 유유히 그렇게 말하고 헤이시로의 얼굴을 올려다보았다. 헤이시로가 오토쿠에게 말했다.

"보라고, 오토쿠. 벌써 손님이 생겼잖아."

아무래도 혼인하기로 마음을 결정한 오토요가 그 기세로 오토쿠의 앞날까지 정해 버린 것 같다.

가을해는 짧아서 일찍 떨어진다. 해가 기우나 싶더니 어느새 땅거미가 진다. 헤이시로는 작은 뜰에서 들려오는 벌레 소리를 들으며 저녁을 먹었다. 생선 구이와 초무침을 반찬으로, 거기에 오토요한테 들은 튀김 이야기를 보태서.

고헤이지가 돌아온 것은 아내가 상을 물린 직후였다.

사키치가 같이 왔다.

헤이시로는 그를 방 안으로 들였다. 고헤이지는 평소의 그답지 않은 놀라운 언변으로, 사키치가 해 지기 전에 이모아라이 언덕 지신반에서 돌아온 것, 그때 모쿠타로가 동행했다는 것, 오케이는 사키치의 무사한 얼굴을 보고 안도했다는 것, 피곤할 터이니 나리한테는 내일 가라고 고헤이지가 권했지만 사키치가 꼭 오늘 가야겠다고 해서 하는 수 없이 얼른 목욕을 하고 옷을 갈아입고 왔다는 것을 종종 앞뒤가 엉키면서도 요령 있게 이야기했다.

"수고했다. 부엌에 가서 얼른 밥 먹어라. 많이 시장했구나."

"어떻게 아셨어요?"

"네놈 배에서 꼬르륵 소리가 나잖느냐."

고헤이지는 우헤, 하며 고개를 조아리고 물러갔다. 그의 감탄사가 묘하게 반갑다.

"아, 참, 나리."

고헤이지가 장지문에서 다시 뛰어나왔다.

"또 뭐냐?"

“사키치 씨의 주인, 그러니까 으음…… 우에한의 한지로라는 사람인데요.”

헤이시로가 사는 도신 마을에 꼭 같이 가고 싶다고 하는 것을 겨우 떼어 놓고 왔다고 한다.

“한지로 주인은 자세한 사정을 모릅니다. 그저 사키치 씨가 지신반에 끌려가 조사를 받았지만 아무 처벌 없이 풀려났다고만 이야기했습니다.”

“음, 잘했다.”

고헤이지와 자리바꿈하듯이 아내가 차를 들고 들어왔다. 찻잔이 꽤 크다. 아내도 사정은 전혀 모르지만 이 시각에 손님이 온 일과, 그를 맞는 헤이시로의 표정을 보고 무엇보다 마실 물이 필요하겠다고 판단한 모양이다. 작은 양갱도 곁들였다. 쫀득한 것이 고급품이다. 단 음식은 긴장을 풀어 준다. 아내가 기특하다고 생각했지만, 집에서는 이런 고급스런 양갱을 한 번도 먹어 본 기억이 없는데 하는 좀스러운 생각이 언뜻 스친다.

김이 피어오르는 커다란 찻잔을 사이에 두고 두 사람은 잠시 말이 없었다.

“고생했다.”

이윽고 헤이시로가 그렇게 말했다. 그때까지 열심히 울던 벌레 소리가 문득 그쳤다.

사키치의 눈에서 눈물이 툭 떨어졌다.

초판 1쇄 발행 2011년 1월 20일
10 9 8 7 6 5 4 3   쇄

지은이   미야베 미유키
옮긴이   이규원

발행편집인   김홍민 · 최내현
책임편집   박신양
편집   유온누리
표지디자인   이혜경디자인
용지   화인페이퍼
출력   한국커뮤니케이션
인쇄   현문
제본   현문
독자교정   권정현, 박보람, 임승헌
Thanks To   김지선, 송문주

펴낸곳   도서출판 북스피어
출판등록   2005년 6월 18일 제105—90—91700호
주소   (121—826) 서울특별시 마포구 망원동 513 상암마젤란21 101-902
전화   02) 518—0427
팩스   02) 701—0428
홈페이지   www.booksfear.com
전자우편   editor@booksfear.com

ISBN 978—89—91931—75—6 (04830)
     978—89—91931—29—9 (세트)

책값은 뒤표지에 있습니다.
파본은 구입하신 곳에서 교환해 드립니다